BUCH 1

Aus dem Englischen von
AMALIE HOFFMAN

1817, *LONDON, ENGLAND*

Der plüschig-weinrote Teppich dämpfte jedes Geräusch und verlieh dem Flur eine unheimliche Stille. Lady Helena Harteford schauderte, denn ein Luftzug rührte die Wasserlilien aus Satin, die auf ihrer weißen Tunika steckten, und streifte geisterhaft sanft ihre nackten Schultern. Angesichts des launischen Londoner Frühlings war ihr Wassernymphenkostüm vielleicht nicht die beste Wahl gewesen, doch ihr stürmisch gefasster Beschluss hatte ihr wenig Muße für Vorbereitungen gelassen. Sie unterdrückte ein nervöses Lachen, das plötzlich über sie kam. Hätte sie geeignetere Kleidung gefunden, selbst wenn sie mehr Bedenkzeit gehabt hätte?

Und was war denn eigentlich ein angemessener Aufzug, um dem eigenen Ehemann in einem teuren Freudenhaus aufzuspüren?

Die Antwort darauf, dachte sie, war wohl kaum in ihrer gut zerlesenen Ausgabe der *Umfassenden Handreichung zu damenhaftem Benehmen* von Lady Epplethistle zu finden.

Irgendwo in der Ferne schlug eine Standuhr die Stunde und betonte mit zwölf volltönenden Schlägen die Dringlichkeit ihrer

Mission. Helena spähte in den schlecht beleuchteten Gang vor ihr. Auf beiden Seiten des Flures bewachten lebensgroße Statuen eine Reihe von Türen. Behutsam näherte sie sich der ersten Tür und legte ihr Ohr an das kühle Holz. Kein Laut war zu hören. Die Wände erschienen ihr in der Tat dick und gediegen, so gebaut, um zu verbergen, was auch immer dahinter vor sich ging. Allein schon der Gedanke, dass ihr Mann solchen Dingen nachgehen könnte, gab ihr neuen Mut und trieb sie weiter den Gang entlang.

Zuvor hatte sie von einem Balkon der ersten Etage aus beobachtet, wie Nicholas unten auf dem lautstarken Maskenball ankam. Sie sah ihm zu, wie er mit zwei der „Nonnen" tanzte, Kurtisanen, die nicht viel mehr trugen als ihr Rouge, und Helenas eigene Wangen unter ihrer Federmaske waren vor Eifersucht entbrannt. Die Art, wie diese Frauen sich wie hungrige Katzen an ihren Mann geschmiegt hatten... Ein lautes Knacken erschrak Helena und sie blickte auf die entzwei gebrochenen Stäbe ihres Fächers hinab. Erst als Nicholas die Tanzfläche verlassen hatte (zum Glück *allein*), hatte sie wieder atmen können und war die Treppe empor gestürmt. Er musste in einem der Zimmer im ersten Stock sein. Sie beabsichtigte, ihn zu finden.

Sie würde ihren Mann, trotz der schwarzen Seidenmaske, die er trug, leicht erkennen. Zum einen war Nicholas einen Kopf größer als die meisten Männer. Mit seiner gebräunten Haut und seinem kräftigem Körperbau ähnelte er eher einem Piraten als einem Lord des Königreichs. Sein kurzes, rabenschwarzes Haar krönte ein Gesicht, das eher ungehobelt als schön war, dennoch war sie von seiner energischen Nase und breiten Wangenknochen völlig gefangen. Und da waren dann noch seine Augen, von schimmerndem, wechselhaftem Grau, die manchmal so dunkel und unergründlich wie ein Brunnen, und dann wieder silbern wie aus Wasser aufsteigender Nebel waren.

Helena hätte ihren Mann sogar blind erkannt. Seine Gegenwart berührte sie auf eine verstörend heftige, urtümliche Art. Wenn er in ihrer Nähe war, atmete sie schneller, ihre Haut kribbelte vor unerträglicher Empfindlichkeit und ihr Blut pumpte eine lähmende Hitze in unaussprechliche Regionen ihres Körpers. Schon der Gedanke an ihren Mann rührte ihre heimlichsten Fantasien und erfüllte sie mit wenig damenhaftem Verlangen...

Helena schwankte ein wenig und griff Halt suchend nach dem Vorsprung einer Marmorstatue. Vielleicht hätte sie doch nichts von der Limonade trinken sollen. Sie hatte fremdartig geschmeckt, anders als jegliche andere Limonade, die sie jemals gekostet hatte. Lauwarm war sie gewesen, und überdies schien es ihr, als würden ihr dabei ihr Mund und ihre Eingeweide ganz heiß. Doch als ihr die Gastgeberin das Getränk angeboten hatte, war es ihr unschicklich erschienen, es abzulehnen. Außerdem hatte sie Durst und nichts anderes zu tun, während sie auf die Ankunft von Nicholas wartete.

Helena fand ihr Gleichgewicht wieder und begutachtete blinzelnd die Statue in der Dunkelheit. Das steinerne Gesicht hatte einen Bart und... Hörner? Da dämmerte es ihr, und sie erkannte den lasziven Ausdruck. Ein Satyr, dachte sie, halb Mann, halb Ziege. Einmal zuvor hatte sie in einem aus der väterlichen Sammlung stibitzten Buch einen heimlichen Blick auf Zeichnungen von Satyrn erhascht.

Sie blickte hinab auf den dicken, langen steinernen Vorsprung unter ihren Fingern und japste vor Schreck. Ihre Finger flogen wie von einer Flamme versengt davon.

Gütiger Himmel! Ihre Wangen pochten heiß gegen die seidene Innenseite ihrer Maske. *Das ist doch sicherlich keine lebensgetreue Wiedergabe. Ei, meine beiden Hände könnten ja darum herumreichen...*

Sie schluckte und erinnerte sich an die eindringende Härte, das unerträgliche, zerrende Gefühl zwischen ihren Beinen in ihrer Hochzeitsnacht. War es *das* hier gewesen, das Nicholas in... in sie zu stoßen versucht hatte? Sie war in jener Nacht zu verängstigt gewesen, um hinzusehen, doch nun entlockte ihr der Anblick des Marmorphallus, der voller Entschiedenheit nach vorne ragte, ein entsetztes Stöhnen.

Freilich war das nicht gegangen! Das widersprach ja allen Naturgesetzen. Trotz ihrer prallen Kurven war sie recht zierlich gebaut und reichte ihrem Mann gerade einmal bis zur Brust. Es war ein Umstand, der ihr Freude bereitete, denn sie fühlte sich neben seiner energischen, männlichen Statur zart und äußerst weiblich. Doch vielleicht führte der Unterschied in ihrer Körpergröße in anderen Gebieten zu einer gewissen Unvereinbarkeit. Etwa, als ob man ein Seil durch ein Nadelöhr fädeln wollte.

Sie sah sich verstohlen um und lehnte sich nach vorne, um die Statue noch näher in Augenschein zu nehmen. Sie war sich sehr wohl bewusst, wie unschicklich ihre Neugier war, und dennoch wanderte ihre Hand wie ganz von selbst noch weiter. Ihr Zeigefinger zögerte an der Wurzel des Phallus; überrascht stellte sie fest, dass darunter noch eine Frucht hing. Der rundliche Sack sah genauso aus wie ein Sommerpfirsich; vor Saft schwellend hing er von einem dicken Ast. Sie fasste Mut und setzte ihre Erkundung weiter nach oben fort. Unter ihrer Fingerspitze fühlte sich der Marmor kühl und hart an. Langsam fuhr sie die heraustretenden Adern nach, die sich um den Schaft wanden. Sie gelangte bis ans Ende, das unerwartet in einen prallen Pilz auswuchs. Ihre Fingerspitze hielt in der wundersamen Kerbe ganz an der Spitze inne.

„Hier entlang, Milord", schnurrte eine weibliche Stimme. „Das Zimmer ist gleich hier."

Die Stimme riss Helena in die Wirklichkeit zurück und ihre Hand hastig von der Statue fort. Schritte nahten. Ihr vergingen vor Panik die Sinne. Kerzenlicht züngelte an den Wänden hoch und verdrängte den Zauber des Satyrs. Wenn sie nun erkannt würde, wäre es vorbei mit ihr. Ihre Instinkte übernahmen schließlich das Ruder und trieben sie weiter den Korridor entlang. Mit zitternden Händen ergriff sie den Messingknauf der nächstbesten Tür. *Verschlossen.* Sie hastete weiter, versuchte vergebens eine Tür nach der anderen. Ihr Atem verfing sich regelrecht in ihrer Brust, als sie die letzte Tür des Flurs erreichte. Das letzte Zimmer. Erleichterung durchfuhr sie, als sie sah, dass die Tür nur angelehnt war. Sie schlüpfte hinein und schoss sachte hinter sich die Tür.

Einen Augenblick lang stand Helena in völlige Dunkelheit gehüllt. Dann hörte sie die gebrummelten Worte eines Mannes—gütiger Himmel, das Zimmer war *besetzt*. Ihre Hand schoss zum Türgriff. Zu ihrem Erstaunen drehte sich aber das glatte Messing bereits und rollte unter ihren Fingern weg. Ein lüsternes Lachen erklang auf der anderen Seite der Tür. Helena keuchte und ließ sich zu Boden fallen. Mit einer aus schierer Angst geborenen Flinkheit wich sie rücklings aus dem einfallenden Lichtkegel, der immer größer wurde. Blindlings kam sie auf ihre Knie und kroch der Sicherheit der Dunkelheit hinterher. Sie stürzte sich vorwärts, tastete sich vorbei an den spindeldürren Beinen eines Pianoforte und dem samtbezogenen Rücken eines Kanapees.

„Nanu, was haben wir denn da?"

Die gedehnten Töne fegten ihr Gehirn leer. Sie hatte keine Worte mehr. Bebend, und betend, sie möge in ihrem Kostüm unerkannt bleiben, wandte sie sich langsam um. Doch da stand niemand hinter ihr, lediglich die Umrisse der Möbel, die im schwachtrüben Kerzenschein wie gespenstige Monster schienen. Sie brauchte eine Minute, bis ihre Gedanken wieder strömten. Wer auch immer da sprach, meinte nicht sie. Erleichterung kribbelte in ihrer Brust.

„Ich habe hier eine Freundin, St. John. Sie heißt Lucy." Diese Männerstimme sprach in dem hohen Singsang der vornehmen Gesellschaft. „Und sie ist *äußerst* freundlich, nicht wahr, Luder?"

Lucy kicherte wie zur Bestätigung.

„Ich sage ja immer, je mehr, desto besser", sagte St. John.

Nun, da ihr klar war, dass sich da *zwei* Männer und eine Dame im Zimmer befanden, atmete Helena sachte aus. So schrecklich unschicklich ihre gegenwärtige Lage hier auch war, zumindest war sie in kein Schäferstündchen hineingestolpert. Vermutlich war dies hier ein Abendessen unter Freunden, oder vielleicht ein Kartenspiel für drei Spieler. Helena legte ihre Wange an den

Boden und spähte zwischen den Beinen des Kanapees hindurch. Plötzlich brannte ihr Gesicht, und zwar nicht von den rauen Borsten des Teppichs unter ihrer Wange. Beidseits von Männerstiefeln umgeben, standen da zwei bestrumpfte Beine in einem schimmernden Haufen Stoff. Sie sah, wie ein kurvenreiches Bein das abgestreifte Kleid beiseite stieß und sich sinnlich um den Stiefel vor ihm schlang. Gleichzeitig schmiegte sich das andere Bein an die hohen Stiefel dahinter.

„Oh, meine Herren, es scheint, ich stecke hier zwischen Hammer und Amboss“, gurrte Lucy. „Warum setzen wir uns nicht erst einmal und lernen uns besser kennen?“

Helenas Augen weiteten sich, als die Stiefel und seidenbekleideten Füße sich ihr näherten. Verzweifelt raffte sie ihre Röcke und kroch vom Kanapee weg. Ihre Knie schürften gegen den rauen Teppich, als sie auf der Suche nach einem Versteck nach rechts einschlug. Hinter ihr plumpsten Körper sacht auf Kissen, gefolgt von kehligen, tierischen Geräuschen. Helena wurde schneller. Ihr Atem klang in ihren eigenen Ohren wie ein harsches Keuchen.

Gewiss werden sie mich hören! Gütiger Himmel, was soll ich nur tun, wenn…?

Da ragte eine dunkle Wand vor ihr auf. Sie hob eine zitternde Hand und tastete danach. Die Oberfläche glitt glatt und fest unter ihren Fingerspitzen entlang. *Ein Schreibtisch.* Sie kroch um ihn herum und schlüpfte in die Nische darunter. Helena zog ihre Knie an die Brust und wartete darauf, dass sich das Pochen in ihren Ohren legte.

„Gefällt Ihnen, was Sie sehen, Milords?“ Lucys heiseres Gelächter schien in der hölzernen Nische widerzuhallen und sandte einen fremdartigen Schauder über Helenas Haut.

„Nur zu, zeig uns, was du zu bieten hast“, lallte der Mann namens St. John. „Weiter hoch mit den Titten, ja? Ja, so ist es recht, drück sie zusammen, reib nur deine Zitzen für uns. Lass sie nass werden, Täubchen. Brookeston hier mag sein Obst schön saftig."

Der andere Mann—Brookeston vermutlich—stöhnte zustimmend.

Darauf folgte ein Knistern und leise fiel etwas auf den Teppich. Dann Stille, unterbrochen von einem sehr leisen Geräusch. Helena spitzte die Ohren, während ihre Fantasie raste. Lucys jaulendes Stöhnen zerriss die Stille. Die Stimmen der Männer gesellten sich dazu, ermunterten sie, weiterzumachen. So wie die Glut der Spannung das Zimmer erhitzte, fühlte Helena die Luft in ihren Lungen schwer und feucht werden. Sie biss sich auf die Faust.

„So, nun spreiz mal deine hübschen Beinchen. Hm, sehr schön. Brookeston, was meinen Sie? Möchten Sie die Ware in Augenschein nehmen?"

Nach einer Pause seufzte Lucy ein lüsternes „Oh, ja", und Brookeston klang erstickt. „Großer Gott, St. John. Die ist ja nasser als ein Straßenpflaster nach dem Regen. Ich will sie jetzt ficken."

„Vielleicht, mein ungeduldiger Freund, beginnen wir lieber mit einem *amuse bouche*, sozusagen." St. John lachte leise. „Sei so gut, lutsch doch Brookestons Schwanz. Das Monster zuckt ja schon regelrecht nach dir."

Eine geladene Stille folgte. Helena wartete mit angehaltenem Atem. Plötzlich fuhr ein lautes Schlürfen durch die Luft. Dann noch mehr Laute, die nach einem üppigen Gelage klangen, als ob saftiges Fleisch vom Knochen genagt würde. Selbst in ihren uner-fahrenen Ohren klangen die tierischen Geräusche nach wildem Genuss. Das Schmatzen von nassem Fleisch gegen nasses Fleisch entlockte Brookeston erregte Schreie. Ein seltsames Kribbeln wanderte über Helenas Haut. Schwindel überkam sie und sie senkte ihren Kopf auf ihre Knie.

„Sie schmecken köstlich, Milord", schnurrte Lucys Stimme

über die Worte. „Wie riesengroß Sie sind. Ich vermag ja kaum, meinen Mund um Ihr Glied..."

„Das gefällt dir wohl, so mit Schwanz gestopft zu werden, nicht wahr?", krähte Brookeston. „Gefällt dir, wenn ich mich in dein freches kleines Maul stoße. Dann nimm noch mehr davon, und zwar fest!"

Lucy gurgelte willig aus ihrem ganz offenbar hoch beschäftigtem Mund, was Helenas Herz noch schneller schlagen ließ. Ihr Gesicht entbrannte, als Bilder in ihre Vorstellung schwappten. War das, was sie vor ihrem inneren Auge sah, überhaupt *möglich*? Ihre Gedanken flogen zurück zu der Satyrstatue. Diesmal kniete jedoch eine Frau davor, ihre Lippen in wollüstiger Erwartung geöffnet... War *das*, was Männer ersehnten? Vermied Nicholas deswegen ihr Bett, weil er *das hier* wollte? Denn selbst in ihren kühnsten Träumen war ihr so ein Gedanke nicht einmal in den Sinn gekommen...

Fieberhaft gedachte sie des einen Males, als sie ihren Mann unbekleidet gesehen hatte. Das war über einen Monat her gewesen, in ihrer Hochzeitsnacht. Sie hatte die Kerzen gelöscht und es war dunkler als in einem Grab gewesen. Damals war sie für den Schutz der Dunkelheit dankbar gewesen; sie verbarg ihre allzu mollige Figur und ihre Nervosität. Sie zitterte unter den Laken, wusste nicht, was sie tun sollte, und hielt sich daher genau an die klaren Anweisungen ihrer Mutter:

„Mach deine Augen zu, mein Schatz, und rede dir ein, du wärst woanders. Oder besser noch, stell dir vor, du tätest gerade etwas anderes, etwas, das dir gefällt. Ich zum Beispiel war in Gedanken schon immer gern beim Hutmacher. Ich stelle mir einen entzückenden rosa Seidenhut vor, mit Pfingstrosen bestickt und mit einer Straußenfeder obendrauf. Manchmal auch eine recht gewagte Schute aus grünem Stroh mit einem Zweiglein Apfelblüten, aber..."–und an dieser Stelle hatte sie linkisch ihre Hand getätschelt–„das Wichtigste ist, dass man so still wie möglich daliegt und damenhafte Duldsamkeit übt. Denk daran, du bist in erster Linie eine *Dame*. Mit etwas Glück hast du deine Pflicht erfüllt und die garstige Angelegenheit ist vorüber, ehe du noch deinen Hut ausgewählt hast."

So war Helena also in ihrem bauschigen faltigen Nachtgewand totenstill und mit geschlossenen Augen dagelegen, und hatte darauf gewartet, dass Nicholas seiner Pflicht nachkam. Sie hatte einmal geblinzelt, lange genug um zu sehen, dass er ein weißes Nachthemd trug. Die Bänder am Hals waren schon gelöst. Sie hatte gerade einen recht faszinierenden Blick auf eine Stelle voll von schwarzem krausem Haar erhascht, als seine dumpfe Stimme ihre Augen wieder verschloss.

Sei eine Dame, hatte sie sich immer wieder gesagt. *Übe damenhafte Duldsamkeit.*

„Es tut mir leid, Helena. Ich werde—ich werde so sanft sein, wie es geht."

Einen Augenblick lang hatte sie sich über die Schroffheit in seiner Stimme gewundert. Dann hatte sie etwas Hartes, etwas Massives gefühlt, das sich zwischen ihre Beine zwang. Mit steigender Panik hatte sie begriffen, dass er beabsichtigte, in sie da unten einzudringen, in einen zu engen Raum für so ein großes... und dann der Schmerz, so plötzlich, so heftig, so scharf, dass er ihr den Atem nahm. Sie war gar nicht dazu gekommen, in Gedanken Hüte zu kaufen oder einen Strauß Wiesenblumen zu pflücken. Voller Scham erinnerte sich Helena daran, dass sie laut und gänzlich undamenhaft gejault hatte.

Nicholas war von ihr gesprungen, sein Gesicht von Schrecken erfüllt.

Seither hatte er sie vermieden.

Gewiss, höflich war er geblieben, außerordentlich höflich sogar, wann immer sie sich kurz im Frühstücksraum oder bei einer Abendveranstaltung begegneten. Er war immer gerade am Gehen, wenn sie ankam. Als Helena an ihren letzten Austausch beim Ball von Lady Wetherly vor fünf Nächten dachte, rann ihr eine Träne langsam unter ihrer Maske hervor. Ihr Gatte hatte einen Handkuss angedeutet, sein Blick so undurchdringlich wie trübes Glas. Er hätte genauso gut ein Fremder bei einer ersten Begegnung sein können. Während der stürmischen Zeit, als er noch um sie warb, war er völlig anders gewesen. Ihre Umarmungen waren damals selten und keusch gewesen, doch sie erinnerte sich noch an die exotische männliche Würze in seinem Duft, und das sanfte Streichen seiner Lippen gegen ihre Hand.

Was hatte sie nur getan, seine Zuneigung zu verlieren?

„Hat dein Mäulchen nun genug von meinem Schwanz? Vielleicht willst du ihn nun woanders haben, in einem anderen nassen, saftigen Loch."

Die schroffen Worte des Mannes holten Helena mit einem Ruck in das Zimmer zurück. Vielleicht, dachte sie benommen, lag es daran, was sie *nicht* getan hatte. Hatte ihre Mutter etwa Unrecht gehabt? Konnte der Verkehr unter Vermählten vielleicht mehr sein als Besuche beim Hutmacher oder passives Hinnehmen der ehelichen Pflicht?

„Ja, *ja*! Das ist es, Milord, fester, oooh, genauso, wie mein Kätzchen nach Futter hungert..."

Gewiss würde Nicholas kein ähnliches Benehmen von mir wünschen... oder etwa doch?

Es war fast unvorstellbar, allerdings *war* er ein Mann. Gestern, als sie wieder heimlich, wehmütig durch die Räume ihres Mannes geirrt war, hatte sie das Billet zu einem Freudenhaus entdeckt. Es hatte aus einem Umschlag hervorgelugt und ihr Blick war auf das silberne Glitzern gefallen. Obwohl sie sich selbst für ihre Indiskretion gescholten hatte, hatte die Neugier sie doch dazu getrieben, das dünn gepresste blecherne Billet herauszunehmen. Die Eintrittskarte war so groß wie eine Spielkarte und hatte zunächst ganz harmlos gewirkt. Auf der Vorderseite waren Hamlets Worte „Geh in ein Kloster" eingraviert.

Als sie das Billet umdrehte, war ihr die Kinnlade heruntergefallen. Das krude Bild zeigte eine unbekleidete Frau mit riesigem Busen, die neckisch in gespieltem Gebet kniete. Unter der Figur war ein Einlassdatum graviert. Als ihr bewusst wurde, dass Nicholas diese Höhle der Unbilligkeit gleich am nächsten Abend aufzusuchen beabsichtigte, hatten ihre Ohren plötzlich zu klingen begonnen.

So behütet sie auch war, von diesem berüchtigten Club hatte sie es schon flüstern hören. Das Kloster war laut der Gerüchte ein teures, von allen Schichten frequentiertes Spiel- und Freudenhaus. Beim allwöchentlichen Maskenball standen Edelleute des Königreichs auf Du und Du mit Kaufleuten und Advokaten, und wer auch immer sonst es sich leisten konnte, zu trinken, spielen und die Begleitung der exquisiten Halbwelt zu genießen. Und was noch skandalöser war, laut ihrer Freundin Lady Marianne Draven besuchten gewisse verheiratete Damen der feinen Gesellschaft ebenfalls den Maskenball.

„Wenn ein Mensch verkleidet ist, zeigt sich seine wahre Natur", hatte Marianne gleichgültig mit ihrem Fächer wedelnd gesagt. „Schließlich ist das Verlangen nach erotischer Zerstreuung nicht nur das Gebiet der Männer. Was dem einen recht ist, ist dem anderen billig."

Helena wusste, dass sie alles aufs Spiel gesetzt hatte—ihren Stolz, sogar ihren Ruf—um heute Nacht hierher zu kommen. In ihrem vor Liebe verworrenen Geist hatte sie geplant, Nicholas den Umgang mit Huren auszureden; Herzschmerz erschien ihr bei Weitem schlimmer als der körperliche Schmerz, den sie beim Vollzug ihrer Ehe verspürt hatte. Sie würde tun, was auch immer nötig war, um den Schleier von seinen Augen zu lüften, um wieder die Wärme seiner Zuneigung zu empfinden. Sie verspürte heftige Sehnsucht danach, die Frau zu sein, die Nicholas wollte. Sie würde alles tun, damit er sie wieder liebte. *Alles.*

Und, sann sie nun mit erneuter Entschlossenheit, zu lernen, ihrem Mann im Schlafgemach zu gefallen, konnte ja nicht so viel anders sein, als jegliche andere Kunst zu erlernen, nicht wahr? Wenn sie sich einer Sache sicher war, dann war es ihre Gelehrigkeit. Sie war stolz auf ihre Fähigkeiten als Schülerin. Hatten ihre

Erzieher nicht stets ihre Auffassungsgabe gelobt, weil sie verschiedene Fächer, von Französisch bis zur Aquarellmalerei, so schnell meisterte? Hatte sie nicht, sehr zum Erstaunen ihres Klavierlehrers, binnen zweier Wochen eine knifflige Passage der Fuge in c-Moll von Meister Bach einstudiert?

Dann konnte sie ja wohl auch lernen, eine Gemahlin zu sein.

Alles, was ihr fehlte, war die rechte Einweisung. Oder zumindest die Gelegenheit zur eingehenden Beobachtung.

Von Hoffnung und Verzweiflung ermutigt, rutschte Helena aus ihrem Versteck und spähte um den Schreibtisch herum. Ihre Augen waren schon an die Dunkelheit gewöhnt und sie sah die Konturen der Möbel und—*Um Himmels willen!*—die Fußsohlen der Frau, die wild über der Rückenlehne des Kanapees wippten. Die Gestalten selbst waren irgendwo unterhalb ihres Blickfelds zugange. Wie konnte sie beobachten und gleichzeitig verborgen bleiben? Wie sie so über ihr Dilemma nachsann, bemerkte sie die schweren Samtvorhänge links vom Sitzbereich. Sie reichten von der Decke bis zum Boden, und es schien, dass dahinter noch mehrere Lagen Stoff hingen. Genug, um sogar mehrere Personen zu verstecken.

Perfekt.

Es blieb nur eins: diese Vorhänge unerkannt zu erreichen. Helena fuhr mit ihren Handflächen über ihr lose sitzendes Überkleid und fühlte ihren Petticoat knirschen. Ihre Korsettstangen behinderten sie auch. Die mussten weg. Sie kämpfte ein paar Minuten, und es gelang ihr schließlich, die Bänder zu lockern, mit denen die Schichten ihrer Untergewänder an sie geschnürt waren, und sie schlüpfte aus ihnen wie ein Schmetterling aus seinem zarten Kokon. Heisere Schreie boten ihr Deckung.

Jetzt oder nie.

Sie atmete tief durch und kroch auf die Vorhänge zu, während ihr Rock kaum hörbar über den Teppich streifte. Mit jeder Vorwärtsbewegung erschien der Weg dahin länger. Sie glaubte, jeden Moment entdeckt zu werden; erwartete eine wütende

Stimme oder eine Hand, die sie packte. Dennoch kroch sie mit blinder Entschlossenheit weiter. Als sie die Sicherheit der samtenen Falten erreichte, waren ihre Handflächen feucht und ihr Körper zitterte vor nervöser Aufregung.

Dann stieß sie gegen etwas Hartes, Warmes.

Ihr Atem verfing sich in ihrer Kehle. Sie war gerade im Begriff zu schreien, als sich eine große Hand über ihren Mund legte und eine zweite ihre Taille umschloss. Sie war bewegungslos. Ihr Schreck kämpfte mit einer fürchterlichen Erkenntnis.

Sie war nicht allein.

„Sei doch still, oder wir werden entdeckt", flüsterte ihr eine wohlbekannte Stimme ins Ohr.

Ihr Herz schlug noch schneller, wenn das überhaupt möglich war.

„Verstehst du?" Seine Stimme war leise, fast unhörbar, doch diese tiefen, männlichen Töne hätte sie überall erkannt. Eine Mischung aus Grauen und Erleichterung machte sie ganz schwindelig. Sie drehte sich langsam zu ihm und sah in bodenlos dunkle Augen. *Nicholas.* Im silbernen Mondlicht, das durch die Fenster hinter ihnen fiel, konnte sie sehen, dass er seine Maske abgenommen hatte. Schatten verdunkelten seine Gesichtszüge, aber sie konnte den steinharten Verlauf seines Kiefers und die strengen Lippen ausmachen.

Sie hielt den Atem an und erwartete die Reaktion ihres Mannes. Was würde er dazu sagen, seiner Frau in so einem Moment auf so eine Art und Weise zu begegnen?

„Verstehst du?", wiederholte er so ruhig wie das erste Mal.

Sie nickte, benommen vor Schock.

Gütiger Himmel, er erkennt mich nicht!

Er ließ sie los, und etwas verspätet tastete sie nach ihrer Wange. Die mit Federn besetzte Maske saß noch sicher. Ihre Finger wanderten zu der Fülle kupferner Locken—sie hatte rot gewählt, um ihr eigenes glattes, braunes Haar zu verbergen. Die Schminke hatte wohl ihr Übriges getan, um sie zu verkleiden. Am

Anfang des Abends hatte sie ihren Schminkpinsel freizügig in die winzigen Kupferbecher getaucht, um ihre Maskerade zu vollenden. Sie hatte beim Blick in den Spiegel eine Woge der Erregung gefühlt. So würde keiner die sittsame Lady Helena erkennen: anstößig rote Lippen, rauchige Augenlider, geschwärzte Wimpern. Keiner würde die Wassernymphe mit dem ruchlos roten Haar und schamlos tiefen Dekolleté ansehen und die Marquise von Harteford erkennen.

Offensichtlich nicht einmal der Marquis von Harteford selbst.

2

Nicholas Morgan, sechster Marquis von Harteford, ließ langsam die erlesene Ware in seinen Armen los. Er zwang sich, in seinem Kopf bis zehn zu zählen, um das Feuer in seinem Blut zu kühlen. Um die weiche Haut zu vergessen, die vor einem Augenblick noch unter seiner Handfläche ruhte, die zarte, korsettlose Taille, die er mit einem Arm umfasst hatte, und den vollen runden Hintern, der aufreizend gegen seine Lenden gezappelt hatte.

Unglaublich. Er hatte sich nie einen lüsternen Mann gewähnt, doch jetzt, schon zum zweiten Mal in einem Monat, war er nur noch ein Sumpf rasender animalischer Begierde. Der erste Vorfall war seine Hochzeitsnacht gewesen; seine schöne, jungfräuliche Ehefrau hatte seine Lenden in Brand gesetzt—und, wie sich herausstellte, wollte sie nichts mit ihm zu tun haben. Nun spürte er seine frustrierte Leidenschaft einem Täubchen zufließen, die vielleicht schön war, obwohl das in der Dunkelheit schwer to sagen war, die jedoch mit Jungfräulichkeit gewiss nichts zu tun hatte.

Schmerz zerrte in seiner Brust, und zwar nicht zum ersten Mal, seit er verheiratet war. Er hatte sich immer gesagt, dass eine in der Gosse verbrachte Jugend einen Menschen noch lange nicht dazu verdammte, sich wie ein unbändiges Tier zu gebaren. Nicht, dass eine vornehme Erziehung auf irgendeine Weise für edles Benehmen bürgte: Der ehemalige Marquis, den er nie kennengelernt hatte, war ein berüchtigter Frauenheld gewesen. Nicholas selbst war der Beweis: Fast sein ganzes Leben lang hatte er geglaubt, er sei der verstoßene Bastard einer Hure. Die Wahrheit über seine rechtmäßige Herkunft, über die ihn vor einem Jahr ein ernst dreinschauender Notar unterrichtet hatte, hatte seine Welt auf den Kopf gestellt. Und sie stand immer noch nicht wieder ganz gerade.

Seine Heirat hatte ihn nur noch weiter aus dem Gleichgewicht geworfen.

Ich bin nicht gut genug für Helena. Ich hätte sie nie heiraten sollen.

Doch vom ersten Moment an, als er ihr begegnet war, war er von ihr gefangen gewesen. Er hatte sie vor vier Monaten zuerst bei einem Ball erblickt, der so ermüdend war wie all die anderen. Er hatte seine Pflichtrunden gedreht und wollte eigentlich entfliehen, als er sie bemerkte. Sie war hinten im Saal auf einem Stuhl gesessen. Auf den ersten Blick hätte er sie vielleicht gar nicht wahrgenommen, denn ihr lockeres, aschfahles Kleid ähnelte leider sehr dem Vorhang neben ihr. Überdies saß sie wie ein Häufchen Elend auf ihrem Stuhl, ihre Schultern nach vorne gebeugt wie eingezogene Flügel. Es schien, als wollte sie sich so weit in sich selbst zurückziehen, dass sie gänzlich vom Erdboden verschwand.

Ja, er hätte sie leicht übersehen, hätte sie sich ihm nicht in eben diesem Moment zugewandt. Als ihr Blick seinen traf, verschlug es ihm den Atem. Ihre großen Mandelaugen, wie Sonnenlicht, das sich in einem Gartenteich spiegelte, sahen unendlich traurig aus. Und aus irgendeinem unerklärlichen Grund spiegelte sich sein eigener Schmerz in ihrem Ausdruck. Er hatte darauf gewartet, dass sich dieser Ausdruck änderte, und ihr Gesicht diese winzige Muskelbewegung machte, die er immer sah, wenn er erkannt wurde. Die sich krümmenden Mundwinkel, die sich hebenden Augenbrauen, die Bände sprachen.

Der Hurensohn. Von Arbeit besudelt. Der Möchtegernmarquis.

Zu seinem Erstaunen war Helenas Blick offen und arglos geblieben, und ein schüchternes Lächeln war auf ihren Lippen erschienen. Als sie ihren Blick wieder senkte, war es ein höfliches Nicken gewesen und kein herablassendes Abwenden. Auf einmal fielen ihm gleich eine ganze Reihe Details an ihr auf. Die Fülle ihrer Lippen, die madonnenhafte Wölbung ihrer Wangen, der delikat geformte Fuß, der einladend unter der schweren Festung ihres Kleides hervorwippte. Dann faszinierte ihn auch die Art, wie sie abseits der anderen jungen Damen saß, weder wie eine ausgefallene Zuchtblüte noch ein verzagendes Mauerblümchen. Nein, sie war eher eine exotische Art von Blume, eine noch verschlossene, geheimnisvolle Knospe, die bald ihre leidenschaftlichen Geheimnisse preisgeben würde. Zum ersten Mal in seinem Leben hatte ihn eine Sehnsucht erfasst, so intensiv, dass sie ihn aller Vernunft beraubte.

Obwohl er es besser wusste, ließ er sich ihr vorstellen und warb um sie, die einzige Tochter des Grafen von Northgate. Sein Vermögen hatte ihm den Weg gebahnt. Northgate nutzten all seine ehrbaren Titel nichts, denn die Gläubiger gingen bei ihm ein und aus. Ein liederlicher Spieler, wie er es war, konnte es sich nicht leisten, die großzügige Summe Geldes auszuschlagen, die mit Nicholas' Brautwerbung einherging. Mit entschlossenem Anstand hatte Nicholas seine Verlobte umworben, um die Welt, und vor allem sich selbst, davon zu überzeugen, dass er einer so wohlgeborenen Dame wert sein konnte. Er hatte unter Aufsicht mit Helena Spaziergänge unternommen. Sie hatten nicht öfter als zweimal auf einem Ball getanzt. Er hatte mit ihrer Familie beim Tee höfliche Konversation betrieben und sich dabei gezwungen, staubtrockene winzige Häppchen mit Wasserkresse hinunterzuwürgen.

Nach jeder züchtigen Begegnung während ihrer Verlobungszeit war Nicholas vor Begierde nach ihr auf alle erdenklich unzüchtigen Weisen steif in seine Gemächer zurückgekehrt. Der fleischliche Trieb, den er in ihrer Gegenwart sorgfältig verbarg, brach nun durch den Deich seiner Selbstkontrolle. Im Bade liegend fasste er dann sein erregtes Glied, Helena vor seinem inneren Auge. Heiße Bilder kamen ihm, wie sie auf ihrem Bauch lag, ihre üppigen Hüften auf Kissen liegend, sodass sich ihre Scham ihm nach oben weit ausgespreizt ihn erwartend zuwandte. Dann stellte er sich vor, dass sie sich umdrehte und ihn ansah, ihre großen Augen weich und glühend vor Lust und Bewunderung.

Bitte, Nicholas, bettelte sie ihn dann. *Bitte nimm mich.*

In seiner Fantasie nahm er sich dann Zeit, spannte sein ungeduldiges Mädchen ein wenig auf die Folter. Sein Finger spielte mit ihrem seidigen Kätzchen, bis sie vor Lust schnurrte. Dann kniete er zwischen ihren Schenkeln und tat etwas, das er noch nie zuvor getan hatte, was er nie tun *wollte*, ehe er sie traf. Ja, vom ersten Augenblick an hatte er Lust, seinen Mund auf ihre verbotene Frucht zu legen, um diesen Teil von ihr zu kosten, der genauso süß sein musste wie der Rest von ihr.

Er wollte sie verschlingen, bis sie ihre erste Erleichterung aus sich hinausschreien würde. Dann erst würde er über sie kommen, mit solch langsamer Behutsamkeit in sie eindringen, dass beide fühlen konnten, wie er brennend, stückchenweise von ihr Besitz ergriff. Es würde nicht den geringsten Zweifel geben, dass dies der Ort war, wo er hingehörte, gänzlich in ihrem weiblichen Kern versunken. Dann würde er sie lieben, dabei ihre eifrige, süße Stimme nach mehr verlangen hören, würde sie mit bedächtigem, verspieltem Stupsen necken, dann ihren Hunger mit tiefen, seidenen Stößen stillen.

Das Badewasser zog kreisrunde Wellen unter seinen verzweifelten Schlägen, während seine Fantasien verschrobener und durchdringender wurden. In seiner Fantasie hielt er dann bis zum Anschlag in ihrer bebenden Hitze steckend inne. Er befeuchtete seine Finger mit ihren Säften und erforschte die liebliche Spalte ihrer Pobacken, bis er die geheime Kuhle fand. Dann streichelte er den zarten Saum, bis der sich vor Erregung weitete. Vorsichtig glitt sein Finger in ihre unteren Gefilde, während seine Männlichkeit weiter in der Höhle nebenan hämmerte.

In diesem Moment fühlte er, wie ihr ganzer Körper ihn empfing: sein Schwanz, seinen Finger, seine Seele schlechthin. Sie würde ihm nie wieder entkommen, und umgekehrt er ihr auch nicht. Denn gewiss würde er ihr nur noch mehr verfallen, wenn sie ihn so anbettelte, von ihm, ihrem missratenen Gemahl, gründlich gefickt zu werden. Wenn sie es liebte, *ihn* liebte.

Fürwahr, er war der schlimmste Mistkerl, den es gab. Er hatte kein Recht, seine Frau mit diesen Händen, die er sich in der Gosse schmutzig gemacht hatte und die zu unaussprechlichen Sünden fähig waren, zu berühren. Überdies wusste sogar er als Neuling in der feinen Gesellschaft, dass wahre Kavaliere ihre fleischlichen Triebe nicht in den erlesenen Schlafgemächern ihrer Gemahlinnen befriedigten. Nein, sie schonten deren zarte Empfindsamkeiten und suchten sich die Art von Frau, die für diese niedere Seite des Lebens geeignet war. Denn wenn Helena jemals davon wüsste; wenn sie seine tierische Seite auch nur *erahnte...*

Nicholas schauderte, als er sich an die Abscheu und den Schmerz in ihrem Gesicht in ihrer Hochzeitsnacht erinnerte. Er hatte zuvor noch nie mit einer feinen Dame Verkehr gehabt. Früher hatte der Beischlaf immer nur zu einem Zweck stattgefunden: um seine körperlichen Bedürfnisse zu befriedigen. Doch in jener Nacht, da war es seine Frau gewesen, die da in Unschuld zitternd in seinem Bett lag. Sie war dagelegen wie ein Brett: totenstill. Er hatte sich gehetzt, damit alles schnell ging, damit er sie so wenig verstörte wie möglich, doch es hatte nicht gereicht.

Bis zu diesem Tag suchten ihn ihre Schmerzensschreie heim. Wie hatte er ihr so wehtun können? Waren feine Damen denn so anders als die anderen Frauen, die er in der Vergangenheit gekannt hatte? In diesen kurzen Augenblicken hatte sie durch die rissige Maske der Noblesse gesehen und hatte das abartige Biest in ihm erblickt. Die Schande schmerzte ihn bis in die Knochen. Gewiss verachtete sie ihn. Sie würde nie wieder von ihm berührt werden wollen.

Um sie zu verschonen, musste er also einen anderen Weg finden, seine quälende Begierde zu erleichtern. Sich täglich–ach was, dreimal am Tag–selbst zu befingern war leider keine Lösung. Auf gewisse Weise verdross es ihn sogar noch mehr, seinen eigenen Schwanz zu streicheln, und entzündete seine ohnehin schon gewaltige Begierde nach seiner Frau nur noch weiter. Wenn er seinen Samen ergoss, empfand er nur eine flüchtige, körperliche Erleichterung–und keinerlei Linderung seiner bis ins Mark bohrenden Einsamkeit.

Er hatte sich daher mit einer anderen Lösung abgefunden. Seine fleischlichen Triebe konnte er nicht mehr verleugnen, also hatte er sich einen geeigneten Ausweg gesucht. Das Kloster, berüchtigt für sowohl seine Perversion als auch seine Diskretion, war ihm ein leidlich guter Ort erschienen, um seinen sündhaften Gelüsten nachzugeben. Doch heute Abend, als sein Blick über den opulenten Maskenball geschweift war, hatte er nichts Interessantes gesehen. Er hatte trotzdem mit mehreren Freudenmädchen getanzt und sich dabei eingeredet, dass er einfach eine Frau–irgendeine Frau–ficken musste, um seine Lust zu stillen. Doch als ihre Busen so gegen seine Brust rieben, ihre Hüften verschämt seine Schenkel streiften, blieb das Feuer in seinen Lenden aus. Eine besonders dreiste Brünette war so weit gegangen, ihm von ihren Fertigkeiten mit der Peitsche ins Ohr zu flüstern, doch er fühlte nichts.

In seiner Verzweiflung war er in ein leeres Zimmer im Obergeschoss gegangen. Allein in einem Ohrensessel dachte er an die einzige Frau, die ihm etwas bedeutete: wie rosa ihre Brustwarzen sein mussten, wie er sie mit seinen Fingern liebkosen würde, bis sie ihn darum bettelte, an ihren Brüsten zu saugen... und sein

Geschlecht erwachte sofort. Mit einem Seufzer gab er sich seiner blühenden Vorstellungskraft hin, öffnete seine Hosen mit Händen, die in seiner Fantasie weiß und weich und mit makellosen ovalen Fingernägeln besetzt waren. Er suchte Trost darin, wie diese Hände nun seinen Schwanz umfassten, wie sie das Blut in die gespannte Kuppel sandten, die vor ausgelaufenem Samen schon schlüpfrig war.

Doch Trost war ihm nicht vergönnt gewesen, nicht einmal auf diese Weise. Denn nur Augenblicke später hatte sich die Tür geöffnet. Instinktiv war er vom Sessel in das nächstbeste Versteck gesprungen. Schlimm genug, dass die Pedanten der guten Gesellschaft ihn bereits den Möchtegernmarquis schimpften—er konnte sich nur ausmalen, was für Folgen es haben würde, in dieser besonders misslichen Lage ertappt zu werden. So also fand sich Lord Nicholas Harteford mit geöffneter Hose hinter Vorhängen wieder, versteckt vor einer trauten *Ménage à trois*, die offenbar zu vögeln beabsichtigte, bis entweder der Tag anbrach oder einer von ihnen vor Erschöpfung das Zeitliche segnete.

Seine Furcht vor engen Räumen trieb kalten Schweiß auf Nicholas' Stirn. Die Zeit tickte hinter dem erdrückend dicken Samt voran. So sehr er sich auch bemühte, er konnte nicht verhindern, dass seine Erinnerung unweigerlich in die dunklen Tunnel seiner Vergangenheit hinabrutschte. Ruß erfüllte lähmend seine Kehle, er darbte nach Luft und schien zu ersticken. Er vernahm ein plötzliches Scharren und drückte sich gegen die Wand. Er erwartete, die Heimsuchung seiner Träume zu sehen, das bärtige Gesicht, das bedrohliche Grinsen—

Stattdessen war er entdeckt worden. Nicht von der vögelnden Dreisamkeit, sondern einem leichten Rock. Ein Freudenmädchen war aus dem Nichts aufgetaucht. Ihr Geruch nach Orangenblüten und Frühlingsgrün verdrängte die dunkle Fäulnis seiner Erinnerung. Ihr praller Po und sahniger Busen verlockten seine Hände über seinen Verstand hinaus. Lust schoss durch ihn wie ein Geysir und vertrieb augenblicklich seine Panik.

Sein Leben wurde wahrhaft zur Farce.

Er musste der Lage und somit seiner versteckten Gefährtin nun ins Gesicht sehen. Nachdem sie den ersten Schreck, hinter dem Vorhang nicht allein zu sein, verwunden hatte, vermied die Nymphe sorgfältig jeglichen Blickkontakt mit ihm. Sie schien von der Szene auf der anderen Seite des Samtvorhangs völlig gefangen zu sein. Er konnte nur ihr Profil sehen. Ihre Federmaske verbarg fast ihr ganzes Gesicht, dennoch erahnte er, dass zu der anmutigen Kinnspitze erlesene Wangenknochen gehören mussten. Im fahlen Mondlicht konnte er die Farbe ihrer Augen nicht ausmachen, doch schienen sie riesig und hell, verführerisch von dunklen, geschwungenen Wimpern und rauchigen Lidern umgeben.

Und ihr Mund... er konnte die großzügige Kurve ihrer Unterlippe sehen, die keck einladend hervorragte. Sogar in der Dunkelheit konnte er erkennen, dass der Mund rot geschminkt war. Das Rot einer Sirene, betörend und reif wie eine Kirsche, bereit, gekostet zu werden. Ihre vollen Lippen bebten, hingerissen von dem, was da durch den Spalt zwischen den Vorhängen zu sehen war. *Dieses freche kleine Luder.* Widerwilliges Amüsement vermischte sich mit anschwellender Erregung. Er beugte auch seinen Kopf nach vorne, um seinerseits das Liebesschauspiel beobachten zu können.

Im Kerzenschein räkelte sich eine schlanke Brünette auf ihrem Rücken, während einer der Männer, ein gedrungener, sandblonder Kerl, ihr eifrig zwischen die Beine fuhr. Sie schien mit großer Begeisterung bei der Sache zu sein; ihre ranken Beine hatte sie um die Hüften des Mannes geschlungen und zog ihn mit jedem Stoß näher an sich. Neben ihr auf dem Teppich lag ein blonder Mann nackt auf der Seite. Sein steifer Schwanz leuchtete scharlachrot in ihrem beherzten Griff. Er beugte seinen Kopf, um ihre apfelgroßen Busen zu kosten.

„Liebliche Lucy, gefällt dir, was Brookeston da mit deinem Kätzchen anstellt?", fragte der Blonde nach einer Weile. Seine Finger zupften verspielt an ihren kleinen dunklen Brustwarzen.

„Oh ja", keuchte Lucy, während ihr Rückgrat sich aufbäumte. „Lord Brookeston... stoßen Sie doch Ihre Rute noch tiefer in mich... mein hungriges Kätzchen braucht das... fühlen Sie doch nur, wie nass es ist, wie es nach Ihrem mächtigen Schwert lechzt... oh bitte... ja, genauso, durchbohren Sie mich nur noch fester...!"

Lucys Worte trieben Brookeston an den Rand des Wahnsinns. Seine Hüften klatschten mit noch größerer Wucht gegen ihre Schenkel. Er konnte nur noch keuchen.

„Gott, St. John, das Luder ist so heiß, ich werde gleich..."

„Beherrschen Sie sich, Mensch." Mit einem saloppen Schubs brachte St. John Brookeston aus dem Gleichgewicht. Letzterer landete mit einem überraschten Grunzen auf dem Hintern. Sein Glied schwankte in der Luft wie ein Fahnenmast.

„Wozu nun das denn?", fragte Brookeston wütend.

„Ich bin an der Reihe", erwiderte St. John heiter und nahm den Platz seines Freundes zwischen den Beinen der Frau ein. „Sie vertragen den Alkohol nicht, und mit der Ausdauer hatten Sie es ja ohnehin noch nie."

Auf Brookestons empörtes Stammeln hin sagte Lucy mit einem kecken Lächeln: „Meine Herren, darf ich anmerken, dass es ja genug Platz für alle gibt? Lord Brookeston, wenn Sie so nett wären und zum Kopf der Tafel kämen?" Als sie das sagte, rollte sie lasziv herum und kam auf ihre Hände und Knie. Sie warf einen lockenden Blick über ihre Schulter.

Brookeston leistete mit unziemlicher Hast Folge. Er stöhnte laut, als Lucy seine Erektion zwischen ihre Lippen nahm. Zur gleichen Zeit begann St. John von hinten in sie zu hämmern. Mit jedem lustvollen Stöhnen stieß er Lucy weiter nach vorne, was den Schwanz seines Freundes tiefer in ihren Mund trieb. Lucys Augen rollten nach hinten und ihr Gesicht sah wild aus, als sie sich zum erotischen Rhythmus ihrer zwei Liebhaber bewegte.

Das Mondlicht hinter dem Vorhang veränderte sich. Nicholas sah seine maskierte Komplizin an, auf deren Gesicht nun Schatten spielten. Er bemerkte, dass sie ähnlich gebaut war wie

Helena. Kurvenreich, mit einer schmalen Taille und einem sündhaft rundem Hinterteil. Ihr festes, rundes Dekolletee schien zu bibbern und in seinem Geiste sah er ihre Titten rhythmisch zu jedem wilden Stoß seines Schwanzes wackeln. Er spürte, wie ihm die Beherrschung entglitt, als er sich die feurige Nymphe unter sich vorstellte, nach seinem Glied bettelnd, mit Worten so heiß wie jene, die von der anderen Seite des Zimmers zu ihnen drangen. Unerträglich entflammt schloss Nicholas seine Hände um die Taille der Frau und drehte sie zu sich.

Die Augen der Nymphe weiteten sich und einen kurzen Augenblick lang hatte Nicholas das erniedrigende Gefühl, dass auch sie ihn zurückweisen würde. Doch nein, ihre Augen schlossen sich mit einem stummen Seufzer und ihre Lippen öffneten sich willig. Langsam, vorsichtig, um nicht den Vorhang zu regen, zog Nicholas sie näher an sich. Beseelt von Glück erforschte er mit dem Finger die Fülle ihrer Unterlippe, liebkoste den weichen, prallen Vorsprung. Er fuhr die Kontur ihres Mundes nach und sein Schwanz pochte nur beim Gedanken daran, diese Lippen zu kosten und ihre Süße mit seiner Zunge zu plündern.

Doch das würde er nicht. Er hatte sich gelobt, diesen Akt allein seiner Ehe vorzubehalten. Er würde seine Liebe, das Licht seiner Seele in seine keuschen Küsse mit Helena legen und beten, dass sie beides sicher bewahren mochte. Und dennoch, wenngleich auch Schuld und Selbstverachtung in seinem Innern brannten, wusste er, dass es in dieser Nacht kein Zurück gab. Seine Dämonen waren geweckt und sie verlangten nach Befriedigung ihrer wilden Gelüste.

Oh, meine Liebste. Vergib mir.

Nicholas streichelte um Einlass bittend die Unterlippe der Frau. Seine Nasenlöcher weiteten sich, als ihre Zungenspitze erschien und gegen seinen Finger schnalzte. Sie leckte ihn langsam, genussvoll, als wäre er Konfekt. Er steckte seinen Finger tiefer hinein. Wieder weiteten sich ihre Augen. Herr im Himmel, wie ihn diese unschuldige Geste in Brand setzte. Er stieß seinen ganzen Finger in ihren Mund, unterdrückte ein Stöhnen, als ihre Wangen sich instinktiv höhlten und ihn in ihre feuchten Tiefen saugten. Nicholas ächzte innerlich und sein steifes Glied spannte schmerzhaft gegen seinen Hosenschlitz. Würden die drei Turteltauben denn nie aufhören?

Kehlige männliche Stimmen erhoben sich im Zimmer, als antworteten sie ihm, gefolgt von hohen, eifrigen weiblichen Schreien. Augenblicke später hörte er ein wenig Kichern, das Klingeln von Goldmünzen, die den Besitzer wechselten, und dann‑nun, es wurde auch verdammt noch mal Zeit‑das Öffnen und Schließen der Tür. Nicholas musterte die maskierte Verführerin in seinen Armen. Sie schien sich völlig in ihrer Lust vergessen zu haben. Ihre Augen waren halb geschlossen, ihr üppiger Busen hob und senkte sich in schnellem Takt. Um ihre Mundwinkel war das Lippenrot etwas verschmiert, einen Makel, den er seltsam erotisch fand.

Lust schoss wie ein Blitz durch ihn. Mit einer raschen Bewegung packte er sie und zerrte den Vorhang zur Seite. Bevor sie Zeit hatte, auch nur einen Laut von sich zu geben, legte er sie auf die nächste verfügbare Oberfläche, den Schreibtisch. Sie lag vor ihm wie ein Festmahl, und er kam sich vor, als hätte er gerade eine endlose Hungersnot überlebt. Sie machte eine Bewegung, als wolle sie widersprechen. Er fuhr lediglich seine Hände über die dünnen Ärmel ihrer weiten weißen Tunika und zog sie herunter, sodass ihre wohlgeformten Arme darin feststeckten. Dem Rest der Tunika blieb nichts anderes, als den Ärmeln zu folgen, der Saum aus Satin floss über die weichen Rundungen, dann kamen pralle Brustwarzen zum Vorschein. Sie waren reif wie Beeren, saßen lieblich auf vollen, makellosen Titten. Er schöpfte diese Fülle mit seinen Händen, und als sie stöhnte, rauschte das Blut in seinem Kopf.

Seine Finger fanden ihre Brustwarzen und kraulten die Knospen, bis ihre Seufzer keuchend und verzweifelnd wurden. Gott, sie war eine lodernde Hölle. Er wollte ihr Feuer kosten, bevor er selbst in Flammen aufging. Er riss ihren Rock hoch. Erregung schäumte durch ihn, als er außer einem dünnen Leibchen keine hinderlichen Unterkleider fand. Er schob den Saum des Leibchens weiter nach oben, vorbei an ihren herrlichen bestrumpften Beinen, den Rüschen ihrer Strumpfbänder, bis ganz nach oben. Am Ende all dieser Pracht fand er noch mehr himmlische Freuden–flaumig weich gelockt, ein schüchternes Kätzchen. Ehrfürchtig glitten seine Finger ihren Ritz hinab, und fanden sie prall, feucht und schlüpfrig vor Verlangen vor.

Sie schrie unterdrückt auf.

Er legte seine Hand über ihren Mund und bemerkte, wie braun seine Hand gegen ihre lilienweiße Sänfte erschien. Für eine Dirne hatte sie sehr damenhafte Haut. „Pst, Süße, es sei denn, du möchtest noch andere zu unserem Stelldichein einladen. Das möchtest du doch gewiss nicht?"

Ihre Augen wurden riesengroß. Sie schüttelte den Kopf.

„Gut." Zufriedenheit summte in seinen Adern. Nicholas hielt sie sanft bei der Kehle und ließ seine Hand noch weiter hinabgleiten.

„Ich bin kein Mann, der gerne teilt."

Mit seiner anderen Hand knöpfte er seine Pantalons auf. Sein eingezwängtes Fleisch war befreit und schnalzte in triumphierender Freiheit nach oben. Er brachte die geschwollene Spitze zur Mündung ihres Geschlechts und folterte sie beide, indem er den empfindlichen Kopf gegen ihre feuchten Locken rieb. Er strich nach oben und nach unten, stupste ihre geheime Stelle mit dem Kopf seines Schwanzes. Sie japste und schloss ihre Augen.

„Schau mich an." Er drückte sanft auf ihre Kehle. „Sag mir, dass du mich willst."

Ihre Augen flogen auf. Ihr Ausdruck–dieses vermeintlich unschuldige Klimpern ihrer langen Wimpern–der gewiss nur vorgetäuschte Schreck war, der ihr die Augen weitete, brachte ihn fast zum Erguss. Man mochte fast glauben, dass unter der exotischen Federmaske die frischen Wangen einer Anfängerin glühten.

Ja, da hatte er eine wahre Schauspielerin gefunden. Die vollkommene Hure, die nicht nur seinen Schwanz befriedigte, sondern auch seinem dunkelsten, innersten Wunsch entsprach: der Unschuld Leidenschaft zu entlocken. Eine Dame—seine Dame—in eine süße, hemmungslose Dirne zu verwandeln.

„Nun sag mir, meine Süße, was willst du?"

Sein Luder stöhnte. Sie reckte ihre Hüften seiner Erektion entgegen, suchte instinktiv Härte, um sie gegen ihre Weichheit zu reiben. Ihr Verlangen machte seine Schwanzspitze schlüpfrig und er bebte nach Einlass in dieses feuchte Paradies. Nicholas wich streng dreinblickend zurück.

„Ein wohlerzogenes Fräulein wie du weiß doch bestimmt, dass man antwortet, wenn man gefragt wird. Also, antworte mir, oder wir hören auf."

Sie sah ihn mit riesigen Augen an. Als sie sprach, waren ihre Worte weich, rauchig und völlig unerwartet:

„Monsieur, s'il vous plaît. Je ne comprends pas..."

Sie war also Französin, wohl gerade hier in England angekommen. Er fand ihren Akzent verzückend und seltsam vertraut, was keinen Sinn ergab, denn er kannte keine Französinnen. Dann rückte sie ihm wieder entgegen, um seinen Schwanz flehend, und benetzte ihn mit betörender Feuchtigkeit. Er konnte nur sehr wenig Französisch, doch die Sprache der Begierde verstand er gut. Er erwiderte mit einem bewussten Stoß nach vorne, sodass die geweitete Spitze seines Schwanzes an ihren satten Schamlippen vorbeiglitt.

„*Mademoiselle*, ist es das, was du willst?" Er drang ein bisschen weiter vor, fühlte ihren Gang enger werden, dann ihm langsam nachgeben. Sie war erstaunlich eng. Er konnte spüren, wie sich ihr Eingang unter seiner Erektion dehnte. Er würde sein eigenes Spielchen nicht viel länger aushalten.

Zu seiner Erleichterung nickte sie, als verstünde sie ihn.

„Du möchtest also meinen Schwanz. Meinen Schwanz in deinem süßen Kätzchen." Er sprach diese Worte wie ein Lehrmeister mit seinem gelehrigen Schützling. Er stieß tiefer, dehnte sie langsam, und seine Brust schwoll unter ihren Freudenrufen an. Er versenkte sich tiefer in ihren zerfließenden Tiefen. „Frag danach, süßes Ding. Fleh mich um mehr von meinem Schwanz an."

„Schwanz", wiederholte sie atemlos, während sich ihr Kopf von einer Seite zur anderen bewegte und er sie mit noch einem Zoll seines Gliedes belohnte. „*S'il vous plaît, monsieur*... noch mehr... Schwanz!"

Mit einem heiseren Stöhnen ergriff er die vollen Kurven ihres Hinterns, genoss in vollen Zügen die weibliche Weiche. Er hob ihre Hüften und stieß seine ganze Länge in sie. Sie entbrannte sofort. Pures Feuer hüllte sich um seine Rute, als er sich in ihr bewegte. Sie ächzte, bäumte sich von der Tischfläche auf, um seine Stöße zu empfangen. Er suchte nach Halt, fasste die Tischkante und arbeitete sich immer weiter voran, bis in das Herz ihrer Fraulichkeit. Vor Lust wahnsinnig stampfte er in sie, während sie lustvoll flötete: „*J'adore le* Schwanz, *monsieur*, ohhhh... mehr..."

Das überwältigende Begehren ließ die Welt vor seinen Augen verschwimmen und entlockte seiner Kehle ein tiefes Brüllen. Wie er noch in ihren engen Gang trieb, krümmte sich ihr ganzer Körper, um ihn zu empfangen, nach mehr verlangend. Von ihren Lippen kamen französische Worte, die er nicht verstand, doch der begierige Ton der seidigen Silben ließ ihn noch fester, noch tiefer stoßen. Wie er erwartet hatte, schwangen ihre vollen Brüste wunderbar mit jedem Stoß. Ihre Brustwarzen schwollen an und bettelten um Aufmerksamkeit. Er lehnte sich hinunter und nahm eine mit seinem Mund gefangen. Er nuckelte im Takt mit seinem Schwanz.

Das war alles, was es noch brauchte. Sie kreischte—einen anderen Ausdruck gab es dafür nicht—einen hohen, fast erschreckten Laut, der wie Balsam über seine wunde Seele rann. Sie kam, wie es einem wunderschönen Luder wie ihr gebührte: Ihre Scheide hielt ihn mit forscher Bestimmtheit fest, molk ihn mit einer Kadenz schillernder Zuckungen. Seine Augen schlossen sich, als der Druck in seinen Hoden immer stärker wurde und endlich seinen Schacht entlang brodelte. Er tauchte in ihre Falten, fand den Kern ihrer Lust.

Ihr Aufschrei brutzelte in seinen Ohren, während ihm schwarz vor Augen wurde. Mit seinem letzten Quäntchen Beherrschung wand er sich aus ihr heraus. Ein harscher Schrei kam über seine Lippen. Er verkniff sich gerade noch so einen geliebten Namen, der ihm entwischen wollte, als seine Lust in glänzenden Strömen über den Schreibtisch quoll.

3

Helena saß in dem blauweißen Salon, nippte an ihrem Tee und vermied Blickkontakt mit Lady Marianne Draven. Sie fürchtete diese klugen, smaragdgrünen Augen mit dem allzu wissenden Ausdruck. Seit dem Vorabend war sie aus dem Erröten gar nicht mehr herausgekommen, und ihre anhaltende Wangenröte war ihrer scharfsinnigen Freundin sicherlich nicht entgangen. Ehrlich gesagt brannte sie nur so darauf, über die außergewöhnlichen Ereignisse zu sprechen, die ihr ein paar Stunden zuvor widerfahren waren. Doch wie sprach man in vornehmer Gesellschaft über berauschten Geschlechtsverkehr mit dem eigenen Gemahl?

Ihre Tasse klimperte, als sie sie auf die Untertasse setzte; im einfallenden Morgenlicht kringelte sich Dampf von ihrem Tee hoch. Vom Kaminsims schlug die vergoldete Uhr acht Mal. Trotz des Schlafmangels schäumten Helenas Innereien nur so vor Tatkraft. Sie beäugte den Teller mit den Törtchen auf dem kleinen Rosenholztisch. Löffelweise mit Cooks köstlicher Brombeerkonfitüre beladen, schien das Gebäck sie geradezu verlocken zu wollen. Mit einem entschiedenen Seufzer wandte Helena ihren Blick wieder ihrer Tasse zu. Wenn sie Nicholas zurückgewinnen wollte, musste sie sich streng an ihre Abmagerungskur halten.

„Meine Liebe, dieser Tee mag vielleicht feinster Ceylon sein, doch solch gründlicher Prüfung bedarf er bestimmt nicht", bemerkte Lady Marianne vom Sheratonsofa nebenan. Sie nahm ihre cremefarbenen Handschuhe mit einer anmutigen Bewegung ab. „Möchtest du nicht darüber sprechen, was deine Aufmerksamkeit wirklich so fesselt?"

Helenas Blick flog wie ein Pfeil auf ihre Freundin. Die Natur hatte sie mit silberblondem Haar und klassisch gemeißelten Gesichtszügen bedacht, sodass der Anblick von Mariannes Schönheit geradewegs einem Blick ins grelle Sonnenlicht gleichkam. Sie kannte Marianne seit ihren Schultagen und musste dennoch angesichts der Makellosigkeit ihrer Freundin immer noch blinzeln. Trotz der frühen Stunde lagen keine Schatten über Mariannes lebhaften Augen, und ihre Haut glühte vor gut ausgeruhter Gesundheit. Nicht, dass Marianne allzu viel geschlafen haben konnte—sie war es ja gewesen, die Helena am Vorabend auf dem Weg zu anderen Zerstreuungen beim Kloster abgesetzt hatte. Man nannte sie doch schließlich die *lustige Witwe*, weil sie nie vor Sonnenaufgang in ihre Stadtresidenz heimkehrte.

„Teetrinken ist einfacher als ein offenes Gespräch", gab Helena zu. „Ich weiß gar nicht, wo ich anfangen soll."

„Ist der Lord Harteford denn heute Morgen zu Hause?", wollte Marianne wissen.

„Nein. Er... er kam gestern Nacht nicht heim." Helena trank einen Schluck Tee. „Ich vermute, dass er in seinem Club geblieben ist."

„Ausgezeichnet. Dann ist mein Besuch zu dieser unchristlichen Stunde auch keine verlorene Liebesmüh. Ich schlage also vor, dass wir da beginnen, wo mein Kutscher dich abgesetzt hat—beim Freudenhaus", sagte Marianne.

Helena verkniff sich ein Lächeln. Manches änderte sich nie.

Offen gesagt hatte sie Marianne in den vergangenen fünf

Jahren fürchterlich vermisst. Im Alter von neunzehn Jahren hatte Marianne den wohlhabenden und zurückgezogen lebenden Lord Draven geheiratet. Sie war unverzüglich in die Einöde von Yorkshire gebracht worden, an einen Ort, den Helenas viele Schreiben ganz offensichtlich nicht erreichten. Als Helena im vergangenen Monat zufällig die frisch verwitwete Marianne bei einer Gesellschaft getroffen hatte, hatte sie sich neben ihrer ehemaligen Busenfreundin linkisch und altbacken gefühlt. Marianne war schon immer schön gewesen, doch nun strahlte sie ein neues, sinnliches Selbstbewusstsein aus, ebenso wie einen kernigen Witz, mit dem sie sogar in den mondänen Kreisen, mit denen sie Umgang pflegte, herausstach.

Helena, die ihrerseits gebildete Salons voller Blaustrümpfe und alter Jungfern bevorzugte, hatte Mariannes glamouröse Selbstsicherheit schon immer ein wenig erschreckt. Doch wenn die beiden erst einmal zu sprechen begannen, kam immer die Vertrautheit ihrer Kindheit wieder durch. Und obwohl Marianne sich auf die eine oder andere Weise verändert hatte, so war sie auf wieder andere Art ganz die Alte geblieben. Marianne war schon immer klug gewesen, die Art von Freundin, an die man sich in der Not wandte. Am Vortag hatte Helena sich in einem Anfall von Verzweiflung Marianne anvertraut und ihr vom Zustand ihrer Ehe und der Eintrittskarte erzählt, die sie in Nicholas Gemächern gefunden hatte. Mariannes strategischer Plan hätte dem großen Wellington selbst zur Ehre gereicht.

Helena beäugte ihre Freundin. „Bist du immer so taktvoll?"

„Habe ich nicht gestern Abend deinen Besuch im Kloster arrangiert? Was würde man das denn nennen, wenn nicht Takt?" Neugier glänzte in Mariannes klaren grünen Augen. „Ist alles so vonstatten gegangen wie geplant?"

„Ja, nachdem dein Kutscher mich am Hintereingang abgesetzt hatte, ließ mich die... Äbtissin ein."

Welch seltsamer Name für eine Kupplerin, und noch seltsamer, dass Marianne die Eigentümerin eines Freudenhauses zu ihren vielen Bekanntschaften zählte. Helena wusste aber, dass sie besser nicht nachfragte. Es war nicht Mariannes Art, lange Erklärungen abzugeben. „Sie war recht angenehm und ganz anders, als ich sie mir vorgestellt hatte. Weißt du, dass sie mir sogar Limonade angeboten hat?"

Marianne lachte, und richtete ihre mandarinenfarbenen Röcke mit einem eleganten Schlenker aus dem Handgelenk. „Die Äbtissin kann angenehm sein, wenn sie will. Als ich ihr von deinem Leid erzählt habe, gefiel ihr die Geschichte von der hingebungsvollen Gattin sehr. Das, und die Goldmünzen, mit der ich ihre Verschwiegenheit entlohnt habe. Hat sie ihr Versprechen gehalten, dir ein Privatzimmer zur Verfügung zu stellen?"

Helena spürte, wie Hitze ihren Hals emporkroch. Sie trank nochmals von ihrem Tee.

„Hat sie etwa nicht? Ich muss mal ein Wörtchen mit ihr reden." Ein Hauch von Farbe erschien auf Mariannes hohen Wangenknochen. „Ich habe sie doch ausdrücklich angewiesen—"

„Oh, nein, das war nicht die Schuld der Äbtissin", fiel Helena ein und stellte dabei ihre Untertasse ab. „Sie hatte ein Zimmer für mich. Es war nur—so weit bin ich gar nicht gekommen. Zu dem Zimmer, meine ich."

„Oh, Helena, nun sag mir bitte nicht, dass du die Rolle der welkenden Orchidee gespielt hast. Nun wirklich, nach all der Mühe, die ich mir gemacht habe! Hast du denn deinen Mann überhaupt gefunden?"

Helenas Kinn hob sich angesichts Mariannes neckenden Tones ein wenig. „Harteford habe ich gefunden."

„Und was ist geschehen? Hast du ihn konfrontiert, von ihm Treue verlangt?"

„Nun, ehrlich gesagt kam unser Gespräch nicht so weit."

„Er war also wütend, dass du ihm ins Kloster gefolgt bist. Wie äußerst scheinheilig von ihm. Und wie ausgesprochen männlich." Sie verdrehte ihre Augen und kreuzte die Arme unter ihrem Busen. Die Geste hob ihr Mieder *à la Grecque* aufsehenerregend.

Helena blickte auf ihr eigenes Brustbein hinab und zuckte probehalber auch mit den Schultern. Nichts. Der gestärkte Stoff ihrer Bluse verbarg jegliche interessante Regung.

„Also, wütend war er nicht gerade. Zumindest schien er es nicht zu sein." Wie sie so auf den Kissen herumrutschte, fühlte Helena, wie ihre Wangen erröteten. „Er war eigentlich ganz... erfreut."

„Erfreut? Wenn du nicht mit ihm ins Gespräch gekommen bist, wie um Himmels willen konnte er dann..." Da begriff Marianne, worauf Helena anspielte, und stieß ein schelmisches Lachen aus. „Meine Liebste, hast du etwa deinen eigenen Mann verführt?"

Helena nickte und ein Schauder von Lust ging durch sie hindurch. Ihre Brüste schmerzten auf einmal vor ihrem eigenen Gewicht und ihre Brustwarzen wurden hart, allein von der Erinnerung an seine ranken Finger, und wie er sie an dieser Stelle umfasst, gestreichelt und geknetet hatte. Ihre *Titten* hatte er sie genannt, ein Loblied auf sie gesungen, mit einer Stimme so finster und ächzend, dass sie immer noch eine Gänsehaut davon bekam.

„Wenn ich fragen darf... diese Begebenheit, war sie angenehm?"

Helena sah in Mariannes lachende, offene Augen und etwas lockerte sich in ihrer Brust. Ihr ganzes Leben lang war ihr beigebracht worden, dass an gewisse Themen nie zu denken war, geschweige denn, sie in feiner Gesellschaft auch nur *anzudeuten*. Aber bei dem Gedanken an den wenig hilfreichen Ratschlag ihrer Mutter in Bezug auf ihre Hochzeitsnacht fühlte sie noch ein rebellisches Rupfen, und in ihr flog irgendwo eine Tür auf. „Oh Marianne, und wie!"

Da, es war heraus. Glückselig schnappte sie beinahe ein Marmeladentörtchen vom Teller. Sie fing sich rechtzeitig und faltete stattdessen die Hände, und wartete die Reaktion ihrer Freundin ab. Sicherlich hatte sie Marianne schockiert.

„Und so sollte es auch sein", sagte Marianne. „Ich habe mich oft gefragt, warum die *beau monde* Liebesheirat so unpassend findet. Meiner Erfahrung nach werden lieblose Ehen sehr schnell recht mühsam."

„Ich bin mir nicht sicher, ob die unsere eine Liebesheirat war. Zumindest nicht aus seiner Sicht." Die Wahrheit über die vergangene Nacht raubte ihr etwas von ihrem Glück.

„Hast du nicht gerade gesagt, eure Begegnung war sehr zufriedenstellend?"

Helenas Haut kribbelte, als sie sich an den Hunger in Nicholas' Gesichtsausdruck erinnerte. Als sie seine Brust berührte, hatte sein ganzer Körper vibriert wie die Saite einer gut gestimmten Geige. Dann kam der schillernde Moment, als sie Hitze zwischen ihre Beine strömen und wie ein Feuerwerk in ihrem ganzen Körper bersten fühlte... und *seine* heiseren Schreie sich mit den ihren vermischten. In diesem Augenblick, als sein Herz neben ihrem galoppierte, und sie den herben Duft ihrer geteilten Lust atmete, hatte sie eine unbändige Freude empfunden. Und einen zerrüttenden Schmerz.

„Er wusste nicht, dass ich es war", sagte Helen durch gepresste Lippen hindurch.

„Wie bitte?"

„Gestern Nacht wusste Harteford nicht, dass ich es war. Es war dunkel, und ich nahm meine Maske und Perücke nicht ab."

„Aber als du sprachst, hat er doch sicherlich..."

„Ich sprach Französisch, um meine Stimme zu verfälschen."

„Deine Stimme verfälschen... aber warum denn nur?", fragte Marianne.

„Weil... weil...", versuchte Helena das Fieber, das über sie gekommen war, zu erklären. Im Schutz der Maske war sie eine andere Art von Frau gewesen, eine Fremde. Die Art von Frau, die einen Mann verführen konnte, die seine Begierden mit ihren eigenen unverfrorenen Gelüsten erwidern konnte. Gelüste, von deren Existenz sie nichts gewusst hatte, bis Nicholas sie mit seinen dreisten Händen und seinem verruchten Mund freigesetzt hatte.

Ein Schauder kroch ihre Beine hoch, als sie sich daran erinnerte, wie er ihre Brüste geküsst hatte, während zugleich sein geschwollenes Fleisch in sie eingedrungen war. Von verzweifeltem Begehren gepackt, hatte sie nach mehr verlangt; es war, als verhungerte sie ohne seine Berührung auf ihr, *in* ihr... Mit flammend rotem Haar und Schminke verkleidet, war sie in der Tat zur Hure geworden! Dieses Gefühl der Freiheit war ebenso berauschend wie fremdartig gewesen.

Erst danach, als Nicholas sich aus ihrer Umarmung gelöst hatte und sich kühl und geschwind anzukleiden begann, war die Wirklichkeit wieder eingekehrt. Was war nur über sie gekommen? Wie hatte sie mit solcher Begeisterung, mit solch ungezügelter *Lüsternheit* auf seine Liebkosungen reagieren können? Gütiger Himmel, was hätte Nicholas getan, wenn sie sich ihm gleich dann und dort zu erkennen gegeben hätte, als eine Dirne, die ihn nur Augenblicke zuvor um immer mehr gebettelt hatte? Eine Welle der Scham und des Entsetzens brach über sie ein, als sie sich der Worte seines Heiratsantrags entsann.

Ich bitte um die allerhöchste Ehre, nämlich um Ihre Hand. Ich mag Ihrer reinen und tugendhaften Natur unwürdig sein, doch ich schätze sie über alles. Ich werde alles daran setzen, Ihnen ein rechtschaffener Ehemann zu sein, wenn Sie mich nehmen.

Rein und tugendhaft? Gewiss nicht–sie war regelrecht schamlos.

Helena wurde kreideweiß. „Ich hatte Angst, mich zu erkennen zu geben. Nachdem es vorüber war, da stand er nämlich auf und zog sich an, als wäre nichts geschehen. Er... er sah mich nicht einmal an."

„Freilich, er hielt dich ja für eine Hure", sagte Marianne ruhig. „Wie sonst hätte er dich denn behandeln sollen?"

Und genau darin lag die Krux des Ganzen. Sie, Helena Morgan, Marquise von Harteford, hatte die Rolle der Hure so überzeugend gespielt, dass sie ihren eigenen Mann damit geblendet hatte. Doch was, wenn ihr Tun gar keine Schauspielerei war? Was, wenn... wenn ihre *Tugend* die Lüge war? Als sie sich daran erinnerte, wie gleichgültig Nicholas nach ihrem Verkehr am Vorabend gewesen war, schauderte Helena. Konnte er sie denn lieben, wenn er von ihrer wahren Natur erführe? Oder käme er sich betrogen vor? Vorgeführt von dieser Dirne von einer Gemahlin.

„Hat er denn irgendetwas zu dir gesagt?“

„Wie bitte?“, flüsterte Helena.

„Irgendwelche Worte. Deiner Person gegenüber geäußert“, wiederholte Marianne ungeduldig.

Sich vor Scham windend, gab Helena zu: „Ja. Bevor er ging, sagte er *Danke*. Und dann hinterließ er eine Fünfzig-Pfund-Note auf dem Schreibtisch.“

„Eine Fünfzig-Pfund-Note! Na, da geht dir in diesem Monat gewiss nicht das Haushaltsgeld aus.“

„Das ist nicht lustig, Marianne“, sagte Helena mit heißem Druck hinter ihren Augenlidern.

Mariannes Augen glänzten. „Oh, das finde ich aber schon. Denk doch nur, der Marquis von Harteford bezahlt für Gefälligkeiten, die er sich ja durch die Ehe schon erkauft hat. Du siehst doch bestimmt den Humor darin.“

„Ganz gewiss *nicht*! Mein Mann wird höchst... *verärgert* sein, wenn er es je herausfinden sollte.“ Mit erregter Hand wischte Helena die Tränen fort, die ihr gekommen waren. „Er wird mir nie vergeben, dass ich ihn auf solche Art und Weise getäuscht habe.“

„So gesehen...“, zuckte Marianne mit den Schultern. „Da wäre es einfacher gewesen, wenn du dich gleich dann und dort erklärt hättest. Warum hast du es nicht getan?“

Helena senkte den Kopf. „Ich hatte Angst.“

„Angst? Nach solch genussvollem Verkehr? Ich muss gestehen, meine Liebe, dass du mich recht verwirrst.“

„Marianne, als du verheiratet warst, hast du denn jemals... jemals...“

„Ja, meine Liebe?“

„Dich recht... ich meine, mit großer Begeisterung auf...“

„Sprich doch deutlich mit mir, Helena. Du weißt, mir liegt nichts daran, sinnlos um den heißen Brei zu reden.“

„Hast du deinen Mann jemals um Liebe angebettelt?“, fragte Helena rasch.

Marianne lachte verblüfft. „Angebettelt? Aber freilich nicht!“

„Dann ist es wohl wahr, ich bin eine Hure.“ Helena sprach diese Worte mit entmutigter Benommenheit, obwohl ihre Unterlippe bebte. „Jetzt wird mich Harteford niemals lieben.“

„Ich bin mir sicher, dass derlei Dramatisierungen unangebracht sind.“ Marianne griff nach ihrem Tee. Sie nippte, zog eine Grimasse, setzte Tasse und Untertasse wieder auf den Tisch. „Wenn du nur einfach erklären würdest...“

„Gestern Nacht, Marianne, da habe ich mich wie eine lüsterne Dirne verhalten! Ich habe meinen Mann darum gebettelt–“

„Nun, wie ich schon bemerkte, ist das in glücklichen Ehen nicht ungewöhnlich.“

„Du sagtest eben, du habest deinen Mann nie so angebettelt“, merkte Helena an.

„Das liegt daran, dass meine Ehe keine glückliche war“, erwiderte ihre Freundin herb.

„Oh. Das–es tut mir leid.“

„Macht nichts. Ich habe ja schließlich Einiges aus dieser Ehe herausgeschlagen, einschließlich der Freiheiten, die ich jetzt genieße.“ Marianne hob eine elegant geschwungene Augenbraue. „Freiheiten, die es mir erlauben zu bemerken, dass der Genuss von Affären recht weit verbreitet ist.“

„Du verstehst nicht. Ich habe es *wahrhaft* genossen. So sehr, dass ich Harteford bettelte...“ Helena fühlte ein panisches Schluchzen in ihrer Kehle hochsteigen.

„Um was, Helena? Wenn du willst, dass ich dir helfe, musst du es mir schon sagen.“

Helena schloss ihre Augen. „Mich zu vögeln. Ich bat ihn, mich zu vögeln. Mit seinem... Schwanz.“

„Meine Güte, das ist recht unverblümt." Marianne räusperte sich. „ Wo genau hast du denn solche Ausdrücke her?"

„Nun, von Harteford natürlich. Er hat mich gestern Abend aufgefordert, das zu sagen." Helena zwinkerte. „Woher sonst hätte ich denn so etwas?"

„Und wie hat dein Lord reagiert, als du ihm diese Worte sagtest?"

Helena verstummte, errötete. „Er wurde in seinen Bewegungen recht... wild."

„Meine Güte." Marianne fächelte sich mit ihren Handschuhen Luft zu. „Und diese Leidenschaft gefiel dir, nicht wahr?"

„Es war das Beste, was ich jemals erlebt habe", sagte Helena feurig.

„Warum sollte er dann anders für dich empfinden?"

Helena neigte ihren Kopf. „Wie bitte?"

„Warum sollte dein Mann nicht auch deine Leidenschaft genießen?"

So hatte sie es noch gar nicht gesehen. „Nun, vor unserer Heirat schien es, dass er mich sehr mochte, und er sprach oft von meinem Anstand. Einmal, etwa, lobte er mich als fleischgewordene Tugend. Wie die Gemahlin von Caesar–makellos."

Marianne verdrehte die Augen. „Meine Liebe, mit der fleischgewordenen Tugend ist noch nie ein Mann gern ins Bett gegangen, egal, was er sagt. Darf ich offen sprechen?"

„Aber natürlich." Helena wurde sich des ungeheuren Ausmaßes ihrer Geständnisse bewusst und kicherte plötzlich. Sie hatte in ihrem ganzen Leben noch nie so offen gesprochen. „Nach allem, was ich dir anvertraut habe, fragst du das noch?"

„Dein Mann hat dich aus einem Grund geheiratet. Trotz seiner unglücklichen Herkunft hat Hartefords Vermögen doch so manche Kupplerin in helle Aufruhr versetzt. Doch seine Wahl fiel auf dich. Warum, glaubst du?"

„Wegen meiner familiären Verbindungen?", riet Helena.

„Nun, in den Adel einzuheiraten war sicherlich kein Nachteil", gab Marianne zu. „Doch gab es da mehrere Damen mit noch höheren Titeln und noch größeren Aussteuern auf dem Heiratsmarkt. Wenn es Harteford lediglich um blaues Blut gegangen wäre, warum griff er dann nicht nach einer noch größeren Beute?"

„Ich weiß es nicht." Ohne nachzudenken, griff Helena nach einem Stück Gebäck. Sie hielt inne. Ihre Finger zitterten nur Haaresbreite von dem cremigen Naschwerk entfernt. Sie schluckte. „Aber in einer Sache hast du recht. Finanziell gesehen war ich kein guter Fang. Du weißt, wie sich unser Glück nach dem Tod von Thomas gewendet hat."

Das Ticken der Uhr schien in der darauf folgenden Stille umso lauter, ebenso wie die Geschäftigkeit der Bediensteten hinter den Türen des Salons. Helena fragte sich, ob sie jemals über den Tod ihres älteren Bruders würde sprechen können, ohne eine schmerzhafte Leere zu empfinden. Mariannes Heirat und Wegzug nach Yorkshire nur einen Monat nach Thomas' Beerdigung hatte diese finstere Zeit nur noch schwerer gemacht.

„Jeder, der Thomas kannte, hatte ihn gern", sagte Marianne sachte.

„Ja, wer hätte ihn auch nicht gemocht? Er war vollkommen." Helena hielt inne und besah ihre Hände. „Sie haben es nie verwunden. Meine Eltern, meine ich. Mein Vater verfiel dem Spiel und meine Mutter zog sich in ihre Gemächer zurück. Bald wurden die Schulden immer mehr. Und es gab nur einen Ausweg."

„Töchterliche Pflicht." Mariannes Stimme war hart wie Eis.

„Wie meine Mutter immer zu bemerken pflegte, da ich ja sonst so wenig zu bieten hatte, musste ich eben durch tadelloses Verhalten passende Freier auf mich aufmerksam machen. Weißt du, dass ich die *Umfassende Handreichung* von Lady Epplethistle Zeile für Zeile auswendig gelernt habe?" Helena zuckte mit den Schultern. „Aber vergebens. Ich bin nichts Besonderes. Keine Schönheit, und für die gängige Mode zu pummelig. Vor Hartefords Heiratsantrag dachte meine Mutter, sie bleibt vielleicht auf mir sitzen. Die Ballsaison war fast vorüber, und eine zweite konnte mein Vater sich nicht leisten."

„Du bist nicht zu pummelig. Männer schätzen Frauen mit einer sinnlichen Figur. Und du bist ganz gewiss nicht langweilig", sagte Marianne. „Bescheidene Zurückhaltung geziemt sich vielleicht, doch wird sie dir sicherlich nicht helfen, deinen Mann zu verstehen."

„Aber ich weiß es wirklich nicht!" Helena warf verzagend ihre Hände hoch. „Ich weiß nicht, was er an mir findet, außer meiner Tugend, die es ja, wie wir nun festgestellt haben, gar nicht gibt. Kunst, Musik und Fremdsprachen beherrsche ich ganz gut, aber nicht meisterhaft."

„Ach, hör doch auf. So hübsch du auch Klavier spielst, deswegen hat dich dein Mann nicht geheiratet", schnappte Marianne.

„Das weiß ich doch." Helena sah ihre Freundin verletzt an. „Warum bist du wütend auf mich?"

„Weil du dich angesichts des Glückes, das vor dir liegt, blind stellst."

„Was für ein Glück? Wahrlich, Marianne, kannst du dich nicht klarer ausdrücken?"

Marianne hielt sie mit einem schroffen, grünäugigen Blick fest. „Hast du nicht bemerkt, wie dein Gemahl dich ansieht? Ich bemerke jedenfalls das Verlangen in seinem Blick, auch wenn er es noch so zu verbergen sucht. Meine Liebste, er sieht dich so an, wie du schon die ganze Zeit dieses verhexte Törtchen ansiehst—er hungert nach dir, er will dich mit Haut und Haar verschlingen."

Helena blieb der Mund offen stehen.

„Warum macht dich das so stutzig, Helena? Du hast doch soeben eine Nacht der Leidenschaft in seinen Armen verbracht, schon vergessen?"

„Er dachte doch, ich sei eine andere." Es verwirrte sie, wie sehr der Betrug sie schmerzte, war es doch *sie* gewesen, die *ihn* getäuscht hatte. Dennoch hatte er sein Ehegelübde gebrochen.

Warum hatte er es bloß für angebracht gehalten, mit einer Fremden jene Zärtlichkeiten zu teilen, die er seiner eigenen Frau vorenthielt? Mit einem Knoten in der Stimme sagte sie: „Er lag in meinen Armen im Glauben, ich sei eine Dirne auf einem Ball."

„Vielleicht würde er keine Dirnen aufsuchen, wenn sein Bett zu Hause ihm ein wärmeres Willkommen hieße."

Helena wurde heftig rot. „Der Gedanke ist mir auch schon gekommen. Ich hätte nie auf meine Mutter und ihren Ratschlag, Hüte kaufen zu gehen, hören sollen."

Auf Mariannes fragenden Blick hin erklärte sie, was ihr über ihre ehelichen Pflichten beigebracht worden war.

„Mein Gott." Marianne fehlten ausnahmsweise einmal die Worte. Ihr Mund öffnete und schloss sich mehrmals, ehe sie sagte: „Ich kann davon ausgehen, dass letzte Nacht keinerlei Hüte erstanden oder veräußert wurden?"

„Überhaupt keine", erwiderte Helena nachdrücklich.

„Ausgezeichnet." Marianne tätschelte Helenas Hand. „Und du liebst deinen Gemahl?"

„Das weißt du doch!"

„Und du bist dir sicher, dass du ihm nicht gestehen kannst, dass du die Hure warst?"

„Kann ich nicht", flüsterte Helena. „Er wird mich dafür verachten, dass ich ihn... belogen habe."

Dafür, dass sie sich wie eine Hure verhalten hatte. Gütiger Himmel, dafür, dass sie... eine gewesen war.

Marianne seufzte. „Nun gut, dann rate ich dir also dies: Finde einen Weg, ihn wieder zu verführen, diesmal als seine Frau. Zeig ihm, dass er keinen Anlass hat, wieder ins Freudenhaus zu gehen."

„Meinst du, ich kann das?" Unsicherheit und Hoffnung zitterten in Helenas Stimme.

„Aber freilich. Männer sind einfache Wesen, und vor allem faul. Die Bequemlichkeit ist deine stärkste Verbündete. Wenn Harteford alles, was er sich ersehnt, in seinem eigenen Heim findet, wird er sich nicht mehr herumtreiben. Denk aber daran:

Deine Rivalin ist eine Hure, du musst also mit allen Mitteln kämpfen."

„Mittel? Was habe ich denn für Mittel?"

Marianne studierte sie so eindringlich, dass sie sich trotz Leibchen, Korsett und Unterröcken erstaunlich nackt unter ihrem Blick fühlte. Es beruhigte sie, dass sie ihr Morgenkleid, wie im übrigen alle anderen Stücke in ihrer Garderobe auch, eigens so hatte schneidern lassen, dass es ihre peinliche Körperfülle verbarg. Es war eine Sache, über die eigene Rundlichkeit zu sprechen, sie ihrer Freundin tatsächlich zu zeigen, war etwas ganz anderes.

„Deine Mittel erscheinen mir ganz reichhaltig, allerdings sind sie ja völlig erdrückt in diesem schlecht geschnittenen Kleid, in genug Unterröcken, um ein Dorf zu bekleiden und, um Gottes willen, trägst du etwa ein Korsett?", endete Marianne in gespieltem Entsetzen.

„Ich weiß, dass die zurzeit nicht in Mode sind", sagte Helena mit Würde, „doch mein Schneider versichert mir, dass viele Damen der feinen Gesellschaft sich ihrer immer noch bedienen, um eine bessere Figur zu machen."

„War mir gar nicht bewusst, dass die Form eines abgebundenen Hühnchens dieses Jahr in Mode ist."

Marianne lehnte sich vor und stocherte ihr in die Rippen. „Wenn ich fragen darf, wie atmest du überhaupt in diesem Monstrum?"

„Lass das." Helena schlug ihrer Freundin auf die Finger. „Wir können nicht alle natürlich schlank sein wie du."

Marianne tätschelte selbstgefällig ihre Röcke. „Nun, das mag stimmen. Aber warum musst du deine eigenen Gaben derart verstecken?"

„Ich verstecke nichts", sagte Helena durch zusammengebissene Zähne. „Ich versuche lediglich, meine Makel zu mindern."

„Und damit minderst du auch jegliche Köperform. Dein Kleid hat genug Stoff, um uns beide zu verhüllen. Und", fügte ihre

Freundin erbarmungslos hinzu, „genug Spitze und Volants, um ganz Frankreich damit zu verzieren."

Erniedrigung schwoll heiß und stechend in Helenas Brust. Marianne hatte vermutlich recht. Marianne sah immerhin stets aus, als wäre sie gerade den Seiten von *La Belle Assemblée* entsprungen.

„Wie es der Zufall so will, erwartet mich morgen Nachmittag Madame Rousseau. Und du kommst mit."

„Madame Rousseau würde mich so kurzfristig empfangen?", bezweifelte Helena. „Man sagt, sie beliefert nur die *crème de la crème* der Gesellschaft."

Marianne nahm sich grinsend ein Törtchen. „Ein Blick auf dich wird genügen, und sie wird dich zu ihrer größten Herausforderung erklären."

‹ 4 ›

Nicholas erwachte zu gedämpften Schreien, gefolgt von einem donnernden Krachen, das den Fußboden und seinen Körper erbeben ließ. Hitzige Flüche kamen vom Lagerhaus unten. Kurz darauf wehte ein süßlicher, durchdringender Geruch ins Zimmer. Nicholas stöhnte, als er sich daran erinnerte, dass am Vortag eine neue Lieferung Rum aus den West Indies angekommen war. Er wälzte sich auf dem knotigen Sofa herum und zog die raue Wolldecke noch fester um sich. Er wollte im Augenblick dem neuen Arbeitstag noch nicht ins Gesicht sehen.

Was er tun wollte, war wieder einschlafen und im Traum erneut dem Luder in den Armen liegen, das ihn eben noch mit dreisten Küssen gemartert hatte. Küsse, die ihm eine pochende Morgenlatte einbrachten. Mit einem Seufzer, die Augen noch geschlossen, knöpfte Nicholas seine Unterhosen auf. Er konzentrierte sich auf den Mund des Mädchens aus dem Traum, reif wie eine Kirsche unter ihrer Federmaske. Dieser lustvolle, pralle Mund, der ihm sanfte Küsse auf sein Kinn und seinen Hals setzte. Sein Atem ging schneller, als ihre Hände die steifen Muskeln seiner Brust herunterstreiften, gefolgt von ihrer Zunge, die glühend seine Brustwarzen liebkoste.

Sie bewegte sich wie eine Wassernymphe. Ihr kastanienrotes Haar glitt wie eine kühle seidene Welle über seine Haut. Ganz natürlich sank sie zwischen seine Beine, als ob sie einfach dorthin gehörte. Ihre zierlichen Hände spielten mit seinen Hoden. Die sanften, kreisenden Bewegungen brachten sein Blut zum Brodeln. Dann legte sie ihren Mund auf ihn. Nicholas verbiss sich ein Ächzen, als sie seine Eier leckte, wie Wellen einen Strand leckten. Jede Woge zog ihn tiefer in ein Meer von Lust. Er zwirbelte ihr Haar mit seinen Fingern, führte ihren Mund nach oben und schob sich hinein. Heiße, schnelle Stöße dämpften ihre Worte der Liebe und der Lust. Als er sich seinem Höhepunkt näherte, griff er nach ihrer Maske und riss sie fort.

Ein goldbrauner Blick traf seinen.

„Ich liebe dich", flüsterte Helena.

Er kam in einer gewaltigen Brandung.

Keuchend lag Nicholas flach auf dem Rücken auf dem Sofa. Langsam wurde er sich wieder seiner Umwelt bewusst–der lauten, blechernen Stimmen in ihrem Londoner Cockney-Akzent, des einlullenden Plätscherns des Wassers, des Aromas des Flusses von Meer und Müll. Sein Körper war erleichtert, jedoch nicht sein Gewissen, also atmete er tief und ließ sich von dem Elixier aus feuchter salziger Luft, Teer und Ruß von den Metallwerken fluss-abwärts trösten. Die Ausdünstungen der Themse brachten andere vielleicht dazu, die Nase zu rümpfen, doch er verband die mannig-fachen Gerüche mit Neuanfängen, mit Möglichkeiten, die jedem offen standen, der die Entschlossenheit und den Eifer hatte, seine Lebensumstände zu verbessern.

Nicholas erhob sich und zuckte beim Anblick des nassen Fleckens zusammen. Er ging zum Schrank, um sich saubere Klei-dung zu holen. Während er sich umzog, sah er aus dem großen Fenster hinter seinem Schreibtisch. Zu dieser Morgenstunde ähnelte die Themse einem verdorrten Wald mit ockerroten Segeln, die von Hunderten von Mästen flatterten. Schuten balgten sich innerhalb der Hafenmauern des West India Docks um Platz.

Schiffe, die das Glück hatten, auf der Kaiseite vor Anker zu liegen, wurden von Trägern abgeladen, die emsig wie Ameisen zwischen Dock und Lagerhaus wimmelten.

Wie immer zog die Kraft des Flusses Nicholas in seinen Bann. Sechzehn Jahre lang war er stets vor Tagesanbruch am Lagerhaus auf der Isle of Dogs angekommen und hatte es erst bei Dunkelheit wieder verlassen. In seinen ersten Jahren bei der Kompagnie hatte er sich gehässige Bemerkungen der anderen Schreibkräfte anhören müssen. *Speichellecker* hatten sie ihn genannt, seinen Fleiß als Versuch verhöhnt, sich bei Besitzer Jeremiah Fines anzubiedern.

Nicholas hatte diesen Spitzen keine Beachtung geschenkt und arbeitete nur noch mehr. Es stimmte, dass er es Jeremiah vergelten wollte, dass er ihm die Stellung bei der Kompagnie ermöglicht hatte. Doch bald wollte er noch viel mehr, als seinem Mentor zu gefallen. Arbeit wurde zu seinem Herzblut, Erfolg für ihn wie die Luft zum Atmen. Sowie er sich die Rangleiter der Kompagnie emporarbeitete, verklang leise der Hohn der anderen.

In letzter Zeit jedoch hatte seine Arbeit etwas von ihrem starken Reiz verloren. Das Geld, das er verdiente, die Erfolge, die er anhäufte—nichts schien ihn mehr zufriedenzustellen. Als er so stand und das Dock überblickte, diese Welt, die ihn geprägt hatte, tat Nicholas etwas, das er sich nur selten erlaubte. Er hielt inne und dachte nach. Ein Gefühl der Leere begann an seinen Innereien zu nagen, es wuchs, wurde immer heftiger. Bruchstücke seiner Vergangenheit schlichen sich ein. Heimtückische Bilder pochten gegen seine Schläfen und ließen seine Handflächen feucht werden.

Er sah sie an: Es waren die Hände eines Mannes, der sich aus der Gosse emporgekämpft hatte. Die Narben auf seinen Fingerknöcheln zeugten von unzähligen Schlägereien, seine Finger und Handflächen waren hornhäutig von schwerer Arbeit. Und das war nur die Oberfläche. Unter der verhärteten Haut war er von den verborgenen Wunden und Brandmalen eines Knaben, der Schornsteine fegen musste, um sich durchzuschlagen, noch viel schlimmer entstellt. Einem Knaben, dem die Tage in den rußigen Schlöten allemal noch lieber waren als die Nächte, die er in Furcht kauernd verbrachte.

Furcht vor den quietschenden Angeln, wenn sich die Tür des Meisters öffnete. Furcht vor dem Mann mit dem schwarzen Bart, der den Türrahmen so ausfüllte, dass überhaupt kein Licht einfiel. Furcht, dass die kleinen, finsteren Augen von Ben Grimes in dieser Nacht auf ihn fallen könnten. Und die bebende, lähmende Angst vor dem sich krümmenden Finger, dem Schwirren der Peitsche, dem elenden Zimmer mit den von Flöhen zerfressenen Laken. Dorthin würde er nie zurückkehren, er konnte *nicht—*

Mit einem scharfen Atemzug warf Nicholas die Tür vor der strudelnden Dunkelheit zu. Seine Hände fassten die Tischkante, während sein Herz weiter klopfte wie ein Kaninchen in der Falle. *Es ist vorüber. Grimes ist tot.* Er wiederholte diese Worte, bis er wieder atmen konnte. Bis er wieder wusste, wer er war, und was er nun war. Kein hilfloser Knabe mehr, sondern ein Mann. Eine Flut peinvoller Wut wusch über ihn. Ja, ein Mann war er—doch was für einer?

Einer mit einem abscheulichen Geheimnis. Einer, dessen Blut besudelt war, dessen tierische Natur sein Schicksal bestimmte. Er schloss die Augen. Zur Hölle, am Vorabend hatte er es mit einer Hure getrieben—und seine Sünde noch verschlimmert, indem er sich vormachte, sie sei seine Gemahlin. Er stellte sich die wahre Helena vor, mit ihrem schüchternen Lächeln und unschuldigen Augen, und ihm drehte sich vor Selbstverachtung der Magen um.

„Vergib mir", flüsterte er.

„Wofür denn?"

Nicholas wirbelte herum. Sein erstarrtes Gehirn brauchte einen Moment, um Paul Fines zu erkennen. Der jüngere Mann nahm beim Betreten des Zimmers seinen modischen hohen Hut ab. Sein goldenes Haar glänzte wie eine neue Guineemünze. Wie gewöhnlich trug Paul makellos geschneiderte Kleidung; keine

Falte war in seinem taubengrauen Mantel und Hosen auszumachen. Eine aufwendig gebundene Krawatte streifte sein Kinn. Seine Weste war gelb und eine Blüte in derselben Farbe hüpfte heiter in seinem Knopfloch.

„Dachte ich mir doch, dass ich dich hier finde, Morgan", sagte Paul. „Und du arbeitest wie gewöhnlich zu viel. Dass du schon Selbstgespräche führst, kann ja nichts Gutes verheißen."

Nicholas nahm sich zusammen und setzte einen spöttischen Gesichtsausdruck auf. „Ich bin überrascht, dich zu sehen, Fines. Es ist ja noch nicht einmal Mittag. Ich dachte, Herren von Welt stehen grundsätzlich nicht bei Tageslicht auf."

„Bin ich auch nicht", erwiderte Paul. „Ich bin vielmehr noch gar nicht zu Bett gegangen."

Nicholas grunzte. Er liebte Paul wie einen Bruder (wenn auch einen jüngeren und verzogenen), doch er würde nie verstehen, wie der Mann solch einen Lebenswandel durchhielt: Er schlief bei Tag und zechte und feierte die ganze Nacht hindurch. Er und Paul konnten nicht unterschiedlicher sein. Als Jeremiahs einziger Sohn war er von Geburt an nach Strich und Faden verwöhnt worden. Er führte ein Leben wohlhabender bourgeoiser Muße, rührte keinen Finger und kannte kein Maß.

Paul erfasste mit raschem Blick den zweckmäßigen Raum. „Ich sehe schon, seit meinem letzten Besuch hat sich nicht viel verändert. Schade eigentlich." Er nahm einen Stapel Kassenbücher von einem Stuhl und legte die Blätter unzeremoniell auf den fadenscheinigen Teppich. Er wirbelte dabei eine Staubwolke auf, vor der er sich schüttelte. „Guter Gott, mein Freund, jetzt da du der Marquis von Soundso bist, sollte dein Kontor nicht deinem Titel entsprechen? Wo sind die samtenen Kissen mit den aufgestickten Wappen? Die güldenen Engelchen? Die Scharen von Fußvolk, die dir Champagner kredenzen?"

„Das Fußvolk hat dieses Jahr frei." Nicholas ging hinüber zum Waschtisch. Der Spritzer eisigen Wassers fühlte sich gut und erfrischend an und brachte ihn vollends ins Hier und Jetzt zurück.

Er fühlte die rauen Morgenstoppeln auf seinem Gesicht und griff nach seinem Rasiernecessaire. „Im Gegensatz zu dir habe ich Verpflichtungen und Wichtigeres zu tun, als mein Kontor zu verzieren."

Paul machte ein wissendes Gesicht. „Verstehe, die Verpflichtungen eines frisch Vermählten."

Die Frevel, die er mit der Hure begangen hatte, sprangen Nicholas an, rannen wie Säure über seine Innereien. *Du hast nur bewiesen, dass du Helenas nicht wert bist–und es nie warst.* Er blickte in den Spiegel über der Waschschüssel und zwang sich, mit seiner Rasur fortzufahren.

„Das ist nicht, was ich meinte." Er schabte mit raschen, sparsamen Strichen durch die Seife. „Ich war einfach in letzter Zeit beschäftigt. Gestern haben wir eine große Lieferung bekommen."

Paul zog ein großes Taschentuch hervor und legte es sorgfältig auf den Stuhl, ehe er sich darauf setzte. „Sollte das nicht dein Diener für dich tun? Du schneidest dir noch eine Ader auf, und du weißt doch, wie ich den Anblick von Blut verabscheue."

„Wenn dir vor Blut graut, dann nehme ich an, ich kann dich nicht für eine Runde im Ring begeistern?" Nicholas hob eine herausfordernde Augenbraue. Er fand, dass er sich mit den Fäusten am besten abreagieren konnte. Er hatte im angrenzenden Vorzimmer einen Boxring bauen lassen–die einzige Annehmlichkeit, die er sich gegönnt hatte, seit er die Geschäftsführung von Fines und Co. übernommen hatte. „Wie wäre es denn mit ein oder zwei Runden, hä?"

„Großer Gott, Morgan, zu dieser unchristlichen Stunde?" Paul verdrehte die Augen. „Ich habe eine bessere Idee. Ich bin auf dem Weg zur Langen Meg, und du kommst mit."

Seufzend wischte Nicholas sein Kinn ab. Er zog sich mit der Flinkheit eines Mannes, der fast sein ganzes Leben lang auf sich selbst gestellt war, fertig an. Da er ohnehin schon verspätet war, wollte er eigentlich Pauls Einladung ablehnen, doch sein Magen knurrte. „Eine Tasse Kaffee schadet nicht, denke ich."

„Ausgezeichnet. Keiner kocht das Gebräu so wie die Lange Meg."

Paul beäugte Nicholas' fertigen Aufzug mit gewissem Entsetzen. „Bitte sag mir, dass du nicht vorhast, das Zimmer so zu verlassen."

„Nicht jeder hat sich das Dandytum zum Lebensziel gesetzt", sagte Nicholas mit einem Stirnrunzeln. „Manche von uns haben Dringenderes im Sinn als den Sitz unserer Krawatte. Ein Geschäft zu führen, zum Beispiel."

Da dieses Thema zwischen ihnen oft zu Wortgefechten führte, erwiderte Paul Nicholas' spitze Worte lediglich mit einem Schulterzucken. „Mein Vater, Gott hab ihn selig, verstand eben, dass sein einziger Sohn und Erbe nicht zum Geschäftsmann geboren war. Weswegen er mit seinem Tode dir, seinem stets beflissenen Partner, das Tagesgeschäft von Fines und Kompagnie übertragen hat."

Nicholas schüttelte den Kopf. „Ich sagte Jeremiah, du solltest das Geschäft führen, nicht ich."

„Wozu denn, wenn mir ohnehin die Hälfte des Gewinns zusteht? Du weißt doch, dass ich dir deinen klugen Geschäftssinn nie übel genommen habe", sagte Paul. „Wenn du nicht gerade zum rechten Zeitpunkt in unserem Leben aufgetaucht wärst, hätte Vater mich vielleicht doch noch zu redlicher Arbeit gezwungen. Und wo wäre ich denn dann hingekommen?"

Nicholas warf Paul einen Blick voll verzweifelnder Zuneigung zu. „Dann tätest du vielleicht etwas Nützliches, würde man hoffen."

„Ich bitte dich." Paul schauderte sichtlich, als er aufstand. „Erwähn bitte das Wort nützlich und meine Wenigkeit nicht im selben Satz. Wir sind einander von Grund auf abgeneigt. Etwa wie Wasser und Öl."

Sie gingen die zwei Stockwerke zum Erdgeschoss hinunter. Nicholas überblickte schnell die langgezogene Lagerhalle. Stapel hölzerner Kisten und Fässer standen ordentlich wie Heckenreihen, ein Berg Zuckersäcke lehnte gegen eine Wand. Alles sah aus wie gewöhnlich, außer der Gruppe von Männern, die in der Nähe der Gewürzkisten zusammen standen. Als sie ihn sahen, unterbrachen sie widerspenstig dreinschauend ihr Gespräch. Er wollte sie gerade scharf rügen, wieder an ihre Arbeit zu gehen, als sein vertrauter Kontorverwalter Jibotts herbeigeeilt kam.

„Guten Morgen, Herr Fines. Lord Harteford, ich habe Sie heute Morgen gar nicht kommen sehen." Hinter seinem Kneifer sahen Jibotts wässrig blaue Augen verkniffen und angespannt aus. „Ich war kurz vor sechs hier. Wann sind Sie denn angekommen?"

Nicholas spürte Pauls neugierigen Blick. Er räusperte sich.

„Kurz zuvor. Ich habe den Lärm gehört. Sagen Sie mir, was vor sich geht."

„Eines der Rumfässer, Milord", sagte Jibotts. „Jim Buckley, er glitt wegen seines schlimmen Rückens aus, und das Gewicht wurde den beiden anderen zu viel. Ich habe schon alles aufputzen lassen."

„Wie geht es Jim?"

„Ich habe ihn nach Hause geschickt, damit er sich ausruht. Er wollte sich persönlich bei Ihnen entschuldigen."

Jibotts hielt inne. „Er war in rechter Sorge, dass ihm etwas vom Lohn abgezogen wird."

„Wegen seines schlimmen Rückens?", fragte Nicholas.

Es war eine rhetorische Frage, denn er wusste aus erster Hand, wie die Arbeiterschicht lebte. Er hatte seine Laufbahn in den Docks begonnen, genau wie Jim Buckley. Wenn Jeremiah ihm keine Chance gegeben hätte, dann wäre er vielleicht auch noch dort, die unermessliche Last der Armut auf seine Schultern ladend. Zumindest erklärte es die Meuterei, die gerade hier vor sich ging. Nicholas spürte die Blicke, die die Arbeiter wie Dolche auf ihn warfen, während sie auf jedes seiner Worte lauschten.

Ein untersetzter, bärtiger Mann, eindeutig der Anführer der Gruppe, ergriff nun das Wort. „Jim hat 'n Weib und acht Kleene durchzubringen. Da macht er sich det Kreuz kaputt, und det reicht *Ihrer Lordschaft* ooch nüscht—nu müssnse auch noch Weiber und Kinners det Brot ausm Maul reißen. Verflucht, sach ick!" Er spuckte aus, was den anderen wütendes Gemurmel entlockte.

Nicholas wandte sich ihm zu. „Ihr Name?"

„Isaac Bragg", sagte der Mann. Seine wuchtige Brust plusterte sich auf wie die eines Pfaus, und seine kleinen dunklen Augen funkelten vor Unverfrorenheit.

„Herr Bragg, was ist Ihre Stellung in der Kompagnie?", fragte Nicholas scharf.

„Lastenträger", sagte Bragg, mit einem großspurigen Ton. „Und feuern könnense mir ooch. Eener wie ick findet immer wat— Milligan sucht jerade, gleich de nächste Straße, und zahlt 'nen Lohn, von dem man leben kann. Wa, Jungens?"

Gebrummte Zustimmung erhob sich hinter ihm.

Nicholas brachte die Gruppe mit einem Blick zum Schweigen. „Als Teilhaber von Fines und Co. will ich eins ganz klar stellen. Wir haben und werden nie die Arbeiterschaft dafür bestrafen, dass sie sich bei der Arbeit Verletzungen zuziehen. Wer auch immer das Gegenteil behauptet, bekommt es mit mir zu tun."

„Es verhält sich genau, wie Seine Lordschaft sagt", bestätigte Jibotts forsch. Der Verwalter studierte die kleine Gruppe Arbeiter und seine Augen hefteten sich auf einen kleinen rothaarigen Mann, der hinten stand. „Du da, James Gordon. Was ist passiert, als du dir vor ein paar Monaten den Arm gebrochen hast?"

Gordon druckste herum, lehnte schwer auf einer hölzernen Krücke. Man konnte ihn kaum verstehen, weil er mit dem Boden sprach. „Der Meister hat mir während meener Genesung weiter bezahlt."

„Und was noch?", fragte Jibotts.

„Dr. Farraday hat mir besucht", gab Gordon mit einem vorsichtigen Blick in Richtung Bragg zu. „Und der war keen Quacksalber. Der hat mich jeholfen, hat meen Arm jut versorgt.

Ne neue Krücke hat er mich ooch jejeben, weil de olle nich mehr jepasst hat."

Schulterzucken und kleinlaute Blicke allerseits.

„Dann gehen Sie wieder an die Arbeit", sagte Nicholas. Er warf Bragg einen Blick zu. Der starrte, sagte aber nichts. „Und ich erwarte, dass jeder mit seinen Problemen gleich zu mir kommt."

Die Arbeiter zerstreuten sich wie versprengte Murmeln. Als sie außer Hörweite waren, drehte Nicholas sich stirnrunzelnd zu Jibotts. „Erzählen Sie mir von diesem Bragg. Den kenne ich nicht."

„Ein neuer Lastenträger, Milord. Stieß vor ein paar Monaten zu uns. Er hat ein lautes Mundwerk und Temperament, doch er arbeitet und ist pünktlich."

„Haben Sie ein Auge auf ihn." Etwas an Braggs aufrührerischer Art gefiel Nicholas nicht. „Und schicken Sie nach Farraday, er soll nach Jim Buckley sehen."

„Aber natürlich, Milord", sagte Jibotts und wischte sich mit einem vergilbten Taschentuch die Stirn.

„In der Zwischenzeit gehen Seine Lordschaft und ich frühstücken", mischte Paul sich ein. „Er kommt nicht vor elf Uhr zurück."

„Ich bin bis zehn wieder da, Jibbots", berichtigte Nicholas, „und dann möchte ich mit Ihnen die Lieferberichte durchsehen."

***

Sie liefen den kurzen Weg zum Kaffeehaus zu Fuß, eine Straße voller Tavernen, fliegender Händler und den fluchenden, wimmelnden Männern der Docks. Sie vermieden die Tische im Freien, an denen oft Dirnen ihre Fänge zu machen versuchten, und betraten die Stube der Langen Meg. Die deftigen Düfte von geschwitzter Butter und gegrilltem Fleisch begrüßten sie, während sie den letzten freien Tisch einnahmen. Die kleine Stube war mit Kunden vollgepackt—vornehmlich Handelsleute und

Dockarbeiter—die über mit reichlich Essen beladenen Tellern in ernsten Gesprächen steckten. Die Stube war einfach, aber sauber, wie auch die beschürzte Frau, die sich nun dem Tisch näherte.

„Nicholas Morgan, Ihnen hab ick ja seit ‘ner Ewigkeit nüscht jesehen“, sagte Meg. Wie ihr Name schon andeutete, berührte ihr wuscheliges graues Haar fast die niedrige Zimmerdecke. Ihr Gesicht ähnelte einem Apfel, den man zu lange in der Sonne hatte liegen lassen. „Dachte schon, Sie haben de olle Meg verjessen, nu wo Sie so wat wie ‘ne Hoheit sind.“

„Der Königsfamilie gehört Morgan ja noch nicht an“, zwinkerte Paul ihr zu. Nicholas runzelte die Stirn und richtete seine Aufmerksamkeit auf die Speisentafel an der Wand. „Er ist lediglich ein Marquis.“

„Oh, ‘n Marquis, wa?“, gackerte Meg. „Und wann kommense und tragen mir aus meener Kaschemme hier fort?“

„Eh, von mir oos kannste jederzeit abhauen!“ Der gegerbte Tim, Megs Mann, steckte sein pockennarbiges Gesicht aus der Küche. Seine Bemerkung rief bei den Gästen lautes Gelächter hervor.

„Wer hat denn dir jefragt, du schmerbäuchiger Bastard?“, schrie Meg zurück. „Kümmer du dir um de Eier, bevor ick mir um dir kümmer’!“

Als der Kopf des gegerbten Tim sich, gleich dem einer Schildkröte, wieder verzogen hatte, warf Meg Paul und Nicholas ein zahnlückiges Grinsen zu. „Was solls denn nu sein, Jungens?“

„Zwei Ploughmans“, sagte Nicholas. „Und Kaffee, bitte.“

Wie Meg so davonmarschierte, sah Paul Nicholas amüsiert an. „Mir scheint, dein Titel ist dir unangenehm, Milord.“

„Verdammt noch mal, das ist er.“ Nicholas strich sich mit der Hand durch sein zerzaustes Haar. „Versuch du mal, in der feinen Gesellschaft ein einfacher Kaufmann zu sein und in der Gosse ein vermaledeiter Marquis. Ob dir das zusagt.“

„Das muss ich gar nicht erst versuchen. Ich weiß, dass mir das ganz und gar nicht gefiele.“ Paul wartete ab, bis Meg die Tassen mit dampfendem Gebräu abgesetzt hatte. „Wie aufreibend muss es sein, zwischen zwei Welten zu balancieren, wenn doch eine schon völlig ausreichen würde."

„Was meinst du damit?"

„Sag mal, weshalb bestehst du weiterhin darauf, als Kaufmann zu arbeiten, wenn es doch gar nicht mehr nötig ist?"

„Nicht mehr nötig?" Nicholas war zunehmend irritiert, während er Paul dabei zusah, wie er großzügige Mengen an Zucker und Sahne in seinen Kaffee rührte, als ob sein Gesprächspartner keine Sorge auf der Welt hätte. „Du redest dich leicht, du hast ja in deinem Leben noch keinen Tag gearbeitet–"

„Nun, um mich geht es ja aber nicht, oder?", erwiderte Paul. „Es geht um dich. Als es deinem Herrn Vater beliebte, dich in seinem Testament zu seinem rechtmäßigen Erben zu erklären, hast du mit dem Titel auch ein Vermögen geerbt. Das Einkommen von Fines und Co. brauchst du wohl kaum–auf welches im Übrigen, wie wir beide wissen, Jibotts sich stürzen würde wie eine Sau in den Matsch. Du musst das Tagesgeschäft gar nicht beaufsichtigen, und dennoch erfindest du jeden erdenklichen Vorwand, dich unten an den Docks zu vergraben. Warum?"

„Du hast keine Vorstellung davon, was dazugehört, Fines und Co. am Laufen zu halten", schnappte Nicholas. „Dein Vater hat sein Herzblut für die Kompagnie vergossen. Er hat aus dem Nichts etwas geschaffen. Ich lasse das nicht vor die Hunde gehen."

„Du stellst meinen Vater jetzt als einen Heiligen dar, doch der Mann war sein Lebtag an die Kompagnie gefesselt. Da ging alles andere in seinem Leben vor die Hunde. Du musst ihm das nicht nachmachen."

„Jeremiah schuftete, damit du die ausschweifende Lebensart genießen kannst, die dir so selbstverständlich ist", sagte Nicholas bitter.

„Vater arbeitete, weil er sonst nichts mit sich anzufangen wusste." Obwohl er die Worte leichthin sagte, wurden die sonst heiteren blauen Augen von Paul über der Kaffeetasse düster. „Weil er sich nicht bändigen konnte, sogar wenn er wusste, dass meine Mutter daheim auf ihn wartete, bis alle Kerzen heruntergebrannt waren."

Während Meg zurückkam und die Teller mit Eiern, Schinken und dick bestrichenem Buttertoast auf den Tisch klirren ließ, dachte Nicholas über Pauls Worte nach. So hatte er seinen Mentor noch nie betrachtet. Für ihn war Jeremiah immer die Verkörperung von Zielstrebigkeit und Entschlossenheit gewesen. Ein Mann, der schwer arbeitete, damit sein Leben etwas zählte. Ein Mann, dem der eigene Schweiß dazu verhalf, seiner Vergangenheit zu entkommen. Dennoch, wenn er an seine eigene innere Unruhe dachte, empfand Nicholas einen Funken des Unbehagens. Trat er in die Fußstapfen dieses Wahnsinns?

Er schüttelte den Kopf. „Anna und Jeremiah führten eine gute Ehe."

„Meine Eltern liebten einander, das schon, jeder auf seine eigene Art. Wenn mein Vater zu Hause war, leuchtete meine Mutter auf wie ein Lichtlein." Paul lächelte mit einem Hauch Wehmut, während er eine Scheibe Speck anschnitt. „Es waren die anderen Male, da weinte sie allein in ihrer Kammer, im Glauben, man könnte sie nicht hören."

Das Bild schnürte Nicholas die Brust zu. Anna Fines war ihm wie eine Mutter gewesen. Sie lud ihn immer zum Abendessen ein, wohl wissend, dass er sonst nirgendwo anders hinzugehen hatte. Er fühlte nun einen Stich von Schuld; er war mit seinen eigenen Angelegenheiten so beschäftigt, dass er seit seiner Hochzeit gar nicht bei ihr gewesen war. „Wie geht es Anna?"

„Seit Vaters Tod vor einem Jahr ist sie nicht mehr die Alte, wie du ja weißt. Aber sie schlägt sich durch. Meine Schwester Percy ist ihr natürlich ein großer Trost. Ganz im Gegensatz zu ihrem einzigen Sohn." Paul kaute gedankenverloren. „Mutter sagt, ich laufe Gefahr, als liederlicher Taugenichts zu enden."

„Du läufst *Gefahr*, als einer zu *enden?*", fragte Nicholas mit hochgezogenen Augenbrauen.

„Amüsant, nicht wahr? Sie sagt, ich solle mit dir sprechen. Damit du mich zur Raison bringst, vermute ich mal. Ehrlich gesagt glaube ich, sie würde sich über einen Besuch von dir und deiner Frau Gemahlin freuen..." Paul hielt inne und ein wenig Röte erschien auf seinen Wangen. „Nein, vergiss das Letztere."

„Machst du dir Sorgen, dass ich dir doch noch Verantwortungsgefühl einbläue?"

„Den Teil meinte ich nicht", sagte Paul. Er merkte flüsternd an: „Als *ob* du mir etwas einbläuen könntest."

„Was meintest du dann?"

„Das mit dem Besuch von dir und deiner Frau Gemahlin. Vergiss, dass ich das je gesagt habe, oder meine Mutter macht mich einen Kopf kürzer."

„Warum würde Anna es dir übelnehmen, uns einzuladen?" Als Paul nicht gleich antwortete, scherzte Nicholas: „Sorgt sie sich, dass deine Tischmanieren die feine Gesellschaft verschrecken?"

Sein Lächeln verging, als Paul weiterhin stumm blieb.

„Vor *dir* hat sie freilich keine Angst", sagte Paul mit offenkundigem Unbehagen. „Du magst nun ein Marquis sein, aber für uns bleibst du immer ein Hanswurst."

Nicholas schenkte der versuchten Leichtherzigkeit keine Beachtung. „Es ist also Helena. Anna hat etwas gegen ihre Anwesenheit."

„Ja, allerdings nicht so, wie du meinst", widersprach Paul. „Mutter mochte Lady Helena seit ihre kurzen Begegnung mit ihr sehr."

Nicholas entspannte sich etwas. „Woran liegt es dann?"

„Mutter hatte noch nie ein Mitglied der feinen Gesellschaft zu Gast." Paul zuckte mit den Schultern. „Der Gedanke schüchtert sie einfach ein wenig ein."

Nicholas aß seine Eier und brütete über dem Geständnis seines Freundes. Es schmerzte ihn, dass Anna solche Gedanken hegte. Wenn er jedoch ehrlich war, hatte er sich nicht ähnliche Sorgen darüber gemacht, wie es Helena in seiner Welt ergehen würde? Sie war keine blaublütige Großtuerin, gewiss nicht, doch ihr Stammbaum war beträchtlich und weit verzweigt. Sie war vornehm erzogen und ihre Unschuld war beschirmt worden. Ihre Welt war die der nobelsten Salons. Da gehörte sie hin.

„Sag Anna, dass ich ihr bald meine Aufwartung machen werde", sagte Nicholas. „Sie muss sich über zu vornehme Gesellschaft keine Sorgen machen."

„Ich wollte nicht...", zuckte Paul. „Das heißt, deine Gemahlin ist gewiss höchst willkommen."

„Ich komme allein."

„Verdammt noch mal, Nicholas, das ist eben das Problem. Du bist zu viel allein. Das meint jeder: Mutter, Percy und ich selbst auch. Seit du deinen Titel erlangt und geheiratet hast..."

„Für diese Entscheidung bin allein ich verantwortlich. Ich liege in einem Bett, das ich mir selbst gemacht habe", sagte Nicholas.

„Und das sollte ein bequemes Bett sein." Paul räusperte sich. „Was mich zu der Frage veranlasst, warum du lieber im Lagerhaus übernachtest, als in der ausschweifenden Pracht deiner Ehegemächer."

Zum Teufel mit Fines und seiner Neugier.

„Das geht dich nichts an", sagte Nicholas in einem warnenden Ton.

„Ambitioniert bin ich ja nicht, aber ich halte mich doch durchaus selbst für einen Experten des zarten Geschlechts. Solltest du irgendwelche, äh, Schwierigkeiten haben, kann ich sicherlich behilflich sein", sagte Paul prahlerisch.

Seine Großspurigkeit war sogar angebracht, denn jeder kannte Pauls Ruf bei den Damen, wobei es sich meist um ‚Damen' im weitesten Sinne handelte. Der Mann könnte einer Schlange ihre Schuppen abschmeicheln—und so mancher Frau ihre Röcke, von der Tochter des Gemüsehändlers bis hin zur blasierten Advokatengattin. Pauls Affären hielten nie lang an, doch sein reicher Erfahrungsschatz hatte ihm anscheinend eine intime Kenntnis der weiblichen Psyche eingebracht.

„Meine verruchten Ohren gehören ganz dir", sagte Paul.

Einen Moment lang erwog Nicholas, seine Ehesorgen zu teilen. Doch die Scham des Vorabends und schlimmer noch, seiner Hochzeitsnacht, hielten ihn in seinem Schweigen gefangen. Er war ein Monstrum, ein Bastard durch und durch, und da konnte ihm keiner helfen.

Er nahm einen letzten Schluck Kaffee und schwelgte kurz grimmig in seiner Bitterkeit. Beim Aufstehen legte er eine Handvoll Münzen auf dem Tisch. „Ich muss wieder an die Arbeit", sagte er.

Nicholas marschierte in sein Kontor. Er hatte von Seelenbeschau und Magenschmerzen genug; er wollte sich jetzt wieder in seine Arbeit vertiefen. Er sah einen neuen Stapel Papier auf seinem Pult und ging eifrig darauf zu. Ausgezeichnet. Die Lieferberichte. Als er nach dem obersten Blatt griff, floss ihm plötzlich das Blut aus dem Kopf. Eine eisige Hand legte sich um sein Herz. Mit zittrigen Fingern hob er den Zettel auf, der oben auf den Frachtpapieren lag.

Da stand weder Gruß noch Unterschrift, nur sechs Wörter, sauber in schwarzer Tinte geschrieben:

Ich kenne dein dreckiges kleines Geheimnis.

※ 5 ※

Am nächsten Nachmittag folgte Helena Marianne in eine Boutique auf der schicken Bond Street. Ein winziges Silberglöckchen klingelte über ihren Köpfen, als sie eintraten, und eine ganz in Schwarz gekleidete Assistentin kam ihnen grüßend entgegen. Helena sah sich im vorderen Ladenteil um und bemerkte, dass alles in Weiß- und Goldtönen gehalten war; der flauschige Teppich war vom zartesten Blau. Ein Erker lenkte die Nachmittagssonne in den Laden hinein und tauchte alles in einen sanften Schein. Man hatte den Eindruck, in ein Gemach über den Wolken zu treten.

Die Assistentin hieß sie beide, auf zierlichen goldenen Stühlen Platz zu nehmen, und brachte Tee in hauchdünnen Porzellantassen. Mit einem besorgten Auge auf die makellosen Polster nippte Helena vorsichtig ihr Getränk. Kurz darauf erschien Madame Rousseau. Die Modistin sah so aus, wie Helena befürchtet hatte; die Französin war klein, dunkelhaarig und erbarmungslos dünn, mit eindringlichen schwarzen Augen, denen nichts entging.

„Lady Marianne, was für eine Freude es ist wie immer", sagte Madame Rousseau mit flaumigem Akzent auf Englisch. „Und heute haben Sie eine Freundin dabei. Es ist mir eine Ehre, Sie in meinem bescheidenen Salon begrüßen zu dürfen."

„Lady Helena Harteford, darf ich Amélie Rousseau vorstellen? Madame Rousseau ist die Künstlerin hinter meinen feinen Federn", sagte Marianne.

„Bei einer Schönheit wie Lady Marianne bedarf es keiner großen Kunstfertigkeit", murmelte Madame Rousseau. „Lediglich der Weisheit, die Natur durchscheinen zu lassen. Wie erwartet steht Ihnen das Narzissenkleid äußerst gut, Milady."

Marianne dankte ihr das Kompliment mit einem anmutigen Kopfnicken, während ihre Finger zärtlich über die aufwändige Goldfadenstickerei auf ihren Röcken streiften.

„Darf ich Ihnen jedoch eine winzige Änderung des Ensembles anempfehlen?"

Madame Rousseau sprach in schnellem Französisch mit ihrer Assistentin. Diese wieselte aus dem Salon, kehrte kurz darauf zurück, und drückte ihrer Arbeitgeberin etwas in die Hand.

Die Modistin drehte Marianne zu einem Standspiegel. „Darf ich?"

Sie streckte sich nach Mariannes Nacken und öffnete den Verschluss ihrer mehrreihigen schweren Kette aus Bernstein und Gold. An deren Stelle legte sie ein einfaches Band aus seeblauem Satin.

„*Maintenant, c'est parfait*", sagte Madame Rousseau.

Helena verschlug es den Atem. Vorher hatte sie Mariannes Kette noch bewundert und angemerkt, wie vollkommen die träufelnde goldene Masse zu der gelben Seide passte. Madame Rousseau jedoch hatte eine ganz gegenteilige Absicht. Helena sah nun, wie die Harmonie den Reizen ihrer Freundin eher abträglich als förderlich gewesen war. Der neue Kontrast zwischen blau und gelb, zwischen schlicht und aufwendig, wirkte geheimnisvoll—eine verborgene Verletzlichkeit unter all der glitzernden Pracht. Marianne sah noch entzückender aus.

Wie sie so zusah, wie sich ihre Freundin vor dem Spiegel putzte, fühlte Helena Verzweiflung und Hoffnung in ihr stochern.

„Madame Rousseau, glauben Sie, Sie können mir helfen?“, brach es aus ihr heraus.

Die beiden anderen Frauen wandten sich zu ihr um.

„Ich bin keine Schönheit wie Marianne. Aber für jegliche Hilfe wäre ich Ihnen überaus dankbar.“

„Was sie damit sagen will, ist, dass sie eine neue Garderobe braucht, um einen Mann zu verführen“, sagte Marianne rundheraus.

„Ah, sagen Sie gar nichts weiter. *Je comprends tout.*“ Madame Rousseaus Augen glänzten. „Dazu müssen wir uns in einen Privatsalon zurückziehen. Folgen Sie mir, bitte.“

Die Modistin führte sie in eines der Ankleidezimmer im hinteren Teil des Ladens.

„Bitte.“ Madame Rousseau bedeutete Helena, auf ein kleines Holzpodest zu steigen, das auf drei Seiten von Spiegeln umgeben war.

Helena atmete tief durch und tat, wie die Schneiderin ihr geheißen hatte. Als sie oben stand, hielt sie ihren Blick auf ihre Schuhe geheftet.

„*Oui*, ich sehe das Problem“, sagte Madame nach einigen langen Minuten.

Helena fühlte ihr Herz trommeln. „Ja, Madame Rousseau?“

„Sie verstecken zu viel von sich selbst.“

Daraufhin hob Helena ihre Augen zum Spiegel, wo sie der durchdringende dunkeläugige Blick der Modistin traf.

„Das Gleiche habe ich auch gesagt“, stimmte Marianne zu.

„Um einen Liebhaber zu verlocken muss man, wie man hierzulande so schön sagt, erst *den Köder auswerfen.*“ Madame Rousseau umkreiste Helena, während sie sprach; ihre Augen sausten herum wie neugierige Fische. Mit geschickten Händen erfasste sie Vorzüge und Schwächen, wobei sie die ganze Zeit zu sich selbst murmelte. Helena errötete, als Madame Rousseaus Berührung über ihren Busen und ihre Hüften glitt und dann noch tiefer wanderte, um ihr Gesäß zu fassen.

„Es ist kein Liebhaber, den sie zu verführen trachtet, sondern ihr Gemahl."

„Ihr Gemahl!" Madame Rousseau hörte mit dem Kreiseln auf. „Lady Harteford, wie ich sehe, sind Sie eine Frau voller Überraschungen. *Alors,* Sie müssen mir alles erzählen, während ich an Ihnen zaubere."

———

Etwas später saß Helena Marianne in deren schicken Barouche gegenüber. Mit einem zufriedenen Seufzer sank sie in die lavendelfarbenen Samtpolster. Madame Rousseau war ihrem Ruf als beste Modistin Londons gerecht geworden. Wenn diese Gewänder Nicholas nicht reizten, dann reizte ihn gar nichts. Madame hatte sogar zugesagt, die Bestellung als Eilauftrag zu bearbeiten, damit Helena die ersten paar ihrer neuen Kleider binnen einer Woche haben konnte.

„Meinst du, Harteford werden meine neuen Kleider gefallen, Marianne?"

„Das will ich hoffen, angesichts der exorbitanten Summe, die er dafür ausgegeben hat", sagte Marianne.

Helena runzelte die Stirn. „Meinst du, ich habe zu sehr über die Stränge geschlagen? Ich habe noch nie zuvor ein Konto eröffnet, doch Madame Rousseau sagt, so wickeln heutzutage alle vornehmen Damen ihre Geschäfte ab. Vielleicht hätte ich mich mit dem Haushaltsgeld begnügen sollen, dass ich zur Hand hatte."

„Ach, zerbrich dir nicht den Kopf. Wenn Harteford sich leisten kann, einer Hure fünfzig Pfund zu zahlen, dann kann er sicherlich seiner Gemahlin eine *carte blanche* ausstellen."

Helena verzog das Gesicht. Marianne hatte noch nie ein Blatt vor den Mund genommen.

Die Barouche bog in die Upper Brook Street ein und kam vor der Stadtresidenz zum Stehen. Helena warf unvermittelt ihre Arme um ihre Freundin. „Oh, Marianne, wie kann ich dir das je danken?"

„Meine Liebe, dein Glück ist mir Dank genug", sagte die andere belustigt, während sie sich aus der Umarmung wand.

„Außerdem bin ich noch nicht mit dir fertig."

„Was meinst du?"

„Das heute war doch nur die Zier. Du glaubst doch sicher nicht, dass ein paar Kleider ausreichen, um das Interesse deines Mannes zu wecken."

Helena biss sich auf die Lippe. Sie hatte gehofft... sie schalt sich selbst für ihre Naivität.

„Was schlägst du noch vor, Marianne?"

„Die Geheimnisse des Kokettierens musst du natürlich lernen. Und ich meine auch, du könntest dein Wissen über die Kunst des Liebesspiels etwas auffrischen", sagte Marianne sachlich. „Ich weiß, wo man beides lernen kann. Die Eigentümerin veranstaltet Feste von solcher Verderbtheit, dass sogar *ich* erröte–"

„Oh, nein! Ich k-könnte das nicht", stammelte Helena. „Ich meine, ich könnte an solch einen Ort nie zurückkehren."

Ihre Freundin warf ihr einen langen Blick zu. „Aber warum denn nicht?"

Weil ich keine Hure bin, ich bin es nicht. Der Gedanke daran, sich noch weiteren verruchten Eskapaden hinzugeben, ließ ihr Herz rasen. Mit einem nervösen kleinen Lachen sagte sie: „Damit bin ich fertig, Marianne. Die eine Nacht im Kloster war eine Ausnahme. Ich war nicht ich selbst–ich tat es nur aus Verzweiflung. Von nun an werde ich versuchen, die Zuneigung meines Mannes mit eher, äh, herkömmlichen Mitteln zu gewinnen."

„Dessen bist du dir sicher?"

Helena nickte nachdrücklich.

„Dann tu es auf deine Art." Marianne klang gleichgültig. „Viel

Glück mit Harteford. Und schick mir eine Nachricht, wenn du irgendetwas brauchst."

Bevor Helena noch etwas sagen konnte, holte Marianne den Lakaien mit einem Klopfen an die Wagentür. Der Diener erschien sofort und ehe sie es sich versah, wurde Helena beim Aussteigen geholfen. Sie drehte sich um, um sich noch einmal zu bedanken, doch die Tür war bereits geschlossen. Ein paar Sekunden später war die silberne Barouche fortgeglitten.

Seufzend betrat sie die Stadtresidenz. Sie erwiderte Crikstaffs Gruß und fragte, ob Lord Harteford zu Hause war. Als der Butler ihr antwortete, dass der Herr nicht zugegen war und auch keine Auskunft über seinen Verbleib oder seine Pläne hinterlassen hatte, ließ sie sich davon nicht bekümmern. Sie war eigentlich ohnehin gar nicht darauf vorbereitet, Nicholas zu sehen; wie würde sie auf ihn reagieren, im Wissen, was zwischen ihnen vorgefallen war?

Und mehr noch, wie sollte sie einen unwissenden, vielleicht *unwilligen* Gemahl verführen? Als Helena die Treppe zu ihrem Ankleidezimmer emporstieg, begann Sorge an ihrer Hoffnung zu nagen. Die schönen Kleider würden freilich helfen. Doch es gehörte noch viel mehr dazu. Vielleicht hätte sie Mariannes Vorschlag nicht so unwirsch ablehnen sollen... sie erzitterte. Sie konnte es nicht wagen, sich erneut solcher Liederlichkeit auszusetzen. Sie hatte ja gesehen, was das letzte Mal geschehen war. Wie unkeusch sie sich verhalten hatte. Nein, das Herz ihres Mannes gewann sie, indem sie ihn mit ihren... Fähigkeiten als *Gemahlin* verlockte.

An ihrer Lippe nagend betrat sie ihre Gemächer. Ihre Zofe Bessie, die gerade damit beschäftigt war, eine Schleife an einen Strohhut zu binden, unterbrach ihre Arbeit für einen flinken Knicks. Helena nickte geistesabwesend und setzte sich an den Sekretär beim Fenster. Sie schob den unlängst erstandenen Stapel von Shakespeares Stücken beiseite, legte ein Blatt Pergamentpapier auf das polierte Walnussholz und nahm die Feder zur Hand.

Sie kaute an der Spitze der Feder und dachte über ihre Aufgabe nach. In Wirklichkeit war das Anbahnen einer Verführung doch nicht viel anders als jedwede andere Planung, oder? Und planen konnte sie hervorragend. Nach dem Tod ihres Bruders hatte ihre Mutter wenig Gesellschaft unterhalten; Helena war somit diejenige gewesen, die alle feierlichen Anlässe vorbereiten musste. Sie dachte an ihre Vorarbeiten für die Feier zum fünfzigsten Geburtstag ihres Vaters und begann eine Liste zu kritzeln.

Sie fühlte sich schon besser, als sie die Punkte so nacheinander betrachten konnte. Das erste war die Gästeliste. Nun, die war offensichtlich, nicht wahr? Sie schrieb *Nicholas und Helena*. Der Anblick ihres Namens gleich neben dem ihres Mannes brachte ein wehmütiges Lächeln auf ihre Lippen. Der nächste Punkt auf der Liste: Ort. Angesichts der Tatsache, dass Nicholas wohl kaum in ihr Schlafgemach hereinplatzen würde (oder umgekehrt sie in seines), musste also die Verführung anderswo beginnen, an einem öffentlicheren Ort. Nun, da bot es sich an, Verköstigung mit Ort zu verbinden und gleich mit einem trauten zweisamen Abendessen zu beginnen.

Beflügelt eilte Helena an der erschrockenen Bessie vorbei und die Treppen hinunter. Sie ging zuerst in den Salon, denn sie kam zu dem Entschluss, dass ein Vortrunk dem Ganzen vielleicht eine elegante Note verleihen würde. Sie wusste, dass ihr Gemahl Whiskey dem Sherry vorzog; sie würde also den feinsten *Single Malt* in einem Kristallglas servieren. Wie sie so den gut eingerichteten Raum in Augenschein nahm und sich zur Hebung der Romantik noch Kerzen und rosa Blumen dazu vorstellte, fühlte sie unweigerlich eine gewisse Befriedigung. Sie hatte Nicholas vielleicht in Sachen eheliche Beziehungen enttäuscht, doch anderweitig erfüllte sie höchst gebührlich ihre Pflichten als Gemahlin.

Vor ihrer Heirat hatte Nicholas kaum darauf geachtet, wie sein Haushalt geführt wurde—er hatte einfach das veraltete System des vorigen Marquis beibehalten. Als Helena die sprichwörtliche Schwelle ihres neuen Heims zum ersten Mal überschritt, war sie insgeheim von den staubigen Zimmern und dem altertümlichen Mobiliar entsetzt gewesen. Ständig war Stuck von der Decke auf die fleckigen Teppiche gerieselt, und wenn man nicht vorsichtig war, auf die eigene Frisur. Das Gesinde war in Livreen herumgeschlichen, die am Saum schon ganz zerfleddert waren. Schlimmer noch, wie sie später erfuhr, waren die Löhne der Bediensteten seit mehreren Jahren nicht erhöht worden.

Helena hatte als Frischvermählte viel Zeit darauf verwandt, das häusliche Chaos zu ordnen. Sie war recht stolz auf das Ergebnis. Sie sah sich in dem sauberen, luftigen Zimmer um und bemerkte zufrieden, dass die Oberflächen frisch poliert glänzten und der Teppich aus Aubusson wieder seidig schimmerte. Die Dienerschaft war seit einer deutlichen Lohnerhöhung wieder mit Schwung und Freude bei der Arbeit. Sie strahlten so hell wie die goldenen Knöpfe auf ihren neuen Livreen.

Mit einem wehmütigen Lächeln stellte Helena sich vor, wie sie und Nicholas beim Feuer auf dem neuen zweisitzigen Damastsessel säßen. Nach einem langen Arbeitstag würde er den von ihr dargereichten edlen Whiskey und die geistreiche Konversation genießen. Vielleicht würde sie auch ein paar Vorspeisen kommen lassen. Sie glaubte sich zu erinnern, dass Nicholas die Häppchen mit Wasserkresse mochte, die ihre Mutter zum Tee angeboten hatte, und entschied sich, auch die auf ihre Liste zu setzen. Sie wollte gerade nach der Haushälterin läuten, um den Speiseplan für das Abendessen zu besprechen, als sie die Haustür aufgehen und sich wieder schließen hörte. Crikstaffs dumpfe Stimme ertönte, gefolgt von tieferen, gebieterischen Tönen.

Jede Faser ihres Körpers flimmerte erkennend in einer Art panischer Erwartung auf.

Nicholas war zu Hause.

Helena hörte die Schritte, die sich dem Salon näherten. Sie

warf sich auf den Sessel und richtete hastig ihre Röcke, um sich in eine legere, doch attraktive Pose zu setzen. Verflixt, wie würde Marianne sich hinsetzen? Sie versuchte, ihre Füße übereinander zu schlagen. Nein, das war zu geziert. Sie löste ihre Beine wieder voneinander und stützte ihren Ellenbogen auf die Lehne, ihre Büste nach vorne neigend. Die Schritte kamen immer näher. Ihre Lippen gefroren in einem grüßenden Lächeln, während der Atem ihr in und aus den Lungen raste. Die Schritte hielten nun inne, genau vor der Tür... und gingen dann vorbei. Ihr benommener Geist brauchte einen Moment, um zu begreifen, was vor sich ging.

Nicholas lief weg. Er ging fort. Schon wieder.

Ihr Instinkt übernahm das Ruder. Irgendwie war sie auf einmal an der Tür, stieß sie auf. Ihre Stimme formte seinen Namen. Sie zuckte zusammen, als sie hörte, wie schrill und verzweifelt dieser ihr über die Lippen gekommen war. Sie klang nicht wie eine Sirene, die auf Verführung aus war, sondern eher wie ein Fischweib aus Billingsgate.

„Harteford", brachte sie etwas ruhiger hervor, obwohl es in ihren Ohren hämmerte. „S-Sie sind zu Hause."

Nicholas drehte sich auf dem Treppenabsatz um. Gott, wie sein Anblick alleine ihre Knie erweichte. Er trug schlichtes Schwarz, und die Kargheit seiner Kleidung betonte die sehnigen Muskeln darunter. Ihr Atem ging schneller, als sie sich daran erinnerte, wie sich dieser drahtige, harte Körper gegen ihren eigenen bewegt hatte. Seine trüben Augen hatten sich vor Leidenschaft geweitet, als er sich tief in sie gepresst hatte. Zitternd nahm sie wahr, dass eine Strähne schwarzen Haares ein wenig über seinem Ohr abstand, was sicherlich davon kam, dass er gerade seinen Hut abgenommen hatte. Wie sehr es sie danach verlangte, sie zu glätten, die Falte zwischen seinen Brauen mit ihren Fingern zu entspannen, ihn an sich zu ziehen...

Ihre Hände umklammerten ihre Röcke.

Nicholas' dunkle, unergründliche Augen wanderten langsam über sie. In seinem Blick lohte keine zärtliche Glut. Sein Mund war eine verbissene Linie. Errötend wurde Helena sich bewusst, dass sie sich noch gar nicht umgekleidet hatte, seit sie mit Marianne ausgegangen war. Sicherlich waren schmutzige Flecken auf ihrem Kleid, und ihr Haar... ihre Augen weiteten sich. Ach du lieber Himmel, *ihr Haar*. Sie hatte ihre Frisur noch nicht einmal angeschaut, seit sie ihren Hut abgenommen hatte, so sehr war sie von ihrem schlauen Verführungsplan eingenommen gewesen. Nun konnte sie die widerspenstigen Strähnen geradezu fühlen, die um ihr Gesicht herum zottelten, während Nicholas eine unerbittliche Bestandsaufnahme von ihr nahm—seine altbackene Gemahlin, mit dem Haar einer alten Hexe.

Sie wich einen Schritt zurück, als Nicholas die Stufen herunterkam. Er blieb vor ihr stehen und verneigte sich, höflich, als stünde er einer Fremden gegenüber. Seine Körperhaltung und sein Ausdruck hatten etwas Steifes an sich, als ob es ihm missfiele, von ihr aufgehalten worden zu sein. Nun, wer wurde schon gerne von einer unansehnlichen grauen Maus von einer Gemahlin belästigt, dachte Helena und kämpfte mit Tränen der Scham. Hier war nun ihre Gelegenheit—und sie verdarb alles. Benommen führte sie ihn in den Salon.

„Guten Tag", sagte Nicholas. „Ich hoffe, alles ist in Ordnung?"

„Ganz in Ordnung", sagte Helena.

Davon abgesehen, dass ich mich am liebsten in den nächstbesten Brunnen stürzen würde.

Sie bemerkte, dass Nicholas noch immer stand, weil sie vergessen hatte, sich zu setzen. Hastig plumpste sie auf den nächsten Stuhl. So viel zu ihrer einnehmenden Pose. Die Schamesröte auf ihren Wangen begann zu brennen. „Wie geht es Ihnen? Ich habe Sie in den letzten Tagen kaum gesehen."

Sowie diese Worte über ihre Lippen waren, wünschte sie, sie könnte sie zurücknehmen. Es war, als ob sie nicht mehr Herrin ihrer Stimme war—sie hatte nicht gewollt, dass dieser Satz so vorwurfsvoll klang.

Unmut flackerte in Nicholas' Gesicht auf, während er seine lange Gestalt in den Stuhl nebenan faltete. „Ich war in letzter Zeit beschäftigt."

„Natürlich", sagte sie rasch.

Wenn es keinen Brunnen in der Nähe gab, ein Straßengraben würde es auch tun.

„Kann ich Ihnen mit irgendetwas behilflich sein?" Nicholas schaute in den Kamin, sah ihr nicht richtig in die Augen. Und zurecht. Fieberhaft suchte sie nach einem annehmbaren Vorwand, seine Aufmerksamkeit in Beschlag genommen zu haben.

„D-der musikalische Abend bei den Dewitts", stammelte sie. „Er ist am Samstag. Ich wollte Sie daran erinnern, dass wir zugesagt haben."

Nicholas' Brauen verkniffen sich. „Ich kann mich nicht erinnern, eine Einladung angenommen zu haben."

„Lady Dewitt ist die Cousine meiner Mutter, wenn Sie sich erinnern."

„Daran erinnere ich mich, ehrlich gesagt, nicht", sagte er.

Etwas in seinem Ton hob ihr Kinn an. „Sie saß rechts neben meiner Mutter beim gemeinsamen Frühstück am Tag unserer Hochzeit. Sie lud uns bei der Gelegenheit zu ihrem alljährlichen Konzertabend ein, und ich versprach ihr, dass wir beide kommen würden."

Zu dem Zeitpunkt war ihr das ein Leichtes erschienen. Doch das war freilich *vor* ihrer Hochzeitsnacht gewesen—und somit, bevor steife Höflichkeit sich wie ein Eimer über sie gestülpt hatte.

„Ich wünschte, Sie hätten das zuvor mit mir abgesprochen", sagte Nicholas stirnrunzelnd.

Bevor ihr Lord sich entschieden hatte, ihr Bett und ihre Gesellschaft zu vermeiden.

„Ich bin vielleicht schon anderweitig verpflichtet", fuhr er fort.

Bevor er sich entschieden hatte, mit einer Hure ins Bett zu steigen.

Gefühle brachen über Helena ein wie eine Welle. Alle Erlebnisse der vergangenen beiden Tage wogten in ihrer Brust. Sie konnte kaum atmen, ihre Gliedmaßen zitterten.

Vor... Wut.

„Ich meine doch, Sie letzte Woche daran erinnert zu haben", sagte sie scharf. „Oder zumindest habe ich Crikstaff gebeten, Sie zu erinnern, da Sie ja so häufig aus dem Haus waren."

„Meine Abwesenheit haben Sie ja bereits bemängelt." Nicholas sprach im gleichen Ton wie sie. „Obschon es mich überrascht, dass Sie es überhaupt bemerkt haben, so voll Ihr Kalender mit gesellschaftlichen Terminen ist."

Helenas Zähne klappten zusammen. „Ich war damit *beschäftigt*, Ihr Heim zu renovieren, Milord. Oder ist Ihnen das vielleicht gar nicht aufgefallen?"

Nicholas sah sich geschwind um.

„Es sieht ganz ordentlich aus", sagte er.

Ganz ordentlich. Helena war danach, eine der chinesischen Vasen zu schleudern, die sie sorgfältig auf dem Kaminsims arrangiert hatte.

„Ich bin froh, das zu hören", erwiderte sie bissig.

„Hmm", sagte Nicholas, mit den Fingern auf der Sessellehne trommelnd.

Oder besser noch, sie könnte ihm das kostbare Porzellan über dem Kopf zerschlagen.

„Benötigen Sie sonst noch irgendetwas?", fragte ihr Mann.

„Gehen Sie nun zum Konzertabend oder nicht?" Es war sonst nicht ihre Art, so hartnäckig zu sein. Sie wusste selbst nicht, warum sie so sehr darauf bestand, außer seinem offensichtlichen Widerwillen, ihr diesen Gefallen zu tun. „Meine Eltern werden auch anwesend sein. Ich bin mir sicher, dass sie Sie gern sehen würden."

Nicholas sah mürrisch aus und nicht besonders erfreut bei dem Gedanken, seine Schwiegereltern zu sehen. „Ich denke, ich kann es ermöglichen."

„Das ist sehr freundlich von Ihnen, Milord", sagte sie kühl.

In der darauf folgenden Stille räusperte Nicholas sich.

„Nun, wenn es sonst nichts gibt, werde ich...", begann er.

„Nein, gibt es nicht."

„Dann ziehe ich mich nun zurück."

„Natürlich. Ich möchte Sie nicht weiter aufhalten", sagte sie und erhob sich.

Er verneigte sich wieder und mit ein paar wenigen, elastischen Schritten war er aus dem Salon verschwunden. Einige Augenblicke später hörte sie im Stockwerk über ihr die Tür zu seinem Schlafgemach. Mit steifen Schritten ging sie zurück zum Sessel, setzte sich und starrte auf die Stelle, wo eben noch ihr Gemahl gesessen war. Was im Himmel war denn soeben geschehen? Sie hatte ihn doch verführen wollen, und stattdessen hatte sie es zustande gebracht, alles nur noch schlimmer zu machen.

Nicholas' Verhalten war auch nicht förderlich gewesen. In der Tat, dachte sie in einem Wirrwarr aus Benommenheit und Wut, es war ganz und gar nicht förderlich gewesen.

Wie konnte er es wagen, ihr Geschick als Innenausstatterin herabzuwürdigen?

Wie konnte er es wagen, ihre winzig kleine Bitte auszuschlagen, zum Konzertabend der Dewitts zu gehen?

Wie konnte er es *wagen*, sie so gleichgültig anzusehen, wo er noch zwei Nächte zuvor vor Ekstase in ihren Armen gefaucht hatte?

Nach einer Weile wischte sie sich die Augen mit ihrem Ärmel ab und ihr Blick fiel auf die Liste, die auf dem Boden lag. Sie hob sie auf und glättete sie. Nun, die ersten drei Posten auf ihrem Verführungsplan hatte sie sicherlich verhunzt. Gäste? Nach dem

Gespräch eben wäre Nicholas bestenfalls ein widerwilliger Teilnehmer. Ort? Offensichtlich beeindruckten ihn ihre Versuche, ein häusliches Paradies zu schaffen, nicht allzu sehr. Und Verköstigung? Sie schniefte. Sie würde wetten, dass ihm nach ihrer Begegnung eben der Appetit vergangen war. Ebenso wie ihr.

Der letzte Posten verschwamm vor ihren Augen.

Unterhaltung.

Sie schloss erschöpft die Augen. Und betete, Marianna mochte einen Ratschlag parat haben.

❧ 6 ❧

Am nächsten Morgen wies Nicholas den Kutscher an, ihn ein paar Straßen vom Lagerhaus entfernt abzusetzen. Er wollte ein Stück laufen, um einen klaren Kopf zu bekommen. Das Hafenviertel war im Morgengrauen in einen düsteren gelben Nebel gehüllt, was sehr gut zu seiner Stimmung passte. Er ging die dicht mit Häusern gesäumte enge Straße entlang, sog die unbändige Energie der an ihm vorbeidrängenden Passanten in sich auf. Nebelhörner und Möwenschreie hallten durch den Dunst. Nicholas atmete ein; das Salz und die teerstichige Luft entspannten und weiteten seine Brust. Mayfair hinter sich zu lassen war, wie ein Korsett abzulegen. Hier beim Fluss war er wieder da, wo er hingehörte.

Er hielt eine Karre auf, um einer zahnlückigen Frau ein Zimt-brötchen abzukaufen und wandte sich nach links in Richtung Kai. Als er dort angekommen war, lehnte er sich an einen Holzpfahl und blickte über das dunstige Wasser. Der Nebel bedeckte die Bargen, doch er konnte die Gegenwart der Schiffe spüren. Gespenstisch und hohl stießen die hölzernen Rümpfe gegen die Hafenwand. Es war ein trostloses Geräusch. Ohne die Rufe der Flussarbeiter–der Kohlenarbeiter und Matrosen–hätte man glauben können, dass da irgendein geisterhaftes Unwesen vor sich ging und kein rein menschliches Treiben.

Nicholas biss in sein Gebäck und zuckte zusammen. Es war steinhart. Nun, in Sachen Alter lief das Brötchen vielleicht sogar prähistorischen Steinen den Rang ab. Er kaute verdrießlich und dachte an das grandiose Frühstück, das ihn zu Hause erwartet hätte. Seit Helenas Ankunft hatte sich die Qualität der an seinem Tisch servierten Speisen dramatisch verbessert. Dieser Tage begrüßten ihn des Morgens Rühreier, gegrillte Leber und gut gewürzte Kartoffeln. An manchen Tagen gab es zarte runde Küchlein aus Maismehl, mit Butterrumsauce bepinselt und mit Johannisbeeren besprenkelt. Ein Festmahl, das einem König gebührte—doch offensichtlich nicht jemandem wie ihm.

Denn *er* hatte es ja vorgezogen, sich im Morgengrauen wie ein Dieb aus seinem eigenen Haus zu schleichen. Ohne seinen Diener zu wecken. Ohne ein fürstliches Frühstück zu essen.

Ohne seiner Frau zu begegnen.

Nicholas warf das Zimtbrötchen weg. Es hüpfte die hölzernen Planken entlang und zog einen Schwarm kreischender Möwen an. Dafür, dass er seiner eigenen Frau aus dem Weg ging, fühlte er sich wie ein verdammter Trottel. Doch er musste Helena um ihretwillen fernbleiben. Um sie vor seinen bestialischen Bedürfnissen zu schützen... und vor was auch immer noch alles auf ihn lauerte.

Ich kenne dein dreckiges kleines Geheimnis.

Wie er sich seit dem Auffinden des Zettels so oft gesagt hatte, handelte es sich aller Wahrscheinlichkeit nach nur um einen üblen Scherz: Irgendein vergrämter Arbeiter hatte sich diesen Akt des Trotzes erlaubt. Er dachte da sofort an diesen Kerl Bragg. Die Nachricht auf dem Zettel war immerhin vage, sodass sie jeden, der etwas auf dem Kerbholz hatte, erschrecken und ein wenig verstören konnte. Und das war vermutlich die ganze Absicht dahinter. Eine harmlose Tat, böswillig, aber zahnlos.

Doch was, wenn es mehr war als Schabernack?

Was, wenn jemand tatsächlich wusste, wer er gewesen war...
und was er getan hatte?

Panik kräuselte sich in seinem Herzen, während er mit trüben
Augen auf das Wasser blickte. Er konnte es nicht riskieren, dass
seine besudelte Vergangenheit mit Helena in Berührung kam. Für
den Augenblick war es das Beste, dass er sich von ihr fernhielt. Er
hatte das bislang ganz gut bewerkstelligt, bis gestern. Da waren
ihm die sauberen Hemden ausgegangen und er hatte nach Hause
gehen müssen. Er wollte sich diskret in und aus dem Haus schleichen, und seine Frau war genau im falschen Moment aus dem
Salon gekommen.

Ihre Stimme hatte ihn gerufen, unendlich süß und verfänglich.
Er hatte sich davon fangen lassen wie ein auf frischer Tat
ertappter Wilderer, und hatte keine andere Wahl gehabt, als sich
ihr zuzuwenden. In ihr unschuldig lächelndes Gesicht zu sehen.
Ihre Augen waren so warm gewesen wie ein goldenes Weizenfeld
und ihr Haar unbändig und ungekämmt, als ob sie gerade in
einem getobt hätte. Augenblicklich hatten ihn strömende Reiß-
bäche von Begierde und Schuld fortgerissen. Ja, er war fast
erstickt, des Atems und des Verstandes beraubt, außerstande, mit
ihr ein Gespräch zu führen.

Also war er dagestanden wie ein verfluchter Narr.

Sie begehrend.

Und sich selbst hassend.

Was dann geschah, verstörte ihn nur noch mehr.

Sie hatten sich doch tatsächlich *gezankt*. Oder zumindest
waren sie einem Streit gefährlich nahe gekommen. Es waren keine
lauten oder bösen Worte gefallen, doch die Stimmung im Raum
war so dick gewesen wie der Nebel, der ihn nun umhüllte. Und
worum war es gegangen? Eine verdammte Einladung, verflucht
noch mal. Zuvor war es Helena egal gewesen, ob er sie auf ihre
qualvollen Runden der Ballsaison begleitete—warum war ihr nun
daran gelegen, und mit solchem Nachdruck? Sobald der musikalische Abend zur Sprache kam, war seine bislang sanftmütige, zarte

Frau mit einem Mal verschwunden gewesen, und an ihrer Stelle saß da eine Göttin, deren Zorn heller loderte als die Sonne.

Lag ihr denn so viel an Konzertabenden?

Das Funkeln in ihren Augen, als sie sich so mit ihm zankte-solches Feuer hatte er in ihr zuvor noch nie gesehen. In der Tat erschien sie eine völlig andere Person zu sein. Die ganze Zeit, die er Helena kannte, hatte sie nie etwas von ihm verlangt. Sie war stets zuvorkommend gewesen, nachgiebig, das Ebenbild weiblicher Tugend.

Was zur Hölle war mit seiner demütigen Gemahlin geschehen?

Es war verflucht verwirrend.

Und mehr als nur ein wenig erregend.

Nicholas rieb sich die Stirn, die vom Dunst feucht war. Zur Hölle mit seinem lüsternen Schmachten. Die Wahrheit war, ein ordentlicher Streit brachte seine Säfte immer zum Fließen. Zum Glück hatte er sich schnell, wenn auch würdelos davongemacht. Noch eine Minute länger, und er hätte vielleicht etwas getan, was er wirklich bereut hätte. Es erinnerte ihn nur daran, wie unterschiedlich sie beide waren: Seine Frau hatte ihn in eine gepflegte Auseinandersetzung verwickelt, und er hatte das Verlangen, das Problem auf weitaus primitivere Weise zu lösen. Indem er ihr mit seinen Lippen den Mund stopfte. Genauso wie mit anderen Teilen seines Körpers.

Offensichtlich hatte nicht einmal das Stelldichein mit der Dirne seine Begierde nach seiner Frau gestillt. Das Feuer in Helenas Augen, und das Wissen, dass er der Auslöser war, hatten ihn in einen urtümlichen Trieb versetzt; er wollte sie zu Boden werfen und sich in sie zwängen. Ganz in sie zwängen, so tief, dass man ihr Fleisch von seinem nicht mehr würde unterscheiden können. So tief, dass sie ihr Leben lang ihm gehören würde. So tief, dass sie vor Lust schreien würde, sogar wenn sie noch fuchsteufelswild wäre.

All das hatte er gewollt, sich damit gequält-und seine Frau war einfach dagesessen, so frisch und reif wie ein Obsthain im Sommer. Gott, er nahm es ihr fast übel. Und daher hatte er sich wie eine Canaille verhalten. Er hatte bewusst beleidigt, wie sie sein Heim auf Vordermann gebracht hatte. Ihm wurde bewusst: Das Ironische daran war, dass sein abscheuliches Verhalten vielleicht am Ende das Beste für sie beide war. Vielleicht würde es nämlich seine Frau von ihm abwenden. Je weiter, desto besser. Um ihretwillen.

Er steckte seine Hände brüsk in die Taschen und stapfte in Richtung Lagerhaus. Er musste mit dem Grübeln aufhören, sonst würde er noch wahnsinnig. Einen Straßenzug von Fines und Co. entfernt blickte er zufällig in eine der Seitengassen. Da standen zwei Gestalten im Schatten. Sie hatten ihm die Rücken zugewendet und sprachen, ihre Köpfe dicht beieinander. Er war zu weit entfernt, um ihre geflüsterten Worte zu hören, doch war da etwas Geheimnistuerisches an ihrer Haltung, an der Art, wie sie ihre Mäntelaufschläge hoch über ihre Gesichter gezogen hatten.

Nicholas blieb stehen und kniff die Augen zusammen. Er versuchte auszumachen, wer die Gestalten waren. Als ob sie sich seiner Gegenwart bewusst geworden wären, fuhr der Kopf eines der Männer hoch. Nicholas erhaschte einen Blick auf kleine, bösartige Augen und schwarze, borstige Hängebacken, ehe die Gestalt sich abwandte und mit schnellem Schritt in die andere Richtung wegging. Der andere Mann folgte dicht darauf. Binnen weniger Sekunden waren sie um die Ecke gebogen und verschwunden.

Nicholas ging weiter zum Lagerhaus. In der Haupthalle erwiderte er mit einem Kopfnicken die Grüße der Arbeiter, während seine Gedanken wirbelten. Was zum Teufel führte Isaac Bragg im Schilde? Denn er war sich sicher, dass der Mann, den er gesehen hatte, der griesgrämige Lastenträger war. Warum trieb sich Bragg wie ein Wegelagerer in den dunklen Gassen herum, und wer war der zweite Mann in der Gasse, mit dem Bragg so verschwörerisch gesprochen hatte? Und hatte das alles irgendetwas mit dem Zettel zu tun?

Nicholas war danach, Bragg zu kündigen und dem Ganzen so ein Ende zu setzen, doch er musste die Arbeitsmoral der anderen Lastenträger bedenken. Zum Teufel mit Bragg, der wusste, wie man Unruhe stiftete. Und was, wenn der Lump sein Geheimnis tatsächlich kannte? Was hätte er mit diesem Wissen vor—Erpressung, oder irgendetwas anderes Schändliches? Und wenn er es wusste, warum hatte er bislang noch nichts unternommen? Verdrossen musste Nicholas sich eingestehen, wie durchtrieben die Nachricht in ihrer Mehrdeutigkeit war: Er konnte Bragg nicht zur Rede stellen, ohne dabei preiszugeben, dass er in der Tat etwas zu verbergen hatte.

Nicholas war derart in Gedanken versunken, dass er beinahe mit James Gordon zusammenstieß, als der jüngere Mann um die Ecke bog. Gordon fiel rücklings und seine Krücke klapperte gegen die Wand hinter ihm. Der Sack, den er trug, zerbarst. Kaffeebohnen prasselten auf den Boden. Der Lastenträger machte sich hastig daran, die zerstreuten Bohnen aufzulesen, doch glitt in seiner Hast erneut aus. Mit einem Seufzer half Nicholas dem stammelnden Gordon auf die Beine und gab ihm seine Krücke.

„Passen Sie auf, Junge", sagte Nicholas. „Sie wollen doch nicht, dass hier noch etwas zu Bruch geht."

„V-Verzeihung, Milord", sagte Gordon, sein Gesicht so rot wie sein Haar. Seine blauen Augen waren riesig vor Furcht. „Ich bring' das hier auch gleich wieder in Ordnung. Ich schwör's, ich klaub' jede einzelne Bohne wieder auf und näh' den Sack selber wieder zusammen—"

„Ich rede doch nicht von den Kaffeebohnen", sagte Nicholas verzweifelnd, „sondern von Ihren vermaledeiten Knochen. Ich hätte gern, dass Dr. Farraday auch manchmal für andere Patienten Zeit hat als Sie."

„J-ja, Milord. D-danke sehr, Milord."

Mit einem ungeduldigen Kinnschlenker schickte Nicholas den fußlahmen Gepäckträger wieder auf seinen Weg. Nicholas ging ins Kontor hinauf und setzte sich an seinen Schreibtisch. Er öffnete ein Kontobuch und studierte die Konten der letzten Woche. Nach ganzen fünf Minuten klappte er das Buch mit einem Fluch zu. Von seiner scharfen Aufmerksamkeit, auf die er so viel hielt, war nicht viel zu spüren. Stattdessen schwirrte ein Gewirr von Bildern in seinem Kopf herum: Helenas lächelnde Augen, wie sie zu goldenem Feuer wurden, das satte Hüpfen der Brüste der Dirne, Geister, die ringsum aus dem Nebel stiegen...

Als es an der Tür klopfte, fuhr er fast aus seiner Haut.

Jibotts spähte herein. „Milord? Ich fragte mich, ob Sie vielleicht einen Moment Zeit hätten. Wenn nicht, komme ich später wieder...“

Nicholas kam wieder zu seinen Sinnen und bemerkte, wie steif der drahtige Mann dastand. Der alte Jibotts sah ja ohnehin aus, als hätte er einen Besen verschluckt—sein Auge fürs Detail machte ihn in der Tat zu einem hervorragenden Kontorverwalter. Warum auch immer, heute war der Besen besonders groß. Der Gedanke munterte Nicholas auf. Er konnte Zerstreuung gut gebrauchen.

„Gibt es ein Problem?“, fragte Nicholas.

Mit einem Stirnrunzeln nahm Jibotts auf der anderen Seite des Schreibtischs Platz. Der Rücken des Verwalters war stocksteif, und er öffnete sofort ein schwarzes, ledergebundenes Notizbuch, das er überall mit sich führte. „Ich bin gerade durch unseren Bestand gegangen. Wir haben diese Woche einen Fehlbestand—geringfügig, aber immerhin.“

„Um wie viel?“

„Zwei Kisten Tabak, drei Säcke Kaffee und ein Fass Rum, Milord.“

Nicholas schnaubte. Das war in der Tat geringfügig. Die meisten Händler erlitten jeden Monat Schwund in der Größenordnung von mehreren hundert Pfund, ohne mit der Wimper zu zucken. Als Mitglied der West India Handelsvereinigung war er einem Beirat vorgestanden, dessen Aufgabe es war, sich der Dieberei anzunehmen, die auf dem Fluss grassierte. Der Beirat hatte die Einrichtung einer privaten Sicherheitskraft veranlasst. Seit es die Thames River Police gab, war die Zahl der Diebstähle bedeutend gesunken.

Nicholas wusste, dass man dem Diebstahl nie ganz Herr werden würde. An den Docks sah man Diebstahl einfach als Besitznahme dessen, was einem zustand. Moralisch gesehen war es nicht anders, als wenn man eine Forelle aus einem Bach voller Fische fing oder die unendliche Luft einatmete. Als Knabe hatte er nach demselben Prinzip überlebt—*wer's verliert, hat Pech gehabt, wer's findet, dem gehört's.* Es hatte eine Zeit gegeben, da hatte er sich den Magen mit allem gefüllt, was ihm zwischen die Finger kam, im Grunde alles, was nicht niet- und nagelfest war. Er war an den Markttagen über den Covent Garden gepirscht, hatte sich Obst, Käse oder an einem guten Tag auch mal die eine oder andere Fleischfrikadelle geschnappt. Und wenn dabei einmal ein seidenes Taschentuch oder ein Stück Silber in seine Tasche schlüpfte, umso besser.

Die Händler, von denen er „geborgt" hatte, waren ihm dabei überhaupt nie in den Sinn gekommen. Warum auch? Die waren allesamt fette Säue, die sich in ihren Goldhaufen räkelten.

Wie ironisch, dass nun er die Sau war.

„Es geht mir nicht um die Menge, sondern das Muster", sagte Jibbots.

Nicholas holte sich selbst wieder in die Gegenwart zurück. „Was für ein Muster?"

„In den vergangenen zwei Monaten sind mir ähnliche Abweichungen aufgefallen. Drei verschiedene Male sind kleinere Sachen verschwunden—geringfügig genug, dass es den meisten wohl entgangen wäre."

Nicholas fühlte, wie seine Lippen zuckten. „Den meisten, nicht aber Ihnen, nicht wahr, Jibbots?"

Der Verwalter polierte gemächlich seine Brille mit einem

Taschentuch. „Ich bin ein starker Verfechter von peinlicher Ordnung, Milord.“

„Ihre Gewissenhaftigkeit ist natürlich löblich“, sagte Nicholas, und meinte es. Ein Verwalter, der einen oder zwei fehlende Säcke in einem geschäftigen Lagerhaus nachverfolgen konnte, war in der Tat eine Seltenheit—und noch seltener war es, dass er sie nicht selbst einsackte. Jibotts war ebenso ehrlich wie gründlich.

„Danke, Milord. Wie soll ich weiter verfahren?“

„Einer von uns, nehme ich an?“

„Ja. Es sieht nicht nach Plünderern oder gemeinen Dieben aus. Die Waren verschwinden nach ihrer Ankunft hier. Es gibt keinerlei Hinweise darauf, dass sich jemand Zugang verschafft hat, gewaltsam oder auf andere Weise.“

„Ein Lastenträger mit langen Fingern also.“ Nicholas trommelte mit seinen Fingern auf dem Schreibtisch. „So darf es nicht weitergehen. Wir müssen ihn aufspüren.“

„Ja, Milord. Soll ich nach Ambrose Kent schicken lassen?“

Nicholas runzelte die Stirn. Als angesehenes Mitglied der Thames River Police war Ambrose Kent ein Mann, dem man in solchen Situationen vertraute. Kent war schon einmal hilfreich gewesen, als Waren auf geheimnisvolle Art von einem bewachten Schiff verschwunden waren. Kent hatte das Schiff überwachen lassen und binnen dreier Tage eine Bande von Ganoven ertappt. Den Wachen war heimlich Schlafmittel in den Kaffee geträufelt worden, sodass sie friedlich geschlummert hatten, während die Diebe sich mit der Ware aus dem Staub gemacht hatten.

Trotz Kents beträchtlicher Fähigkeiten zögerte Nicholas. Seiner Vergangenheit wegen hatte er wenig Sympathie für Polizisten, Kopfgeldjäger oder andere, die aus dem Gesetzesvollzug Profit zu schlagen suchten. Etwas an Kent lag ihm nicht. Es war wohl die eifrige, störrische Entschlossenheit, mit der er das Gesetz durchsetzte. Diesen bleichen Augen schien nichts zu entgehen; sie schienen einen bis in die letzten Winkel der Seele zu durchbohren...

Ihm schauderte. Gott steh' ihm bei, wenn Kent die Verbrechen seiner Vergangenheit herausfände.

„Lord Harteford?"

Nicholas schüttelte seine Wahnbilder ab. Kent hatte keine übermenschlichen Kräfte; er war nichts weiter als ein Mann, der seine Arbeit gut machte. In der gegenwärtigen Lage musste er Sachverständigkeit achten und nicht fürchten. „Ja, verständigen Sie Kent und vereinbaren Sie ein Treffen. Ich möchte mit ihm persönlich sprechen. In der Zwischenzeit haben Sie ein Auge auf Isaac Bragg."

„Milord?"

„Ich habe ihn vorhin bei den Docks gesehen. Ich habe keinen Beweis, doch mein Bauchgefühl sagt mir, dass der Mann nichts Gutes im Schilde führt. Sehen Sie zu, dass er sorgfältig beobachtet wird."

„Natürlich, ich kümmere mich selbst darum." Jibotts kritzelte in sein Notizbuch. Er rückte sich die Brille zurecht und sah Nicholas erwartungsvoll an. „Gibt es sonst noch etwas, Milord?"

Nicholas hielt inne und ergriff den Briefbeschwerer auf seinem Schreibtisch. Es war ihm zur Gewohnheit geworden, die glatte Kugel in seinen Händen zu wiegen. Das durchsichtige Glas war mit farbenreich gewundenen Strängen von Buntglas durchsetzt, sodass die Kugel aussah wie ein Feld winziger, wilder, zeitlos erstarrter Blumen. *Millefiori* hatte Helena es genannt, eine besondere Art der Glastechnik. Er erinnerte sich an ihr schüchternes Lächeln, als sie ihm den Briefbeschwerer beim Frühstück an ihrem Hochzeitstag überreicht hatte.

Er hörte sich selbst sagen: „Eine Sache noch."

„Ja?" Jibotts neigte seinen Kopf, seine Feder über dem Notizbuch in Bereitschaft.

„Ich würde gern zu etwas Ihre Meinung hören."

„Aber selbstverständlich, Milord."

„Sie sind seit einiger Zeit verheiratet, nicht wahr?"

Die Feder des Verwalters wackelte. „Wie bitte?"

„Ich nehme an, dass es seit vielen Jahren eine Mrs. Jibotts gibt", sagte Nicholas ungeduldig.

Jibotts nickte unsicher.

„Und daher haben Sie gewiss eine gewisse Erfahrung damit, wie Frauen denken."

„Oh, Milord, das würde ich nicht behaupten", widersprach Jibbots.

„Ihrer Erfahrung nach, was führt dazu, dass eine Frau ihre Meinung ändert?"

Nicholas hatte Jibbots noch nie so perplex erlebt. Der Mann war so geradeheraus wie eine Krawattennadel, immer unumwunden. Doch jetzt sah sein Verwalter ihn mit leicht offen hängendem Mund an und brachte kein Wort heraus.

„Sie sind seit geraumer Zeit verheiratet", wiederholte Nicholas. „Gewiss hat Mrs. Jibotts mitunter plötzlich ohne jeglichen vernünftigen Grund ihre Meinung geändert."

Jibotts brauchte einen Moment, um sich zu sammeln. Er schloss sorgfältig sein Notizbuch und steckte die Feder weg. „Sie fragen mich mach meiner persönlichen Erfahrung, Milord? Im Bereich des Ehelebens."

„Ganz richtig", sagte Nicholas und spürte, wie sich ihm die Wangen verfärbten. Zum Glück ging dem Mann endlich ein Licht auf, denn er wusste nicht, wie lange er dieses Gespräch noch so hätte weiterführen können. Es war verflucht unangenehm.

„In den zwanzig Jahren meiner Ehe bin ich zu dem Schluss gekommen, dass der Geist einer Frau anders arbeitet als der eines Mannes", sagte Jibbots.

„Da verraten Sie mir nicht gerade ein Geheimnis", murmelte Nicholas.

„Jedoch", fuhr Jibotts mit erhobenem Finger fort, „ist es ein Geist, dem man erst einmal gewachsen sein muss. Mrs. Jibotts, zum Beispiel, ist eine sanftmütige Frau, die nie die Stimme erhebt. Ihre Liebenswürdigkeit war, in der Tat, einer der Gründe, warum ich sie geheiratet habe."

„Wie schön für Sie", sagte Nicholas.

Jibotts schüttelte den Kopf, sich sichtlich für das Thema erwärmend. „Leider kann man die Launen einer Frau nie vorhersagen. So milde Mrs. Jibbots auch erscheinen mag, wenn sie sich einmal etwas in den Kopf gesetzt hat, muss es unbedingt so geschehen. Letztes Jahr hat sie sich eingebildet, dass das Wohnzimmer neu eingerichtet werden musste. Das Wohnzimmer war völlig hinlänglich, sage ich Ihnen. Doch ich fand keinen Frieden, bis sie zwanzig Pfund–zwanzig Pfund, in Gottes Namen–ausgegeben hatte, um das eine oder andere zu ändern. Jetzt speise ich zwischen Chartreusebrokat und orientalischen Vögeln."

„Chartreuse?"

„Ein Grünton", erläuterte Jibotts düster. „Die Gesichtsfarbe eines seekranken Matrosen, ehe er sich übergibt."

Nicholas wusste einen Moment lang nicht, was er darauf erwidern sollte. Das blühte ihm also–Mobiliar in der Farbe von Brechreiz? „Es gibt doch sicherlich einen Weg, wie man seiner Frau solche, äh, Unvernunft ausreden kann."

„Ganz und gar nicht. Und um des lieben Haussegens Willen rate ich Ihnen auch dringend davon ab."

„Es muss doch etwas geben", beharrte Nicholas, „irgendeine Taktik, die Sie erfolgreich angewendet haben."

Ein sonderbarer Ausdruck strich über das Gesicht des Verwalters, der plötzlich rosa wurde. Schweißtropfen erschienen auf seiner Stirn.

„*Etwas* kann man also doch tun", sagte Nicholas, etwas erleichtert. „Nun sagen Sie schon, Mann."

Jibotts zögerte und seine Schamesröte wurde noch tiefer. „Es ist nicht so sehr, *was* man tun kann, Milord..."

„Ja?"

„Sondern eher, *wann* man es nicht tun sollte. Eine Fabianistische Taktik, sozusagen."

„Was zum Teufel ist das?"

„Eine Verzögerungstaktik." Jibotts' Brillengläser beschlugen langsam. Der Verwalter verlor ausnahmsweise seine untadelige Haltung–er hing tief in seinem Stuhl, als wollte er so gänzlich aus dem Gespräch wegrutschen. „Meine Erfahrung im Umgang mit Mrs. Jibbots hat gezeigt, dass man am besten gewisse Zeiten vermeidet, wenn die *Unvernunft*, wie Sie es so diplomatisch bezeichnet haben, besonders deutlich hervortritt."

„Ich verstehe kein Wort", sagte Nicholas.

„Zu gewissen... ähm, Zeiten ist es ratsam, Debatten gänzlich zu vermeiden?"

Nicholas' Augenbrauen zogen sich zusammen. „Ich verstehe nicht. Zu welchen Zeiten?"

„Heiliger Strohsack." Jibotts stieß einen Seufzer aus. „Zu gewissen Zeiten... im *Monat*?"

Schlagartig wurde Nicholas bewusst, was der Verwalter meinte. Er fühlte, wie ihm unter dem Kragen der Hals brannte.

„Ach so", sagte er. Eine peinliche Stille folgte. „Nun dann, ich danke Ihnen für Ihren Rat, Jibotts."

Der andere Mann wischte sich die Stirn. „Gern geschehen, Milord. Wenn es nichts anderes mehr gibt, wende ich mich nun wieder meinen Pflichten zu."

Nicholas sah zu, wie sich der Verwalter rasch und erleichtert zurückzog. Zumindest ergab Helenas Verhalten nun etwas mehr Sinn. Helenas zeitweiliger Aberwitz war also auf ihre... weibliche Beschaffenheit zurückzuführen. Warum war er nicht selbst darauf gekommen? Er runzelte die Stirn, weil er ganz genau wusste, warum: Er hatte noch nie zuvor so intim mit einer Frau umgehen müssen. Er war in der Vergangenheit mit Frauen verkehrt–wie es ihm und ihnen gerade passte–doch eine feste Geliebte hatte er nie gehabt. Er bevorzugte einfache Verhältnisse. Er blieb selten über Nacht bei seinen Liebschaften und musste nie am nächsten Morgen beim Frühstück Gespräche führen.

Doch nun *lebte* er verflixt noch mal mit einer Frau zusammen. Obwohl er vorhatte, so wenig Umgang wie möglich mit seiner Frau zu haben, konnte er ihr nicht völlig aus dem Weg gehen.

Zumindest nicht, ohne Gefahr zu laufen, dass er ihre Gefühle verletzte, und das war das Letzte, was er wollte. Ihm wurde klar: Wenn er in seinem Leben irgendwie Frieden haben wollte, musste er eine Ehe führen, wie sie in der feinen Gesellschaft üblich war. Eine Ehe von kühler Höflichkeit. Kultiviert und leidenschaftslos.

Genau das Gegenteil von dem, wonach er sich sehnte.

Für den Moment war es aber die vernünftigste Lösung. Und wenn Helenas unstetes Verhalten tatsächlich mit ihrer monatlichen Blutung zusammenhing, musste sie folgerichtig *danach* wieder zu der gefälligen Dame werden, die er geheiratet hatte. Seine Braue entspannte sich. Natürlich. Es war nur ein vorübergehender Wahn. Vermutlich tat es ihr bereits leid, was sie ihm einer albernen Einladung wegen angetan hatte. Dem armen kleinen Geschöpf war es wahrscheinlich höchst peinlich, wie sie mit ihm umgesprungen war.

Nicholas fühlte sich etwas besser und entschied, dass er sich in diesem Fall gönnerhaft verhalten konnte. Er würde am Ende der Woche mit ihr zum Musikabend gehen und ein pflichtbewusster Gemahl sein. Vielleicht, wenn seine Frau sich aufgrund ihrer Verfassung nicht zu unwohl fühlte, konnte er sie zu einem Tanz auffordern. Ihm war am Tanzen nie viel gelegen, doch er wusste, dass sie es liebte. Er würde alles daran setzen, ihr Verhältnis wieder in ein höfliches Lot zu bringen.

Er seufzte tief. Bei all seinen Unzulänglichkeiten war dies das Mindeste, was er tun konnte.

❧ 7 ☙

„Cecily hat sich dieses Jahr wahrlich selbst übertroffen, findest du nicht auch, Helena? Sie hat mir erzählt, dass der Champagnerbrunnen in Paris dieses Jahr sehr *en vogue* ist, weshalb ihr Chefkoch–der ja Franzose ist, weißt du–darauf bestanden hat. Er hat pürierte Erdbeeren hinzugefügt, das gibt dem Sekt die rosa Färbung. Hast du je etwas Raffinierteres gesehen?"

Helena saß neben ihrer Mutter auf einem Kanapee und nickte geistesabwesend. Gäste quirlten um sie herum, schäkernd und lachend; genossen die Pause zwischen Abendessen und der bevorstehenden musikalischen Unterhaltung. Ihre Aufmerksamkeit galt dem Empfangsdefilée. Der Butler hatte eine Reihe von Namen angekündigt, doch Nicholas' war nicht darunter. Wo war er? Hatte er sich doch entschieden, dem Konzertabend fernzubleiben? Er hatte versprochen, zu kommen, doch vielleicht hatte er das nur getan, um sie zu beschwichtigen. Vielleicht war er erbost, dass sie ihn derart zum Kommen genötigt hatte.

Sie fühlte Kopfschmerzen in ihren Schläfen dröhnen.

„Ich habe den Aufbau von Cecilys Haus schon immer bewundert. Es eignet sich so gut zur Unterhaltung von Gästen", sagte ihre Frau Mama begeistert. „Sieh doch, wie die Türen alle aufgefaltet sind und die Räume ineinander fließen. Es ist so groß wie ein Feld in Vauxhall!"

Helena zwang sich zu einem Lächeln.

Warum, oh warum bloß hatte sie Nicholas wie eine Xanthippe angekeift? Seit ihrer Auseinandersetzung im Salon hatte sie sich selbst für ihr höchst unziemliches Verhalten gescholten. Keinem Mann gefiel es, von seiner Frau dermaßen zur Brust genommen zu werden. Das wusste sogar sie als Eheneuling. Wenn es ihr Ziel war, das Herz ihres Mannes zu gewinnen, wieso hatte sie sich dann benommen wie eine Närrin?

Ihre Finger zwirbelten die Fransen ihres Kaschmirschals. Weil sie wütend gewesen war, deswegen. Zornig wie noch nie zuvor in ihrem Leben. Als ob all die Fehlschläge ihres Lebens auf einmal über sie gekommen wären, und sie es *leid* war, auf Träume zu warten, die sich nie erfüllten. Wut und Verzweiflung hatten sie waghalsig gemacht. Und dieses fahrlässige Verhalten hatte nun ihre Ehe verdorben, und zwar in mehrfacher Hinsicht. Schlimm genug, dass sie ihren Mann als Dirne maskiert verführt hatte—jetzt hatte sie ihn auch noch erbost, diesmal, als sie die Gemahlin spielte.

Gütiger Himmel, konnte es denn schlimmer kommen?

„Was *ist* denn nur heute Abend mit dir los, Helena?", fragte die Gräfin Northgate.

Helena blinzelte. Sonst fiel ihrer Mutter ihr Gemütszustand doch auch nicht auf. Als sie noch jünger war, war sie stundenlang Tagträumen nachgehangen, während ihre Mutter vor sich hin plapperte (ironischerweise meist über die Bedeutung der Etikette). Wenn sogar ihre Mutter bemerkte, dass etwas nicht stimmte, musste sie sich wirklich zusammenreißen.

„Es ist nichts", sagte Helena und beschwor ein fröhliches Lächeln herauf. „Ich dachte nur gerade, äh, über häusliche Angelegenheiten nach."

„Nun da du eine verheiratete Frau bist, lass mich dich daran erinnern, dass *gewissenhafte Aufmerksamkeit* der Schlüssel zu einer glücklichen Ehe ist. Wie willst du es lernen, deinem Gemahl zu gefallen, wenn dein Kopf immerzu in den Wolken steckt?"

Helenas Lächeln flachte ein wenig ab.

„Natürlich, Mama" sagte sie.

Die Gräfin von Northgate nickte und ihr Turban aus grauem Samt rutschte über ihre verblichenen braunen Locken. Ihre kleinen Hände flogen rasch hoch, um den Kopfschmuck zurecht-zurücken, während sie in leisen, hastigen Tönen sprach. „Einem Gemahl zu gefallen ist schwere Arbeit, Helena. Manchmal scheint es eine gewaltige Aufgabe. Mir selbst hat die wiederholte Lektüre von Lady Epplethistles *Vollständiger Handreichung* sehr zum Nutzen gereicht. Hast du das Werk in letzter Zeit zu Rate gezo-gen? Ich glaube, auf Seite einhundertdrei beginnen die Zusam-menfassungen der genauen Richtlinien..."

Helena bemühte sich, aufmerksam zu erscheinen. Wenn ihre Frau Mama einmal ein Thema anschnitt, war jeder Versuch, sie zu bremsen, vergeblich. Besonders in Gesellschaft, wie jetzt, da es ihre empfindlichen Nerven in Wallung brachte. Die Gräfin war schon immer von sensibler Verfassung gewesen, doch seit Thomas' Tod schien schon die geringste Provokation ihre Empfindsamkeiten zu erregen.

„... und wäscht du dich auch noch regelmäßig mit Essig, wie ich vorgeschlagen habe? Wenn nicht, befürchte ich nämlich, dass diese abscheulichen Sommersprossen wiederkehren, meine Liebe. Meine Güte, ich kann diese lästigen Flecken regelrecht auf deiner Nasenspitze wachsen sehen! Das darfst du nicht zulassen, wirk-lich nicht. Was würde Harteford sagen..."

Da ihrem Mann ohnehin rein gar nichts an ihr auffiel, würde ihn eine kleine Sommersprosse wohl kaum aus dem Gleichge-wicht bringen. Doch das konnte sie ihrer Mutter nicht sagen. Nicht, wenn ihre Mutter schon erste Anzeichen von Nervenflat-tern an den Tag legte, von hastigem Reden bis hin zu nervösen

Kopfbewegungen. Sie ähnelte einem neugierigen Spatz, ihr Kopf zuckte hin und her.

Mit wachsender Sorge wurde Helena bewusst, dass sie etwas unternehmen musste, bevor ihre Mutter einen Anfall erlitt. Es folgte immer dem gleichen Muster—übermäßige Aufregung, die mit einem Zusammenbruch und Wochen der Bettlägerigkeit endete. Als junges Mädchen war es ihr ein Schreckliches gewesen, ihre Mutter in dem verdunkelten Zimmer zu besuchen, in dem die Luft vor Kampfer brannte. Ihre Mutter bleich und ermattet hinter den Bettvorhängen liegen zu sehen, hatte sie mit unaussprechlicher Furcht erfüllt. Sie hatte Jahre gebraucht, um zu lernen, dass ihre Mutter dem, was der Arzt ein Nervenleiden nannte, nicht erliegen würde.

Allerdings hatte sich seit dem Tod von Thomas die Erkrankung der Gräfin verschlimmert. Die Anfälle traten nun häufiger auf und dauerten oft wochenlang an. Erlitt sie einen Anfall, schien nichts mehr zu helfen als Bettruhe und so wenig Reizung wie möglich. Ihre Mutter lebte ohnehin schon zurückgezogen, wanderte ziellos auf ihrem Landsitz von einem Zimmer ins andere. Doch Helena wusste, dass ihre Mutter sogar in der ländlichen Beschaulichkeit abends Laudanum in ihre Milch gab.

Helena verspürte einen Gewissensbiss. Obwohl sie täglich mit ihrer Mutter korrespondierte, war sie mit ihrem neuen Leben zu beschäftigt gewesen, um ihrer Mutter in Hampshire einen Besuch abzustatten. Wie hatte sie ihre töchterlichen Pflichten vernachlässigt. Und ihre ehelichen ebenso.

Verflixt, konnte sie denn dieser Tage *gar nichts* recht machen?

„Ich leihe dir gerne etwas von meinem Bleichpuder aus. Ich lasse es eigens beim Apotheker am Piccadilly mischen und sehe zu, dass ich mir Nachschub hole, wenn ich in London bin", sagte ihre Mutter mit einem schrillen Lachen. „Oh, Helena, sieh nur die raffinierten Satinaufsätze auf dem Kleid von Lady Marlough. Sie sehen aus wie Blätter, die zu ihrem Saum herunterrauschen! Sind sie nicht entzückend?"

„Ja, Mama", murmelte Helena. „Vielleicht sollten wir..."

„Wie sehr ich doch London während der Ballsaison liebe! Und das hier ist meine *Lieblingsveranstaltung* von allen. Ich hoffe sehr, dass die liebe, *liebe* Caroline eine Darbietung geben wird. Ich muss sagen, sie stellt all die Berufsmusiker, die Cecily für diesen Anlass anwirbt, in den Schatten."

Helena war der Ansicht, dass dies ja eben der Anlass für den ganzen Abend war: die Überlegenheit ihrer Cousine Caroline herauszustellen. Sofort schalt sie sich für den kleingeistigen Gedanken. Es war engstirnig von ihr, solch kindische Missgunst zu hegen.

Sie wusste nicht genau warum, aber irgendwie waren sie und Caroline nie ganz miteinander zurechtgekommen. Das hatte wahrscheinlich etwas damit zu tun, dass sich Helena in Carolines Gegenwart stets wie ein Hofnarr fühlte, der eine Königin unterhielt.

Wie dem auch sei, ermahnte Helena sich, sie hatte wichtigere Sorgen—wie zum Beispiel den Orkan, den die Gräfin mit ihrem Fächer heraufbeschwor.

Helena legte ihre Hand auf den Arm ihrer Mutter. Die kraftlosen Muskeln schlotterten unter ihrer Berührung. „Mama, sollen wir spazieren gehen? Tante Cecily hat doch hinten so einen bezaubernden Garten."

„Eine wunderbare Idee." Die Gräfin sprang auf. Von ihrem hageren Körper ging eine erregte Tatkraft aus. „Ich gehe voran. Ich habe schon so lange nicht mehr meine Runden in der *Beau Monde* gedreht, es gibt so viele Menschen zu sehen, auf geht's!"

„Mama", protestierte Helena.

Doch es war zu spät. Ihre Mutter hatte sich in die Menge gestürzt. Helena blieb keine Wahl, als ihrer aus dem Salon preschenden Mutter zu folgen. Die Gräfin ging durch die offenen Türen in den Musiksaal, der vor einem glänzenden Flügel bestuhlt war. Ein Bogen aus pfirsichfarbenen Kamelien umrahmte die Bühne.

„Lady Yardley! Liebste Baronin von Gagney! Was für eine Freude, Sie zu sehen!"

Helena wurde rot vor Scham, während die Gräfin damit fortfuhr, die gesamte im Saal befindliche Gesellschaft zu grüßen. Ihr wurde zwar mit höflichem Murmeln geantwortet, doch Helena sah auch die allseits erhobenen Augenbrauen; hinter den Champagnerflöten wurde insgeheim gegrinst. Sie konnte ihre Gedanken geradezu hören. *Die Gräfin von Northgate würde sich bei den Wahnsinnigen in Bedlam besser machen.* Sie schaffte es, sich bei ihrer Mutter unterzuhaken.

„Mama, wir wollten doch in den Garten gehen."

„Oh ja, gehen wir", sagte die Gräfin begeistert, ihre Augen weit aufgerissen und kindlich.

Helena steuerte sie weg, wurde aber von einer seidigen Stimme aufgehalten.

„Sind Sie es, Tante Amelia? Und Cousine Helena?"

Prächtig in pfauenblauem Satin stand Caroline nur ein paar Schritte entfernt von ihnen inmitten einer Schar Verehrer. Die Herren zogen sich zurück, als Caroline nach vorne glitt.

„Meine liebe Caroline, du siehst heute Abend bezaubernd aus!", rief die Gräfin Northgate.

Helena musste ihr beipflichten. Carolines Kleid war im neuesten klassizistischen Stil unter dem Busen gerafft und fiel in einer weichen, anmutigen Säule herab. Die zarten Puffärmel ließen ihre Schultern fast ganz entblößt und der Saum ihres Dekolletés war mit winzigen goldenen Quasten verziert, die bei jeder Bewegung schimmerten. Caroline sah in der Tat wie eine Prinzessin aus; ihr Haar war wie ein Diadem geflochten und ein Strang Diamanten glänzte in ihren kastanienbraunen Locken.

„W-was für ein entzückendes Kleid", stammelte Helena, während ihre Cousine neben ihrer Wange in die Luft küsste. „Ich habe noch nie so etwas Schönes gesehen."

„Dieses alte Ding?" Caroline lachte und entblößte dabei ihre perlweißen, ebenmäßigen Zähne. „Ich dachte, ich führe es noch einmal spazieren, bevor ich es meiner Zofe vermache. Wenn es dir so gut gefällt, liebste Cousine, dann gebe ich es natürlich gerne dir."

Helenas Ohren brannten. War ihr Kompliment zu linkisch gewesen? Unbeholfen fügte sie hinzu: „Oh, so hatte ich es nicht gemeint–"

„Doch allerdings brauchst du *meinen* Rat ja wohl nicht, wenn es um Mode geht. Du schöpfst dir deinen ganz eigenen Stil. Wie außerordentlich originell von dir, in dieser Saison Samt zu tragen", sagte Caroline mit noch einem leichten Lachen.

Helena spürte, wie sich ihr Gesicht erhitzte. Wie sehr sie sich die neue Garderobe von Madame Rousseau herbeiwünschte. Doch sie war noch nicht geliefert worden, also hatte sie sich mit einem ihrer alten Kleider begnügen müssen. Der rosa Samt *war* in der Tat schwer und recht formlos. Sie hatte ihn nur gewählt, weil sie glaubte, dass er ihren Busen gut zur Geltung brachte. Verglichen mit den anderen Damen im Saal erwies sich ihr Dekolleté jedoch geradezu als prüde.

Die Gräfin fiel in die genierliche Stille. „Sind das etwa Saphire in deiner Kette, Caroline? Wie feurig sie glänzen!"

„Danke sehr, Tante." Carolines behandschuhte Finger liebkosten zärtlich die großen, glitzernden Edelsteine auf ihrer Brust. „Ein Geschenk von Papa. Glücklich, wer solch einen großzügigen Vater hat, nicht wahr, Helena?"

„Ja." Caroline musste doch wissen, dass Helenas eigener Vater seit ein paar Jahren tief in Schulden steckte.

„Wo ist denn eigentlich heute Abend der Herr Onkel? Ich möchte ihm doch so gerne Guten Tag sagen", fuhr Caroline fort.

„Northgate ist hier irgendwo. Vermutlich im Spielzimmer", antwortete die Gräfin heiter. „Der Mann liebt eben sein Kartenspiel."

Helena blickte ungläubig auf ihre Mutter. War sie *wahnsinnig*?

Vater war wieder beim Kartenspielen, und sie belächelte das? Erkannte denn ihre Mutter nicht die Gefahr, in der er sich befand? In der sie sich alle befanden? Etwas musste unternommen werden, und zwar *unverzüglich*.

„Entschuldigt mich", sagte Helena rasch, „doch mir ist gerade etwas eingefallen, das ich mit Vater besprechen muss."

„Oh, natürlich." Carolines Lächeln näherte sich einem Grinsen. „So eine Freude, dich zu sehen, Helena. Wir sollten uns wirklich öfter besuchen, jetzt wo du in der Stadt wohnst und wir uns in ähnlichen Kreisen bewegen."

In *ähnlichen* Kreisen, doch nicht in denselben. Helena nahm die Spitze durchaus wahr, doch im Augenblick hatte sie dringendere Sorgen. Wie beispielsweise ihren Vater davon abzuhalten, das Familienvermögen zu verspielen.

„Helena, ich glaube, ich bleibe hier und plaudere noch ein wenig mit Caroline", sagte ihre Mutter.

„Bei mir ist sie in den besten Händen", sagte Caroline, noch immer grinsend.

Oh nein. Sie konnte ihre Mutter *keinesfalls* allein in dieser Löwengrube lassen. Doch was blieb ihr anderes übrig?

„Guten Abend, die Damen", sagte eine tiefe Stimme hinter ihr.

Helena wandte sich um und sah Nicholas, atemberaubend männlich in seinem Abendanzug. Der Schnitt seines Dinnerjackets betonte seine breiten Schultern, während seine Hosen die schmalen Hüften und muskulösen Beine hinabglitten, bevor sie in glänzenden hohen Stiefeln verschwanden. Er verneigte sich vor ihnen. Als er seinen Kopf wieder erhob, trafen sich ihre Blicke. Mit einem innerlichen Seufzer der Erleichterung sah sie, dass er sich offenkundig von ihrem Streit erholt hatte. Er schien nicht wütend zu sein. Freilich lächelte er auch nicht, das war nicht seine Art. Doch seine grauen Augen waren warm, seine Lippen entspannt.

„Guten Abend, Milord", sagte Helena, ein wenig außer Atem.

Die Gräfin Northgate strahlte ihren Schwiegersohn an. „Harteford, Sie erinnern sich gewiss an Lady Caroline Dewitt, die Tochter meiner Schwester?"

„Lord Harteford und ich haben uns beim Frühstück am Tag seiner Hochzeit kennengelernt", sagte Caroline. Sie knickste anmutig und reichte ihre Hand. „Doch vielleicht erinnert er sich nicht mehr an mich."

Helena missfiel der seidige, schnurrende Unterton in der Stimme ihrer Cousine.

Nicholas verneigte sich über Carolines Hand. „Aber selbstverständlich erinnere ich mich, Milady."

Etwas zerrte an Helenas Herz. *Beruhige dich. Er ist lediglich höflich.* Doch sie biss die Zähne zusammen, als Caroline dann dazu überging, Nicholas in ein geistreiches Geplänkel zu verwickeln und dabei die ganze Zeit formvollendet mit den Wimpern flatterte. Carolin lachte silberhell, ihrem Zuhörer vermittelnd, wie überaus interessant er war, wie männlich und klug. Und Nicholas stand einfach da, wie ein großer alter... *Trottel.* Er stand vermutlich so unter Carolines Bann wie all die anderen Männer im Saal auch.

Als Caroline dann Nicholas verspielt mit ihrem Fächer antippte, hatte Helena wirklich genug.

„Harteford, wo waren Sie beim Essen?" Die Frage kam kratziger heraus, als sie gewollt hatte. Alle drei Köpfe wandten sich ihr zu. *Oh, gut gemacht.* Im Vergleich zu Carolines klingelndem, musikalischem Lachen klang sie mehr denn je wie ein Reibeisen.

„W-was ich damit meine, ist, dass wir Sie vorhin vermisst haben", sagte Helena. „Die Schildkrötensuppe war köstlich, es tut mir leid, dass Sie sie verpasst haben."

„Danke für Ihre Besorgnis", sagte Nicholas in die folgende Stille hinein. „Ich fürchte, ich wurde leider aufgehalten."

„Unsere Helena ist so eine Glucke, nicht wahr?" Caroline gab wieder ihr flatterndes Lachen zum Besten, während ihre hellen Jadeaugen glänzten. „Sie sorgt sich immer nur um andere. Ich weiß noch, als wir kleine Mädchen waren, da zählte Helena immer das Teegebäck ab, damit auch genug für alle da war. Weißt du noch, wie du das Backwerk bewacht hast, Cousine?"

Helena errötete heftig.

„Helena hatte schon immer eine Schwäche für Sahnetörtchen", stimmte die Gräfin verträumt zu. „Wir mussten Cook sagen, er solle keine mehr backen, denn wir hatten Sorge, Helena wird sonst noch zu–"

„Mama", stieß Helena hervor, „du wolltest doch den Garten sehen, oder nicht? Vielleicht möchte Harteford uns auf einen Spaziergang begleiten. Ich bin sicher, Caroline muss sich jetzt auf ihre Darbietung vorbereiten."

„Ja, wir müssen Cecilys berühmten Hahnenfuß sehen, bevor es losgeht!", rief ihre Mutter aus. „Er ist in London einzigartig."

Caroline lächelte katzenhaft. „Bitte, genießen Sie den Abend. Ich hoffe, ich sehe Sie nach der Vorstellung?"

Dieser letzte Satz schien direkt an Nicholas gerichtet zu sein. Er verneigte sich.

Nachdem Caroline gegangen war, arbeiteten die drei sich durch die Menge von Gästen zum Tanzsaal. Durch die offenen Doppeltüren gingen sie in den Garten hinaus. Dutzende von Laternen erhellten den weitläufigen, gut gepflegten Rasen. Ein großer Brunnen plätscherte in der Mitte, und ein Pavillon ruhte im Eck gegenüber. Sie folgten den Trittsteinen und blieben hier und da stehen, damit die Gräfin die verschiedenen Blumenarten bewundern konnte. Während ihre Mutter nach vorne preschte, um an einer Staude Wicken zu riechen, drehte Helena sich zu ihrem Gemahl um.

„Ich hoffe, Sie genießen den Abend hier, Milord." Sie biss sich auf die Lippe, denn ihr Ton klang so vorwurfsvoll. Was war denn nur heute Abend mit ihr los? Hoffentlich bemerkte Nicholas es nicht.

„Sie haben ja meine Anwesenheit erwünscht, wenn ich mich recht erinnere", antwortete ihr Mann. Seine Augen waren im Mondlicht unergründlich. „War es dabei nicht Ihre Absicht, dass ich es auch genieße?"

„Natürlich will ich, dass Sie einen angenehmen Abend verbringen." *Aber mit mir, nicht mit Caroline.* Sie war aufgewühlt, rasend eifersüchtig sogar, doch das konnte sie ihrem Gemahl ja nicht sagen. Sie studierte eine Kamelienhecke, die in die Form einer brandenden Welle geschnitten war.

Wenn sie sich doch nur so aufs Tändeln verstünde wie Caroline.

„Stimmt etwas nicht?", fragte Nicholas.

Nichts stimmte, dachte Helena elend. Ihr Gemahl kokettierte mit Caroline. Ihre Mutter stand kurz vor einem hysterischen Anfall. Und ihr Vater... Um Himmels willen, *ihr Vater*! Ihr Magen rutschte ihr bis in die Knie. Wie hatte sie ihn vergessen können?

„Harteford, ich muss weg", sagte sie.

„Weg? Wohin denn?"

Sie zögerte. Sie wollte Nicholas die Wahrheit nicht sagen. Es beschämte sie—es war, als ob sie das Vertrauen ihres Vaters betröge. Denn trotz all seiner Schwächen liebte sie ihn. Vor Thomas' Tod war der Graf ein anderer Mann gewesen. Seine Lebenslust hatte er in seiner Liebe für Familie und Freunde ausgelebt und nicht am Spieltisch. Sie erinnerte sich, wie das gönnerhafte, alle einnehmende Gemüt ihres Vaters die Weihnachtsfeste und Geburtstagsfeiern ihrer Kindheit erfüllt hatte. Doch Nicholas hatte ihren Vater damals nicht gekannt, und sie fürchtete, er konnte den Grafen nur so sehen, wie er jetzt war. Ein Mann, der darauf angewiesen war, dass die eigene Tochter ihn zügelte.

Während sie so mit sich selbst rang, entspannte sich Nicholas' Ausdruck, als verstünde er plötzlich. „Ah. Ich hoffe, es geht Ihnen... hinlänglich? Ich kann die Kutsche holen lassen, wenn Sie möchten."

Nun war sie perplex. „Die Kutsche? Wozu denn das?"

Nicholas war sichtlich unangenehm berührt. Sogar in der Dunkelheit konnte sie seine kantigen Wangen rötlich glühen sehen. „Wegen des Zustands, der Sie, äh, plagt."

„Welchen Zustand meinen Sie denn?", fragte Helena, nun wirklich verwirrt. „Ich habe keinerlei Gesundheitsprobleme, Milord."

„Nennen Sie es, wie Sie wollen, ich bin Ihnen jedenfalls gern behilflich. Soll ein Diener Ihnen etwas bringen? Vielleicht möchten Sie sich diskret im Pavillon ausruhen..."

„Wovon sprechen Sie denn, bitte sehr?" fragte Helena. „Warum sollte ich mich ausruhen müssen?"

Ein schmerzlicher Ausdruck ging über Nicholas' Gesicht. „Da bedarf es doch sicherlich keiner Einzelheiten."

„Dieses Gespräch ist höchst verwirrend", sagte Helena.

„Das kann man wohl sagen", murmelte ihr Gemahl und rieb sich den Nacken.

„Sehen Sie doch, der Hahnenfuß!", rief die Gräfin aus.

Wie ihre Mutter so wie ein Pfeil auf das besondere Gewächs zuschoss, atmete Helena tief durch und sagte: „Ich muss meinen Vater holen. *Davon* spreche ich."

„Ihren Vater. Verstehe", räusperte sich Nicholas.

„Und wovon sprachen *Sie*, Milord?"

Ihr Gemahl war verlegen. „Nichts von Bedeutung. Es ist mir sogar schon wieder entfallen."

Helena sah ihn misstrauisch an. „Doch noch vor einer Minute haben Sie doch–"

„Warum müssen Sie ihn holen?", fragte Nicholas. „Ihren Vater, meine ich."

Helena fuhr mit ihrer Schuhspitze den Umriss des Trittsteins nach. Konnte sie darauf vertrauen, dass er ihren Vater nicht zu scharf verurteilte? Sie sah Nicholas' eindringlichen Blick und fasste sich ein Herz: „Er ist gerade im Spielzimmer."

Hitze stieg ihr in den Kopf, und sie betete, dass es keiner weiteren Erläuterung bedurfte. Wie schrecklich wäre es, erklären zu müssen, dass ihr Vater seine Spielsucht nicht bändigen konnte und jemanden brauchte, der ihn davon abhielt. Zugleich hatte sie Schuldgefühle, dass sie die Schwäche ihres Vaters so bloßstelltesogar ihrem eigenen Mann gegenüber, der sich ja des Problems durchaus bewusst sein musste.

Helena wusste, dass Nicholas im Zuge des Ehevertrags die Schulden der Northgates übernommen hatte. In letzter Zeit schäumte die Korrespondenz ihrer Mutter nur so über mit Beschreibungen von nagelneuen Hutwaren und Einrichtungsgegenständen. Daraus las Helena, dass im Hausstand der Northgates wieder Normalität eingekehrt war. Papa hatte sogar eine neue Kutsche und ein Paar brauner Rösser dazu gekauft. Und nun zugeben zu müssen, dass ihr Vater sich nicht gebessert hatte, wo er doch so knapp dem Ruin entronnen war...

„Ich wollte ihn in einer bestimmten Angelegenheit sprechen“, sagte sie so unbekümmert, wie sie konnte, „und es ist mir jetzt gerade erst wieder eingefallen. Würden Sie meiner Mutter Gesellschaft leisten, bis ich zurück bin?“

Sie wandte sich zum Gehen, doch Nicholas' Hand auf ihrem Arm hielt sie zurück.

„Ich habe mit Ihrem Vater heute Abend noch gar nicht gesprochen“, sagte er. „Erlauben Sie, dass ich ihm meine Aufwartung mache.“

Helena schüttelte elend ihren Kopf. „Aber ich muss ihn finden. Sehen Sie, er ist—“

„Ich werde ihn finden und ihn Ihnen und Lady Northgate sogleich bringen.“ Nicholas ließ seine Hand sinken, doch er blickte ihr fest in die Augen.

Helena fühlte ihre Knie weich werden, gewiss von seiner flüchtigen Berührung, jedoch mehr noch vor Erleichterung. Ihr stiegen fast die Tränen in die Augen. Es war so lange her, dass sie sich auf jemanden stützen konnte–seit dem Tod von Thomas nicht mehr.

„M-meinen Sie, Sie können ihn davon überzeugen...?", fragte sie zittrig.

„Geben Sie mir zehn Minuten", sagte ihr Gemahl. „Wir treffen uns im Musiksaal wieder."

8

Nicholas marschierte in Richtung Spielzimmer davon. *Zum Teufel* mit Northgate. Der Mann konnte einer Handvoll Karten genauso wenig widerstehen wie ein Trunkenbold einer Flasche billigen Fusels. Wenn es so weiterging, würde Northgate bald wieder in einem Sumpf von Zahlungsrückständen rudern. Nicholas war es im Grunde gleich, ob sein Schwiegervater in der Fleet Street hinter Gittern endete—wahrscheinlich täte es dem Grafen ganz gut, einmal zu erleben, was einem Mann, sogar einem Edelmann, blühte, wenn er seine Schulden nicht zahlte. Es war reine, schlichte Gerechtigkeit.

Was ihn erzürnte, war, wie die Sorge Helenas Antlitz trübte, wie ihre Schultern sich unter der Last der väterlichen Rücksichtslosigkeit krümmten. Northgate bekam gar nicht mit, welche Schande und welches Verderben er wieder über sich zu bringen drohte. Helena aber war sich dessen schmerzlich bewusst. Trotz ihres zurückhaltenden Auftretens war sie ein treues kleines Ding. Seine Lippen verzogen sich grimmig. Tapfer war sich auch, oder töricht, wie auch immer man es sehen wollte. Wie genau stellte sie sich das vor, ihren Herrn Vater vom Spieltisch wegzubekommen? Sie war zu zierlich, um es gewaltsam zu tun, zu unschuldig, um andere Mittel anzuwenden.

Da er weder zierlich noch unschuldig war, rechnete er mit keinerlei Schwierigkeiten.

Nicholas betrat das Spielzimmer, wo sich die Gäste um ein halbes Dutzend belegter Kartentische drängten. Er erspähte Northgate sofort. Er saß da, mit den Karten in der Hand, in einem burgunderroten Samtjackett, und sein Gesicht unter dem Schnurrbart passte farblich dazu. Sein sonst fideler Ausdruck war verstört. Sein Blick sauste unbändig in den Augenhöhlen herum, als wäre er ein in die Ecke gedrängtes wildes Tier. Nicholas atmete ärgerlich durch. Kein Wunder, dass der Mann sich beim Kartenspiel ruinierte. Er war leichte Beute.

Nicholas achtete nicht auf die Blicke, die ihm galten, und arbeitete sich bis zum Tisch vor. Er erwiderte das steife Kopfnicken zweier Herren, die ihm nicht ganz in die Augen sahen. Er kniff die Lippen zusammen. Vor zwei Wochen in seinem Kontor waren Yardley und Caverstock noch weitaus freundlicher gewesen. Da hatten sie nämlich erfahren, dass sich ihre Teilhabe in Fines und Co. im Wert verdreifacht hatte. Wenn er sich recht erinnerte, hatten sie sich vor Begeisterung fast überschlagen und eifrig seine Hand geschüttelt. Jetzt aber, unter dem wachsamen Blick der feinen Gesellschaft, konnten sie sich kaum mehr leisten als ein angedeutetes Kopfnicken. Nicholas kannte die stillschweigenden Regeln.

Mit dem Gesinde pflegte man keinen privaten Umgang.

Er umkreiste den Tisch einmal und blieb an Northgates Seite stehen. Er setzte einen nichtssagenden Gesichtsausdruck auf, obwohl er innerlich erneut aufseufzte. Er hatte gehofft, dass Northgate keine horrende Summe auf dieses bestimmte Blatt gesetzt hatte.

Doch freilich hatte der verdammte Narr das getan.

Nicholas wartete ab, bis der Tisch geräumt war und der Graf seine Promesse ausgestellt hatte. Er schnaubte beinahe. Der

Schuldschein war kaum das Papier wert, auf das er geschrieben war. Er wusste das, denn er war ja derjenige, der Northgates Gelder verwaltete. Das war eine seiner Forderungen gewesen (und eine verdammt umsichtige): Wenn Nicholas schon die Schulden des Grafen bereinigte, musste der ihm fortan in allen Geldangelegenheiten Rede und Antwort stehen. Er wollte es nicht zur Gewohnheit werden lassen, seinem Schwiegervater aus der Patsche helfen zu müssen. Denn das käme einer Fahrt in einem lecken Boot mit nichts weiter als einem kleinen Eimer in der Hand gleich.

„Guten Abend, Northgate." Nicholas packte die Schulter des Grafen. Der alte Mann zuckte in seinem Stuhl zusammen, so sehr war er in den Stapel Karten vertieft, der gerade ausgegeben wurde.

„Harteford", stotterte Northgate. „Was zum Kuckuck tun Sie denn hier?"

„Dasselbe könnte ich Sie fragen", sagte Nicholas leise. „Wie dem auch sei, dies ist ein Konzertabend, und ich begleite meine und Ihre Gemahlin. Ich bitte Sie, sich uns anzuschließen, die Damen haben nämlich nach Ihnen verlangt."

Northgate wurde noch röter. „Guter Gott, Mann. Ich kann doch meinen Partner nicht mitten im Spiel im Stich lassen. Außerdem winkt mir in der nächsten Runde das Glück, das spüre ich in den Knochen. Bestellen Sie den Damen, dass ich gleich komme." Er drehte sich zurück zum Tisch.

„Es wird unverzüglich nach Ihnen verlangt." Nicholas schenkte dem Kichern der anderen Spieler keine Beachtung und sprach in einem Ton, der keinen Widerspruch duldete. „Ich bin mir sicher, dass Ihre Mitspieler Sie entschuldigen."

„Ich möchte nicht gehen", sagte Northgate stur.

„Und ich sage, es ist höchst ungesittet, sich zwischen einen Mann und seine Karten zu stellen", sagte gespreizt ein Mann mittleren Alters auf der anderen Seite des Tisches. „Das sollten Sie doch wissen, Harteford."

Ein Lachen flog über die Runde.

Nicholas fühlte, wie sich seine Faust ballte, doch er ging nicht auf die Stichelei ein. Er hatte Besseres zu tun, als sich mit Kerlen wie Sir Danvers Jacoby abzugeben. Der war Erbe einer uralten Baronie und stadtbekannter Prasser. Nicholas achtete stattdessen auf Northgate. Die samtbekleideten Schultern des Grafen waren über den Tisch gebeugt, als ob er keinerlei Absicht hätte, demnächst aufzustehen. Als ob es ihm zustünde, Geld zu verwetten, das ihm nicht gehörte. Als ob er tun könnte, was auch immer ihm einfiel, und es anderen überlassen könnte, die Folgen auszubaden. Kalte Wut strömte durch Nicholas' Adern. Er lehnte sich nach vorne und sprach knapp in das Ohr des Grafen.

Northgates Augen weiteten sich.

„Northgate, machen Sie mit?", fragte Jacoby, mit dem Stapel Karten in seiner gut gepflegten Hand.

„Nein, ich fürchte nicht", sagte der Graf. Er blickte finster auf Nicholas. „Harteford hier erinnert mich an andere Pflichten."

„Pflichten, jetzt? Harteford, seien Sie kein solcher Spielverderber. Warum nehmen Sie nicht Northgates Platz ein und erleichtern Ihren Geldbeutel ein wenig?" Jacoby richtete den Sitz seiner diamantbesetzten Manschettenknöpfe, und fügte grinsend hinzu: „Wie mühselig es doch sein muss, diese ganzen Geldsäcke mit sich herumzuschleppen. Wohl eine berufsbedingte Unannehmlichkeit."

Bleib ruhig, redete Nicholas sich zu, während spöttisches Gelächter um ihn herum schwirrte. Wie sehr er doch dem hochnäsigen, grinsenden Gesicht Jacobys einen ordentlichen Schlag versetzen wollte. Seine Handflächen kribbelten regelrecht. Er konnte sich im Augenblick keine größere Freude vorstellen, als diese Kanaille von seinem hohen Ross zu stoßen.

Doch er würde es nicht tun. Er hatte in der feinen Gesellschaft schnell gelernt, dass alles nur noch schlimmer wurde, wenn man auf heimtückischen Hohn und durchtriebene Spötteleien einging. Das war ja der Grund, warum sie ihn überhaupt foppten—

sie hofften auf eine ungehobelte Erwiderung seinerseits, über die sie sich dann noch weiter lustig machen konnten.

Also konnten sie ihn mit ihren spitzen Sticheleien und bissigem Witz ungestraft weiter piesacken. Im Grunde war Mayfair nicht viel anders als die Gosse, in der er aufgewachsen war. Die feinen Herrschaften standen dem einfachen Volk in nichts nach, waren genauso niederträchtig, genauso blutrünstig, bei jeder Gelegenheit, die sich ihnen bot. Diese Freude würde er ihnen nicht machen.

„Ich fürchte, ich habe keine Zeit." Nicholas machte eine spöttische Verneigung und blickte mit hochgezogener Augenbraue auf Northgate. Der Graf stand auf, verzog dabei trotzig den Mund. Nicholas konnte das eifrige Flüstern hinter sich hören, als sie das Spielzimmer verließen.

„Das war verflucht blamabel", zischte Northgate, sobald sie den Flur erreichten. „Ich werde mich vor diesen Leuten nie wieder erhobenen Hauptes sehen lassen können."

„Und wenn Sie in der Fleet Street einsitzen, dann wohl schon?", erwiderte Nicholas mit steinharter Stimme. „Glauben Sie, Ihre Freunde werden sie da besuchen, im Schuldnerkerker?"

Northgates Gesichtsfarbe näherte sich einem wutentbrannten Purpur. „Das ist ja grotesk! Ich bin der Graf von Northgate. Ich würde nie in solch eine Lage geraten. Wie wagen Sie es–"

„Das ist genau der Punkt. Ich wage das durchaus." Nicholas nickte höflich mit dem Kopf, als ein Paar an ihnen vorbeiging.

Northgates Ausdruck gefror zu einem beinahe furchterregenden Lächeln.

Als das Paar außer Hörweite war, sagte er zornig: „Zeigen Sie etwas Respekt, Bursche. Sie sind mein Schwiegersohn und mir daher zu Ehrfurcht verpflichtet–"

„Haben Sie mal hiervor Ehrfurcht, Milord." Nicholas' Stimme war gefährlich weich. „Alles, was Sie zurzeit besitzen, von den Backsteinen Ihres Landsitzes bis zu den Nähten auf Ihrem Buckel, gehört *mir*. Alle Pachtgelder, die Sie einnehmen, fließen geradewegs in den Schuldendienst an *mich*. Jedes Pfund, jede verfluchte Guinee, die Sie beim Kartenspiel verprassen, kommt aus *meiner* Tasche. Sie leben von meiner Gnaden, Northgate und ich schwöre Ihnen, mein Geduldsfaden wird zurzeit recht dünn."

Northgate erblich.

„Ich möchte dieses Gespräch nicht noch einmal führen, also lassen Sie mich ganz deutlich werden", fuhr Nicholas fort. Sein Blick bohrte sich in die schnell zwinkernden Augen seines Schwiegervaters. „Von mir bekommen Sie keinen Viertelpenny mehr, wenn Sie nicht mit dem Spielen aufhören. Ich lasse Sie fallen. Ein für alle Mal."

„D-das würden Sie nicht wagen", flüsterte Northgate. „Helena würde das nie zulassen–"

„Helena wird das nie erfahren", sagte Nicholas. „Es sei denn, Sie wollen Ihre Tochter darüber aufklären, dass Sie das Vermögen der Grafschaft verspielt haben. Das Einzige, was zwischen Ihnen und dem Ruin steht, ist die Münze eines Kaufmanns."

Northgate schluckte. „Sie herzloser Bastard."

Nicholas lächelte humorlos. „Das bin ich in der Tat."

Eine Glocke erklang einmal, zweimal, dreimal.

„Die Darbietung beginnt", sagte Nicholas und erhob dabei eine spöttische Augenbraue. „Nun, da die Angelegenheit geklärt ist, wollen wir dazu nicht zu spät kommen, nicht wahr?"

Zorn wütete in Northgates Blick. „Gott ist mein Zeuge, das büßen Sie mir noch. Mögen Sie in der Hölle schmoren, Sie Unmensch." Er drehte sich auf dem Absatz um und stürmte davon.

Nicholas sah auf seine Taschenuhr und folgte ihm gemächlich. Sechzehn Minuten. Er hatte sechs Minuten länger gebraucht, als er Helena versprochen hatte, doch angesichts des Erfolges war es nicht übel. Er wäre sogar mit sich selbst zufrieden gewesen, wäre da nicht das Hämmern in seiner linken Schläfe gewesen. Er erinnerte sich nun daran, warum er die Spielwiesen der Vornehmen überhaupt vermied: In feiner Gesellschaft handelte er sich immer dröhnende Kopfschmerzen ein.

Dennoch nahm er seinen Platz in der Schlange wartender Gäste vor dem Musiksaal ein. Mehrere Damen musterten ihn diskret über ihre wedelnden Fächer hinweg—rüsteten sich zweifellos mit Pulver für den Salonklatsch. Er wusste, sie würden sich tagelang über den Möchtegernmarquis auslassen können, und darüber, wie seine niedere Herkunft ihn verriet.

Als eine besonders dreiste Dame ihn wie ein exotisches Ausstellungsstück im Britischen Museum beäugte, wandte er nicht einmal seinen Blick ab. Als ob er eine Art grotesker Sphinx wäre, anstößig, und gerade deswegen umso interessanter. Als sich ihre Augen trafen, erwiderte er jeden ihrer Blicke mit spöttisch verzogenem Mund. Sie schnaubte und wandte sich ab. Augenblicke später schon tratschte sie mir ihrer Begleiterin, deren Federschmuck vor Aufregung wippte.

Zur Hölle mit ihnen allen.

Als er die Tür erreichte, spielte die Musik bereits. Er bemerkte mit wachsendem Ärger, dass die Dewitts die Menge an Besuchern nicht vorgesehen hatten, denn es gab mehr Gäste als Stühle. Er fand hinten im Saal Platz und bemühte sich, nicht auf die riesige, pochende Ader in seinem Kopf zu achten. Er überblickte das Publikum und sah Helena in einer der mittleren Reihen zwischen ihren Eltern sitzen. Sie sah nach rechts, sodass er ihr Profil sehen konnte. Northgate flüsterte ihr ins Ohr. Seinen ausladenden Gesten und seinem verzerrten Gesichtsausdruck nach zu schließen war er sichtlich wütend.

Nicholas fühlte Blut in seinen Kopf rauschen, was das Klopfen schier unerträglich machte. Northgate, *Gott verdamm' ihn*. Er spann wahrscheinlich gerade irgendeine Cheltenham-Tragödie darüber, wie er von seinem Schwiegersohn misshandelt worden war. Wie der unflätige, geizige Pfeffersack mit dem unschuldigen edlen Lord umgesprungen war. Seine Vorstellung machte wahrscheinlich den Theatern in der Drury Lane Konkurrenz. Wie er so Northgates Lippen beobachtete, konnte er ihn förmlich hören.

Bastard... Taugenichts... Hanswurst...

Der Muskel entlang Nicholas' Kiefer zuckte. Es lag ihm nichts an Northgates Reaktion, wohl aber an Helenas. Wie würde sie es aufnehmen, dass über ihren Gemahl derart geschimpft wurde? Plötzlich erschien ihm die Frage von größter Wichtigkeit, als ob seine Zukunft irgendwie davon abhing, wie sie es aufnahm.

Er studierte das Gesicht seiner Frau, wünschte, sie mochte... nun, was denn?

Ihren Vater anschreien?

Dem alten Mann ins Gesicht schlagen?

Das erwartete er gewiss nicht von ihr.

Aber genauso wenig erwartete er, dass ihr die Tränen kamen, oder dass sie die Hände des Grafen tröstend in die ihren nahm. Oder vielleicht, dachte er in blinder Wut, erwartete er *doch*, dass sie ihres Vaters Wunden leckte und ihren Mann blutend in der Gosse liegen ließ. Hatte sie ihren Vater nicht früher am Abend noch zu schützen versucht? Sie hatte versucht, ihm–*ihrem eigenen Gemahl*–Northgates Treiben zu verheimlichen, bis er sie davon überzeugt hatte, dass er ihrem Vater helfen konnte.

Er rieb sich die Augen.

„Lord Harteford?"

Er drehte sich zu dem leisen Flüstern. Ein Lakai hielt mit einer ersuchenden Kopfbewegung die Tür offen. Nicholas ging zu ihm hinüber. Als sie den Saal verlassen hatten, sagte er: „Ja. Was gibt es?"

„Das ist für Sie abgegeben worden, Milord." Der Lakai verneigte sich und gab ihm eine Botschaft.

Finster dreinblickend brach Nicholas das Siegel und faltete das schwere Briefpapier auf. In diesem Moment erreichte das Orchester ein Crescendo. Ein Feuerwerk aus Klängen barst in seinem Kopf. Sein Blick verschwamm.

„Milord. Ist alles in Ordnung?"

Nicholas kämpfte mit einer Woge der Übelkeit, faltete die Botschaft wieder zusammen und brachte heraus: „Wer hat Ihm das gegeben?"

„Ich bin mir nicht sicher, Milord." Der Diener sah verlegen aus. „Die Nachricht lag einfach plötzlich auf dem Tablett mit den Botschaften, und der Butler hat mich angewiesen, sie zuzustellen. Wenn es ein Problem gibt–"

„Nein. Das ist alles."

Nicholas warf dem Lakaien eine Münze zu. Er wahrte gerade noch so die Fassung, bis der Diener aus dem leeren Flur verschwunden war. Dann gaben seine Knie nach. Er fing sich, stützte sich mit dem Unterarm gegen die Wand ab. Irgendein entlegener Winkel seines Gehirns nahm wahr, dass das Orchester noch spielte, dass die Luft vom Duft von Kamelien, Champagner und Kerzenwachs geschwängert war. Ein Konzertabend in Mayfair, dachte er benommen. Der letzte Ort auf der Welt, wo er einen Hinterhalt vermutete, wo er erwartete, von seiner Vergangenheit eingeholt zu werden. Er musste die Botschaft nicht noch einmal lesen, denn die Zeilen glühten feuerrot in seinem Kopf.

Du hast nicht wirklich geglaubt, du könntest Ben Grimes für immer verscharren, oder? Jetzt zahlst du den Preis dafür, dass du dein Verbrechen verhehlt hast. Warte auf meine Anweisungen.

Dunkelheit umhüllte ihn. Seine Lungen brannten, erstickt von Ruß und Entsetzen, während eine Mauer aus behaartem Muskel und Fett ihn erdrückte und der Gestank nach Zwiebeln und Schweiß ihm die Nasenlöcher verätzte. Sein Flehen wurde von einer Faust zum Verstummen gebracht, und etwas schwoll grell und rostig in seinem Mund an. Er schlug um sich, zappelte stumpfsinnig wie ein Tier. Schweiß rann ihm über die Handfläche, als diese auf etwas Glattes stieß, etwas, das aus Grimes' Gesäßtasche ragte. Ein Messer–

„Harteford?"

Er schreckte auf. Es dauerte einen Moment, bis er Helena erkannte. Sie stand da und starrte ihn mit großen Augen an. „Harteford, was ist mit Ihnen? Ich sah Sie die Darbietung verlassen. Geht es Ihnen nicht gut—"

Sie hob ihm ihre Hand entgegen.

„Fass mich nicht an." Seine Worte endeten in einem Zischen; er stolperte rücklings. Eine Sekunde lang blieb die Hand in der Luft schweben. Dann senkte sie sich langsam zu ihrer Seite.

„E-Es tut mir leid. Ich kam nur heraus, um mich zu entschuldigen."

„Wofür?", stieß er aus.

„Sie müssen Papa verzeihen", sagte sie. „Er kann nicht anders. Er ist mit diesem vornehmen Lebenswandel aufgewachsen, wissen Sie, und ich glaube... ich glaube, manchmal kann er sich gar nicht vorstellen, dass sein Handeln Folgen haben könnte." Sie wurde rot und schlug die Augen nieder. „Schließlich spielen alle seine Freunde Karten."

Verdammt, er konnte kaum denken. Er musste fort, brauchte *Luft*. Wie ein gefangenes Raubtier schlug er blindlings aus. „Zur Hölle mit Ihrem Vater. Weil er ein *edler Herr* ist, soll ihm alles entschuldigt werden. So geht die feine Gesellschaft mit Lügnern und Betrügern um—indem sie solches Verhalten übersieht, nein, verherrlicht."

„Papa ist kein Lügner—"

„Ihr Vater ist ein Lügner der *schlimmsten* Sorte. Er spielt den edlen, tugendhaften Lord", knurrte Nicholas, „während er in Wahrheit nichts weiter ist als ein verdammter, verkommener Spieler. Er schaufelt sich sein eigenes Grab, und ich verbiete Ihnen, dass Sie ihm dabei helfen."

Helena hob eine Hand zu ihrem Mund. Ihre Augen glänzten feucht, als sie erstickt sagte: „Er ist doch mein Vater. Ich habe ihm immer g-geholfen, wo ich konnte. Das ist meine Pflicht."

„Sie stellen also Ihre töchterlichen Pflichten über Ihre ehelichen. Überrascht mich kaum."

„Harteford", flüsterte sie. „Was sagen Sie denn da?"

Setz allem ein Ende. Beende es jetzt, und dann mach dich davon.

„Nichts als die Wahrheit", sagte er. „Diese Heirat war ein Fehler, das wissen wir beide."

Sie sah aus, als hätte er sie geschlagen. „Das können Sie doch nicht meinen—"

Er fühlte, wie er innerlich zerbröckelte. Ihre Schönheit und Unschuld machten alles nur noch schlimmer. Ein Gefühl von Dreck kroch ihm über die Haut, Selbstverachtung wühlte in seinem Magen. Er war nie gut genug für sie gewesen und würde es nie sein. Dass er überhaupt gedacht hatte, es könnte anders sein, machte ihn zum größten Narren, der je gelebt hatte.

„Ich meine es, Helena." Jedes Wort brannte ihm auf der Zunge wie Säure. „Sie zu heiraten war das Schlimmste, was ich in meinem Leben getan habe."

Bevor sie antworten konnte, drehte er sich um und lief davon.

Von seiner Frau. Von dem Leben, das nie ihm gehören würde.

❧ 9 ❧

„**D**u bist heute Abend so still", bemerkte Marianne von der anderen Seite der Kutsche. „Bist du sicher, dass du das tun möchtest?"

Helena nickte entschlossen. Durch das Fenster sah sie, dass sie in eine abgelegene Sackgasse am Rande des Piccadilly Circus eingebogen waren. Sie hatte dieses Viertel noch nie nachts besucht. Unter den Straßenlaternen ging von den schmucklosen, klassizistischen Bauten eine geisterhafte Aura aus. Vorhänge waren vor die Fenster gezogen, sodass man nicht sehen konnte, was drinnen vor sich ging. Ein Schaudern lief über ihren Nacken, doch sie straffte ihre Schultern.

„Es geht um meine Ehe", sagte sie. „Ich muss Harteford zurückgewinnen."

„Und du bist dir sicher, meine Liebste, dass du ihm nicht einfach sagen kannst, dass du die Dirne warst, mit der er es getrieben hat?"

Drei Tage war der Konzertabend nun her, doch ihre Begegnung mit Nicholas war glasklar in ihrer Erinnerung festgefroren. *Diese Heirat war ein Fehler*. Sie blinzelte Tränen zurück. Gewiss hatte er das nicht gemeint. Gewiss hatte er nur aus Verbitterung so gesprochen und sie konnte es ihm nicht verübeln, nicht, nachdem ihr Vater ihn so schlecht behandelt hatte. Doch die Abscheu in Nicholas' Augen, als er von Lügnern sprach—die die Tugendhaften *spielen*... sie schluckte schmerzhaft. „Das geht nicht, Marianne. Er darf nicht erfahren, dass ich ihn getäuscht habe."

„Wenn du es sagst." Die andere Frau glättete die Finger ihrer saphirblauen Handschuhe. „Dann wären wir jetzt da."

Der Lakai ließ das Treppchen hinab und half ihnen aus der Kutsche. Mit wachsender Neugier folgte Helena ihrer Freundin zu einem unscheinbaren Laden. Das verwitterte Schild pries Damenbedarf an. Helena runzelte die Stirn. Sie brauchte keine Garderobe, sondern unmittelbarere Unterstützung. Vielleicht hatte Marianne ihre Bitte falsch verstanden.

„Ich habe schon das Notwendige von Madame Rousseau gekauft und brauche nichts mehr zum Anziehen. Ich hatte vielmehr gehofft, dass du mir zeigen könntest, wie—", hob Helena an.

Doch Marianne war bereits in dem düsteren Eingang verschwunden. Seufzend folgte Helena ihr.

Dieser Laden war völlig anders als der von Madame Rousseau. Er war finster und die Ware hing recht zufällig herum. Ein paar Vitrinen mit Handschuhen von fragwürdiger Qualität neben Strumpfwaren und allerlei Firlefanz standen dicht gedrängt im vorderen Ladenteil. Helena wurde immer neugieriger. Sie nahm ein Paar recht gewagter schwarzer Strümpfe mit purpurroten Bändern in Augenschein, als eine stämmige Frau mittleren Alters hinter einem blauen Vorhang hervortrat. Sie trug ein tief ausgeschnittenes Kleid und einen Satz schimmernder Juwelen auf ihrem üppigen Busen. Ihre fleischigen Finger glitzerten vor lauter Ringen.

„Lady Draven, wie schön, Sie zu sehen", sagte sie, und ihr gekünstelter Ton passte gar nicht zu ihrer imposanten Erscheinung.

Marianne neigte den Kopf. „Guten Tag, Mrs. Bell. Ich habe eine Freundin mitgebracht. Ich hoffe, das macht nichts."

„Ganz und gar nicht, Liebchen“, erwiderte Mrs. Bell. „Gäste sind in unserem Abonnement inbegriffen. Und sie hat Glück, wir haben heute eine schöne Auswahl. Frisch vom Markt.“ Sie lachte. „Mir nach.“

Ehe Helena fragen konnte, was für eine Auswahl denn gemeint war, wurde sie schon durch den Vorhang bugsiert. Sie fand sich in einem dunklen Flur wieder, der nur von Wandlampen erleuchtet war.

„Hier entlang“, sagte Mrs. Bell und ging voran. Helena sah Marianne an, die lediglich lächelte und ihr bedeutete, zu folgen. Helena musste hastig gehen, um mitzuhalten.

„Was genau verkaufen Sie, Mrs. Bell?“, fragte Helena etwas außer Atem.

„Was, das hat Ihnen Lady Draven gar nicht gesagt?“, fragte Mrs. Bell erstaunt. „Meine Ware ist die feinste in London, ach was, in ganz England, will ich sogar behaupten.“

„Ja, aber worum *handelt* es sich?“

Sie kamen vor einer schweren, von einem verhüllten Lakaien bewachten Eichentür zum Stehen.

„Lass die Dame einen Blick darauf werfen, Jim“, sagte Mrs. Bell.

Der Lakai öffnete den Sehschlitz.

Helena spähte hinein und japste.

„*Amour*, Liebchen, von der höchsten Güte, die Sie jemals gesehen haben. Wie ich eben schon sagte.“ Mrs. Bell warf Marianne einen Blick zu und hob dabei ihre dünn gezupften Augenbrauen. „Was ist heute ihr *Gout*?“

„Karminrot für mich“, sagte Marianne. „Weiß für meine Freundin.“

„Bitte sehr.“ Aus einem Korb holte Mrs. Bell Stoffmasken in den gewünschten Farben und reichte sie Marianne und Helena, die ihre mit unsicheren Fingern entgegen nahm. Als sie Helenas Zögern sah, lachte Mrs. Bell. „Machen Sie schon, Schätzchen. Sie beißt nicht.“

„Wofür ist die?", fragte Helena, während sie die goldenen Bänder hinter ihren Ohren befestigte.

„Sie zeigt den anderen an, welche Art von *Amour* Sie suchen. Dann muss man nicht raten. Geben Sie mir Ihre Mäntel, und genießen Sie Ihre Zeit hier, Miladys."

Der Lakai öffnete die Tür. Stimmen und Musik schwappten ihnen entgegen. Auf der Schwelle zu den entarteten Ausschweifungen fühlte Helena ihre Entschlossenheit wanken. Sie griff nach Mariannes Arm. „Ich weiß nicht, ob ich das kann."

„Papperlapapp", flüsterte Marianne zurück. „Du hast gesagt, du willst deinen Mann zurückerobern. Nirgendwo anders in London kannst du die Kunst der Verführung besser erlernen."

Verzweiflung rang mit einem Leben strenger Erziehung. Auf der einen Seite des Gefechtes konnte Helena ihre Mutter und Lady Epplethistle mit entsetzten Gesichtern, heftig die Köpfe schüttelnd stehen sehen. Auf der anderen Seite stand Nicholas-gefährlich und unwiderstehlich, allein, mit vor sinnlicher Verheißung lodernden Augen. Sein Mund verzog sich anrüchig und er lockte sie mit seinem Finger.

Oh, Nicholas...

Helena trat ein und die Tür schloss sich hinter ihr.

„Das Kloster hast du ja bereits kennengelernt. Der einzige Unterschied ist, dass hier nur die allerfeinste Gesellschaft Zugang hat", sagte Marianne. „Mrs. Bell achtet schärfer darauf als alle weiblichen Gäste bei Almack's zusammen. Glaub mir, ich musste mehrere Anfragen stellen, bevor mein Abonnement akzeptiert wurde."

Helenas Blick glitt über die prächtig gekleideten maskierten Frauen, die in dem Saal umherschweiften. „Du meinst, diese Frauen hier sind keine Kurtisanen?"

„Sie sind Herzoginnen und Gräfinnen, vielleicht ist auch die eine oder andere Prinzessin darunter", sagte Marianne. „Und sie alle haben nur eins im Sinn: heute Abend einen Liebhaber zu verführen. Deswegen sind wir hier. Es gibt keinen anderen Ort, an dem du besser lernen kannst, einen Mann zu verlocken."

Helena schluckte. „Und die Masken? Was bedeuten die Farben?"

Marianne verzog den Mund. „Mach dir keine Sorgen, meine Liebe. Weiß bedeutet, du brauchst nur zuzusehen."

„Und rot?"

Mariannes Lächeln wurde ruchlos. „Vielleicht erfüllt unser Besuch hier ja auch noch einen zweiten Zweck."

Marianne führte Helena langsam durch den Saal, der Helenas Einschätzung nach ungefähr so groß war wie Almack's. Doch da endeten schon die Gemeinsamkeiten. Mrs. Bells Etablissement war so weit von einem vornehmen Club entfernt, wie man sich nur vorstellen konnte. In lebhaften roten und orangefarbenen orientalischen Motiven gestaltet, diente der Saal allein dazu, exotische Fantasien anzufachen. Die Papierlaternen über ihren Köpfen warfen einen trüben, verführerischen Schein. Der Saal war von Nischen gesäumt. Mit Bambusrohren bemalte Paravents und Vorhänge aus Rohseide boten den Kunden die nötige Abgeschiedenheit, um sich völlig ihren Herzenswünschen hinzugeben. Würzige Noten von Sandelholz und Zimt mischten sich mit dem deftigen Aroma der Lust.

Helena schwirrten die Sinne.

„Marianne, können wir uns setzen?", fragte sie unsicher.

„Da drüben." Marianne deutete auf eine Chaiselongue, die gleich neben einer riesigen Topfpalme stand.

Helena sank dankbar auf den braunen und goldenen Brokat. Ihre Erleichterung währte jedoch nicht lange, denn sie sah, dass Marianne stehen blieb.

„Ich komme in einer Stunde wieder", sagte ihre Freundin. „Beobachte und lerne, Helena, wenn du deinen Mann gewinnen willst."

„Marianne, geh nicht weg—"

Doch Marianne war schon in das Gedränge verschwunden.

Mit einem Seufzer lehnte sich Helena in die Kissen zurück. Nach einer Minute sah sie sich verstohlen um. Wenn man die Ungehörigkeit von alledem hier erst einmal verwunden hatte, war die Szene eigentlich recht... faszinierend. Carolines Augenaufschlag war eine Kinderei im Vergleich zu der Tändelei, die hier stattfand. Mit großen Augen beobachtete Helena eine Frau, die von Kopf bis Fuß scharlachrot gewandet war. Jede ihrer Bewegungen—wie sie die Lippen öffnete, wie sie die Kette auf ihrer Brust berührte—alles schien eine geheime Bedeutung zu haben. Eine *betörende* Bedeutung, mit der sie ihren Partner gefangen hielt. Es schien, als wäre er mit unsichtbaren Ketten an sie gefesselt.

Mit erneuter Entschlossenheit versuchte Helena, so viel zu lernen, wie sie nur konnte. Sie versuchte, die Bedeutung der Masken zu entschlüsseln. Auf einem Kanapee in ihrer Nähe saß eine Frau mit einer rosa Maske neben ihrem Begleiter. Er fütterte sie mit Beeren von einem gläsernen Teller. Als der Saft ihr Kinn hinabrann, beugte der Mann sich vor und leckte genüsslich jedes süße Rinnsal ab. Die Frau seufzte. Der Mann griff nach einer weiteren Beere. So ging das Spiel weiter, und bis auf die weichen, knabbernden Küsse fand keine Berührung statt.

Anderen Liebhabern stand der Sinn nach dreisteren Dingen. Auf dem Tanzboden bewegte sich ein Paar in roten Masken in einer erschütternd wollüstigen Ausführung eines Walzers. Helena beobachtete, wie der Mann das Gesäß seiner Partnerin packte und sie an sich zog. Er ließ sie langsam nach unten gleiten; ihr Fleisch war gegen seines gepresst. Sie waren beide sichtlich davon erregt: Ihre Münder spielten heftig miteinander, ehe das Paar den Tanzboden verließ. In ihrer Hast, die Einsamkeit einer Nische zu erreichen, stießen sie beinahe mit zwei Händchen haltenden Frauen in purpurnen Masken zusammen.

Nicht alle Geheimnisse ließen sich so leicht lesen. Helena wunderte sich über ein Paar, das bei einem Tisch mit Erfrischungen stand. Der Mann trug kein Jackett, lediglich ein Leinenhemd, das am Kragen offen war. Seine schwarze Weste passte zu seinen eng anliegenden schwarzen Lederhosen, eine recht absonderliche Wahl der Abendkleidung, fand Helena. Seltsamer noch war, dass er einen schwarzen Lederriemen hielt, dessen Ende am Kragen der Frau neben ihm befestigt war. Seine Maske war schwarz, ihre gelb. Der Mann hielt ein Glas Champagner. Wenn er an dem Riemen zog, öffnete die Frau gefügig ihre Lippen, um das schäumende Getränk zu empfangen.

„Darf ich mich zu Ihnen setzen?"

Die Männerstimme riss Helena ins Bewusstsein zurück. Sie blickte hoch. Ein Mann lächelte sie an. Sein rotblonder Schopf stand über seiner weißen Maske empor.

„Entschuldigen Sie, wenn ich Sie erschreckt habe. Es ist nur, dass meine Beine vom Herumstehen müde werden. Wie Sie sehen, sind die anderen Sitze besetzt."

Ein kurzer Blick bestätigte seine Worte. Helena blieb nichts übrig, als zu nicken. Als der Mann sich zu ihr setzte, rückte sie weiter ans andere Ende.

„Ein bezaubernder Abend, nicht wahr", sagte er wohlerzogen.

„Ja", erwiderte sie steif.

Sie wollte keine höfliche Konversation betreiben. Sie wollte nicht neben einem Fremden sitzen. Sie suchte fieberhaft nach dem rechten Benehmen in solch einer Situation. Und wieder einmal versagte der Rat von Lady Epplethistle.

„Kommen Sie oft hierher?"

„Nein." *Bitte gehen Sie weg.*

„Ich schon", sagte er. Nach einem Moment des Schweigens fügte er hinzu: „Ich habe mich oft gefragt, wie der Dameneingang ist."

„Wie bitte?"

„Wo Sie Damen dieses feine Etablissement betreten. Wir Herren nutzen den Eingang des Gehstockgeschäfts in der Straße dahinter. Gerissen, nicht wahr?" Er lachte, als er Helenas verständnislosen Blick sah. „Was für ein Ort, um einen harten Stecken zu kaufen, was."

Helena fühlte, wie ihre Wangen entbrannten.

„Ich persönlich komme her, um mir das ganze Geficke anzusehen." Auf einmal brannte sein Atem ganz nah an ihrem Ohr. „Haben Sie gesehen, was sich in den Nischen abspielt?"

Helena sprang auf und lief so schnell davon, wie sie konnte, ohne zu rennen. Palmwedel peitschten ihr Gesicht, als sie so vorwärts stürzte. Mit hämmerndem Puls wand sie sich durch die Mengen lachender Menschen. Verzweifelt ging sie weiter, sah sich immer wieder um, fürchtete, wieder das orangefarbene Haar zu erblicken. Sie gelangte an eine Reihe von Nischen. Eine war nicht belegt, also huschte sie hinein. Sie zerrte an den seidenen Vorhängen, schloss sie. Ihr Herz galoppierte in ihrer Brust.

Mehrere Minuten vergingen, bevor ihr Herzschlag sich beruhigte. Sie fasste sich genug, um zu begreifen, dass sie eigentlich Marianne suchen sollte. Da hörte sie die Geräusche. Leise und kehlig, die Musik der Verführung schlechthin. Mit zitternden Beinen ging Helena auf den hölzernen Paravent zu, der ihre Nische von der nächsten trennte. Er war so bemalt, dass er einer Reihe Bambusrohre mit exotischen Bildern von Vögeln und Blumen glich. Mitten im weißen Gefieder eines Kranichs bemerkte Helena eine schmale Spalte im Holz. Sie drückte ihre Wange an die kühlen Latten.

Sie erspähte die Profile eines dunkelhaarigen Paares auf einem Diwan. Der Mann und die Frau waren beide scharlachrot maskiert. Auf den ersten Blick schien es, als führten die beiden ein Gespräch, doch lag in ihrer Haltung eine Vertrautheit, die Helena innehalten ließ. Sie sah, dass die Frau eine langstielige Rose in ihren weißen, satinbedeckten Fingern hielt. Mit einem rauchigen Lachen strich die Frau die Blume sanft über ihr Dekolleté. Der scharlachrote Blütenkopf flatterte und hopste über die großzügige Rundung ihres Busens. Als ein Blütenblatt sich löste und in ihr Mieder rutschte, warf sie ihrem Begleiter einen neckischen Blick zu.

Der Mann leistete sogleich Folge. Seine Hände, die in hochwertigem dunklem Leder steckten, umfassten ihre Brüste, drückten, kneteten, sodass sie aufseufzte. Dann griff er in ihr Mieder, und was er dort tat, ließ die Frau japsen und sich auf die Lippe beißen. Sie ließ die Blume fallen, und ihre Hände umschlangen den Hals ihres Partners. Ihre Münder trafen sich in einem gierigen, offenmündigen Kuss, der nicht enden wollte. Als der Mann sich endlich daraus löste, liebkoste er das Ohr der Frau. Was auch immer er hineinflüsterte, ließ die schlanke Säule ihres Halses rot werden. Sie nickte mit einem rauchigen Kichern. Ihre Augen glänzten hinter der Maske, als sie aufstand... und dann zwischen seinen Beinen auf ihre Knie sank.

Helena empfand schamvolle Erregung. Sie wusste, dass sie nicht zusehen sollte, und dennoch konnte sie sich von dem Schauspiel vor ihren Augen nicht losreißen. Die Frau öffnete die Hosen ihres Liebhabers, und mit einem Surren ließ sie sein eingezwängtes Fleisch frei. Mit einer anmutigen Bewegung umfasste sie seinen Schaft mit ihren Fingern. Helenas Atem stockte beim Anblick des sinnlichen Spiels von schneeweißem Satin gegen den dunkel geaderten Phallus. Der Kontrast war auf seltsame und vollkommene Weise erotisch. Und wie die beiden Liebhaber sich dabei ansahen...

Wie sehr sie sich danach sehnte, das gleiche Verlangen in Nicholas' dunklen Augen züngeln zu sehen. Ihn dazu bringen, dass ihm nach ihr verlangte, dass er nach ihr *brannte*... Verzweifelt, entschlossen presste sie sich noch näher an den Paravent.

Die Frau neigte ihren Kopf. Ausdauernd leckte sie den Schwanz ihres Liebhabers. Hitze kribbelte durch Helenas Adern, als sie dem langsamen Weg des kleinen rosa Organs über und um seine geschwollene Eichel folgte, unter die Kuppe, dann am Schaft auf und ab. Die Frau genoss ihre Aufgabe sichtlich—was ihr Partner sehr schätzte. Stöhnend ließ der Mann seine behandschuhten Hände in ihre kastanienbraunen Locken fahren, Haarnadeln und Federn purzelten heraus. Seine heiseren Aufforderungen wurden lauter.

Tiefer. Lutsch mich, Geliebte. Ah, ja, lass mich deinen lieblichen Mund ficken.

Seine Hüften wogten in einem stetigen, ebenmäßigen Rhythmus, der ihn tiefer und tiefer in den Kuss seiner Dame sinken ließ. Sie machte eifrige kleine Geräusche um sein Glied herum und schien keinerlei Schwierigkeiten dabei zu haben, ihn auf diese Weise zu nehmen. Ihre Stirn glänzte vor Schweiß. Helena prägte sich ein, was die Hände der Frau machten, wie sie die Wurzel des Stamms mit der einen umfasste und pumpte, während die andere mit den schweren Hoden spielte. Es war eine Symphonie von sinnlich zusammen spielenden Händen und Lippen. Der Mann röhrte eine plötzliche Warnung und zog den Kopf seiner Liebhaberin von seinen Lenden weg.

Heiliger Bimbam, ich bin fast da...

Die Frau sah ihn voll Bewunderung und Lust an, während sie ihn weiter mit festen Strichen bearbeitete. *Komm für mich, mein Schatz. Übergieß mich. Dein Samen auf meinen Brüsten fühlt sich so herrlich an.*

Der Mann stöhnte. Er bewegte seine Hüften immer schneller, stieß sein rasendes Glied in den Griff der Frau. Die Szene war so abartig, so wild erregend, dass Helena fühlte, wie sich in ihrem eigenen Schambereich die Muskeln verspannten. Ihre Scheide griff nach der Erinnerung an Nicholas' Glied, das anschwellende, fast überwältigende Gefühl, wie sein Fleisch in das ihre drang. Ihr ganzer Körper bebte vor Hitze. Ihre verhärteten Brustwarzen rieben schmerzend gegen ihr Mieder, und etwas Feuchtes strömte aus ihrer Mitte.

Ich komme, meine Liebe. Nimm es, fühl mich—

Der Mann kam mit einem Schrei, sein Samen floss über den Busen seiner Liebhaberin. Als er fertig war, sank er mit immer noch bebender Brust in die Kissen. Die Frau berührte ihre Wange mit dem Finger und fing einen verirrten Tropfen ein. Sie führte ihren mit Satin bedeckten Finger zu ihren Lippen, leckte ihre Fingerspitze und lächelte.

Exquisit, Milord, sagte sie zu ihm.

Er lachte heiser. *Vorsichtig, meine Gemahlin, oder du beschmutzt dir noch die Handschuhe.* Er nahm ihre Hand und zog den edlen Stoff ab. An den zarten Fingern, die er nun zu seinen Lippen führte, glänzte ein Ehering. *Wenn ich es recht bedenke, zur Hölle mit den verfluchten Handschuhen—ich kaufe dir eine ganze Schublade voll, wenn es nötig ist.*

Seine Dame kicherte, während er sich vorbeugte und sie auf die Nase küsste.

Am ganzen Körper bebend wandte Helena sich von ihrem Guckloch ab. Sie sackte auf einer Bank zusammen. Sie sollte von dem, was sie soeben gesehen hatte, entsetzt sein. Und von der Tatsache, dass sie schamlos ausspioniert hatte, was glühende, *eheliche* Liebe zu sein schien. Stattdessen flammte heißes Erkennen in ihren Eingeweiden auf. Endlich begriff sie, was in einer Ehe möglich war. Wonach sie sich mit Nicholas immer gesehnt hatte. Sie wollte seine Liebe, gewiss, doch es verlangte sie auch nach der dekadenten Lust, die er ihr im Kloster gezeigt hatte.

Nach dem heißen, männlichen Geschmack, der ihr die Sinne erfüllte.

Nach seiner siedend heißen Berührung ihrer Brüste, nach dem schmerzenden Ort zwischen ihren Schenkeln.

Nach der Heftigkeit, mit der er sie nahm, wie sein Schwanz gegen die Grenzen ihrer Selbstbeherrschung stieß, sie dazu trieb, nach immer mehr zu verlangen.

Gütiger Himmel, sie *war* eine Hure.

Sie saß da auf der Bank und eine seltsame Ruhe legte sich über sie. Wie sie so die Laternengirlande studierte, wurde ihr bewusst, dass die hauchdünnen Gehäuse, so hübsch sie auch waren, doch einen lebhaften Schein trübten. Eine Träne rann unter ihrer Maske hervor.

Nach einigen Augenblicken wischte sie die Nässe weg.

Und begann zu planen.

❧ 10 ❧

Später in der Woche übergab Nicholas seinem Butler seinen Mantel und Hut, erleichtert, das Foyer verlassen vorzufinden.

„Ist Lady Harteford denn aus, Crikstaff?", fragte er und fuhr sich mit der Hand durch das zerzauste Haar.

„Ja, Milord", erwiderte Crikstaff.

Nicholas empfand Erleichterung und verfluchte zugleich im Geiste seine eigene Feigheit. Gott, er hatte sich in einen rückgratlosen Trottel verwandelt. Er hatte Helena die ganze Woche vermieden. Er hatte keinerlei Bedürfnis, ihre Begegnung beim Konzertabend erneut durchzuspielen und wusste ohnehin nicht, was er sagen sollte, wenn er sie sah. Sicherlich nicht die Wahrheit.

Es tut mir leid, doch du hast einen Mörder geheiratet. Das war kein Geständnis, das man einer vornehm erzogenen Dame machte. Oder sonst jemandem.

Seine Lippen versteifen sich.

Der Butler redete immer noch. „Lady Harteford hinterließ Nachricht, dass sie heute Abend zum Abendessen hier sein wird. Sie hat ausdrücklich nach Ihrer Anwesenheit verlangt, sollte Seine

Lordschaft zu Hause sein. Sie hat dem Chefkoch aufgetragen, ein ganz besonderes Mahl zuzubereiten."

Nicholas' Puls sprang bei dem Gedanken, dass Helena nach ihm gefragt hatte. Sie zu sehen, war mit dem Feuer zu spielen—wie viel länger noch konnte er seine Begierde nach ihr verbergen und sie auf Armeslänge halten? Auf der anderen Seite, wie konnte er es ihr verwehren, ohne vor der gesamten Dienerschaft die Wünsche seiner Gemahlin zu missachten?

Er nickte knapp.

Der sonst nüchterne Crikstaff sah aus, als wolle er sogleich den Flur entlang hopsen. „Ich bin mir sicher, Sie werden das Menü des heutigen Abends höchst erfreulich finden—"

„Ich komme um sieben Uhr herunter. Stell sicher, dass die Mahlzeit bereit ist, denn ich verlasse das Haus für eine Verabredung um acht." Nicholas stakste davon, dann wandte er sich noch einmal um und sagte: „Und ich möchte bis zum Abendessen nicht gestört werden."

Er versuchte, den betroffenen Blick des Butlers nicht zu beachten. War er denn so eine herbe Enttäuschung, dass ihn sogar die Dienerschaft unzulänglich fand? Vor einem Jahr hatte er das Gesinde zusammen mit dem Anwesen geerbt; offen gesagt, hatte er keine Ahnung gehabt, was er mit ihnen tun sollte. Vor seiner Heirat hatte er das Arrangement einfach gehalten, wie er es mochte: Er zahlte ihre Löhne und sie gingen ihm aus dem Weg.

Und das war ganz gut gelaufen, bis Helena kam. Sie schien der Dienerschaft (und ganz besonders dem alten Crikstaff) eine Art häuslichen Eifer einzuflößen. Auf einmal hatten sie tausend Fragen: *Schmeckt Ihnen die Suppe, Milord? Bevorzugen Sie heute Abend Ihre Krawatte in einem Brutus- oder in einem Wasserfallknoten?*

Woher zum Teufel sollte er wissen, wie eine französische Suppe zu schmecken hatte oder wie sein verdammtes Halstuch zu binden war?

Er hatte Sorgen—*echte* Sorgen—die ein klein wenig dringlicher waren.

Er ging in sein Arbeitszimmer und schloss die Tür hinter sich. Mit Erleichterung blickte er auf das polierte Mahagoniholz und die dunklen Grüntöne seiner privaten Zuflucht. Zumindest hierhin hatte ihn noch niemand verfolgt. Er goss sich einen Whiskey ein und plumpste in den Stuhl hinter seinem Sekretär. Während er nippte und das brennende Gefühl genoss, sann er grimmig über seine Lage nach.

Jemand hatte irgendwie sein Geheimnis entdeckt. Wer auch immer der Urheber dieser Botschaften war, wusste, dass Nicholas vor siebzehn Jahren den Bastard Ben Grimes getötet hatte. Dass er den herzlosen Schurken in die Brust gestochen hatte und davongerannt war. Wochenlang nach der Bluttat hatte er sich betäubt vor Entsetzen und der Rache gewiss unter den sogenannten Schlammlerchen unter den Docks herumgedrückt. Doch die Gerechtigkeit hatte ihn nicht eingeholt. Stattdessen erreichte schließlich ein Gerücht sein erstarrtes Gehirn. Ben Grimes' Schlupfwinkel war in Flammen aufgegangen. Seine Leiche war gefunden worden, verkohlt und unkenntlich, und das Feuer war zu seiner Todesursache erklärt worden. Nicholas allein kannte die Wahrheit. Er war weiterhin auf der Flucht, fühlte sich nirgends je sicher, fürchtete stets, sein Geheimnis würde entdeckt.

Jetzt zahlst du den Preis dafür, dass du dein Verbrechen verhehlt hast. Nicholas' Kehle schnürte sich zu. Wer war dieser gesichtslose Feind? Woher wusste er von seiner Vergangenheit? Und wenn er auf Erpressung aus war, warum hatte er noch keine Forderungen gestellt? Die Fragen schwärmten hinter seinen Schläfen, brachten sie zum Pochen. So wenig Nicholas Isaac Bragg auch leiden konnte, der Mann hatte nicht den Verstand, eine solche List auszuhecken. Plündern, ja, aber Erpressung... Bragg konnte solch ein pikantes Geheimnis doch gar nicht für sich behalten.

Er würde Bragg beschatten lassen, entschloss sich Nicholas, aber durch wen? Er vertraute den Ermittlern von der Bow Street ebenso wenig wie all den Privatdetektiven. Seiner Meinung nach hatte das ganze Pack nur allzu viel mit den Verbrechern gemeinsam, die sie jagten—und dass irgendeine skrupellose Spürnase seine eigene Vergangenheit ausschnüffelte, war das Letzte, was er brauchte. Ihm blieb also nur Ambrose Kent. Sein Gefühl sagte ihm, dass Kent ein ehrbarer Mann war. Er musste sich einfallen lassen, wie er Kent um Beistand ersuchen konnte, ohne dass der Polizist dabei über seine Schandtat stolperte. Vielleicht konnte er ihn bitten, Bragg als Verdächtigen der Lagerhausdiebstähle zu beschatten.

Ein Klopfen an der Tür schreckte Nicholas von seinem Grübeln auf. Ehe er antworten konnte, schwang die Tür auf. Er fing sich und bellte: „Was zum Teufel ist denn? Ich sagte doch, dass ich nicht ge...“

Er hielt mitten im Satz inne, als er Helenas Kopf um den Türstock spähen sah. Beim Anblick ihres herzförmigen Angesichts tat ihm augenblicklich alles weh. Dann runzelte er die Stirn. Helena kam sonst *nie* in sein Arbeitszimmer. Sie betrat eigentlich nie irgendeinen Teil des Hauses, der als sein Bereich galt. Nicht sein Schlafgemach und ganz gewiss nicht seine Stube. Was zur Hölle tat sie jetzt hier?

„Wie kann ich Ihnen helfen?“ Die Überraschung machte seine Worte schärfer, als er gewollt hatte.

Helena antwortete mit einem schüchternen Lächeln. „Ich weiß, dass Sie beschäftigt sind, Milord, doch ich fragte mich, ob Sie mir ein paar Minuten Ihrer Zeit schenken könnten.“

Nicholas blinzelte. Um seine Zeit hatte sie ihn auch noch nie zuvor gebeten. Dann verspannte sich sein Kiefer. Natürlich. Vermutlich wollte sie ihn für sein Verhalten beim Konzertabend schelten. Das konnte er ihr nicht übel nehmen—er *hatte* sich ja auch wie ein Rüpel benommen. Er konnte ihr schlecht den Grund dafür mitteilen, dass er sie nämlich in ihrem eigenen Interesse von sich fernhalten musste. Doch er würde sich nicht für die Lügen entschuldigen, die ihr Vater ihr vermutlich ins Ohr gesetzt hatte. Nein, er würde sich verdammt nochmal nicht von ihr dafür ins

Gebet nehmen lassen, dass er angeblich Northgate übel mitgespielt hatte.

Nicholas erhob sich steif von seinem Sekretär, während Helena auf ihn zuging. Er bemerkte, dass sie außer Haus gewesen sein musste, denn sie trug noch ihre Pelisse. Mit Hermelin besetzt und in Mohnblumenblau gewebt, betonte die Pelisse ihre unschuldig reinen Gesichtszüge. Die Rundung ihrer Wangen erinnerte ihn an einen reif leuchtenden Pfirsich. Sie trug ihr Haar heute einfach. Die seidene Fülle war im Nacken mit einem blauen Band zusammengebunden. Hinter ihr flatterte der Geruch von Frühling her. Trotz seiner Missstimmung konnte er nicht anders, als ihren Anblick in sich aufzusaugen, und das ärgerte ihn nur noch mehr. *Musste* sie denn so aufreizende Rundungen besitzen, musste sie so weich sein? Musste sie nach Obst und Blumen, nach Weiblichkeit schlechthin riechen? Aus dem Nichts drängte sich plötzlich feurig rotes Haar und ein für die Sünde erschaffener Körper vor sein inneres Auge. Seidig weiche Haut unter seinen Fingern, und ein heißer, gieriger Mund.

Er fing sich und schüttelte sich fast vor Abscheu. Warum sollte er in diesem Moment an eine Dirne denken? Er musste fürwahr abartig sein, sich solche lüsternen Gedanken in der Gegenwart seiner Frau Gemahlin zu erlauben und sie damit zu beschmutzen. Zur Hölle mit allem. Jetzt musste er es auch noch mit garstigen Gewissensbissen aufnehmen. Am besten brachte er alles rasch hinter sich.

„Was wünschen Sie zu besprechen?", sagte er kurz angebunden, wobei er die Antwort bereits wusste.

Helena ging zu seinem Sekretär. Sie hielt in jeder Hand eine Lederschatulle. „Ich habe die größten Schwierigkeiten, mich für die richtige Kette zu meinem Kleid heute Abend zu entscheiden. Da Sie ja so einen erlesenen Geschmack haben, bin ich auf Ihre Hilfe angewiesen, Milord."

Im Geiste war er bereits dabei gewesen, sich Argumente gegen diesen Esel von einem Schwiegervater zurechtzulegen, doch ihre Bitte lenkte ihn davon ab. Nicholas kniff die Augen zusammen. Was war ihm entgangen? Es ging also doch nicht um ihren Vater? Und auch nicht um ihren Zwist beim Konzertabend? Es ging um... Schmuck?

„Wie bitte?", fragte er.

„Ich würde gern Ihren erlesenen Geschmack bemühen", sagte seine Gemahlin.

Er und erlesener Geschmack? Er wusste ja kaum, was sein Kammerdiener ihm da jeden Tag anzog. Ehe er seinen Titel geerbt hatte, hatte er sich von seinem Hausdiener in eine schlichte, seiner Stellung im Lagerhaus geziemende Kluft kleiden lassen. Und davor noch hatte es eine Zeit gegeben, da er sich selbst angezogen hatte, was ja der allerhöchste Verstoß gegen die vornehme Lebensart war. Um sich für einen Tag harter Arbeit an den Docks bereit zu machen, bedurfte es keiner großen Sorgfalt.

Obwohl er diesen charmanten Teil seiner Lebensgeschichte mit aufwendigen Lehrstunden in der Sprechkunst und Etikette zu verbergen gelernt hatte, blieb es dabei: Er hatte sich seinen Erfolg schwer verdient, ohne Macht oder Begünstigungen. Schlimm genug, dass die feine Gesellschaft ihn dafür verachtete, dass er ein Kaufmann war—was würden sie alle, oder seine Frau Gemahlin, Tochter eines Grafen, dazu sagen, dass er einst nicht mehr war als ein gewöhnlicher Arbeiter, der zentnerschwere Säcke schulterte, Seite an Seite mit dem Rest des Lumpenpacks, das sich im Hafenviertel abkämpfte?

„Milord, wären Sie mir bitte behilflich?"

Obwohl er zu widerstehen versuchte, war er wieder einmal hilflos von ihren süßen, fragenden Augen gefangen. Haselnussbraun waren sie; Sprenkel von Grün und Gold wirbelten in Tiefen von edlem Kognak. Ihre Augen logen nicht, und sie waren auch nicht erbost. Sie... lächelten ihn an. Trotz allem begann sich in seiner Brust ein Knoten zu lösen. Ihr Mund machte es ihren Augen gleich, sodass nun ihr ganzes Gesicht in einem Lächeln aufging. Wohlwollen und Weiblichkeit strahlten von ihr aus, wie sie ihm so ihre Schmuckschatulle entgegenhielt.

Widerwillig nahm Nicholas die Kette von ihrem weißen Satinpolster. Die Rubine flammten im Licht der Abendsonne auf und warfen feurige Prismen auf die Wände und den Teppich. Er hatte die Kette noch nie zuvor außerhalb ihrer Schatulle gesehen. Nach ihrer fürchterlichen Hochzeitsnacht hatte er sie für Helena auf dem Frühstückstisch hinterlassen. Eine kleinlaute Entschuldigung, ein stummes Zeichen der Reue. Seither hatten sich seine Verfehlungen nur vervielfacht: Kein Schmuck der Welt konnte Abbitte dafür leisten, was er ihr angetan hatte: Er hatte sie an einen Mörder gebunden. An einen Schurken und einen Feigling.

Der Schmuck lag schwer in seiner Hand.

„Oh, warten Sie. Ich habe ja noch meine Pelisse an." Helena öffnete die seidenen Kordeln und warf die Pelisse auf seinen Stuhl.

Nichols spürte, wie ihm die Luft aus den Lungen wich. Ihm war schwindlig und blieb nur ein einziger klarer Gedanke. *Wer war dieses Wesen da vor ihm?* Die Helena, die er kannte, trug prüde, sittsame Kleider, deren Ausschnitte stets gewissenhaft mit gestärktem Stoff verdeckt waren. Normalerweise wimmelte ihr Gewand von oben bis unten vor Schleifen und Volants und anderen Verzierungen, die er gar nicht benennen konnte. Zu seinem Glück verbarg der ganze Plunder ihre üppige Figur und bot ihm ein wenig Erleichterung von der ewigen Verlockung.

Diese Helena jedoch trug ein Gewand, das ihre Gestalt wie eine Schwade Mondlicht umschmeichelte. Der luftige weiße Stoff glitzerte silbern und war fast so durchsichtig wie der Mondschein selbst. Das kantige Mieder entblößte ihren vollen weißen Busen fast bis zu den Brustwarzen. In der Tat glaubte er, ihre Brustwarzen allemal *sehen* zu können, den feinen Umriss vorwitziger Knospen, die sich unter dem zarten Hauch von Seide abzeichneten. Das schmale silberne Band, das unter ihrem Busen gebunden war, betonte die Reife der Frucht darüber, größer als Äpfel, köstlicher als eine Honigmelone im Sommer. Ihm wurde der Mund wässrig. Er könnte sich den ganzen Tag in diese berückenden Titten vergraben. Pralle rosa Brustwarzen mussten es sein, entschied er. Volle Knospen, dazu geschaffen, die Zunge eines Mannes zu verlocken.

„Harteford?"

Seine Gemahlin sah ihn an. Ihre Augenbrauen waren nach oben gezogen und ein kleines Lächeln spielte um ihre vollen Lippen. Er nahm wahr, dass er die Kette immer noch mit seiner Faust umklammerte. Er schüttelte die erotische Träumerei ab und empfand sofort eine Welle der Wut. Was fiel seiner Frau ein, sich so aufreizend zu kleiden? Warum trug sie sich selbst so zur Schau, dass jedes warmblütige männliche Wesen ihre Röcke beschnüffeln würde wie ein Bluthund seine Beute? Seine Schläfen und Lenden begannen gleichzeitig zu klopfen.

„Es herrscht wohl eine Textilwarenknappheit, die mir entgangen ist."

„Was meinen Sie nur, Milord?" Der Ausdruck seiner Gemahlin war so rein wie frisch gefallener Schnee.

„Gewiss ist das die einzig vernünftige Erklärung dafür, ein Gewand zu schneidern, wie Sie es gerade tragen", erwiderte Nicholas durch zusammengepresste Zähne. „Es scheint zum Beispiel eine ganze Bahn Stoff vom vorderen Teil zu fehlen."

„Sie haben einen erlesenen Sinn für Humor, Milord", erwiderte Helena mit einem kleinen Lachen.

Da war es wieder, das Wörtchen *erlesen*. Seine Helena bediente sich nicht solch blumiger Worte. Und ihr Lachen ähnelte auch nicht diesem flatternden, kokettierendem Geräusch, das sein Ohr kraulte und einen Blitzschlag der Lust geradewegs in seine Lenden sandte. Seine Hoden zogen sich zusammen. Sein Schwanz zuckte vor Interesse.

„Ich kann Ihren Aufzug nicht gutheißen", sagte Nicholas streng. „Dieses Kleid ist unerhört."

„Unsinn, es ist die allerneueste Mode. Madame Rousseau hat

es entworfen, und sie kleidet alle Damen von Lady Jersey bis Harriette Wilson", entgegnete Helena unbekümmert.

Als der Name der berüchtigten Kurtisane fiel, stieg Nicholas die Hitze im Nacken auf. Was zum Teufel trieb Helena dazu, einer Vertreterin der anrüchigen Halbwelt nachzueifern?

„Was für Frauenzimmer wie Harriette Wilson recht ist, ist für Sie noch lange nicht schicklich", knurrte er.

Helena sagte nichts, lächelte lediglich, und wandte ihm ihren Rücken zu. Sie hob ihr Haar hoch und die seidene Fülle glitt ihr durch die Finger. „Seien Sie doch nicht albern, Harteford. Helfen Sie mir nun bitte mit der Kette?"

Nicholas starrte auf den Anblick, der sich ihm bot. Alle Gedanken an weitere Wortgefechte entflohen seinem Gehirn. Die Haut ihres Nackens schimmerte so hauchzart und makellos, dass sie ihn an fernöstliches Porzellan erinnerte. Sein Blick wanderte tiefer und verfinsterte sich, als er sah, wie das Kleid sich um das füllige Hinterteil seiner Frau schmiegte, wie es ihre breiten Hüften und ihren vollen, sinnlichen Po betonte, einen Hintern, an dem man sich gut festhalten konnte, während man eine Frau ins Delirium fickte...

Mit einem Knurren schlang er die Kette um Helenas Hals. Von seinem Standpunkt aus konnte er sehen, wie die Rubine in die schattige Kuhle zwischen ihren Titten glitten, und gütiger Heiland, jetzt konnte er *wirklich* ihre Brustwarzen sehen. Und sie waren *tatsächlich* von einem tiefen, frischen Rosa, und sie sahen *tatsächlich* wie Sommerbeeren aus, die einem vor Süße auf der Zunge barsten... Seine Hände zitterten, während er mit dem zierlichen goldenen Verschluss kämpfte. Einige Haarsträhnen entwischten ihr und fielen ihm mit sanfter Glut auf die Finger, quälten ihn mit ihrer Geschmeidigkeit und ihrem frischen, blumigen Duft. Es schmerzte ihn vor Verlangen, mit seinen Fingern in diese prächtige Mähne zu fahren, ihren Kopf nach hinten zu ziehen, sodass er sie kosten, den Honig ihrer Lippen trinken konnte, und dabei mit den Händen das Fleisch ihrer Titten greifen...

Gewaltiges Verlangen packte ihn, zerrte an seinem Schwanz, zog seine Hoden hoch. Wenn er sich auch nur einen Zoll weiter nach vorne beugte, könnte er sie bei den Hüften packen. Dann könnte er ihren köstlichen Hintern an sich drücken, während er seine brennende Rute in die geheimen Täler ihres Hinterns gleiten ließ. Er würde sie fest an sich halten und sich dabei nach oben und nach unten wiegen. Er würde seine Hand nach vorne strecken und in ihre sahnig-feuchte Scheide eintauchen. Er würde ihre wunderschöne, glitzernde Perle finden und sie immer und immer weiter streicheln...

Seine Fantasie war so lebhaft, dass seine Hand erschlaffte. Der glitzernde Strang von Platin und Rubinen glitt ihm langsam aus den Fingern. Mit Wollust und Entsetzen sah Nicholas zu, wie die Kette die Hänge der schönen Busen seiner Gemahlin hinabrutschte und in ihrem Dekolleté landete, ehe sie weiter in das dünne Mieder schlüpfte.

„Ach du liebe Güte", sagte Helena mit einem gurgelnden Lachen. Sie ließ ihr Haar fallen und tastete ihr Mieder von außen ab. Nicholas schluckte hart, als die Finger seiner Gemahlin suchend über ihren Busen fuhren. Hatte der Herrgott denn gar kein Erbarmen mit ihm? Offenbar nicht, denn nun ging sie dazu über, gründlich *innerhalb* ihres Mieders zu angeln. Er schloss die Augen, konnte den Anblick ihrer kleinen Finger nicht mehr ertragen, wie sie so ihre Titten abtasteten, dabei vielleicht gar noch diese lieblichen rosa Brustwarzen fanden, sie vielleicht in einer unabsichtlichen Liebkosung streiften...

„Ich glaube, ich habe sie gefunden", verkündete seine Frau triumphierend. Sie hielt ihm die Kette hin. Er hatte keine andere Wahl, als das Schmuckstück wieder in die Hand zu nehmen und dessen Wärme zu fühlen, die ihm eine Qual war, weil er wusste, woher sie rührte. Seine Hand würde gewiss Brandmale davontragen, so wie diese höllische Kette seine Haut versengte.

„Jetzt hab' ich es", sagte er, und seine Stimme war brüchig. Verdammt, dieser verfluchte Verschluss verursachte ihm mehr Ärger als die gesamte Diebesbande, die er einmal beim Plündern einer der Lagerhallen erwischt hatte. Eigentlich hätte er es im Augenblick lieber mit einer ganzen Heerschaar bewaffneter Räuber zu tun als mit der süßen Qual von Helenas Nähe. Er knirschte mit den Zähnen, als sie damit fortfuhr, die Vorzüge der Rubine im Vergleich zu der Saphirkette zu erörtern. Der Gedanke daran, dass er ihr vielleicht mit noch einem weiteren Schmuckstück zur Hand gehen musste, veranlasste ihn zum Handeln.

„Die Rubine sind ganz sicher die bessere Wahl", spuckte er aus. „Sie betonen die... die..."–*die saftige Röte deiner Lippen*, flüsterte sein Gehirn tückisch, *das köstliche Kolorit deiner Zitzen*–„die Farbe Ihrer Augen."

„Meiner Augen, Milord? Wollen Sie damit sagen, meine Augen sind *rot*?"

„Nein, freilich nicht", antwortete er unwirsch. Ein Geistesblitz rettete ihn. „Sie glänzen nur wie die hellsten Edelsteine."

„Oh, Harteford, was für ein entzückendes Kompliment!"

Bevor er auch nur blinzeln konnte, warf seine Gemahlin sich an ihn. Sie schlang buchstäblich ihre Arme um seinen Hals und sah ihn mit glühenden Augen an. Er wurde sofort steif wie ein Brett, als sie so sinnlich an ihn schmolz. Er konnte die Wärme durch sein Jackett, seine Weste, durch das dünne Leinen seines Hemdes sickern fühlen. Seine Haut wurde von dieser Nähe schier versengt. War es möglich, dass er ihre Brustwarzen durch all den Stoff spüren konnte? Denn er konnte schwören, dass er sie *in der Tat* fühlen konnte, verhärtete Knospen, die peinigend gegen seine steife Brustmuskulatur rieben.

„Es ist so lange her, dass Sie mir ein Kompliment gemacht haben", hauchte sie.

Nicht die Beherrschung verlieren, warnte er sich selbst. *Denk daran, dass du sie beschützen musst. Bis du eine dauerhafte Lösung findest, musst du deine verdammten Pfoten von ihr fernhalten.*

Seine Vernunft verfehlte jedoch ihre Wirkung auf seine Erektion, die mit jedem Atemzug seiner Gemahlin wuchs. Jede sanfte Regung ihres Brustkorbs rieb ihren Körper an seinen, und jede Faser seines Körpers–insbesondere seines zügellosen Schwanzes–wurde immer steifer und heißer, bis er glaubte, ihre ungewollt aufreizende Berührung würde ihn zum Bersten bringen.

„Ich dachte... ich dachte, Sie wären vielleicht von meiner Erscheinung enttäuscht", gestand sie. Ihre Wimpern flatterten wie dunkle Schmetterlinge gegen ihre perlweiße Haut.

Ihre Worte erreichten endlich seine Aufmerksamkeit.

Wovon sprach sie denn nun, in Gottes Namen?

Perplex nahm er ihre Arme von seinem Hals und zwang mit seiner Willenskraft die verdickte Kante in seinen Hosen nieder. „Warum wäre ich enttäuscht?"

„Ich weiß, ich bin kein Diamant der höchsten Güte. Doch wissen Sie, ich bin fest entschlossen, meine Erscheinung zu verbessern. Ich habe mit Doktor Smythe eine vielversprechende Abmagerungskur besprochen, die–"

„Warum zum Kuckuck bräuchten Sie denn eine Abmagerungskur?", unterbrach sie Nicholas.

„Weil... nun, ist es nicht offensichtlich?" Helena blickte angestrengt auf die Falten seiner Krawatte. Die folgenden Worte waren kaum ein Flüstern. „Ich bin allzu pummelig."

„Allzu pummelig?", wiederholte Nicholas ungläubig. „*Sie?*"

„Wir müssen auf dem Thema nicht weiter beharren. Ich bin mir des Problems bewusst", antwortete sie leicht gekränkt.

Nicholas starrte seine Gemahlin an. Dann konnte er nicht anders. Er warf seinen Kopf in den Nacken und lachte.

„Was finden Sie, bitte sehr, so amüsant?"

Der eisige Ton seiner Frau schnitt durch sein Gelächter. Ihre Wangen waren fleckig rot und ihr Mund bebte ganz leicht. Zärtlichkeit flutete seine Brust, während seinen Lippen noch ein letztes Glucksen entwischte.

„Um Gottes Willen, Helena, ich lache Sie doch nicht aus."

Außerstande, ihr zu widerstehen, fing Nicholas eine Träne ein, die ihre Wange hinab perlte. „Ich lache darüber, dass Sie überhaupt glauben, Sie könnten irgendetwas anderes sein als das schönste Wesen auf Erden."

„Fürwahr? Sie denken wirklich, ich sei... schön? Aber meine Figur ist doch unsagbar..."

„Unsagbar schön", sagte Nicholas andächtig. „Vollkommen, genau wie Sie sind."

„Oh." Seine Gemahlin sah ihn mit glänzenden Augen an, ihr Ausdruck so fassungslos, dass ihm das Atmen schwerfiel. Ihr Kopf schien sich leicht nach hinten zu neigen, eine schüchterne Einladung, die er nicht annehmen konnte, wenn er seine Gemahlin nicht auf seinen Schreibtisch schleudern und vögeln wollte, wie ein Lakai eine Zofe im Leinenschrank vögelte.

Großer Gott, hatte er denn gar keine Skrupel?

Er bemerkte, dass seine Frau ihn mit der ihr eigenen Aufmerksamkeit betrachtete. „Wenn es stimmt, was Sie sagen, und meine Erscheinung Sie nicht enttäuscht..."

Er konnte nicht anders als zu nicken. Ihm schwante, worauf ihr allzu folgerichtiger Verstand aus war.

„Dann möchte ich wissen, warum Sie glauben, unsere Heirat sei ein Fehler gewesen", flüsterte sie.

Natürlich würde sie diese Frage stellen.

Und natürlich konnte er sie nicht beantworten.

Er nahm ihre Arme von seinem Hals und legte sie ihr nachdrücklich wieder an die Seiten. „Es hat nichts mit Ihnen zu tun", sagte er. Zumindest das war die Wahrheit. „In Wirklichkeit liegt die Schuld bei mir. Ich habe zu stürmisch um Sie geworben. Ich hatte gar nicht genug Zeit, um die... Verschiedenheiten zwischen uns zu bedenken. Verschiedenheiten, von denen ich nun weiß, dass sie unsere Ehe schwierig machen werden."

Ihre Wangen erröteten und ihre Wimpern senkten sich. Kleinlaut sagte sie: „Meinen Sie, was... sich in unserer Hochzeitsnacht zugetragen hat? Denn wissen Sie, mit etwas Übung glaube ich, Ihnen eine... bessere Gemahlin werden zu können.“

Allmächtiger Gott, er konnte die süße Aufrichtigkeit ihres Anliegens nicht ertragen. Noch eine Minute mehr hiervon, und sie würde taub und blind gefickt. Von einem Mann, der es nicht wert war, ihr die Schuhe zu putzen, geschweige denn ihr Bett zu teilen.

„Das ist es nicht“, sagte er schluckend.

„Was ist es dann?“, beharrte seine Gemahlin.

Mit verbissenem Kiefer zog sich Nicholas hinter seinen Schreibtisch zurück. Er hantierte mit ein paar Zetteln. „Ich–ich bin einfach nicht der Gemahl, den Sie verdienen.“

„Doch das sind Sie aber! Sie sind alles, was ich je ersehnt–“

„Um Gottes Willen, Weib, es reicht. Sie kennen mich nicht, und Sie werden es nie.“

Sein Brüllen erschreckte sie beide gleichermaßen. Helena stand bleich da und starrte ihn an. Er atmete aus und fügte ruhiger hinzu: „Drängen Sie mich in dieser Sache nicht weiter. Ich nehme die Schuld für unsere missliche Lage auf mich, und damit ist genug gesagt. Daher werde ich es sein, der einen Ausweg findet. Bis dahin, glaube ich, ist es am besten, dass wir höfliche Distanz zwischen uns halten.“

Eine Pause. Mit ruhiger Stimme fragte Helena: „Was für einen *Ausweg* meinen Sie, Harteford?“

Der Nerv in seiner Schläfe zuckte. Trotz endloser Stunden der Grübelei hatte er keine Antwort auf diese Frage. Die Wahrscheinlichkeit, dass eine Scheidung gewährt würde, war gering. Eine Annullierung? Sein Advokat hatte ihm gesagt, dass auch das unwahrscheinlich war. Es gab offenbar nur drei zulässige Gründe für die Aufhebung einer Ehe: Betrug sowie geistiges oder körperliches Unvermögen. Obwohl er in Bezug auf seine Vergangenheit unehrlich gewesen war, konnte er sich nicht auf Betrug im gerichtlichen Sinne berufen. Er konnte ebenso wenig beweisen, dass er zum Zeitpunkt der Eheschließung nicht im Vollbesitz seiner geistigen Kräfte gewesen war, obwohl das ganz gewiss der Fall gewesen war. Da blieb nur die dritte Möglichkeit.

Heiliger Strohsack. Das war keine, die ein heißblütiger Mann in Betracht ziehen konnte. Und wenn man ihn auf die Probe stellte, würde er jämmerlich scheitern: Er lief ja dieser Tage mit einer ständigen Latte herum.

Dennoch, wenn er irgendwie eine Aufhebung erwirken konnte, dann konnte Helena ihr Leben weiterführen. Sie könnte den Fehler dieser Ehe hinter sich lassen. Sie konnte den ihr gebührenden Platz in der Gesellschaft einnehmen. Er würde nicht lange dauern, bis sie einen ihr ebenbürtigen Mann fände, den sie heiraten, dem sie Kinder schenken würde... in ihm zog sich alles in Widerwillen zusammen. Er wollte etwas schlagen. Jeden wild anbrüllen, der auch immer sie ihm wegnehmen wollte.

Er musste abwarten, bis der rote Dunst in ihm sich legte, ehe er sagen konnte: „Ich weiß es noch nicht. Doch für den Augenblick bin ich sicher, wir kommen auf die Weise zurecht, wie es andere Ihres Standes auch tun. Indem wir getrennt leben und einander nicht in die Quere kommen."

Eine Pause. „*Unseres* Standes, Milord."

„Wie bitte?"

Sie musterte ihn, ihre Augen wurden schmal. „Sie sagten, *Ihres* Standes. Soviel ich weiß, stehen unser beider Namen im Adelsverzeichnis von Debrett."

„Freilich, das meinte ich", murmelte er, wütend über seinen Ausrutscher. „Wie dem auch sei, ich muss vor dem Abendessen noch einiges erledigen. Wir verstehen uns, oder?"

Ihre nussbraunen Augen waren ausnahmsweise rätselhaft. Verschleiert. „Wir gehen einander nicht auf den Geist. Wir unterhalten eine höfliche, doch distanzierte Beziehung. Habe ich etwas vergessen?", fragte sie herb.

„So ist es richtig."

Sie ging zur Tür. Ihre Hand verweilte auf der Klinke. Als sie sich noch einmal zu ihm umwandte, riss er seinen Blick hastig von der Stelle los, auf die er gestarrt hatte, nämlich ihren Hintern. *Elender Hund.*

„Nun, da wir uns ohnehin kaum sehen, ändert sich also nicht viel. Und was Sie vorhin sagten, dass ich Sie nicht *kenne*." Ihr Kinn hob sich. „Wie könnte ich, wenn Sie es unmöglich machen?"

Die Tür schlug hinter ihr ins Schloss.

11

Am nächsten Morgen im Frühstücksraum sah Helena Nicholas nicht. Crikstaff teilte ihr düster mit, dass der Herr noch vor Sonnenaufgang eine Botschaft erhalten hatte und in Eile aufgebrochen war.

„Nicht einmal Cooks Stachelbeer-Crumpets hat er gekostet", fügte der Butler hinzu.

Um einem von Cooks berüchtigten dramatischen Anfällen vorzubeugen, nahm Helena zwei der feinen Gebäckstücke. Sie stocherte an den butterigen Scheiben herum und schubste die Eier auf ihrem Teller umher. Ihre Gedanken waren meilenweit entfernt. Die ganze letzte Nacht hatte sie sich in ihrem Bett gewälzt, während ihr Verstand wild durcheinander wirbelte und ihr Gemütszustand jäh zwischen Hoffnung und Wut hin und her sauste. Immer und immer wieder hörte sie Nicholas sagen:

Vollkommen, genau wie Sie sind.

Niemand hatte ihr je zuvor so etwas gesagt. Zumindest nicht seit Thomas, und als ihr älterer Bruder hatte der sich nie so gewandt ausgedrückt. Zumeist hatte Thomas sie nach ihren unzähligen Schrammen als Kind getröstet. Ob sich nun Disteln in ihrem Haar verheddert hatten oder die Lieblingsvase ihrer Mutter zu Bruch gegangen war, sie konnte sich stets darauf verlassen, dass Thomas das Gegenmittel für ihre Tränen parat hätte. *Du passt schon*, hatte er in seiner schroffen Art immer gesagt. Helena trug diese seltenen Beweise der Zuneigung wie einen Schatz in ihrem Herzen.

Doch noch nie zuvor hatte jemand sie als *vollkommen* bezeichnet. Nicht zu pummelig, zu burschikos, zu schüchtern—*vollkommen*, so wie sie nun einmal war. Sie erinnerte sich an die Nacht ihrer ersten Begegnung mit Nicholas. Schon in jener Nacht schien er gleich durch ihr topfiges Kleid und ihr mauerblümchenhaftes Gebaren hindurchzusehen, hatte die Person dahinter erkannt. Sein düsterer Blick schien sie bis in den Kern zu durchdringen; in dem dunklen Brunnen seiner Augen hatten sich ihre insgeheimen, leidenschaftlichen Wünsche gespiegelt. Gestern, als er ihr mit der Kette zur Hand ging, hatte sie geglaubt, diesen Blick wieder zu sehen. Begierde und Einsamkeit in eins verschmolzen.

Doch dann, als sie ihn zu umarmen gewagt hatte, hatte sich sein Verhalten völlig ins Gegenteil verkehrt. Ihr brannten die Wangen bei der Erinnerung daran, wie er ihr das Wort abgeschnitten hatte, als sie versuchte, den Stand ihrer Ehe zu besprechen. Wenn er sie so anziehend fand, wie er behauptete, warum dann wollte er nicht mit ihr... Liebe machen? Oder log er sie nur an, um ihre Gefühle zu schonen? Oder gab es da noch etwas Anderes, Tieferes, Verborgenes...

Sie kennen mich nicht, und Sie werden es nie.

Mit einem entmutigten Seufzer stand sie von ihrem nur halb verzehrten Frühstück auf und ging die Stufen zu ihrer Stube hinauf. Wie sollte sie den verflixten Mann verstehen, wenn er sich bei jeder Gelegenheit vor ihr verschloss? Ihre Versuche, ein freimütiges Gespräch über ihr Verhältnis zu beginnen, hatten zu nichts geführt, und sie war ja schließlich keine Gedankenleserin. Manchmal legte sein Verhalten nahe, dass er sie begehrte... und wiederum andere Male schien er sie von sich stoßen zu wollen. Er schien eine Mauer zwischen ihnen errichten zu wollen–und der Grund dafür war ihr völlig schleierhaft.

Es war zum Aus-der-Haut-Fahren.

Helena spürte Entrüstung in sich auflodern und setzte sich an ihr Pult. Sie würde sich nicht so alleine an dieser Ehe abmühen. Wenn Nicholas so fest entschlossen war, sie draußen in der Eiseskälte stehen zu lassen, dann sei es drum. Sie würde *nicht* versuchen, sein Herz aus Eis mit nichts als einem kleinen Streichholz aufzutauen. Sie war es müde, sich ständig zu sorgen, ihm ständig gefallen zu wollen. Sie würde keine weitere Minute mehr an diese aussichtslose Aufgabe vergeuden. Sie würde nicht weiter an ihn denken, und ihren eigenen Angelegenheiten nachgehen.

Dieser Entschluss diente ihr den ganzen Vormittag lang hervorragend. Mit der Lesebrille auf der Nase beschäftigte Helena sich damit, die Haushaltskonten zu prüfen und widmete sich anderen häuslichen Aufgaben. Sie plante den Speiseplan für die kommende Woche und besprach sich mit der Haushälterin und mit Crikstaff. Neues Leinen wurde bestellt, eine zusätzliche Küchenhilfe angestellt und der zweite Lakai erhielt Urlaub, um seine kränkelnde Mutter auf dem Lande besuchen zu können.

Um halb zwölf nahm Helena ihre Brille ab und rieb sich die Augen. Sie hatte alle drängenden Angelegenheiten erledigt. Um die Wahrheit zu sagen, hatten sich Gedanken an Nicholas bereits in ihre Aufmerksamkeit zu schleichen begonnen. Sie war zu zappelig, um sich ans Klavier zu setzen, aber etwas frische Luft tat ihr vielleicht ganz gut. Sie entschied sich gerade zwischen einem Ausflug in den Hyde Park oder einem Besuch bei einer der jungen Hausmütter, die sie beim allwöchentlichen Salon der beiden Fräulein Berry getroffen hatte, als sie von einem sanften Klopfen unterbrochen wurde. Sie antwortete. Die Zofe trat ein und überreichte ihr eine lavendelfarbene Visitenkarte.

„Lady Draven ist hier, Milady", sagte sie.

Wunderbar. Eine Zerstreuung.

Helena ging die Treppe hinunter und setzte ein beschwingtes

Lächeln auf. Das Lächeln verrutschte ihr allerdings ein wenig, als Marianne hereinkam. Sie hatte sie noch nie in so einem Zustand gesehen. Normalerweise war die Toilette ihrer Freundin makellos—kein Härchen saß falsch, jede Naht, jeder Saum entsprach der allerneuesten, vortrefflichsten Mode.

Heute jedoch trug Marianne ein unscheinbares blaues Ausgehkleid, das sich jedweder stilistischen Zuordnung entzog und das etwa eine landsässige Dame tragen würde. Helena selbst hatte einen ganzen Schrank voll solcher schlichter Kleider. Anstelle ihrer üblichen aufwendigen Lockenfrisur hing Mariannes Haar heute in einem schlichten Zopf. Silberblonde Strähnen umschmeichelten ihr Gesicht.

„Marianne, wie geht es dir?", fragte Helena vorsichtig.

„Es geht mir gut, danke." Marianne setzte sich und streifte ihre Handschuhe ab. Ihr Fuß tappte auf den Teppich. Ihr Blick wanderte teilnahmslos durch das Zimmer.

„Ich sterbe lediglich vor Langeweile und dachte, vielleicht fährst du mit mir aus."

„Wohin?", fragte Helena nach kurzem Zögern.

Die alte Marianne ließ ihr schiefes Lächeln aufblitzen. „Keine Sorge, meine Liebe. Ich dachte da an nichts Aufregenderes als den Hyde Park. Wir müssen uns aber eine ruhige Ecke suchen, um der Parade der Neureichen zu entgehen. Es ist ja Samstag."

„Nun denn", sagte Helena. „Das klingt vergnüglich."

Kurz darauf setzte Mariannes Barouche sie an einem recht ruhigen Winkel des Parks entlang der Serpentine ab. Auf dem grünen Rasen genoss ein Damentrio im Schatten ihrer Sonnenschirme ein Picknick, während ihre Sprösslinge unter den wachsamen Augen der Kindermädchen die Enten fütterten. Marianne und Helena schritten auf den Kiesweg, der neben dem Fluss entlangführte.

„Ein herrlicher Tag, nicht wahr?", sagte Marianne unter der Kante ihres recht großen Hutes. Eine Brise regte den durchscheinenden Schleier, der ihr Gesicht schützte.

Helena runzelte die Stirn. Die Marianne, die sie kannte, hielt sich nie mit Floskeln auf. Und ihr fiel ebenfalls auf, dass ihre Freundin etwas fahrig schien und um sich blickte, als erwartete sie, jemanden zu sehen. „Was *ist* denn los, Marianne? Du bist irgendwie nicht du selbst."

„Bin ich nicht?" Mariannes Lachen klang gezwungen. „Es ist reine Weltmüdigkeit. Wer hätte gedacht, dass einem das Lasterleben leid werden kann? Meine Liebe, du musst mich mit Neuigkeiten von deiner verzwickten Lage aufheitern. Wie geht es mit Harteford?"

Helena zögerte, doch schließlich gewann der Ärger über ihren Gemahl die Überhand. Es erleichterte sie etwas, Marianne Nicholas' unerklärliches Verhalten zu schildern. Vielleicht konnte ihre kluge Freundin die Rätsel des männlichen Verstandes entwirren.

Als sie fertig war, sagte Marianne: „Es hört sich so an, als ob Harteford sich deiner nicht würdig erachtet. Was auch durchaus Sinn ergibt, meine ich."

Obwohl sie auf Nicholas wütend war, verteidigte Helena ihn sofort. „Warum sagst du das? Hartford ist in jeder Hinsicht ein guter Fang. Er ist gut aussehend, erfolgreich, hat einen Titel..."

„Komm schon, Helena, so blauäugig bist du doch nicht. Jeder weiß, dass dein Lord einer kurzen Affäre zwischen dem vormaligen Marquis und einer Opernsängerin entsprungen ist. Dass der Marquis eine kurze Zeit lang mit besagter Sängerin verheiratet war, gerade lange genug, dass Harteford als sein rechtmäßiger Erbe gelten kann, ändert rein gar nichts daran, wie die feine Gesellschaft deinen Gemahl sieht. Und dazu noch die Tatsache, dass er einen Beruf ausübt..." Marianne zuckte mit den Schultern, als ob es keiner weiteren Ausführungen bedurfte. „Es ist keine große Überraschung, wenn er sich seiner Stellung in der Gesellschaft ein wenig unsicher ist."

Nicholas, *unsicher*? Das war ein verblüffender Gedanke, angesichts dessen, dass sie ihn immer als höchst selbstsicher empfunden hatte. So männlich und stark.

„Harteford hat davon nichts erwähnt", sagte Helena ungläubig. „Freilich weiß ich von seiner Herkunft, doch was macht das schon? Ei, ich möchte glauben, dass die Leute ihn dafür bewundern, was er alles aus eigener Kraft erreicht hat, so wie ich es tue. Und ich kann mich an keinerlei Kränkungen oder ungehöriges Benehmen ihm gegenüber erinnern."

„Dann ist Liebe fürwahr blind." Marianne lächelte sie sanft an. „Angesichts des Status und Einflusses deines Lords sind die Sticheleien in der Tat unterschwellig. Doch gekränkt wird er. Mir ist auch aufgefallen, dass dein Gemahl die feine Gesellschaft eher meidet."

„Harteford ist beschäftigt. Ihm liegt nicht viel an geselligen Zusammenkünften."

Während sie noch sprach, ging Helena fieberhaft ihre Erinnerung durch. Hätte sie nur besser darauf geachtet, wie ihre Umwelt Nicholas begegnete–doch sie hatte es nicht, weil sie zu sehr darauf erpicht gewesen war, ihm zu gefallen. Um *ihn* in den Augen der Gesellschaft nicht zu enttäuschen. Hatte ihre eigene Unsicherheit des ewigen Mauerblümchens sie so geblendet, dass sie Nicholas' Ausgrenzung nicht sehen konnte?

Wie sie so an die seltenen Male, die er sie zu einem gesellschaftlichen Ereignis begleitet hatte, zurückdachte, war er *in der Tat* angespannt gewesen. Und vielleicht war hinter wedelnden Fächern *doch* etwas heimlich gegrinst und geflüstert worden. Sie dachte immer, sie war die Außenseiterin, doch konnte es sein, dass Nicholas–der starke, herrliche *Nicholas*–der Lächerlichkeit ausgesetzt war?

„Harteford hat aufgrund seines Titels und seiner Verbindung mit deiner Familie Zugang zu den vornehmsten Salons, doch das ist nicht das Gleiche wie wahre Anerkennung", sagte Marianne.

Mit prickelnder Reue fragte sich Helena, ob er solchen Vorurteilen auch beim Konzertabend begegnet war. An dem Abend, auf dem *sie* beharrt hatte, und zu dem er ganz offensichtlich nicht hatte gehen wollen. War er deswegen so zornig gewesen? Und zu

allem Überdruss hatte ihr Vater auch noch eine Szene gemacht...
und sie hatte das Verhalten ihres Vaters als das eines Edelmannes
verteidigt. Ihre Wimpern flatterten. Konnte es wirklich sein, dass
Nicholas dachte, er wäre ihrer nicht wert?

„Oh, Nicholas, bist du wirklich so ein Narr?", flüsterte sie.

„Er ist immerhin ein Mann", sagte Marianne.

„Ich muss auf der Stelle mit ihm sprechen." Helena blieb
abrupt in der Mitte des Gehwegs stehen. „Ich muss ihm sagen,
dass es nicht stimmt, dass mir seine Herkunft oder seine Vergangenheit einerlei sind–"

„Und wenn du schon bei der Wahrheit bist, möchtest du ihm
vielleicht auch gleich deine Geheimnisse verraten?"

Helena schluckte. Die unterdrückte Angst, die seit der Nacht
im Kloster allgegenwärtig war, sprudelte an die Oberfläche. Was,
wenn Nicholas von ihrer mangelnden Tugend enttäuscht wäre,
oder schlimmer noch, wenn er sie deswegen niemals würde lieben
können? Konnte er sie denn lieben, wenn sie nicht die edle Dame
war, die er in ihr sah? Und würde er ihr ihre Täuschung verzeihen
können?

„Irgendwann sage ich es ihm", sagte sie leise. „Wenn sich alles
zwischen uns etwas gelegt hat."

„Je länger du es hinauszögerst, umso schwerer wird es sein."
Als sie flehentlich Marianne ansah, seufzte diese. „Hier ist mein
Rat, wenn du mich fragst. Wann auch immer und wie auch immer
du ihm die Wahrheit sagst, verführe ihn erst. Es wird sein Gemüt
heben."

12

„Willkommen zu Hause, Milord."

Nicholas hörte die Missbilligung in Crikstaffs Stimme sehr wohl, warf seinem Butler seinen Hut und Mantel zu und stapfte ins Haus. Vor lauter Tumult im Lagerhaus war er seit drei Tagen nicht zu Hause gewesen. Er brauchte dringend ein Bad und eine Mahlzeit. Dann konnte er vielleicht ein paar Stunden schlafen, ehe er wieder zurück an den Krisenherd musste. Er warf einen Blick auf die Uhr im Flur. Fast halb drei. Er seufzte. Ambrose Kent von der Thames River Police sollte um drei Uhr kommen. Der Mann war pünktlicher als ein verdammter Charley. So viel zum Thema Schlaf.

Er entschied sich also für ein kurzes Bad. Da hörte er die Musik. Weich und wehmütig rankte sich die Melodie um seine Sinne und zog ihn in Richtung Salon. Die Tür stand leicht offen, und er musste einfach hineinspähen. Helena saß am Klavier, wo ihre Finger über die Tasten glitten. Er konnte ihr Profil sehen, die sinnliche Neigung ihres Kinns, während ihr Kopf sich zur Musik bewegte. Vor der blauen Wand hinter ihr sah das makellose Elfenbein ihrer Haut wie eine Gemme aus. Ihre Augen waren geschlossen. Ihre Lippen lächelten verträumt, während sie in der Schönheit versunken war, die sie selbst heraufbeschwor.

Er zog sich leise zurück.

Einen Dielenbrett knirschte.

Die Musik stockte. Augenblicklich stand seine Gemahlin im Türrahmen. Nach allem, was bei ihrer letzten Begegnung vorgefallen war, wusste er nicht, was er nun erwarten sollte–Wut oder Kälte, beides hatte er wohl verdient. Doch ihre vollen Lippen lächelten zögerlich. Ihre leuchtend braunen, grün und golden gesprenkelten Augen suchten seine, und ihm war, als ertränke er in einem warmen Sommerteich.

„Milord, Sie sind zu Hause", sagte sie.

Er brauchte einen Augenblick, um wieder zu Sinnen zu kommen. „Bitte, lassen Sie sich nicht beim Üben stören", sagte er. „Ich war gerade auf dem Weg nach oben–"

„Ich war fast fertig und wollte danach Tee trinken. Möchten Sie auch einen?"

Er wollte gerade ablehnen, als sein Magen knurrte.

Ein Grübchen erschien auf der Wange seiner Gemahlin. „Das heißt wohl ja."

Als er immer noch zögerte, sah sie ihn verzweifelnd an. „Um Himmels Willen, Harteford, ich weiß, wir sollen getrennt voneinander leben, aber wir können doch gewiss hin und wieder zusammen Tee trinken. Ich beiße nicht, wissen Sie. Wir können ja ausschließlich über das Wetter sprechen, wenn es Ihnen lieber ist."

Er kam sich wie ein Trottel vor, also nickte er. Er folgte seiner Gemahlin zum Sitzbereich und sah sie mit verhohlenem Blick an, während sie ihn bediente. Sie bereitete ihm den Tee zu, wie er es mochte, mit viel Sahne und ohne Zucker; widerstrebend ließ er sich davon schmeicheln, dass sie es noch wusste. Mit einem silbernen Zängchen belud sie ihm einen Teller mit Häppchen, Gebäck und Obst. Ihre Bewegungen waren so anmutig wie die

Musik, die sie gespielt hatte, und umgarnten seine Sinne auf ähnliche Weise.

„Danke sehr", sagte er und nahm den Teller, den sie ihm bot.

Er biss in ein Sandwich. Das Brot war von der Butter weich und mit dünn geschnittenem, deftigem Schinken belegt. Plötzlich verspürte er Heißhunger und biss noch einmal herzhaft zu. Es schien ihm, als hätte er heute schon literweise Kaffee getrunken, doch er erinnerte sich gar nicht mehr daran, wann er zuletzt gegessen hatte. Ehe er sich es versah, war sein Teller leer. Er beäugte das Teeservice und bemerkte, dass Helena ihn mit einem amüsierten Funkeln im Blick beobachtete.

„Heute noch keine Zeit zum Essen gehabt, Milord?", fragte sie, und verhalf ihm zu einem Nachschlag.

„Nicht viel", gab er zu. Er trank seinen Tee. Er war heiß und stärkend. „Ich war zu beschäftigt. Im Lagerhaus herrscht Chaos."

Helena gab ihm den gefüllten Teller. „Wirklich? Weshalb?"

Er zögerte. Er verschlang einen Bissen Zitronenpudding, ehe er antwortete: „Diebstahl."

„Im Lagerhaus?", fragte seine Frau ungläubig.

Er nickte. „Es wurde vor drei Tagen geplündert. Die Diebe haben sich mit Rum und Tabak aus dem Staub gemacht. Wir prüfen noch das Gewürzinventar, um festzustellen, was davon fehlt. Die Pfefferbottiche–" Er hielt abrupt inne, sich daran erinnernd, mit wem er eigentlich sprach.

Mit seiner Gemahlin, einer Dame, die sich die unschönen Einzelheiten des Berufslebens nicht anhören sollte.

Mit seiner Gemahlin, von der er sich fernzuhalten geschworen hatte.

Die Besorgnis in ihrem Blick machte ihn jedoch ganz schwach. „Das ist eine Menge Fracht, nicht wahr? Werden die Gewinne sehr darunter leiden?", fragte sie.

„Helfen wird es nicht gerade, aber es braucht schon mehr, um Fines und Co. einen echten Schlag zu versetzen." Nicholas schluckte gierig mehr Tee. „Die River Police ist schon gerufen worden. Die anderen Händler am Dock wissen auch Bescheid, weil die Diebe nämlich vielleicht versuchen werden, ihre Beute zu verkaufen. Wenn alle zusammenarbeiten, bekommen wir vielleicht etwas von der Ware zurück."

„Die anderen Kaufleute werden wirklich helfen?", fragte Helena mit einer kleinen Falte über der Nase. „Die Verlockung guter Ware zu einem billigen Preis ist doch gewiss groß."

Die scharfsinnige Bemerkung seiner Frau hob Nicholas' Mundwinkel. Er durfte nicht vergessen, dass seine Dame trotz ihrer zerbrechlichen Erscheinung und Unerfahrenheit in weltlichen Dingen doch einen ungewöhnlich scharfen Verstand besaß.

„Unter normalen Umständen hätten Sie sicherlich recht", sagte er. „Allerdings besteht zwischen uns Kaufleuten schon seit geraumer Zeit das Einvernehmen, dass uns allen am besten gedient ist, wenn wir uns angesichts gemeinsamer Bedrohungen zusammenschließen–ob das nun Plünderer sind oder schädliche politische Umtriebe. Unsere Vereinigung hat heute Morgen getagt, um das beste Vorgehen zu besprechen."

Seine Frau warf ihm einen Seitenblick zu. „Deswegen waren Sie also in den vergangenen drei Tagen nicht zu Hause?"

„Ja." Er fühlte, wie die Strapaze und der Schlafmangel in ihm emporkrochen und stellte seinen Teller auf dem Teetisch ab. Er stützte seine Ellenbogen auf die Oberschenkel und rieb sich das Gesicht. „Und leider ist es auch noch keineswegs vorüber."

Er wurde steif, als er spürte, wie sich neben ihm die Polster senkten. Weiche, sanfte Hände strichen über die Schultern seines Jacketts. Er schoss hoch.

„Was machen Sie da?" Seine Stimme war heiser, ungläubig.

Neben ihm auf dem Sofa lächelte Helena auf eine Art, die man nur als ehefraulich bezeichnen konnte. „Ich helfe Ihnen, sich zu entspannen, Milord. Derartige Erschöpfung kann der Gesundheit nur abträglich sein."

Ihre Hände rollten erneut über seine verspannten Muskeln. Zweifellos beabsichtigte sie, dass ihre Berührung sanft und beruhigend war, doch der Druck ihrer Finger brachte das Blut in seinen Adern zum Sieden.

„Derlei Fürsorge ist unnötig", brachte er heraus und versuchte, von ihr wegzurutschen.

„Unsinn. Halten Sie still. Es hilft nichts, wenn Sie so herumzappeln."

„Helena, Sie dürfen nicht–"

Seine Worte gingen in einem Stöhnen unter, als sie seine Verspannungen zwischen Hals und Schulter fand. Mit sicheren Griffen lockerte sie die verkrampfte Sehne. Schmerz und Wonne schossen durch ihn. Seine Kopfhaut kribbelte. In seiner Benommenheit wusste er, dass er diesen Wahnsinn sofort unterbinden musste, doch *Allmächtiger*, ihre Hände fühlten sich so gut an.

Ihre Stimme wehte von hinten an sein Ohr. „Sie arbeiten zu viel, Harteford. Obwohl ich Ihren Fleiß unsagbar bewundere, müssen Sie besser auf sich achten. Sehen Sie, wie steif Sie sind?"

Er war *mehr als* steif, dachte Nicholas mit innerlichem Stöhnen. Sein Magen zuckte, seine Lenden wallten heiß auf. Er sollte sich zurückziehen, fortgehen... doch die Fürsorge seiner Frau war unwiderstehlich. Er erschauderte, als ihre Finger unter seine Krawatte schlüpften, die alsbald zu Boden segelte. Mit geschickten Berührungen fand und löste sie die schmerzenden Stellen auf seinem Hals, rieb fest, liebkoste sachte. Noch nie zuvor hatte jemand das für ihn getan. Sein Verstand verschwamm vor Genuss. Sein Hals krümmte sich ihren Händen entgegen.

„Wie fühlt sich das an, Milord?" Helenas Stimme war wie eine Feder an seinem Ohr.

„Verteufelt gut." Er ächzte ein wenig, als ihre Finger noch tiefer in sein verkrampftes Fleisch drückten. Er war sich höchst bewusst, dass sie hinter ihm saß. Er spürte ihren Atem hinter sich. In der Lücke zwischen ihren Körpern prickelte Spannung. Als ihre Finger nach oben strichen, über seinen Hals und auf seinen Kiefer, gab er der Verlockung nach. Er fing ihre Hand mit der seinen ein und drückte ihr einen Kuss auf die Handfläche.

„Milord, soll ich aufhören?"

Ihre atemlosen Töne entstammten seinen dunkelsten Fantasien. Einen Moment lang zögerte er zwischen Verlangen und Vernunft.

„Hören Sie bloß nicht auf", knurrte er.

Mit dem nächsten Atemzug war er auf ihr. Seine Lippen nahmen ihre in einem brennenden, besitzergreifenden Kuss gefangen. Er drückte sie ins Polster. Gott, wie weich sie war. Wie süß. Durch den Schleier der Lust drängte sich ihm entfernt der Gedanke auf, langsamer zu machen, vorsichtig zu sein, damit er sie nicht wieder verängstigte. Doch sie öffnete sich ihm, hieß ihn in ihrer Wärme willkommen. Das schüchterne Streifen ihrer Zunge überwältigte seinen Verstand, seine Selbstbeherrschung. Seine elende Vergangenheit verschwamm, seine vielen Verfehlungen wurden bedeutungslos, wie er so plünderte, was sich ihm bot. Die Bestie in ihm erwachte grölend–er musste sie haben. Nichts auf der Welt zählte mehr, außer dem primitiven Wissen, dass sie *sein* war.

Er stürzte sich tiefer in die seidige Höhle. Sie schmeckte nach Tee und Honig, nach allem, was gut war. Seine Zunge fand ihre, und das schlüpfrige Zwirbeln brachte sie beide zum Stöhnen. Seine Finger umklammerten ihre weichen Locken, er hielt sie still, während er von ihr trank und trank. Die betörenden kleinen Geräusche, die sie dabei machte, trieben ihn schier in den Wahnsinn. Ebenso wie die weiche Fülle ihrer Kurven, als sie sich an ihn schmiegte. Sie war so unschuldig, so verflucht aufreizend...

Er konnte nicht länger widerstehen, riss sich von ihren Lippen los, um eine zarte Stelle hinter ihrem Ohr zu liebkosen. Ihr Duft nach Orangenblüten erfüllte seinen Kopf, lockte ihn abwärts. Unter ihrem Hals war die Haut genauso duftend, genauso köstlich. Er schnalzte mit der Zunge gegen ihren Puls, der in der Kuhle zwischen ihren Schlüsselbeinen klopfte. Sie keuchte und ihr Hals bog sich nach hinten. Er leistete ihrer Einladung Folge und sein Mund wanderte zur bebenden Wölbung ihres Busens. Er küsste das feste Fleisch und leckte in die Spalte dazwischen hinein.

„Oh ja", keuchte sie. „Bitte."

Seine Nasenflügel bebten bei dem begierigen Klang ihrer Stimme. Ein Knoten tief in seiner Brust ging auf. Wie durch ein Wunder hatte sie keine Angst vor ihm, ekelte sich trotz ihrer Hochzeitsnacht nicht vor ihm. Konnte es sein, dass seine züchtige Dame seine Berührung *ersehnte*?

„Noch einmal, mein Schatz", sagte er heiser gegen ihre Brüste. „Bitte mich noch einmal."

„Bitte." Ihre Stimme stockte, als seine Hände dem Werk seines Mundes zur Hilfe kamen.

„Mach weiter, Nicholas. Ich bitte dich."

Erregung rauschte in seinen Kopf, als er seinen Namen so hörte. Seine Daumen fanden die verhärteten Brustwarzen unter dem weichen Stoff ihres Mieders. Zärtlich bearbeitete er sie, rollte, drückte sie, bis sie vor Lust wimmerte. Ihre Finger gruben sich in seine Schultern, verlangten wortlos nach mehr. Er ächzte. Wie gerne er es ihr geben wollte. Sein geschwollenes Glied pochte gegen seine Unterhosen. Sein Kopf neigte sich zu einem Kuss, ihre seidig-glatte Zunge ließ ihn erahnen, wie heiß und nass ein anderer Eingang sein musste...

An der Tür klopfte es.

Er erstarrte, konnte nicht fassen, dass die Götter derart grausam sein konnten.

Es klopfte erneut.

Wenn er den Bittsteller einfach nicht beachtete, ginge der Schuft vielleicht wieder.

„Harteford", keuchte seine Frau. „Wir müssen–"

„Schhhhh", flüsterte er. „Wenn wir still sind–"

Das Klopfen kam wieder, diesmal beharrlicher.

Helena begann, sich nun ernsthaft aus seiner Umarmung zu winden. Ihr Zappeln wütete wie ein Waldbrand auf seinen

Schwanz, der ohnehin schon so stramm war wie ein Schiffsmast im Wind.

„Zur Hölle." Er stieß noch ein paar weitere unanständige Worte aus, ehe er sich aus dem Wirrwarr ihrer Röcke herauskämpfte. Er half Helena dabei, sich aufzusetzen; ihre Hände fuhren sofort zu ihrer Frisur hoch. Winselnd suchte er nach einer bequemen Sitzweise, die seine Erektion nicht noch weiter peinigen würde. Schließlich schnaubte er und legte sein Jackett über seinen Schoss.

„Herein, bitte", knurrte er geradezu.

Crikstaff kam zögerlich hinein und sah dabei aus, als würde er jeden Augenblick wieder türmen. Gut. Der Mann hatte zumindest einen gewissen Selbsterhaltungstrieb.

So errötet und verlegen sie auch war, schenkte Helena dem Butler dennoch ein Lächeln. „Ja, Crikstaff?"

Crikstaff entspannte sich sofort und verneigte sich tief. „Milady. Ein Herr ist da und wünscht Lord Harteford zu sprechen." Der Buttler schniefte das Wort *Herr*, um anzudeuten, dass er in diesem Fall mit dem Begriff großzügig umging. „Er heißt Ambrose Kent und behauptet, er sei von der Thames River Police. Er behauptet ferner, man erwarte ihn."

So pünktlich wie der verdammte Nachtwächter.

„Er soll eintreten", sagte Nicholas.

Nachdem Crikstaff sich zurückgezogen hatte, wandte Nicholas sich Helena zu. Die Wirklichkeit ergoss sich über sein Hirn wie ein Eimer eiskalten Wassers, und dennoch fühlte er, wie ihm noch die Lippen zuckten. Mit fahrigen Fingern steckte Helena wahllos Haarnadeln in ihre herrlich zerzausten Locken. Vor lauter Anspannung spitzte sie ihre vom Kuss geschwollenen Lippen, versuchte ihre Röcke auf alle erdenklichen Arten zu glätten. Er hätte ihr sagen können, dass es ein zweckloses Unterfangen war—der zerknitterte Stoff sah so aus, als wäre eine Elefantenherde darüber getrampelt. Doch sie war bezaubernd und murmelte in völlig aufgelöstem Durcheinander vor sich hin.

Die Tür ging auf.

Ambrose Kent trat ein. Er bewegte sich trotz seiner beachtlichen Größe mit drahtiger Entschlossenheit. Seine abgetragene Kleidung hing an seinem mageren Leib, was ihn wie eine schäbige Vogelscheuche aussehen ließ. Sein Gesicht war lang und enthaltsam wie das eines Mönchs. Seine Augen, seltsam bleich wie Weizenbier, überblickten sofort das Zimmer. Aufgrund seiner bisherigen Begegnungen mit Kent ging Nicholas davon aus, dass ihm dabei nur sehr wenig entging. Das war ja eben der Grund, warum er Kent sowohl vertraute als auch misstraute. Die Augen des Polizisten hefteten sich auf Helena.

„Lady Harteford, darf ich Mr. Ambrose Kent von der Thames River Police vorstellen", sagte Nicholas und erhob sich dabei, achtsam sein Jackett vor seinen Schoß zu halten.

„Lady Harteford", sagte Kent mit einer unerwartet eleganten Verneigung. „Mein Glückwunsch zu Ihrer Vermählung."

„Danke, Mr. Kent. Wollen Sie sich nicht setzen und etwas Tee trinken?"

Kent sah erstaunt aus. Auf der gesellschaftlichen Leiter stand ein Polizist noch einige Sprossen tiefer als ein Kaufmann und nur knapp über den Verbrechern, denen er nachstellte. Nicholas fand, es passte zu diesem höchst ungewöhnlichen Tag, dass Kent von einer Marquise Tee angeboten bekam.

Kent war es auch nicht unrecht; er verschlang hingebungsvoll ein Stück Sahnetorte und schwelgte in der Aufmerksamkeit, die Helena ihm zuteilwerden ließ.

„Ist es wahr, dass sich häufig Kinder als die Urheber von Verbrechen herausstellen?", fragte Helena.

„In der Tat. Die Gefängnisse sind voll von ihnen." Kent nahm einen Schluck von seinem Tee. „Newgate, zum Beispiel, wimmelt vor Dieben, die zum Teil nicht älter als fünf oder sechs Jahre sind."

„Fünf oder sechs Jahre?", wiederholte Helena sichtlich entsetzt. „Ich will doch meinen, dass ein Kind in solch einem zarten Alter gar nicht wissen kann, was es tut. Wie kann es sich der Folgen seines Handelns überhaupt bewusst sein?"

„Sie reden ja wie eine Reformistin, Milady", sagte Kent.

Helena wurde rot. „Solch politische Umtriebe würde ich mir selbst nicht nachsagen, Mr. Kent. Allerdings geht es bei dem wöchentlichen Salon, zu dem ich gehe, oft um die Werke von Mrs. Fry und anderen. Ich finde ihre Sichtweise barmherziger als den Galgen oder Deportation. Bildung, Linderung der Armut—das scheint doch eher dazu geeignet, den Übeln unserer Gesellschaft beizukommen, meinen Sie nicht?"

Kent grunzte. „Keine Ahnung, Milady. Meine Aufgabe ist es, Verbrecher festzunehmen, nicht sie zu bemuttern."

„Aber glauben Sie nicht, dass vielleicht ein voller Magen und ein geschulter Verstand einen jeden gegen das Laster wappnen könnten?"

Nicholas hatte Erbarmen mit Kent und sagte leichthin: „Man könnte ja fast sagen, Ihr Standpunkt riecht nach demokratischem Eifer, Milady."

„An Politik liegt mir nichts", beharrte Helena. „Ich will nur sagen, dass Kinder vor den ungünstigen Umständen ihrer Geburt bewahrt und nicht dafür bestraft werden müssen."

Darauf fiel Nicholas keine Erwiderung ein. Seine Gemahlin war heute voller Überraschungen. Er starrte sie an und fragte sich, ob sie wusste, wie treffend sie gerade die Herkunft ihres eigenen Gemahls beschrieben hatte.

Schweigen fiel einen Moment lang schwer über den Raum. Helena erhob sich. „Ich fürchte, ich habe ohnehin schon zu viel von Ihrer Zeit in Anspruch genommen. Gewiss haben die Herren wichtige Angelegenheiten zu besprechen, ich ziehe mich also zurück."

Er und Kent waren gleichzeitig aufgestanden.

An der Tür drehte sie sich noch einmal um. „Milord?"

„Ja?", sagte Nicholas argwöhnisch.

Sie errötete lieblich, ihre Wimpern senkten sich. „Ich wollte

Ihnen danken, dass Sie heute mit mir Tee getrunken haben. Ich habe es sehr genossen."

Mit rauschenden Röcken verschwand sie. Ein Hauch von ihrem Parfüm verweilte in der Luft.

Nicholas fühlte, wie er wieder steif wurde.

„Wenn Sie mir die Bemerkung erlauben, Milord, Ihre Gemahlin ist eine faszinierende Frau."

„Ja, das ist sie", murmelte Nicholas.

Er fuhr sich mit den Händen durchs Haar, setzte sich hin und versuchte, einen klaren Kopf zu bekommen. Er konnte kaum fassen, was ihm gerade widerfahren war. Wie er mit seiner eigenen Gemahlin die Beherrschung verloren hatte. Doch er konnte sich auch nicht dazu bringen, es zu bereuen, nicht wenn ihr Geschmack und ihre Berührung immer noch seine Sinne betörten.

„Danke, dass Sie sich bereit erklärt haben, mich bei Ihnen zu Hause zu empfangen, Milord." Kent nahm neben Nicholas Platz und streckte die Beine aus. „Angesichts der Zustände im Lagerhaus erschien mir dieser Ort privater und sicherer, um meine neuesten Entdeckungen mit Ihnen zu teilen."

Damit gewann er Nicholas' Aufmerksamkeit. Er sah sein Gegenüber an und bemerkte, dass Selbstgefälligkeit um die bleichen Augen des Ermittlers spielte. „Was bringen Sie mir an Neuigkeiten?"

„Ich bin mit der Befragung der Pförtner fertig, die in der Nacht des Diebstahls Dienst hatten—nun, zumindest mit einem der beiden. Dem Anschein nach hatte Patrick Riley genug Fusel getrunken, um ein Schiff darin zu versenken und war stockbetrunken, während die Diebe alles ausgeräumt haben." Kent schüttelte vor Abscheu den Kopf. „Der Mann wusste kaum noch den Namen seiner eigenen Mutter, geschweige denn Einzelheiten davon, was sich zugetragen hatte."

„Und der zweite Pförtner?"

„James Gordon ist unauffindbar verschwunden."

Das Bild eines schüchternen, rothaarigen Mannes drängte sich Nicholas auf. Ein Krüppel mit dem Gebaren eines Mäuschens, der über die eigenen Füße stolperte und zu einem Verbrechen ganz gewiss nicht fähig war. „Glauben Sie, die Täter haben ihm in jener Nacht etwas angetan?", fragte Nicholas beklommen.

„Am Lagerhaus waren keinerlei Spuren von Gewaltanwendung zu finden", erwiderte Kent, „wenn sie also Gordon umgebracht haben, dann anderswo. Und man hat auch keine neuen Wasserleichen aus der Themse gezogen, die auf seine Beschreibung gepasst hätten. Entweder haben ihn die Fische gefressen oder er verwest woanders–oder aber, er war irgendwie beteiligt."

Nicholas runzelte die Stirn. „Ich gehe davon aus, dass Sie eine Suche durchgeführt haben."

„Gordons Wohnung sowie der Tavernen und Bordelle, die er zu besuchen pflegte. Seine Frau und Freunde sagen, dass sie seit der Nacht des Diebstahls keine Spur von ihm gesehen haben."

„Das ist ja ein verdammter Zufall, dass der Mann gerade jetzt vermisst wird", gab Nicholas zu.

„Ich glaube nicht an Zufälle", antwortete Kent. „Weshalb ich die erste Hälfte des Nachmittags in einem der besagten Bordelle zugebracht habe."

Nicholas verkniff sich dazu eine scherzhafte Bemerkung. Bei seinen bisherigen Begegnungen mit Kent hatte der Mann sich als ausgesprochen humorlos erwiesen. „Und was haben Sie herausgefunden?"

„Ich bin immer wieder erstaunt, wie viel besser die Dirnen Bescheid wissen als die Ehefrauen. Oder vielleicht sind deren Geheimnisse einfach günstiger zu haben. Gordon glaubte, mit einem hübschen Ding namens Sally Loverling eine Liebesbeziehung zu haben. Für einen Schilling hat Fräulein Loverling eine ganze Liste von Männern heruntergebetet, mit denen Gordon verkehrte."

„Irgendwelche bekannten Namen darunter?"

„Nur einer", sagte Kent. „Unser Freund Gordon hat es

offenbar weit gebracht. Er ist in der Gosse von St. Giles aufgewachsen. Sein Vater starb, als Gordon zehn Jahre alt war, und der Familie ging es im Anschluss daran recht elend. Die Mutter hat wieder geheiratet. Einen zähen Kerl namens Gerald Bragg. Bragg hatte bereits einen Sohn, zehn Jahre älter als Gordon–"

„Namens Isaac." Nicholas spürte, wie sich ihm die Nackenhaare aufstellten. „Verdammt noch mal. Isaac Bragg ist Gordons *Stiefbruder?*"

„Ich habe mit Ihrem Verwalter gesprochen. Jibotts wusste nichts davon, doch er erinnerte sich noch daran, Bragg teilweise auf Gordons Empfehlung hin angestellt zu haben. Er erwähnte auch, dass Bragg unter den Arbeitern Unruhe gestiftet hat?"

„Bragg hat seit seinem ersten Tag bei uns nichts Gutes im Schilde geführt." Die zwei Botschaften blitzten in Nicholas' Kopf auf, und er ermahnte sich, vorsichtig zu sein. Nach kurzem Zögern fügte er hinzu: „Vor etwa zwei Wochen sah ich ihn mit einem zweiten Kerl in einer Seitengasse in der Nähe des Lagerhauses herumlungern. Sie sahen verdächtig aus–als ob sie etwas taten, was niemand sehen sollte. Sie machten sich davon, als ich mich näherte."

„Nun, heute bei der Arbeit war Bragg wieder vorlaut, nicht wahr? Er hat sich sehr darüber erhitzt, beim Saubermachen mithelfen zu müssen." Kents Blick wurde listig. „Meine Männer beschatten ihn jetzt im Augenblick. Wenn er unser Übeltäter ist, dann machen wir seinen Schlupfwinkel ausfindig und lauern ihm dort heute Nacht auf."

„Ich komme mit", sagte Nicholas.

Kent zog die Augenbrauen bis zum Haaransatz hoch. „Sie, Milord? Ich glaube nicht, dass das klug wäre. St. Giles ist kein Ort für einen edlen Herrn."

„Glauben Sie mir, ich komme schon zurecht", sagte Nicholas mit grimmiger Überzeugung. „Bragg ist derjenige, der sich Sorgen machen muss."

13

S t. Giles war noch genauso, wie er es in Erinnerung hatte, und die Vertrautheit ließ ihn bis in die Knochen erschaudern. Es war, als ob er nie von diesem Ort weggewesen wäre, von diesem alptraumhaften Wirrwarr aus verwinkelten Straßen und dunklen Gassen, wo die Luft nur so stank vor Harn, Erbrochenem und anderen Zeugnissen menschlichen Elends. Er hielt sich in den Schatten, beobachtete, wie die Betrunkenen an jedem Eck aus den Kneipen stolperten. Sie begegneten einer Parade von Huren, die so grell geschminkt waren, damit man ihnen ihre Krankheiten nicht ansah. Sie boten ihre Dienste an und verschwanden dann in Pärchen oder größeren Gruppen in den schmalen Seitengassen, wo das Ficken schnell und billig war und mit dem Rücken gegen die harte, steinerne Häuserwand geschah.

Nicholas schüttelte sich den Kopf frei. Er war schließlich aus einem bestimmten Grund hier, und dem musste er seine ganze Aufmerksamkeit widmen. Neben ihm wartete Kent mit Engelsgeduld. Ihn schien das Treiben ringsum nicht abzulenken. Sein Polizistenblick nahm alles mit kühler Distanziertheit in Augenschein. Seine Aufmerksamkeit galt dem Verbrechernest auf der anderen Straßenseite, einer Lasterhöhle, die allem möglichen verbrecherischen Treiben Zuflucht bot. Nicholas wusste, dass drinnen das Feuer warm war und der Gin erst recht. Dort vergnügten sich Diebe, Mörder und Huren nach einem langen Arbeitstag.

Er musste das Gebäude nicht betreten, um zu sehen, wie es innen aussah. Alle Diebeshöhlen sahen gleich aus. Auf den zerschrammten Tischen wurde Karten gespielt, fettig-heißer Fraß von Zinntellern gegessen und seelenzerfressendes Gebräu aus Seideln getrunken. Unter dem lauten Tosen der Menge schlug der Takt der Verderbtheit weiter: Diebe feilschten mit Hehlern, Taschendiebe gingen ihrem Handwerk nach, und vom Gin aufgedunsene Halsabschneider zettelten Raufereien ein, die unweigerlich mit Blutvergießen endeten. Wenn man es sich leisten konnte, nach oben zu entfliehen, fand man vielleicht einen Moment der Ruhe zwischen den gut abgewetzten Schenkeln einer Dirne, die im Alter von fünfzehn oder sechzehn Jahren bereits am Verblühen war. Vielleicht erklärte sie einem ihre Liebe, und wenn man verzweifelt genug war, glaubte man es vielleicht sogar.

Kent sagte ihm etwas, und die Worte brachten ihn zurück zu seiner Aufgabe. Kent wies ihn an, sich nicht vom Fleck zu rühren. Nicholas nickte und sah zu, wie der andere Mann in die Schatten schlüpfte. Kent prüfte wahrscheinlich die anderen Zugänge—ein Verbrechernest hatte immer mehrere Fluchtwege. Widerstrebend bewunderte Nicholas die Gründlichkeit dieses Mannes. Für einen Polizisten schien Kent recht anständig zu sein, nicht wie die Kopfgeldjäger, die für ein paar Schillinge das Gesetz zu ihren Gunsten verbogen. Oder für andere Arten der Bezahlung, die in Furcht und in Dunkelheit entrichtet wurden.

Er schüttelte die Erinnerungen ab. Heute Abend suchten ihn zu viele davon heim, bedrängten ihn wie ausgehungerte Gespenster. Vielleicht hätte er doch nicht kommen sollen. Diesen Gedanken wischte er sogleich beiseite. Er würde sich doch nicht auf die faule Haut legen, während ihn irgendein Schurke bestahl. Während irgendein Feigling ihn zum Narren hielt und drohende Botschaften über seine Vergangenheit kritzelte.

In dem Augenblick sah er eine einsame Gestalt mit hochgestelltem Kragen und tief ins Gesicht gezogenem Hut aus dem Vordereingang des Hauses kommen. Das war an sich in der Gosse nichts Ungewöhnliches. Doch sein großspuriger Gang ließ Nicholas noch einmal hinsehen. Und siehe da, als der Mann stehenblieb, um sich seinen Tabak anzustecken, erhellte das aufflammende Streichholz winzige Augen und ein bärtiges Gesicht.

Bragg.

Nicholas' Fäuste ballten sich in seinen Handschuhen.

Als Bragg mit dem Rauchen fertig war, ging er los in die Nacht. Keine Spur von Kent oder einem seiner drei Männer. Bragg musste ihnen durch die Finger geschlüpft sein. Nicholas erwog kurz, ob er sie warnen sollte, doch damit würde er auch Bragg warnen, und das konnte er nicht wagen. Wenn dieser erst mal in der Gosse untertauchte, wäre er genauso unauffindbarer wie ein in der Themse ausgesetzter Fisch. Außerdem wäre es vielleicht ohnehin besser, ihm auf eigene Faust zu folgen; denn wenn Bragg in der Tat der Erpresser war, wollte Nicholas die Angelegenheit weitab von den Augen des Gesetzes regeln.

Nicholas bewegte sich unauffällig in den Schatten. Manches verlernte man eben nie. Er wusste nur zu gut, wie man unentdeckt blieb. Er hielt sich in Braggs totem Winkel, blieb hier und da stehen, gab vor, sich für die Hehlerware in den Karren zu interessieren. Der Nebel war zu Nieselregen geworden und die Händler und Huren machten sich auf den nassen Straßen rar. Bragg stolzierte weiter, als ob die Straßen ihm gehörten. Als Wegzehrung hatte er eine Flasche Gin dabei.

Sie gingen gen Osten, ins Herz des Armenviertels. Nicholas kannte die Gegend wie seine Westentasche. Hier war er schließlich aufgewachsen, im Haus seiner Tante in der Straße die Bottom's End hieß, was den Stand ihrer Einwohner in dieser Welt nur zu treffend beschrieb. *Tante Amy.* Ihr Bild drängte sich ihm auf: Das aufgedunsene Gesicht, das strähnige, fettige Haar, der verzückte Glanz in ihren kleinen Augen, als sie die Münzen zählte–die Schillinge, für die sie ihn verkauft hatte. Schillinge für ein Leben in höllischer Knechtschaft. Diesem Leben war er entronnen, und er hätte sie nie wieder gesehen, hätte Jeremiah Fines nicht darauf bestanden.

„Du musst deinen Frieden mit der Vergangenheit machen, mein Junge, damit deine Zukunft beginnen kann", hatte Jeremiah gesagt.

In Begleitung seines neuen Mentors war er also zu jenem Haus zurückgekehrt und hatte es so verrottet und verfault vorgefunden wie eh und je. Nichts hatte sich verändert. Ratten spielten mit den schreienden Säuglingen, während Tante Amy Jeremiah von oben bis unten ansah. Sie hörte nur halbherzig hin, als Jeremiah Nicholas lobte, seine guten Aussichten pries, einmal ein recht-schaffener Kaufmann zu werden. Die ganze Zeit über studierte sie nur die feine Kleidung seines Mentors sowie die goldene Uhren-kette an seiner Weste. Als er endlich fertig war, waren ihre Vorwürfe so grauenvoll gewesen, dass Jeremiah tatsächlich erbli-chen war. Doch es waren ihre nächsten Worte, die ihr wahres Wesen offenbarten.

„Wofür se den Jung hernehmen, is mich schnurzegal, Meister. Ick will bloß meene Entschädigung, dat ick ihn de janzen Jahre aushalten hab' müssen."

Jeremiah hatte ihn aus dem Haus gezerrt, während ihnen die Flüche von Tante Amy nachhallten.

Und jetzt hallten solche Flüche auch durch die Gasse, denn zwei Betrunkene prügelten sich. Die Häuser wurden immer schä-biger, die Straße enger, an manchen Stellen kaum breit genug, dass zwei Männer durchgehen konnten, ohne sich anzurempeln. Nicholas hielt einen sicheren Abstand, wohl wissend, dass er sich nirgendwo verstecken konnte, falls er entdeckt wurde. Er hielt seine Hand in der Tasche am schweren Griff der Pistole, die er bei sich trug. Sein Messer hatte er im Stiefel verborgen. Wieder war es die Gewohnheit. Die langen Jahre in der Gosse hatten ihn gelehrt, dass man nicht ungestraft unbewaffnet durch die Straßen zog.

Bragg bog um eine Ecke. Nicholas zählte bis zehn, ehe er folgte. Einige Schritte weiter brach in einem der Häuser Krawall aus. Jemand kam aus dem Türrahmen geflogen und landete hart auf Nicholas. Er hielt rücklings stolpernd das Gleichgewicht, während noch eine zweite Gestalt folgte. Er duckte sich aus dem Weg. Fäuste begannen zu fliegen. Schreie ertönten, Glas klirrte gegen Stein. Die Männer umkreisten sich, jeder mit einer zerbrochenen Flasche in der Hand. Eine Menschentraube sammelte sich ringsherum an und hetzte die Kampfhähne weiter auf.

Nicholas reckte den Hals, um an dem wachsenden Mob vorbeizusehen. Sein Blick traf auf ein paar kleine Augen, die sich nun weiteten wie die einer in die Enge getriebenen Ratte. Bragg ließ seine Flasche fallen und flüchtete. Fluchend stellte Nicholas ihm, behindert durch die Schaulustigen, die sich um den besten Blick auf die Rauferei drängelten, nach. Als er sich endlich an der Menge vorbeigekämpft hatte, sah er Bragg gerade noch um eine Ecke biegen. Er eilte ihm nach und seine Stiefel schlitterten im Matsch.

Er bog nach links ab und sah sogleich, dass er in einer Sackgasse war. Auf beiden Seiten standen Gebäude. Verrottet und ausgehöhlt warteten sie allesamt nur darauf, dass ihnen ein starker Windstoß den Garaus machte. Dennoch erhellte ein schwacher Schein einige der zerbrochenen Fenster. Die Mittellosen konnten sich nicht leisten, wählerisch zu sein. Nicholas ging ein paar vorsichtige Schritte voran und blickte sich aufmerksam in der Dunkelheit um. Man konnte sich hier bestens verstecken. Ein plötzliches Scharren zu seiner Linken stellte ihm die Nackenhaare auf. Während er sich in Richtung des Hauses wandte, seine Pistole fester fassend, wusste er schon, dass es zu spät war.

Er fühlte die Bewegung eher, als dass er sie aus dem schattigen Inneren des Hauses sah.

Ein Schuss zerriss die Nacht.

Nicholas stürzte zu Boden. Schmerz breitete sich in seinem Kopf aus wie ein Lauffeuer. Schritte näherten sich, und er krümmte sich instinktiv beim Klang der kratzigen Stimme über ihm. Blut rann ihm in die Augen, verdunkelte die Silhouette, die im Dunkeln über ihm stand.

„Wir hätten das einfacher haben können, aber Seine Lordschaft musste sich ja einmischen", erklang es in leisen, geschmeidigen Tönen. „Das ist die Sache mit den Edelleuten–die können sich einfach nicht an Anweisungen halten."

Nicholas kämpfte um sein Bewusstsein. „Zum Teufel mit deinen Anweisungen. Wer bist du? Was... willst du?"

Sein Gelächter lief schaudernd Nicholas' Rückgrat hinab. „Ich bin natürlich ein Geist aus deiner Vergangenheit. Bin hier, um den endgültigen Preis einzufordern... wenn du nicht genau tust, was ich dir sage."

„Mach, was du willst." Der Schmerz raubte seiner Stimme den Nachdruck und schwächte ihm die Sinne, doch Nicholas versuchte durchzuhalten und atmete schwer. „Ich lasse mich von jemand wie dir nicht... erpressen."

„Ach nein?" Noch ein weiches, bedrohliches Lachen. „Nicht einmal für dein Weibchen? Für die fortwährende gute Gesundheit der entzückenden Lady Helena?"

„Lass sie da raus." In blinder Wut stürzte Nicholas sich nach vorne. Ein Stiefel traf ihn auf seine Wunde. Er ächzte vor Schmerz und die Welt um ihn herum verschwand wirbelnd in einen dunklen Schlund.

„Erwarte meine Anweisungen", sagte die Stimme.

Dumpf, weit entfernt, hörte Nicholas einen Schrei. Noch ein Schuss fiel. Schritte nahten. Als die Dunkelheit sich um ihn hüllte, erstickte ihn eine Furcht, die schlimmer war als der Tod. *Bitte, Gott, lass ihr nichts geschehen.* Seine Vergangenheit erdrückte ihn. Auf seinen Händen spürte er wieder das schmierige Blut; dessen widerwärtiger kupfriger Geruch stieg ihm in die Nase. Irgendwie hatte er immer gewusst, dass es eines Tages so für ihn enden würde: Allein, vom Dreck und Gestank der Gosse umgeben. Er war ihr nie wirklich entkommen. Das Elend holte sich die seinen immer zurück.

Sein anderes Leben war nichts weiter gewesen als ein Trugbild, ein schöner Traum.

Helena, meine Liebe.

Dann empfand er gar nichts mehr.

❧ 14 ❧

„Fürwahr, Milady, Sie sehen reizend aus", sagte Bessie, während sie noch ein letztes Mal durch Helenas offene Locken bürstete.

Helena betrachtete ihr Spiegelbild. Sie fand, dass sie in der Tat mit ihrem frei über die Schultern ihren Rücken hinabfallendem Haar recht gut aussah. Ihre Wangen waren rosig und ihre Augen funkelten erwartungsvoll. Es war fast Mitternacht: Nicholas musste jeden Augenblick nach Hause kommen. Er und Mr. Kent waren am Nachmittag zusammen weggegangen, und er hatte über Crikstaff bestellen lassen, dass er später am Abend zurückkäme.

Das war ihre Gelegenheit. Heute Nacht oder nie würde sie ihren hartnäckigen Gemahl verführen. Sie würde ihn auf eine Erfrischung und einen Plausch in ihre Stube einladen... worauf auch immer das hinführen mochte. Sie lächelte sich selbst an. Angesichts dessen, was sich früher am Tage im Salon zugetragen hatte, glaubte sie, ganz gute Erfolgsaussichten zu haben.

„Die Franzosen verstehen etwas von Mode", fuhr Bessie fort, während sie sich bückte, um mit der Kordel von Helenas Schlafrock zu hantieren. „Wem sonst fiele es ein, einen Schlafrock aus Chiffon zu machen?"

„Keinem in London ansässigen Schneider, so viel steht fest", stimmte Helena zu und rieb sich die Arme.

„Meine Güte, ist Ihnen kalt, Milady?", fragte Bessie. „Ich dachte wohl, das Feuer sei warm genug, aber hier stehe ich in meiner Wollwäsche. Ich rufe Mary, damit sie das Feuer anschürt–"

„Es geht schon", versicherte Helena. „Aber vielleicht kannst du Crikstaff fragen, ob das Abendessen auch bereit ist."

„Natürlich", sagte Bessie. „Und wo soll es serviert werden?"

„Hier in meiner Stube ist es recht", sagte Helena. „Sag den Lakaien, sie sollen einen kleinen Tisch beim Kamin aufstellen. Und erinnere Crikstaff an den Champagner."

„Sehr wohl, Milady", sagte die Zofe mit funkelndem Blick und eilte davon.

Helena stand vom Frisiertisch auf und ging zum mannshohen Spiegel. Sie drehte und wendete sich und empfand prickelnde Befriedigung. Das sinnliche Wesen im Spiegel konnte doch nicht sie sein–und doch war es sie. In einem durchsichtigen Schlafrock, der in duftigen bronzefarbenen Wogen zu Boden driftete, sah die Frau im Spiegel wie die Verführung selbst aus. Sie warf ihre Schultern zurück; der Chiffon glitt ihre Schultern hinab, offenbarte die dünnen Träger eines schillernden bronzefarbenen Negligés.

Madame Rousseau hatte ihr versichert, dass das Negligé gerade in Paris der letzte Schrei war und dass alle vornehmen Damen es trugen. Es war zweifellos ein zum Zwecke der *Amour* geschaffenes Kleidungsstück; der Ausschnitt reichte gewagt zwischen ihren Brüsten fast bis zum Nabel hinunter. Honigfarbene Spitze füllte die tiefe Lücke und gewährte dem Betrachter hinreißende, flüchtige Einblicke. Der sich eng anschmiegende Satin reichte bis zu den Knöcheln, hüfthohe Schlitze gaben ihr auf beiden Seiten Bewegungsfreiheit. Helena hatte ihr Lebtag noch nie so etwas Aufreizendes getragen. Es war fast wie nackt zu sein. Schlimmer eigentlich, weil der Satin und Chiffon die Aufmerksamkeit auf ganz bestimmte Stellen ihrer Nacktheit lenkten.

Es war höchst gewagt, höchst tollkühn.

Sie hoffte, Nicholas würde es gefallen.

Sie richtete ihren Schlafrock wieder und sah auf die Uhr auf dem Kaminsims. Zehn Minuten vor Mitternacht. Nicholas wäre sicher bald zu Hause. Sie musste sich bis zu seiner Rückkehr beschäftigen, oder sie würde aus der Haut fahren. Sie ließ sich auf einem der Ohrensessel beim Kamin nieder, hüllte sich in eine Decke und studierte den kleinen Stapel Bücher auf dem Beistelltisch. Sie nahm einen schweren, zerlesenen Band. Das Buch war eine Leihgabe von Miss Lavinia Haversham, eine freundliche alte Jungfer, die sie bei dem wöchentlichen Salon der beiden Fräulein Berry getroffen hatte. Einmal war es um weibliche Philosophen gegangen; Miss Lavinia war aus allen Wolken gefallen, weil Helena noch nie von Mary Wollstonecraft gehört hatte.

„Mein Güte, wo haben *Sie* sich denn versteckt?", hatte Miss Lavinia gefragt.

Helena hatte daraufhin erklärt, dass ihr vor ihrer Heirat nur die Lektüre der allergehobensten, dem Geiste junger Damen zuträglicher Literatur erlaubt gewesen war. Wie zum Beispiel die *Vollständige Handreichung* von Lady Epplethistle. Es war ihr gelungen, ein paar Bände Shakespeares aus der Bücherei ihres Vaters zu stibitzen, mehr aber nicht. Die gute Miss Lavinia hatte nur geschnaubt und Helena beim nächsten Treffen ein Buch überreicht. Helena öffnete nun den burgunderroten Ledereinband und las den Titel.

Verteidigung der Rechte der Frau.

Das klang doch vielversprechend. Binnen weniger Augenblicke war sie ganz der leidenschaftlichen, wortgewaltigen, bahnbrechenden Prosa verfallen.

Als Helena endlich aufsah, blinzelte sie benommen auf die Uhr. Das konnte doch nicht sein—*zwei Stunden* waren vergangen? Es war bald zwei Uhr früh und Nicholas war noch nicht zu Hause. Mit einem Stirnrunzeln legte sie das Buch beiseite und ging zu dem Tisch, den die Diener hereingebracht hatten. Zum Glück hatte sie einen einfachen Imbiss anrichten lassen, der auch bei Zimmertemperatur genießbar war. Der Champagner, das einzige, was gekühlt werden musste, lag in einem silbernen Eimer voll schmelzendem Eis. Sie pflückte eine Traube von dem kunstvoll angerichteten Teller und biss hinein.

Nicholas sollte längst daheim sein. Was konnte ihn aufgehalten haben?

Sie schritt vor dem Feuer auf und ab und versuchte sich zu beruhigen. Es musste eine gute Erklärung geben. Höchstwahrscheinlich hatten sich er und Mr. Kent in Einzelheiten zu dem Diebstahl verfangen. Oder vielleicht war Nicholas noch auf einen Umtrunk in seinen Club gegangen. War bei einem Kartenspiel oder etwas Ähnlichem aufgehalten worden.

Doch Nicholas spielte nicht—er hielt es für Zeitverschwendung. Und konnte er *um zwei Uhr früh* noch mit Mr. Kent zugange sein?

Helena kaute auf ihrem Daumennagel herum. Vielleicht stand sie ja noch unter dem Eindruck der Schriften von Mary Wollstonecraft, doch im Moment wurde ihre Vernunft von Wogen der Gefühle ertränkt. Diese Art von Verhalten ähnelte nicht ihr, sondern eher... *ihrer Mutter*.

Mit einem Ächzen wies Helena diesen Gedanken von sich. Sie hatte genug Sorgen, als dass sie auch noch in dieses Wespennest stechen wollte. So sehr sie sich auch bemühte, der Lage mit Vernunft zu begegnen, fühlte sie dennoch Panik in sich aufsteigen. Nicholas lag womöglich irgendwo verletzt herum. Von Straßenräubern überfallen. Oder, gütiger Himmel, war er etwa wieder ins Kloster gegangen? Diese Möglichkeit ergoss sich über sie wie Eiswasser. War er gerade dabei, die geheimnisvolle Nymphe zu suchen? Streifte er durch das Freudenhaus, bereit, mit einer anderen Vorlieb zu nehmen, wenn er die Nymphe nicht fand...?

Sie versuchte, tief durchzuatmen, und läutete.

Einige Minuten später kam Bessie schläfrig ins Zimmer. Die

Zofe warf einen Seitenblick auf das unberührte Essen und ihre Augen weiteten sich.

„Ist alles in Ordnung, Milady?", fragte Bessie.

Helena zwang sich, ruhig zu sprechen. „Lord Harteford ist noch nicht zu Hause. Bist du so lieb und fragst nach, ob eine Botschaft gekommen ist?"

„Natürlich", sagte Bessie.

Doch freilich war keine gekommen. Crikstaff hätte sie unverzüglich benachrichtigt, wenn sein Herr eine Nachricht gesandt hätte. Helena begann wieder, ihre nervösen Runden zu drehen. Gerade als sie den Entschluss gefasst hatte, die Kutsche anspannen zu lassen und selbst zum Kloster zu fahren, hörte sie von unten ein Geräusch. Sie hielt inne. Ihr Atem schien laut in ihren Ohren. Ja, da war es wieder, das unverkennbare Geräusch eine Schlüssels in der Haustür. Sie eilte zur Zimmertür, dachte gerade noch daran, sich einen Morgenmantel aus Wolle überzuwerfen. Sie öffnete die Tür einen Spalt weit und spähte hinaus. Die Schatten flackerten einsam im leeren Flur.

Nun konnte sie von unten Gemurmel hören. Da war Crikstaff und...ja, auch Nicholas. Sie atmete scharf aus; sie war sich gar nicht bewusst gewesen, dass sie die Luft angehalten hatte. Dann kniff sie die Brauen zusammen. Ja, das war zwar die typisch tiefe Stimme von Nicholas, doch klang sie seltsam, holprig. Ach du lieber Himmel... *sang* er etwa? Nun hörte sie noch weitere Männerstimmen, ruhige und leise Stimmen, mit denen sie nicht viel anfangen konnte.

Was in Gottes Namen ging da vor?

Sie zurrte die Kordel ihres Morgenmantels fest um ihre Taille und ging zur Treppe. Auf halbem Weg kam ihr Bessie entgegen.

„Oh, Milady, ich wollte Sie gerade holen." Die Lippen der Zofe zitterten und ein paar braune Locken waren aus ihrer Haube entwischt. „Mr. Crikstaff sagte, ich sollte–"

„Was ist denn nur los, Bessie?"

„Lord Harteford", flüsterte Bessie. „Er ist angeschossen worden."

Es dauerte einen Moment, bis die Worte in ihr Bewusstsein vordrangen.

Nicholas. *Angeschossen.*

Helena fegte an Bessie vorbei die Treppe hinab. Sie eilte auf die Stimmen aus dem Salon zu. Im Türrahmen blieb sie stehen. Nicholas lag schlaff auf dem Kanapee. Mr. Kent stand neben ihm. Ein dritter Mann, den sie nicht kannte, prüfte den Verband um Nicholas' Kopf.

„W-wie schwer ist er verletzt?", fragte sie erstickt.

Als sie sie hörten, wandten sich Mr. Kent und der andere Mann um. Nicholas blinzelte benebelt.

„Lady Harteford." Mr. Kent verneigte sich. Er sprach eilig. „Bitte, machen Sie sich keine Sorgen. Lord Harteford ist nicht in Gefahr. Er hat lediglich eine Fleischwunde erlitten und sich unter der Obhut von Dr. Farraday bereits rasch wieder erholt."

„In der Tat." Sie schätzte den großen und eleganten Dr. Farraday auf etwa fünfzig Jahre. Er sprach mit einem starken schottischen Akzent. „Ein Glück, dass ich zur rechten Zeit gekommen bin. Mr. Morg–ich meine, Lord Harteford hat nicht allzu viel Blut verloren. Die Kugel hat nur die Schläfe gestreift. Mit ein paar Stichen war er wieder zusammengeflickt. Alles wieder in bester Ordnung, nicht wahr, mein Junge?"

Helena kam wieder zu Sinnen und stolperte zum Kanapee. Sie kniete sich hin und betrachtete das zerfurchte Gesicht ihres Mannes. Unter dem schneeweißen Verband war seine Stirn bleich. Auf seinem Kinn sprossen unrasierte Stoppeln und um seinen Mund lagen Falten. Seine diesigen grauen Augen waren blutunterlaufen und verschleiert.

Er war ihr der schönste Anblick auf Erden.

„Gott sei Dank", flüsterte sie und rieb ihre Wange an seine Hand, ehe sie aufsah. „Schmerzt es sehr, mein Liebling?"

„Darauf kannste Gift nehmen", erwiderte Nicholas heiter.

„Als ob se mich een heißen Schürhaken zwischen de Ohren jespießt hätten. Oder jeradewegs inne–"

„Dr. Farraday", sagte Helena stirnrunzelnd, „Ihr Patient hat *heftige* Schmerzen. Können Sie denn gar nichts tun?"

Dr. Farraday grinste schief. „Ihr Gemahl hat bereits eine Flasche Whiskey intus. Mehr Schmerzmittel würde ich nicht anraten. Wenn er sich erst ausgeschlafen hat, sollte er wieder quietschfidel sein."

„Harteford hat einen harten Schädel", pflichtete Mr. Kent ihm bei.

Die zwei Männer fanden die Bemerkung offenbar lustig, beide standen mit einem breiten Grinsen da.

Helena sah den guten Doktor weiterhin verdrießlich an, während Nicholas ihre Hand ergriff und sie verspielt zu küssen begann. „Sie haben doch sicherlich Anweisungen, wie ich ihn zu pflegen habe. Gibt es irgendetwas Bestimmtes, das ich tun kann?"

„Da wüsst ick schon wat", sagte Nicholas anzüglich.

„Gleich, mein Schatz", sagte Helena besänftigend und entzog ihm ihre Hand. Sie baute sich vor dem Arzt und Mr. Kent auf. Angesichts des unverhohlenen Amüsements der beiden Männer kniff sie die Augen zusammen. „Finden Sie nicht, dass Sie die Verletzung meines Gemahls etwas auf die leichte Schulter nehmen, Dr. Farraday?"

Dr. Farraday verging das Lächeln. „Lady Harteford, ich bin ein erfahrener Arzt. Ich habe hunderte solcher Fälle behandelt, und noch weitaus schlimmere."

„Ihrer *Erfahrung* nach also, Dr. Farraday", sagte Helena, „gibt es da nicht irgendeine Behandlung für einen Patienten, der im Augenblick über fürchterliche Schmerzen klagt?"

„'N herzloses Aas biste, Farraday", pflichtete Nicholas ihr bei und riss den Mund zu einem riesigen Gähnen auf.

„Überdies", fuhr Helena mit verschränkten Armen fort, „was raten Sie mir, wie soll ich den Zustand der Verletzung meines Gemahls überwachen? Was sind die Anzeichen einer Entzündung, worauf muss ich achten? Wie häufig muss sein Verband gewechselt werden? Wie lange dauert es voraussichtlich, bis so eine Wunde heilt?"

Dr. Farraday wurde dunkelrot.

Ambrose Kent meldete sich zu Wort. „Lady Harteford", sagte er beschwichtigend, als wollte er ein überreiztes Pferd besänftigen oder ein dümmliches Kind belehren, „ich verstehe ja Ihre Besorgnis. Aber wissen Sie, Dr. Farraday ist einer der besten Ärzte in London. Er hat unzählige Wunden wie diese versorgt–"

Helena brachte ihn mit einer Geste zum Schweigen. „Ja, wenn wir schon von Verletzungen reden, interessiert mich sehr, wie mein Gemahl seine erlitten hat. Wie kann es denn sein, Mr. Kent, dass der Marquis von Harteford mit einer Schusswunde am Kopf nach Hause kommt?"

Mr. Kent stopfte seine Hände in die Hosentaschen. Er tauschte einen Blick mit Dr. Farraday aus, welcher nur mit den Schultern zuckte, als wollte er sagen, *das musst du schon selber erklären, Junge.*

„Es war nur eine Bagatelle, Milady", hob Mr. Kent an.

„Eine *Bagatelle?*" Helena stemmte ihre Hände in die Hüften. „Sie bringen mir meinen Gemahl blutig und verbunden heim, und das nennen Sie eine *Bagatelle?*"

Einen Moment lang sah Kent fast beschämt aus. Dann schaute er brüsk in Richtung Sofa.

„Das war der Einfall Seiner Lordschaft", brummelte er. „Ich sagte ihm, St. Giles ist kein Ort für–"

Helena erblich bei der Erwähnung des berüchtigten Elendsviertels. „Sie haben Harteford nach *St. Giles* mitgenommen? Da geht doch keiner hin, der noch bei Verstand ist! Ei, man sagt, dass es an jeder Ecke eine Kaschemme gibt und Verbrechernester, wo Männer, Frauen, sogar Kinder den übelsten Schandtaten nachgehen..."

„Da kennen Sie sich ja erstaunlich gut aus, Milady", sagte Kent mit einer Spur Bewunderung in der Stimme. „Wieder einmal durch Ihre literarische Gesellschaft, nehme ich an?"

„Was *in Gottes Namen* haben Sie dort mit meinem Gemahl zu suchen gehabt?"

Kent wich unter Helenas rasendem Blick ein wenig zurück.

„Wir haben einen Verdächtigen der Diebstähle im Lagerhaus verfolgt." Kent sprach mit hängenden Schultern. „Ich sagte Ihrem Gemahl, er solle sich nicht von der Stelle rühren, während ich mit meinen Männern auf Erkundung ging. Doch er muss den Schurken selbst gesehen haben und hat ihm nachgestellt wie ein verdammter Held. Er hatte Glück, dass ich einen meiner Männer weiter unten an der Straße aufgestellt hatte. Er ist ihrem Gemahl und dem Verdächtigen fast den ganzen Weg gefolgt und hat eingegriffen, als er sah, wie Lord Harteford... verletzt wurde."

„Offenbar ließ die zeitliche Disposition des Eingreifens etwas zu wünschen übrig", schnappte Helena.

„Caster ist einer meiner besten Männer", sagte Kent steif. „Er tat, was er konnte. Ohne ihn wäre Harteford vielleicht schwerer verletzt worden."

„Dann darf ich wohl nicht vergessen, ihm den Ausdruck meiner Dankbarkeit zu übermitteln."

„Es war der Einfall Seiner Lordschaft, dem Verdächtigen zu folgen", brummte Kent. „Ich sagte ihm, er solle sich nicht rühren. Um Himmels Willen, Harteford, bestätigen Sie mir das doch bitte–"

Vom Sofa kam nur ein sanftes Schnarchen. Nicholas war im Sitzen eingeschlafen.

Einen Augenblick lang betrachtete Helena ihren schlafenden Lord. Dann seufzte sie. Wenn ihr Gemahl schon in trunkener Bewusstlosigkeit daliegen musste, dann schon bequem. Sie bückte sich und hob ein Bein nach dem anderen auf die Sitzpolster. Sie keuchte vor der Anstrengung, die es sie kostete, seine schweren, kräftigen Gliedmaßen zu bewegen. Als Nicholas ganz auf dem Sofa lag, legte sie ihm ein mit Quasten besetztes Kissen unter den

Kopf. Er schnarchte behaglich und ungestört weiter, sogar als sie begann, an seinem linken Stiefel zu zerren.

Eine gefährlich aussehende Klinge purzelte heraus.

Sie sah Mr. Kent vorwurfsvoll an. Der Polizist indes hatte seinen Blick so aufmerksam auf die Landschaftsmalerei an der Wand geheftet, als wäre er Kunstkritiker beim Britischen Museum. Mit einem wenig damenhaften Schnauben kümmerte sich Helena weiter um Nicholas, deckte ihn sorgfältig mit seiner Jacke zu und fuhr mit den Fingern über sein stoppeliges Kinn. Im Schlaf stand ihm der Mund ein wenig offen, wie bei einem Kind, das einen Nachmittag lang besonders ausgelassen herumgetollt hatte.

Nur hatte Nicholas nicht herumgetollt–vielmehr war auf ihn geschossen worden. Warum hatte er sich so unbesonnen verhalten? Warum, dachte sie in hilfloser Verzweiflung, verstand sie ihren Gemahl so wenig?

Sie richtete sich auf und wandte sich den anderen zwei Männern im Salon zu. Beide sahen so aus, als wären sie lieber woanders. Sie bemerkte, wie Dr. Farraday sich schleichend der Tür näherte.

„Vielleicht sollten wir uns jetzt empfehlen", sagte Mr. Kent leise und hoffnungsvoll. „Es war eine lange Nacht und wir wollen ihre Gastfreundschaft nicht weiter beanspruchen."

„Lassen Sie mich Ihnen eine Stärkung anbieten", sagte Helena gefasst. „Und danach erzählen Sie mir alles. Und ich meine wirklich *alles*."

N icholas öffnete die Augen.

Einen seligen Moment lang glaubte er, er hätte alles nur geträumt. Er lag in seinem Schlafzimmer in seinem eigenen Bett. Er hatte keine Ahnung, wie spät es war. Als er sich aufsetzen wollte, schoss ein plötzlicher greller Schmerz durch seinen Kopf. Er fiel in das Kissen zurück und rang nach Luft. Eine Grimasse schneidend berührte er seine Schläfe und stieß dabei auf ein Hindernis aus Mullbinde. Also doch kein Traum. Er schloss die Augen, als ihm alles wieder kam.

Alles: die Nacht im Elendsviertel, die Geister der Vergangenheit, die ihm ringsum auflauerten. Die erniedrigende, abscheuliche Furcht, die stets bei ihm war, die ihm in die Eingeweide bohrte, auch jetzt, da er sich der Folgen seiner Selbstsucht gewahr wurde. Es war seine Schuld, dass Helena nun in Gefahr schwebte. Ihre Heirat hatte sie in diese Lage gebracht. Denn der Schurke, wer auch immer er war, wusste von ihr. Hatte angedroht, ihr etwas anzutun, wenn Nicholas sich weigerte, jeder noch so schändlichen Forderung nachzukommen. Und die würde sicherlich nicht auf sich warten lassen.

Galle stieg Nicholas die Kehle empor. Er drehte sich stöhnend zur Seite, versuchte, die Bettkante rechtzeitig zu erreichen. Wie durch ein kleines Wunder stand da ein Nachttopf schon bereit. Sein Magen leerte sich in einer sauren Woge. Die Tür öffnete sich. Er blickte mit müden, brennenden Augen auf und sah Helena auf ihn zueilen.

„Nicholas. Mein armer Liebling. Lass mich dir helfen."

Einen Augenblick lang glaubte er, er sei gestorben, denn sie erschien ihm himmlisch wie ein Engel. Sein eigener Schutzengel. Ihr Haar leuchtete wie ein Heiligenschein und ihre Augen waren so voller Liebe, dass sie ihm den sterblichen Atem stocken ließen. Ihre weichen Hände streichelten seine Stirn, führten seinen Kopf zurück zum Kissen. Wie sie so über ihm schwebte, ließ er es zu, dass ihre Anmut ihn von den Schrecken der Nacht ablenkte wie eine Oase in einer unendlichen Wüste der Trostlosigkeit. Doch während er noch so ihre Schönheit in sich aufsaugte, begann ihm die Haut vor Scham zu kribbeln.

Er konnte seinen eigenen Gestank riechen. Er konnte sich vorstellen, wie er aussah, blutig und verbunden. Und die Gefahr, in die er sie gebracht hatte...

Seine Gemahlin rümpfte die Nase und nahm den Nachttopf. „Lass mich das hier wegbringen, ich bin gleich wieder da. Beweg dich nicht zu viel—deine Wunde ist noch nicht verheilt, mein Schatz."

Ihre kosenden Worte schnürten ihm die Kehle zu. Vor Elend gelähmt konnte er nichts anderes tun, als ihrer wohlgeformten, in den Schlafrock gehüllten Gestalt nachzustarren, als sie mit dem anstößigen Gegenstand wegging. Minuten später kehrte sie mit zwei Zofen zurück. Die stellten einen dampfenden Zuber und ein Tablett beim Bett ab. Der behagliche Geruch von Fleischbrühe stieg ihm in die Nase.

„Danke, Bessie und Mary", sagte Helena. „Das ist alles."

Hinter ihr guckten die Zofen ihn mit großen Augen an, bevor sie sich davonmachten.

Helena tunkte das Handtuch ins Wasser, wrang es aus und

beugte sich dann über ihn. „Ich glaube, wir machen dich erst einmal ein wenig sauber."

Er packte ihr Handgelenk. Seine Stimme krächzte. „Ich kann das selbst."

„Unsinn", schalt sie ihn, „du kannst kaum aufrecht sitzen."

Zu seiner Überraschung hatte sie recht: Er konnte sich ohne ihre Hilfe nicht aufsetzen. Er musste sich also ihre sanfte Fürsorge gefallen lassen, sich von ihr auf die Federkissen betten lassen, während sowohl Erniedrigung als auch Verlangen ihm die Därme kräuselten. Sie wischte ihm das Gesicht und den Hals bis hinter die Ohren ab. Der warme, saubere Stoff auf seiner klammen Haut fühlte sich wunderbar an.

„So ist es besser, nicht wahr?" Sie wandte sich um, holte etwas, und die Matratze senkte sich, als sie sich auf die Bettkante setzte, ein Glas und einen Löffel in der Hand. „Meinst du, du kannst hiervon etwas essen? Es sind Eisbrocken–Dr. Farraday sagt, so behältst du die Flüssigkeit vielleicht besser."

Er merkte, dass seine Kehle tatsächlich wie Feuer brannte und nickte widerstrebend.

Sie löffelte vorsichtig das Eis und fütterte ihn damit. Die kalte Flüssigkeit sammelte sich in seinem Mund, und er schluckte, winselte vor Schmerz und Linderung zugleich, als das Wasser seine durstige Kehle hinunterrann.

„Noch mehr?"

„Ja", sagte er, und sie fütterte ihn löffelweise weiter. So, wie eine Mutter ein kleines Kind fütterte, obwohl er ja von solchen Dingen nichts verstand. Er war sich sicher, dass seine eigene Mutter, so wenig er sich auch an sie erinnerte, sich mit so etwas nie abgegeben hätte. Er nahm ihr es nicht übel; Muttergefühle waren ein Luxus, den sich eine Hure kaum leisten konnte.

Er räkelte sich in der zarten Fürsorge seiner Gemahlin und verachtete sich zugleich selbst für seine Schwäche. Nach der gestrigen Nacht stand es außer Frage, sich weiter bei Helena aufzuhalten. Dass er gestern Abend mit dem Leben davongekommen war, glich einem Wunder, doch er wusste auch, dass die Uhr der Gerechtigkeit tickte. Mit jedem stummen, unerbittlichen Schlag fühlte er, wie ihm die Zeit durch die Finger rann. Auge um Auge, Zahn um Zahn.

Ein Leben für das andere.

Im Grunde hatte er ja seine Zeit bereits um sechzehn Jahre überzogen. Doch jetzt stand das Schicksal an der Tür. Er konnte den heißen Atem der Höllenhunde in seinem Nacken spüren.

Doch er konnte, nein, er *würde* es nicht zulassen, dass seine Gegenwart Helena in Gefahr brachte.

„Du wunderst dich bestimmt, wie du in dein Bett gekommen bist", sagte seine Gemahlin, während sie ihm das letzte bisschen Eis gab. „Oder erinnerst du dich daran, was gestern Nacht geschehen ist, nachdem du nach Hause gekommen bist?"

Seine Erinnerungen an die Nacht waren voller Dämonen, Dunkelheit und Dreck, die ihm bis ins Innerste seiner Seele drangen. „Nein", sagte er knapp, „ich erinnere mich nur noch daran, dass Dr. Farraday seine besondere Form der Folter an mir verübt hat und sonst an nichts mehr."

Helena runzelte die Stirn. „Dr. Farraday hat deine linke Schläfe mit einem halben Dutzend Stichen genäht. Wir müssen den Verband ein paar Tage lang anlassen, um die Wunde sauber zu halten, doch er hat mir versichert, dass alles gut verheilen wird. Obwohl ich mir ja gar nicht sicher bin, ob Dr. Farraday zu trauen ist—es schien mir das alles viel zu leicht zu nehmen. Das habe ich ihm gestern übrigens auch gesagt."

Trotz seiner düsteren Stimmung zuckten Nicholas' Lippen. Er würde sämtliche Pferde in seinem Stall darauf wetten, dass Farraday vor Wut geschnaubt hatte, als seine Autorität so in Frage gestellt wurde.

„Farraday hat beim 33. Regiment gedient. Er war bei den Schlachten von *Quatre Bras* und Waterloo dabei und hat dem großen Wellington selbst beigestanden."

„Nun, ich hoffe er weiß, was er mit dir tut", sagte Helena

geziert. Sie stand auf, machte sich an der Decke zu schaffen und vermied dabei seinen Blick. „Ich habe dich von zwei der Lakaien die Treppe hinauftragen lassen, nachdem der Arzt und Mr. Kent gegangen waren. Ich dachte, da ist es dir bequemer."

„Das war sehr liebenswürdig." Er wusste nicht, was er sonst sagen sollte. Dass er solch liebevolle Pflege von ihr nicht verdiente? Dass ihre Fürsorge in einer Ehe, die ja ohnehin nicht bestehen bleiben würde, verlorene Liebesmühe war? Dass es das Beste wäre, er ginge und kehrte nie wieder zurück? „Es tut mir leid, dass ich derartige Unannehmlichkeiten verursacht habe."

„Unannehmlichkeiten?" Helenas Kopf fuhr hoch. Sein Brustkorb schnürte sich zusammen, als ihre Augen hell aufflackerten. „Du hättest gestern Nacht sterben können, und du entschuldigst dich für *Unannehmlichkeiten?"*

Grimmig hielt Nicholas ihrem gekränkten, verwunderten Blick stand. „Was soll ich denn sonst sagen?"

Was *gab* es denn zu sagen? Sie würde es nicht verstehen, weil er sich ihr nicht erklären konnte. Schlagartig wurde ihm klar, dass es einfacher wäre, wenn er Kränkung und Wut eine Mauer zwischen ihnen bauen ließe. Der Himmel wusste, wie gefährlich schwach seine eigene Selbstbeherrschung war, was Helena betraf. In ihrem eigenen Interesse musste sie ihm fernbleiben—selbst wenn er ihren Hass auf sich ziehen musste, um das zu bewerkstelligen.

Damit konnte er leben, zumindest zeitweise, bis ihm ein nachhaltigeres Mittel einfiel, um ihre Sicherheit zu gewährleisten. Sein Verstand raste. Eine Annullierung musste er erwirken. Sobald er das Bett verlassen konnte, würde er seinem Advokaten Feuer unter dem Hintern machen, um die Sache voranzutreiben. Der einzige narrensichere Ausweg war, sich aus ihrem wohlgeordneten Dasein zu entfernen.

Doch dafür brauchte er Zeit.

Ihren Hass zu entfachen, das würde ihm Zeit erkaufen.

„Ich verlange zu wissen", sagte Helena mit zitternder Stimme,

„was du überhaupt in dem verflixten Elendsviertel zu suchen hattest. Ich möchte wissen, warum du mir, deiner eigenen Gemahlin, nie *irgendetwas* sagst. Oh, Nicholas, warum hältst du die Türen zwischen uns verschlossen?"

Weil ich dir umso gefährlicher bin, je näher du mir kommst. Weil du meinetwegen keinen Schaden nehmen darfst. Weil ich eher sterben würde, als dass ich zuließe, dass dir etwas zustößt.

Mit trommelndem Herzen zwang er sich zu einem Schulterzucken. Gleichgültig. Berechnend. „Es ist so, wie ich Ihnen schon bei den Dewitts sagte. Es war ein Fehler, um Sie zu werben. Ich habe Sie geheiratet, weil ich glaubte, ich bräuchte eine Gemahlin mit Beziehungen. Sie haben mich geheiratet, um die Familienschulden zu bereinigen. Es klang alles ganz vorteilhaft–doch ich fürchte, ich bin des Ehelebens überdrüssig geworden."

„D-das kannst du doch nicht meinen", stammelte Helena.

„Warum nicht?" Er hob eine Augenbraue, seine Worte berechnend. „Es ist die Wahrheit."

Helena biss sich auf die Lippe. Dann sagte sie eilig: „Sagst du das, weil du denkst... dass wir zu verschieden sind? Denn ich schwöre dir, deine Herkunft ist mir gleich. Was die Gesellschaft so sagt über deine... die..."

„Rechtmäßigkeit meines Erbes? Oder darüber, dass ich einen Beruf ausübe? Können Sie es nicht einmal aussprechen?"

„Freilich kann ich das. Ich wollte nur taktvoll sein", sagte sie und ihre Unterlippe bebte dabei. „Das bist doch nicht du, Nicholas–was spielst du mir da nur vor?"

Nicholas schürzte die Lippen und ließ seinen aufgesetzten kultivierten Akzent fallen. „Ick spiel überhaupt nüscht, Milady. Ick sag's nur, wie's is. Die Sache ist die, ick dachte, ick könnte's, aber nu jeht es schon über'n Monat, und det Eheleben langweilt mir zu Tode. Ick brauch mehr Abwechslung."

„Doch was ist mit deiner Brautwerbung, w-wie du mich gehalten hast..." Tränen liefen ihr übers Gesicht, während sie ihn voller Entsetzen anstarrte. „Du sagtest mir, ich sei *schön*."

„Und det hat wat bedeutet, nüscht wa, meen Täubchen?"

„Ja", flüsterte sie.

„Dann hab ick ja jesagt, wat de hören wolltest. Damit ick meene Ruhe hab." Nicholas hob die Schultern. „Tut mich leid, aber det is de janze Wahrheit."

Er sah, wie Helena sich auf die Unterlippe biss, als könnte sie sich so die Gefühle verbeißen, die so offensichtlich in ihr zitterten. „Ich kann nicht glauben, dass unsere Zuneigung zueinander eine Lüge ist. Du kannst nicht verleugnen, dass dir etwas an mir liegt, ebenso wenig wie mir an dir."

„De Zeit verjeht, und damit ooch de romantischen Anwandlungen", hörte er sich selbst sagen. „Wat soll ick sagen, in de Hochzeitsnacht sin mich die Hirnjespinste vergangen. Aber jeschehen is jeschehen, oder? Nu heißt et, in de Zukunft sehn, und ich gloob, es gäb da schon ne Lösung."

Die Farbe wich aus dem Gesicht seiner Gemahlin. Einen Augenblick lang fürchtete er, sie würde in Ohnmacht fallen. Dass er ihre zarten Empfindlichkeiten zu weit strapaziert hatte.

„W-worauf willst du hinaus?", sagte sie schwach.

Er zwang sich, forsch und unbekümmert fortzufahren. Seine Innereien ringelten sich dabei vor Selbstverachtung. „Auf ne Annullierung will ick raus, is doch klar. Bin ja reich wie n Krösus, da kann ick mich ne janze Heerschar von Advokaten leisten, wenn's sein muss. Die Verbindung zwischen uns wird aufjelöst, kost et, wat et will. Mach de keene Sorgen—du hast fürn Rest deenes Lebens ausjesorgt, da kümmer ick mir schon drum."

Helena starrte ihn an, als sähe sie ihn zum ersten Mal. „Dein Geld will ich nicht", sagte sie leise.

„Wie de willst. Aber da singste noch een anderet Lied, wenn dein *Herr Papa* wieder um Hilfe bettelt. Jedenfalls, ick hab jesagt, ick kümmer mir um dir, und det werd ick ooch. Ick hab nur eene Bedingung."

„Und die wäre?"

„Ick will, dass de gehst. Geh fort aus London zu deene Familie aufm Land", sagte er schroff. „Det erleichtert de Annullierung, wenn wir nüscht unterm selben Dach wohnen."

Es war unerträglich, wie Helena ihn nun ansah. Sie trat einen Schritt vom Bett zurück, und er dachte schon, dass sie gehen wollte, dass er sie endlich vertrieben hatte. Doch sie ging nicht weiter. Stattdessen wanderten ihre Hände zur Kordel ihres Wollumhangs. Sie zögerte, dann öffnete sie den Knoten mit einer schnellen Bewegung.

Die schwere Schicht Stoff fiel von ihr ab, landete in einem Haufen zu ihren Füßen.

Allmächtiger, verfluchter Himmel.

Es bedurfte jedes Quäntchens seiner Willenskraft, um bei diesem Anblick gefasst zu bleiben. Helena stand da in der entferntesten Andeutung eines Nachtgewands, das die Welt jemals gesehen hatte. Der bronzefarbene Stoff bedeckte kaum ihren Busen, lenkte den Blick auf ihre vollkommenen Rundungen. Frisch wie die aus der See emporsteigende Aphrodite, verkörperte sie alles, was er sich in einer Frau wünschte. Sie bebte, doch hielt ihren Kopf tapfer hoch und ihre Hände an ihren Seiten. Die Göttin aus seinen Träumen, unschuldig und sinnlich zugleich. Nein, sie war jenseits aller Fantasien, die er sich von ihr gemacht hatte. An Schmerz grenzende Begierde krallte sich in seine Innereien.

„Ich gehe, wenn du mir sagst, dass du mich nicht willst", sagte sie mit zitternder Stimme, „dass dir nichts an mir liegt, nicht das Geringste."

Wenn sie nur wüsste, wie sehr er sie wollte, wie unendlich viel ihm an ihr lag. So viel, dass er alles tun würde, um sie zu beschützen.

„Zieh dich an, bevor du dich noch mehr blamierst", schnappte er. „Du ekelst mich an. Du verhältst dich nicht besser als eine billige Hure."

Helena sah aus, als hätte er sie misshandelt. Ihre Wangen wurden fleckig rot, als ob er sie wirklich geschlagen hätte. Sie angelte hektisch nach dem schweren Morgenrock. „I-ich wollte nicht–"

„Wenn ich es mal schnell mit jemandem treiben wollte, wüsste ich nur zu gut, wo ich hin muss", sagte er mit grausamer Deutlichkeit. „Ein Mann will eine Dame zur Gemahlin und keine verfluchte Dirne."

Ihre Hände fingerten mit der Kordel. Sie sah auf ihren Gürtel, vor sich hin murmelnd. „W-wir sollten dieses Gespräch gar nicht führen. Du stehst noch unter Schock. Du hast viel Blut verloren, du bist verwirrt."

„Das ändert nichts an diesem Gespräch. Wir hätten es eigentlich schon vor langer Zeit führen sollen. Um künftigen Missverständnissen vorzubeugen, lassen Sie mich das ganz deutlich sagen: Ich will, dass Sie fortgehen, dass Sie sich aus meinem Leben heraushalten. Verstehen Sie das?"

Er konnte ihre Augen nicht sehen, denn sie hatte die Lider niedergeschlagen.

„Wenn ich eine Frage stelle, so antworten Sie mir", sagte er kurz angebunden.

Da hob sie ihren Blick voller Demütigung und Zorn. Nur mit der allergrößten Selbstbeherrschung widerstand er dem Verlangen, sie in die Arme zu schließen. Sie zu drücken, sie zu trösten, sie um Vergebung anzuflehen. All das konnte er sich nicht erlauben, wenn er sie wirklich liebte.

Und das tat er natürlich.

„Zur Hölle mit dir", spie sie erstickt aus und floh in Richtung Tür.

Da bin ich schon längst, dachte er müde und mutlos. Die Hölle hatte er nie verlassen, und das war die verdammte Wahrheit.

16

„Lady Harteford, gesellen Sie sich doch zu uns!"

Helena blickte dahin, woher die Stimmen kamen. Als sie das Trio wohlbekannter Gesichter erblickte, setzte sie sich ein Lächeln auf. Sie hatte Lady Tillycot und die beiden Fräulein Haversham beim literarischen Salon kennen gelernt, damals, als sie neu in London war. Die Damen gehörten zu ihrem kleinen Freundeskreis. Sie waren angenehm unterhaltsame Gesellschaft—genau, was sie heute Abend bitter nötig hatte.

Heute Abend hatte sie zum ersten Mal seit Tagen ihre Stadtresidenz verlassen. Nachdem Nicholas sie derart zerfleischt hatte, hatte sie sich in ihr Schlafgemach verkrochen. Als sich die Benommenheit langsam lichtete, schwankte ihr Gemütszustand gefährlich zwischen Selbstmitleid und Wut. Was stimmte nur nicht mit ihr, dass Nicholas sie so behandelte?

Bei der Erinnerung an seine Reaktion auf ihr Negligé kroch ihr die Demütigung den Nacken hoch. Was hatte sie denn getan, außer ihm ständig zu gefallen zu versuchen? Sie hatte sich verflixt noch mal als Hure verkleidet, und wozu? Er hatte sich an ihr gütlich getan und sie dann beiseite geschoben, als sie die Dirne war; als Gemahlin war es ihr nicht besser ergangen.

Du ekelst mich an. Du verhältst dich nicht besser als eine billige Hure.

Sie schluckte die anschwellende Bitterkeit und steuerte erhobenen Hauptes auf ihre Freundinnen zu. Nun, genug davon. Sie war fertig. Sie hatte genug Kraft und Tränen an diesen Unhold von einem Gemahl verschwendet.

„Wie geht es Ihnen, Miladys?", sagte sie und setzte sich auf den Platz, den sie ihr frei gehalten hatten. Obwohl das, offen gesagt, gar nicht nötig gewesen wäre—kaum einer wollte auf den wackligen kleinen Stühlen im hintersten Winkel des Ballsaals sitzen. Mauerblümchen und alte Jungfern hatten hier freie Platzwahl.

„Längst nicht so gut wie Ihnen, Lady Harteford", sagte Miss Lavinia Haversham.

In einem unsagbaren Alter immer noch unverheiratet, galt Miss Haversham eindeutig als sitzengeblieben. Ihre Figur war hager und dürr und sie hatte große, hervorstehende Augen. Ungünstigerweise hielt sie ein Opernglas, das das Insektenhafte ihres Blickes nur noch unterstrich. Grotesk vergrößert zwinkerte ihr wässrig blaues Auge, während sie Helena in Augenschein nahm. „Ich muss wirklich sagen, Sie strahlen heute Abend wie der hellste Stern! Ist das ein neues Kleid?"

Neben ihr nickte zustimmend ihre Zwillingsschwester Miss Matilda Haversham.

„Danke", erwiderte Helena mit einem dankbaren Lächeln. Sie hatte sich heute Abend besonders sorgfältig zurechtgemacht und trug ein unerhört tief ausgeschnittenes Kleid aus Indigosatin. Nicholas fand sie also nicht begehrenswert—nun, ihm würde sie es zeigen. Sie würde nicht länger die Rolle des welkenden Veilchens spielen: Solange sie noch in London war, würde sie die lebensfroheste, beschwingteste Matrone sein, die die feine Gesellschaft je erlebt hatte.

Sie hatte nämlich ihren Eltern geschrieben, und diese hatten ihr noch einen vierzehntägigen Aufschub für ihre Heimkehr abgebettelt. Offenbar hatte ihr Vater sämtliche Zimmer mit den Teilnehmern einer Jagdpartie belegt. Da sie ihre Eltern über den Zustand ihrer Ehe nicht aufklären wollte, hatte Helena einfach geantwortet, dass sie kommen würde, wenn es ihnen recht war. Sie hatte auch für Nicholas eine Nachricht verfasst—eine kühle Botschaft, die ihn informierte, dass er es noch ein paar Wochen länger mit ihr aushalten musste. Eine Antwort hatte sie nicht erhalten. Sie hatte ihn seit ihrer Entfremdung eigentlich überhaupt nicht gesehen.

Helena wurde sich gewahr, dass Miss Lavinia sie eben nach der Herkunft ihrer verbesserten Garderobe gefragt hatte. „Oh, Madame Rousseau hat es entworfen", sagte sie.

„Madame Rousseau! Die ist aber sehr teuer, oder nicht?" Das kam von Lady Tillycott, der letzten im Dreierbunde. Sie trug ein überladenes rosa Kleid, das sich spektakulär mit ihrem rot gefärbten Haar biss, und sie war so beleibt, wie Miss Lavinia dürr war. „Man sagt, sie bedient nur die allervornehmsten Kunden."

Helena achtete nicht auf die Stichelei. „Lady Marianne Draven hat einen Termin für mich vereinbart."

„Vielleicht kann sie mir auch einen machen", sagte Miss Lavinia. Miss Matilda nickte eifrig.

„Ich werde sie fragen", versprach Helena.

Lady Tillycott schnupfte. „Ich würde mich vorsehen, in wessen Schuld ich mich da stelle, Miss Lavinia." Sie wandte sich an Helena. „Zu Ihrer Freundschaft mit Lady Draven wollte ich schon länger etwas sagen. Sie sind heute Abend mit ihr hergekommen, nicht wahr?"

Helena nickte. Marianne war vorhin an ihrer Tür erschienen und hatte darauf beharrt, dass Herumhadern nichts half, und dass es Helena besser ginge, wenn sie sie zum Ball der Frasers begleitete. Und wie immer hatte Marianne Recht behalten.

„Ja, das bin ich", sagte Helena. „Lady Draven ist mir eine liebe alte Freundin."

„Dann sage ich Ihnen das zu Ihrem eigenen Besten. Ich möchte nicht, dass Sie von dieser Verbindung besudelt werden."

„Ich bitte Sie, Lady Tillycot…", hob Miss Lavinia an.

„Besudelt?", fragte Helena verwirrt. „Was meinen Sie denn bloß damit, Lady Tillycot?"

Lady Tillycot lehnte sich näher zu ihr, sodass die lange Feder in ihrem Kopfschmuck Helena beinahe ins Auge stach. Ihr Ton war leise und selbstgefällig. „Marianne Draven pflegt schlechten Umgang, Lady Harteford. Ich werde Ihnen jetzt nicht die Ohren damit beschmutzen, was ich so gehört habe, doch sagen wir einfach, sie ist eine Dame von leichter Moral und fragwürdigem Charakter."

Die Kordeln ihres Beutels zogen sich zwischen Helenas Fingern stramm. „Und ich würde den Charakter einer Person in Frage stellen, die Geschwätz als Wahrheit weitergibt, Lady Tillycot."

„Dass Lady Marianne keinen Tag lang um ihren verstorbenen Gemahl getrauert hat, ehe sie begann, in der ganzen Stadt umherzuziehen, ist kein Geschwätz, sondern eine Tatsache", sagte Lady Tillycot. „Ich bin ja nicht die Einzige, der aufgefallen ist, dass sie kein Fädchen Trauer trug."

„Es ist sehr wahr, mein Gram wohnt innen ganz, und diese äußern Weisen der Betrübnis sind Schatten bloß vom ungeseh'nen Gram", erwiderte Helena.

„Mr. William Shakespeare, König Richard II., vierter Akt, wenn ich mich nicht irre", sagte Miss Lavinia und klatschte in die Hände. „Bravo, Lady Harteford!"

Die Augen von Lady Tillycot verengten sich tückisch. „Ich meine, der Mythos von Klytaimnestra und Agamemnon wäre die angemessenere Analogie—oder haben Sie die Gerüchte über den allzu plötzlichen Tod von Draven nicht gehört?"

„Sie gehen zu weit", sagte Helena und ihre Stimme bebte vor Wut.

Lady Tillycot erhob sich. Die Bewegung, obwohl lässig, versetzte ihr Fleisch dennoch in ein gewaltiges Wabern. „Wie Sie möchten, Lady Harteford. Es ist nicht mein Fehler, wenn ich versuche Ihren Ruf zu retten, so unbedeutend er auch sein mag.“

Sie stakste mit selbstzufriedenem Gang davon, was Helenas Blut zum Kochen brachte.

„Achten Sie nicht auf Lady Tillycot“, sagte Miss Lavinia. „Sie leidet heute unter akutem Trübsinn und lindert ihn eben, indem sie alle um sich herum mit in ihr Elend zieht.“

„Worin besteht denn ihr Elend?“

„Lord Tillycot natürlich“, sagte Miss Lavinia sachlich. „Man sagt, er habe beim Glücksspiel zehntausend Pfund verloren. Die Gläubiger stehen bei ihm Schlange.“

Trotz ihres Ärgers empfand Helena etwas Mitleid. Sie wusste nur zu gut, wozu Glücksspiel führen konnte. Ohne Nicholas würde ihr Vater vielleicht jetzt in Frankreich leben, um dem Schuldnergefängnis zu entgehen. Als ihr so Nicholas wieder in den Sinn kam, runzelte sich ihre Stirn. Was für ein flatterhaftes Gemüt der verfluchte Mann doch hatte. In einem Augenblick war er die Güte und Großzügigkeit in Person, und im nächsten...

Er hatte sie erniedrigt, hatte sie mit seiner Zurückweisung bis ins Mark durchbohrt.

Sie würde *keinen* weiteren Gedanken an ihn verschwenden.

Sie räusperte sich. „Werden sich die Tillycots erholen, was meinen Sie?“

„Wer weiß?“ Miss Lavinia und Miss Matilda zuckten gleichzeitig mit den Schultern.

„Das Kartenspiel ist des Teufels Gebetbuch, sagt man doch. Übrigens, haben Sie gehört, was neulich im Parlament bezüglich der Strafen für Schuldner debattiert worden ist? Die gängigen Gesetze sollen reformiert werden, was natürlich seitens der Tories auf heftigen Widerstand stößt...“

Die nächste Stunde verbrachte Helena in eine Diskussion vertieft. Die Havershams machten ihrem Ruf als die bewandertsten Köpfe der feinen Gesellschaft alle Ehre; die selbst ernannten Blaustrümpfe unterhielten sich mit Leichtigkeit über alle möglichen Themen, von der Strafrechtsreform bis zum Meisterwerk von Wollstonecraft. Sie hatten gerade begonnen, die Vorzüge der Empfindsamkeit gegenüber der Vernunft zu debattieren, als Helena ein leichtes Tappen auf ihrer Schulter verspürte. Sie drehte sich auf ihrem Stuhl um.

Marianne, fabelhaft in einem leichten silbernen Kleid mit blauen Streifen gekleidet, sah sie amüsiert an.

„Hier hat sich Lady Harteford also versteckt.“

Helena machte die plötzlich wortkargen Havershams mit Marianne bekannt. Sie lächelte und machte ihnen ein Kompliment zu ihren aufeinander abgestimmten Kleidern. Die Schwestern wurden vor Freude rot.

„Unsere Kleider sind freilich im Vergleich zu Ihrem armselig“, sagte Miss Lavinia schüchtern.

„Gefällt es Ihnen? Ich stelle Sie gern meiner Modistin vor.“

„Das würden Sie tun?“ Die bleichen Lippen von Miss Lavinia bebten.

„Aber freilich, ich lasse Madame Rousseau wissen, dass Sie beide kommen. Lady Hartford, gehen wir jetzt zusammen spazieren?“

„Aber gerne“, sagte Helena „Miss Lavinia? Miss Matilda?“

„Oh, nein wir bleiben hier“, sagte Miss Lavinia, ihre Augen vor Aufregung erhellt.

Als Helena mit Marianne fortging, hörte sie die Havershams gleichzeitig ausrufen: „Madame Rousseau!“

„Das war liebenswürdig von dir“, sagte Helena mit einem Lächeln. „Ich glaube, du hast den Havershams gerade den Abend gerettet.“

„Kunststück“, sagte Marianne mit einem diskreten Lächeln hinter ihrem Fächer, einem Traum aus weißer Seide, auf dem Pailletten schimmerten. „Großer Gott, die Frasers wissen ja nun überhaupt nicht, wie man einen Abend veranstaltet.“

„Meinst du?“ Helena sah sich im Ballsaal um. Das Thema des Abends schien ‚griechischer Garten‘ zu sein, mit Gipspfeilern und

Statuen, die wohl an antike Ruinen erinnern sollten. Girlanden mit rosa-weißen Blumen hingen von der hohen Decke und zierten die Tische. „Also, ich finde es recht charmant."

Marianne wedelte mit ihrem Fächer. „Wenn du es sagst."

Sie spazierten um den Ballsaal herum und plauderten dabei mit Bekannten. Helena warf ihrer Freundin verstohlene Blicke zu. Ihr Unwohlsein neulich hatte sie offenbar verwunden. Sie war wieder ganz die fabelhafte Alte. Ihre Konversation war spritzig und ihr Witz zog aus ihrem Umfeld bewunderndes Gelächter auf sich. Doch Helena fand, dass der Frohsinn ihrer Freundin ein wenig nervös und ihre Schlagfertigkeit leicht gezwungen war. Musik begann zu spielen und Marianne wurde sogleich von beflissenen Tanzpartnern belagert. Zu Helenas Überraschung und Befriedigung wurde auch sie von ein paar Herren zum Tanz aufgefordert.

„Unsere Tanzkarten sind schon voll", tat Marianne ihren Verehrern mit lachender Stimme kund. Sie nahm Helena bei der Hand und führte sie von den enttäuschten Gesichtern weg in Richtung Terrasse.

Als sie erst einmal draußen waren, konnte Helena ihr Erstaunen nicht länger verbergen. „So oft bin ich noch nie zum Tanz gebeten worden!"

Marianne lächelte. „Nun, du bist ja auch wie verwandelt, meine Liebe. Was für ein Geniestreich von Madame Rousseau, über den Indigosatin eine Schicht von passendem Tüll zu legen. Und die Goldkette zu den Ohrringen-eine kluge Wahl. Du siehst heute Abend schier wie eine Heidin aus."

„Danke." Helena hielt inne. „Was ich dich fragen wollte... Ist mit dir alles in Ordnung, Marianne?"

„Was meinst du denn bitte, meine Liebste?"

„Beschäftigt dich etwas?", brach es aus Helena heraus. „Etwas, was mit deinem Unwohlsein unlängst zu tun hat? Denn ich möchte dir helfen, wenn ich kann."

Mariannes Lippen öffneten sich, doch sie sagte nichts.

Als sie sah, wie Unsicherheit über die erlesenen Gesichtszüge ihrer Freundin krabbelte, drängte Helena sie weiter. „Du sprichst so selten über deine... Ehe. Ich weiß, dass du viel klüger bist als ich, aber wenn ich irgendwie helfen kann, Marianne—wenn ich irgendwie deinen Schmerz oder dein Leid lindern helfen kann..." Helena lächelte sie wehmütig an. „Der Himmel weiß, dass du dir *meine* Sorgen schon zur Genüge angehört hast."

„Schmerz oder Leid?", wiederholte Marianne. Dann lachte sie, und es klang, als ob ein Glas zerbräche. „Oh, meine Liebste, das glaube ich nicht. Jedenfalls nicht, wie du es meinst."

„Wie auch immer es gemeint sein mag", sagte Helena aufrichtig. „Du kannst mir vertrauen. Das sollst du wissen."

Mariannes Lächeln erschien ein wenig traurig. „Das weiß ich wohl. Und deine Freundschaft schätze ich deswegen nur noch mehr. Eines Tages vielleicht, Helena."

„Glaubst du, ich bin nicht bereit, dir zu helfen?"

„Nein", sagte Marianne und ihre Stimme klang hohl. „Ich glaube, ich bin selbst nicht bereit."

In diesen Worten hörte Helena sowohl ein Eingeständnis als auch eine Warnung. Also ließ sie die Sache auf sich beruhen. Sie konnte nur hoffen, dass Marianne ihr eines Tages anvertrauen würde, was ihr auf dem Herzen lastete. Und wenn dieser Augenblick kam, würde sie für ihre Freundin da sein. Sie gingen zum Ende der Terrasse und blickten hinaus in den dunklen Garten. Das Zirpen der Heuschrecken erfüllte die nächtliche Stille.

Schließlich sagte Marianne: „Was wirst du als Nächstes tun?" Sie musste nicht weiter erläutern, was sie damit meinte.

„Was *soll* ich denn tun?" Helena lächelte ihre Freundin trostlos an. „Sobald Papa mich lässt, gehe ich zurück nach Hampshire, wo ich dann den Rest meines Lebens in ländlicher Beschaulichkeit dahindarben werde."

„Komm schon, jetzt malst du aber den Teufel an die Wand, oder? Ich weiß ja, dass es mit Harteford nicht zum Besten steht, doch irgendwie finde ich, dass dein Gemahl sich fremdartig verhält. Es verhält sich überhaupt nicht so, wie ich es erwartet hätte." Marianne runzelte die Stirn. „Bist du dir sicher, dass ihr beide alles gründlich durchgesprochen habt?"

„Das habe ich versucht, Marianne! Ich habe ihm gesagt, dass mir seine Vergangenheit einerlei ist, ich habe versucht, ihm eine liebende Gemahlin zu sein, ich habe sogar versucht..."

Wie demütigend Nicholas sie zurückgewiesen hatte, das konnte sie niemandem erzählen, noch nicht einmal ihrer besten Freundin, und deswegen biss sich Helena auf die Lippen. „Ich habe alles in meiner Macht Stehende getan, um ihn zu verführen. Und nichts hat gewirkt."

„Hast du ihm von der Nacht im Kloster erzählt?"

Helena schnaufte. „Das konnte ich nicht. Er hat mir mehr oder weniger gesagt, dass ihm an einer... leidenschaftlichen Ehe nichts gelegen ist. Er-er sagte, ein Mann will keine Dirne zur Gemahlin. Da wollte ich mich nicht weiter erniedrigen, indem ich ihm beichte, was ich getan habe."

„Unsinn." Marianne schnaubte. „Da muss es etwas geben, was er dir verschweigt."

„Nun, ich kann keine Gedanken lesen, oder?", sagte Helena herb. „Und offen gesagt ich bin es müde. Ganz und gar müde sogar."

„Das ist freilich verständlich."

„Ich weiß nicht, was er will-ich denke, er weiß *selbst* nicht, was er will."

„Eine ganz bedauerliche Eigenschaft der Männer", pflichtete Marianne ihr bei.

„Und überdies", sagte Helena zornschnaubend mit ihren Fäusten auf die steinerne Balustrade trommelnd, „selbst wenn ich mit ihm noch einmal sprechen wollte-was ich ganz gewiss *nicht* will-wäre es leichter, eine Audienz mit dem Prinzregenten gewährt zu bekommen als mit meinem verfluchten Gemahl. Weißt du, dass ich ihn kein einziges Mal gesehen habe, seit er mich aus seinem Leben verbannt hat?"

„Ich frage mich, was er im Schilde führt", grübelte Marianne.

Irgendwie fachte diese Bemerkung Helenas Zorn nur noch weiter an. „Nun, das geht mich nichts an, oder? Wenn er sich in St. Giles erschießen lassen möchte, dann soll er doch. Wenn er sich in diesem verdammten Lagerhaus in ein frühes Grab schuften möchte, dann hat das mit mir nichts zu tun. Wenn er mich loswerden will wie ein... einen alten Schuh–"

„Es muss einen Grund geben, meine Liebe–"

„Zur Hölle mit seinen Gründen!", rief Helena. „Nicholas ist wie jeder in meinem Leben. Mama, Papa... was auch immer ich tue, wie sehr ich es auch versuche, ich kann es niemandem recht machen. Ich dachte, mit Nicholas würde es anders sein, doch ich war nur eine Närrin, oder nicht? Ich habe mir selbst etwas vorgemacht, habe gedacht, ich könnte seine Zuneigung gewinnen. Und dies ist nun seine Antwort–er wirft mir eine Annullierung ins Gesicht." Die Wut kochte in ihr über, versengte ihr den Magen. „Wäre ich doch nur ein Mann, dann würde ich ihn herausfordern!"

Eine bedächtige Stille. Marianne hob eine ihrer zarten blonden Augenbrauen. „Das würdest du?"

Helena nickte nachdrücklich und fühlte, wie schwer ihre Ohrringe waren. „Im Morgengrauen mit ein paar Pistolen."

„Wie ich diese leidenschaftliche Ader in dir bewundere! Selbst als kleines Mädchen warst du unter den gestärkten Schürzchen, die deine Mama dir anzog, doch immer ein Wildfang." Als Helena eine Grimasse zog, kicherte Marianne heiser. „Dir ist schon bewusst, meine Liebe, dass nicht jede Schlacht mit so garstigen Dingen wie Pistolen geschlagen werden muss? Es hat schon immer weitaus schlauere–und weniger schmutzige–Methoden der Rache gegeben."

„Was willst du damit sagen?"

Smaragdgrüne Augen verengten sich nachdenklich. „Sag mir, willst du deinem Lord eine Lektion erteilen? Willst du, dass er eingesteht, dass er dich durchaus will?"

Dieser Gedanke gefiel Helena. Mit zweifelnd geneigtem Kopf sagte sie: „Und wie könnte ich das bewerkstelligen? Mit dem Mann lässt sich nicht reden, er ist stur wie ein Esel und wird sich genauso wenig entschuldigen wie einer. Außerdem lässt er mich gar nicht an sich heran–"

„Oh, mit solchen Einzelheiten musst du dich nicht aufhalten. Ich muss nur eines wissen: Bist du bereit, Harteford zu zeigen, wie Unrecht er hat? Willst du, dass er bereut, wie abgrundtief schlecht er dich behandelt hat?"

Ein Bild von Nicholas erschien vor Helenas innerem Auge. Ihr Herr, vor ihr auf den Knien um Vergebung bettelnd, sie anflehend, ihn wieder in ihr Herz zu schließen. Und dann würde sie ihn zum Teufel schicken... das würde sie doch?

Sie schluckte. „Das will ich."

„Dann, meine Liebe, überlass nur mir den Rest."

17

Nicholas beäugte Kent und fragte sich, wie viel er vor dem anderen Mann verbergen konnte. Auf der anderen Seite des Schreibtischs saß Kent mit seinen wie üblich gebeugten Schultern. Er berichtete über die Fortschritte im Fall der Lagerhausplünderung und des Mordversuchs. Die Augen des Polizisten stachen in seinem hageren Gesicht hervor. Wie zwei Lampen schienen diese Augen in der Lage zu sein, selbst in die finstersten Winkel der menschlichen Natur hineinzusehen. Nicholas fühlte Kälte in seinem Nacken kribbeln. Er würde sich nicht wie ein gemeiner Verbrecher von diesem Blick aufspießen lassen. Dennoch fühlte er sich nicht wohl, denn er fragte sich, was Kent wohl an ihm auffiel.

Zum einen wusste Nicholas, dass er recht verknittert aussah. Seit einer ganzen Woche schlief er nun schon in seinem Kontor, und das sah man ihm an. Sein Haar war zerzaust und unter seinen Augen lagen die Schatten schlafloser Nächte auf dem unbequemen Sofa. Verknittert und schlecht zusammengestellt fehlte seiner Kleidung ganz offensichtlich die Fürsorge eines Kammerdieners. Außerdem hatte er sich diese Woche beim Rasieren zweimal geschnitten, sodass, passend zu der roten Narbe auf seiner Schläfe, auch sein Kinn zwei Kratzer aufwies.

Insgesamt, da war er sich sicher, sah er aus, wie er sich fühlte: erschöpft, missmutig, heimgesucht.

Tagsüber lenkte ihn das ewige Treiben des Lagerhauses zeitweilig ab. Er war fast dankbar für den Ärger, den die Zollbeamten ihm wegen des Rums machten, ebenso wie für die üblichen Streitereien mit den Kaufleuten über ihre rückständigen Konten. Dennoch war diese Woche sein Gemüt geradezu teuflisch geworden. Die Lastenträger brauchten nur einen Blick auf sein mürrisches Gesicht zu werfen und stoben in alle Richtungen davon. Gestern hätte er Jibbots beinahe den Kopf abgerissen, nur weil dieser ihn bei seiner Schreibarbeit unterbrochen hatte. Er schuldete dem Verwalter eine Gehaltserhöhung dafür, dass er seine verteufelten Launen aushalten musste.

Die Nächte waren am schlimmsten. Allein auf dem knotigen Sofa spielte sich in seinem Kopf die Szene im Salon immer wieder ab: der Moment der unbändigen Freude, als er es sich beinahe erlaubt hätte, seine Gemahlin zu verführen. Wie es sich anfühlte, sie sinnlich und willig unter sich zu haben, wie sich ihre lustvollen Lippen unter seinen öffneten, wie sie heiser nach ihm verlangte–wie sein Glied in hilfloser Begierde anschwoll. Sein ganzes Wesen drängte darauf, in sie einzufallen, so tief in sie einzudringen, dass er sich in ihrem Leib erleichtern würde. In den einsamsten Stunden der Dämmerung quälten ihn Bilder von kleinen Mädchen mit leuchtend braunem Haar und einem oder zwei dunkelhaarigen Knaben mit den nussbraunen Augen ihrer Mutter und hoffentlich auch ihrem Gemüt. Ein Haus voll kleiner Wildfänge. Ein wahres Heim.

Ei, was für ein Traum. Und das würde es bleiben, ein Traum nur, nicht die Wirklichkeit, denn gerade arbeitete eine ganze Mannschaft gut bezahlter Advokaten daran, ihm eine Annullierung zu erwirken. Und auch, weil Helena ihn inzwischen hasste. Dafür hatte er gesorgt.

Verdammte Hölle, wie hatte es soweit kommen können?

Seine Augen schlossen sich kurz.

„Schmerzt Sie die Wunde noch, Milord?"

Kent beobachtete ihn über den Schreibtisch hinweg.

Nicholas zwang sich, aufzumerken. „Es ist nichts. Also, soweit ich das verstehe, glauben Sie, dass letztendlich Bragg für den Übergriff verantwortlich ist, dass Ihr Mann Caster ihn vertrieben hat, bevor er es zu Ende bringen konnte, und dass er sich nun versteckt, wahrscheinlich irgendwo in St. Giles."

Kent nickte. „Wir sind ihm auf den Fersen. Gestern hat einer meiner Männer seine Schlafstätte tief in einem Verbrechernest entdeckt. Wir haben Grund zur Annahme, dass er heute Abend dorthin zurückkehrt. Und sobald er das tut, haben wir ihn."

„Ihr Eifer ist löblich", sagte Nicholas, „aber es gibt ein Problem."

„Ein Problem?"

Nicholas atmete aus und hoffte, dass das Wagnis, das er nun einging, sich auch lohnte. „Nachdem ich angeschossen wurde, hörte ich eine Stimme. Ich bin mir nicht sicher, ob es Bragg war."

„Sie haben in jener Nacht eine Stimme gehört? Warum haben Sie das nicht früher erwähnt?", fragte Kent mit gerunzelter Stirn.

„Äh, die Wunde muss mir bis jetzt die Erinnerung betäubt haben." Er hatte bislang die Drohungen des Erpressers nicht erwähnt, weil er nicht wollte, dass Kent in seiner Vergangenheit herumschnüffelte. Doch er konnte Kent nicht auf eine falsche Fährte führen, nicht während der wahre Schurke ihm vielleicht jeden Augenblick auflauerte. Es war eine knifflige Angelegenheit, den Ermittler auf die Fährte eines anderen Angreifers zu lenken und dabei zugleich seine eigenen Geheimnisse verborgen zu halten. Er kam sich vor wie ein Akrobat in Vauxhall, drei Teetassen auf der Nase balancierend, während er mit Äpfeln jonglierte und zugleich auf einem Pferd ritt.

„Können Sie sich sicher sein, dass die Stimme, die Sie gehört haben, nicht die von Bragg war, Milord?" Kents Blick war voller Zweifel. „Schließlich wurden Sie verletzt und haben Blut verloren. Außerdem kann man auch seine Stimme verstellen, wenn man will."

„Warum würde Bragg seine Stimme verstellen? Der Mann ist ein Prahler und wollte doch eher mich und die Welt von seinem Triumph wissen lassen."

„Was genau haben Sie gehört, Milord?" Kent hatte sein kleines Notizbuch herausgenommen und hielt die Feder zum Schreiben bereit.

„Äh, ich erinnere mich nicht genau", druckste Nicholas herum, „ich weiß nur, dass die Stimme höher und dünner war als die von Bragg."

Kent schlug das Notizbuch zu. „Dann erlauben Sie mir, dass ich wiederhole, was Sie gerade gesagt haben. Sie haben gesagt, dass Sie vergessen hatten, überhaupt eine Stimme gehört zu haben. Bis gerade eben. Aber jetzt, da Sie sich erinnern, erinnern Sie sich nicht daran, was gesagt wurde. Nur daran, dass die Stimme anders klang als die von Isaac Bragg."

So ausgedrückt klang das Ganze völlig verschroben. Nicholas nickte knapp.

„Wenn nicht Bragg, wer dann?" Kents hellgoldene Augen bohrten sich in die seinen. „Milord, vergeben Sie mir die Beharrlichkeit, aber ich muss Sie fragen: Haben Sie Feinde? Irgendjemanden, der Ihnen Böses will?"

„Nein." Nicholas zwang seine Stimme, ruhig und ebenmäßig zu klingen. „Das heißt, ja, freilich habe ich Feinde, wie jeder andere Kaufmann auch—vergrämte Arbeiter, wütende Kunden, und so weiter. Aber nein, ich wüsste niemanden, der mir den Tod wünscht."

„Hmm."

Nicholas gefiel der mutmaßende Ton des anderen Mannes nicht.

„Und Sie sind sich ganz sicher, dass Sie auch nichts zu

erwähnen vergaßen?", fragte Kent. „Nichts, das Ihnen vielleicht durch den Blutverlust entfallen ist?"

Nicholas starrte ihn von oben herab an, wie es einem Marquis gebührte. „Gewiss nicht. Doch mein Bauchgefühl sagt mir, dass es hier um mehr geht als um einen kleinen Diebstahl."

„Was meinen Sie?"

„Bei einem Treffen mit den West-Indies-Kaufleuten diese Woche erwähnte ich, dass mein Verwalter vor der Plünderung schon Diebstähle kleineren Ausmaßes gemeldet hatte. Kleinigkeiten. Ein paar Kisten Tabak, einige Fässer Rum, derlei Dinge."

„Ja?"

„Das hat die anderen Kaufleute dazu veranlasst, ihre Konten noch einmal genau zu durchkämmen. Es stellte sich heraus, dass auch ihnen ähnliche Mengen von Waren aus ihren Lagerhäusern fehlten."

„Interessant", sagte Kent, „jedoch kaum eine Überraschung. Die neu errichteten Kaimauern haben zwar geholfen, die Dieberei aber nicht völlig unterbunden. Ich bezweifle, dass wir Diebstähle jemals völlig aus der Welt schaffen können."

„Da stimme ich Ihnen zu, doch ist es der Zeitpunkt, der mir Sorgen macht", sagte Nicholas. „Jibotts berichtet, dass Waren erst in den letzten vier Monaten in beträchtlichen Mengen zu verschwinden begannen. Die anderen Kaufleute haben Verluste im gleichen Zeitraum festgestellt."

„Was für ein faszinierender Zufall", gab Kent zu. Sein Gesichtsausdruck schärfte sich wie der eines Falken. „Es ist also ein neuer Drahtzieher auf den Docks zugange."

„Er ist kein gewöhnlicher Verbrecher", pflichtete Nicholas ihm bei, „denn er sucht nicht den schnellen Erfolg. Er geht langsam und heimtückisch vor. Es kostet Geduld, Beherrschung und erhebliches Geschick, um so ein Unterfangen auf die Beine zu stellen. Außerdem, wie schmuggelt er die Waren an den Wachen an den Toren der Docks vorbei?"

„Wer wäre zu einer solchen Tat fähig?", fragte sich Kent.

Es klopfte und Jibbots steckte seinen Kopf herein. „Mr. Fines ist für Sie hier, Milord. Ich sagte ihm, dass Sie in einer Besprechung seien."

„Schicken Sie ihn herauf", sagte Nicholas

„Wie ich sagte, fallen mir nur ein paar wenige ein, die dieses Kaliber hätten." Die Augen des Polizisten wurden schmal und seine Finger trommelten rhythmisch auf die Stuhllehne.

„Hodgkins? Nein, der wurde seit seiner letzten Flucht aus Newgate ja schon wieder verhaftet. Vielleicht Richardson oder Gerrins, obwohl ich zuletzt hörte, dass der in die australischen Kolonien verschifft worden ist."

„Ich kann mir Bragg nur schwer unter der Liste der möglichen Verdächtigen vorstellen", sagte Nicholas.

„Er hat es mehr in den Armen als im Hirn", gab Kent widerwillig zu, „und ich habe mich schon in der Bow Street erkundigt. Die Gerichtsakten zeigen nur kleine Vergehen. Nichts mehr als das trunkene Plündern einer Kneipe, wo er sich mit einem Fass Bier und einer Dienstmagd aus dem Staub machte."

„Genau." Nicholas hob die Augenbrauen. „Sehen Sie, warum ich jemand anderen als meinen Angreifer verdächtige?"

„Es könnte immer noch sein, dass Bragg geschossen hat, aber dass jemand anderes hinter den Diebstählen steckt. Es könnte sein, dass die beiden Vorfälle überhaupt nichts miteinander zu tun haben." Als sich Schritte näherten, stand Kent auf. „Ich werde der Sache weiter nachgehen. In der Zwischenzeit, Milord, wenn ich mir einen Rat erlauben darf?"

Nicholas nickte knapp

„Vertrauen Sie niemanden, nicht Ihren Feinden, nicht Ihren engsten Freunden. Und ich bitte Sie dringend, dass Sie es erwägen, sich nur unter Schutz zu bewegen. Meine Männer sind voll ausgebildet und in der Lage—"

Nur über seine Leiche würde er es zulassen, dass sich Kents Männer an seine Fersen hefteten. Während er allerdings seine eigene Sicherheit vielleicht aufs Spiel setzen würde, galt das nicht für Helena. In eben diesem Moment folgten ihr ein paar von ihm angeheuerte Leibwächter auf Schritt und Tritt.

„Ich habe mich darum bereits gekümmert, danke."

„Wie Sie wünschen."

Mit einer Verbeugung machte der Ermittler sich auf den Weg zur Tür. Sie öffnete sich, bevor er nach der Klinke greifen konnte.

„Nanu, guten Tag", sagte Paul Fines. „Ich hoffe, ich störe nicht."

„Ganz und gar nicht. Mr. Kent war gerade am Gehen", sagte Nicholas.

Paul schüttelte die Hand des Polizisten. „Ich bewundere die Arbeit, die Sie bei der Thames River Police leisten."

„Kennen wir uns?", fragte Kent mit scharfem Blick.

„Ich glaube nicht." Paul spielte mit seinem Hut. „Gibt es denn eine Spur der Unholde, die das Lagerhaus geplündert und Morgan eine Delle in den harten Schädel geschlagen haben?"

„Dieser Herr hier, der sich so offenkundig um mein Wohlergehen sorgt, ist Mr. Paul Fines", fügte Nicholas trocken ein. „Er ist der Sohn des Firmengründers und mein Geschäftspartner."

„Wir arbeiten an einer Liste von Verdächtigten, Mr. Fines", sagte Kent. Sein Blick tastete Pauls makellosen, teuren, beigen Anzug ab. „Ich riet nur gerade Seiner Lordschaft an, in der Zwischenzeit auf sich aufzupassen."

„Wie aufregend", sagte Paul. „Aber machen Sie sich um Morgan hier mal keine Sorgen. Er kann auf sich selbst aufpassen. Ich bin übrigens hier, um ihm dabei zu helfen. Bereit für ein paar Runden im Ring, alter Freund?"

Kent machte sich auf den Weg, und Nicholas schloss die Tür zum Boxsaal auf. Ohne ein weiteres Wort zu wechseln, machten er und Paul Fines sich für einen Kampf bereit, zogen ihre Jacketts aus und abgenutzte Lederhandschuhe an. Die innere Unruhe hatte ihn aufgeladen und er fühlte sich wie ein Hengst vor einem Sturm. Er war die ganze Woche in seinem Kontor eingesperrt gewesen, doch noch viel aufgestauter als sein Bewegungsdrang waren seine Gefühle. Helena zu meiden, ihr nicht nur aus dem Weg zu gehen, sondern auch jeden Gedanken an sie, das unnachgiebige Verlangen nach ihr zu unterdrücken–kostete ihn mehr Kraft, als er je geglaubt hätte.

Es war ihm eine Erleichterung, seine Aufmerksamkeit auf seinen Gegner zu richten, als sie sich die Fäuste in Verteidigungshaltung umkreisten. Es tat gut, sich den brennenden Schweiß aus den Augen zu wischen. Er wich gerade so einem rechten Haken aus. Seine Füße rutschten auf der Matte, während er versuchte, sein Gleichgewicht wiederzufinden. Fluchend fand er Halt in den Seilen und fühlte, wie die Luft ihm in den Lungen brannte. Er hatte aber keine Zeit, sich zu sammeln, denn Paul rauschte auf ihn zu. Er schlug mit der Linken zu, zielte dabei auf den Leib seines Gegners, und fühlte verärgert, wie sein Handschuh ins Leere traf.

„Mehr hast du mir nicht zu bieten, Milord?" Leichtfüßig sprang Paul hin und her und sah dabei so frisch aus wie ein verdammtes Gänseblümchen im Frühling. „Die Zeit unter den vornehmen Leuten hat dich verweichlicht. Oder vielleicht hat dich der Kopfschuss doch ein wenig beduselt."

Nicholas kniff die Augen zusammen. „Wäre ich auch nur halb der Mann, der ich einmal war, könnte ich dich immer noch in Grund und Boden stampfen."

Paul lachte leise und herausfordernd. Er lockte Nicholas mit seinem Handschuh „Dann zeig mir doch, was du kannst."

Der Kampf ging mit einem Austausch von Hieben und Paraden weiter, und hob sowohl Nicholas' Puls wie auch seine Stimmung. Da er in der Vergangenheit oft mit Paul gekämpft hatte, wusste er, dass man es diesem bestimmten Gegner nicht erlauben durfte, die Überhand zu gewinnen. Denn obwohl Paul kleiner und schlanker war als er, wusste Nicholas aus Erfahrung, welche Wucht die Schläge des jüngeren Mannes hatten. Bei Paul war der Trick, dass man sich nicht von seinen heiteren, abfälligen Bemerkungen ablenken ließ, und seine Aufmerksamkeit stattdessen auf seine einzige Schwäche lenkte: seinen Rechtsdrall.

Die folgenden drei Runden hielten sich die beiden die Waage. Es ging Schlag um Schlag. In der fünften Runde preschte Nicholas nach vorne und ließ dabei Pauls Fußarbeit nicht aus den Augen. Normalerweise folgte einer seitlichen Bewegung ein Ausfallschritt nach vorne, und siehe da, Nicholas musste eine schnelle Folge von Hieben auf seinen Oberkörper parieren. Er täuschte links an, und als Paul mit einer hohen Rechten parierte, wich Nicholas nach rechts aus und erwiderte mit einem Querschlag. Adrenalin quoll in ihm hoch, als sein Handschuh schallend auf Fleisch und Knochen prallte.

Paul stolperte ein paar Schritte nach hinten und fand in den rauen Hanfseilen sein Gleichgewicht wieder. Er schüttelte den Kopf, um ihn zu läutern.

„Du kannst es also doch noch, hä?“ Er zog sich die Handschuhe aus und sank zu Boden. Mit seiner gut gepflegten Hand tastete er vorsichtig seinen Kiefer ab. „Ich glaube, da trage ich ein paar schöne Striemen davon.“

Nicholas grinste ihn reuelos an. „Wie wär's mit noch ein paar Runden?“

„Nein danke“, sagte Paul mürrisch. „Ich bekomme ja ohnehin schon mit meinem Kammerdiener Ärger. Und natürlich musstest du mir eins ins Gesicht versetzen, wo doch ein Hieb in den Magen völlig ausgereicht hätte. Und, wenn ich das anmerken darf, auch sehr viel kultivierter gewesen wäre.“

„Kultiviert ist nicht meine Stärke.“ Nicholas nahm ein Handtuch und wischte sich damit das Gesicht und die Brust ab. Seine Muskeln vibrierten angenehm von der Anstrengung, und er fühlte sich so gelenkig und entspannt wie schon seit Tagen nicht mehr. „Trinkst du noch etwas mit mir?“

Pauls Blick erhellte sich und er stand auf. „Vielleicht lindert dein edelster Whiskey ja meinen Schmerz. Ich habe noch ein paar Minuten bis zu meiner nächsten Verabredung.“

Nicholas führte ihn zurück in sein Kontor. Er goss zwei Gläser Whiskey ein und setzte sich dann zu Paul ans Feuer. Mit dem Glas in seiner Hand lehnte er sich in die Polster zurück.

„Du hast gekämpft, als wäre der Leibhaftige hinter dir her." Paul nippte an dem bernsteinfarbenen Getränk und schmatzte vor Vergnügen. „Die Dämonen austreiben, äh?"

Nicholas warf ihm einen Seitenblick zu. „Auf gewisse Weise, ja."

„Also immer noch keine Spur von dem Dieb oder dem Angreifer?"

„Kent geht der Sache nach. Er hält Isaac Bragg für den Hauptverdächtigen."

„Dieser feindselige Kerl mit dem roten Gesicht und den Preiselbeeren als Augen?"

Nicholas lächelte trocken über diese Beschreibung. „Genau der. Ich habe mir natürlich meine eigenen Gedanken gemacht. Warum sollte Bragg mir den Tod wünschen?"

Paul lungerte bequem im Stuhl und trank gedankenverloren seinen Whiskey. „Warum sollte irgendwer dir den Tod wünschen? Hast du Feinde, Morgan, die dir Übles wollen?"

Nicholas starrte ins Feuer und sagte nichts.

„Was mir keine Ruhe lässt", sagte Paul mit untypischem Zögern, „ist, dass der Übergriff in St. Giles stattgefunden hat. Da wohntest du doch, bevor du bei meinem Vater anfingst, oder nicht? Könnte da irgendeine Verbindung bestehen?"

Nicholas schloss kurz die Augen. Trotz allem, was die Fines für ihn getan hatten, hatte er nie den Mut gefunden, ihnen seine Vergangenheit in all ihrer Abscheulichkeit zu offenbaren. Jeremiah hatte seinen Geburtsort gesehen, hatte die Frau getroffen, die sich seine Tante schimpfte, und es wäre Jeremiah ein Leichtes gewesen, herauszufinden, wie ein Junge von vierzehn Jahren ohne Fertigkeiten und ohne Bildung auf der Straße überlebt hatte. Doch Jeremiah hatte es ihm nie vorgehalten. Er hatte ihm lediglich in die Augen gesehen und gefragt: „Bist du bereit für ein neues Leben, Bursche? Eines, das deine Vergangenheit hinter dir lässt?"

Er hatte nicht geglaubt, dass so etwas möglich war.

Doch unter Jeremiahs Obhut war es möglich gewesen. Sechzehn selige Jahre lang war es das gewesen.

„Ich wollte nicht neugierig sein", sagte Paul ruhig. „Ich weiß, wie sehr du deine Privatsphäre schätzt."

„Paul, glaubst du, dass man seine Vergangenheit hinter sich lassen kann?" Nicholas' Stimme fühlte sich in seiner Kehle dick an. „Dass, wenn man fleißig genug arbeitet, wenn man seinen Lebenswandel ändert, wenn man *sich* ändert–dass man dann den Sünden entkommen kann, die man einst begangen hat?"

„Das kommt auf den Mann und auf die Sünden an, will ich meinen." Paul sah ihn mit seinen blauen Augen fest an. „Und darauf, ob der Mann reuig ist, und ob seine Taten zeigen, dass er einen neuen Weg beschritten hat. Ich bin kein Geistlicher, Morgan, doch ich glaube, Erlösung gibt es durchaus."

„Gibt es sie wirklich?" Nicholas sah in sein leeres Glas. „Oder ist das auch nur ein Traum?"

Paul setzte sich in seinem Stuhl auf, sein Gesicht ernst. „Morgan, was auch immer einst geschehen ist, wenn es dir jetzt zur Gefahr gereicht, musst du dich dem stellen. Wenn du es mir nicht sagen kannst, sag es Kent. Lass ihn Schutzmaßnahmen für dich treffen."

„Ich kann es Kent nicht sagen." Als Paul zum Sprechen anhob, sandte ihm Nicholas einen sehr bestimmten Blick. „Dafür gibt es Gründe. Ich würde mich sonst nicht freiwillig in Teufels Küche begeben."

„Ah. Weil er dem Polizeiwesen angehört", sagte Paul langsam, „und du es vermeiden willst, dass gewisse Dinge über deine Vergangenheit herausgefunden werden."

Nicholas nickte steif.

„Nun. Das ist *in der Tat* ein Dilemma." Paul kratzte sich das

Kinn. „Dann heuer eben jemand anderen zu deinem Schutz an, jemand der nur an der Bezahlung interessiert ist.“

„Ich denke darüber nach“, murmelte Nicholas in sein Glas.

„In der Zwischenzeit, meine ich, verhältst du dich am besten unauffällig. Was mich daran erinnert, dass meine Schwester nächste Woche ihren Geburtstag feiert. Ich sage ihr, dass du verhindert bist–“

„Verdammt, ich weigere mich, mich wie eine verdammte Maus zu verkriechen.“ Nicholas erhob sich und füllte sein Glas noch einmal. „Ich habe Percys Einladung zugesagt, also komme ich.“

„Ah, ja. Danach wollte ich dich auch noch fragen“, sagte Paul.

„Wonach?“

„Nun, es ist nur Mama, Percy und mir aufgefallen, dass in deiner Zusage der Name einer gewissen reizenden Dame fehlte. Ich hoffe, das liegt nicht an etwas, das ich vor langer Zeit bei der langen Meg–“

Nicholas schluckte seinen Whiskey herunter. „Diese Sache hat mit dir nichts zu tun.“

„Was ist es dann?“

Er hätte nun lügen können, hätte eine Ausflucht erfinden können, dass Helena bereits anderweitig verabredet war. Doch aus irgendeinem Grund hörte er sich sagen: „Ich habe ihr von der Einladung gar nichts gesagt.“

„Du hast deine eigene Frau nicht eingeladen? Mein lieber Morgan, das ist aber nicht die feine Art.“ Paul neigte den Kopf. „Ist der erste Liebesrausch wohl schon vergangen?“

Nicholas schritt auf das Feuer zu und lehnte seinen Arm auf das Kaminsims. Er starrte in die Flammen. „Gefühlsduselei ist ohnehin nicht meine Art. Das Problem liegt nicht bei ihr, sondern bei mir. Ich... ich habe einen Fehler begangen, sie zu heiraten. Sie verdient jemand Besseren. Einen waschechten Edelmann, nicht einen Hochstapler wie mich.“

„Du bist kein Hochstapler. Du bist ein Edelmann, auf jede Art, die zählt“, sagte Paul leise. „Lass doch die Reaktionen der

Gesellschaft nicht auf deine Ehe abfärben, Nicholas. Mein Vater pflegte immer zu sagen, dass ein Mann nicht geboren, sondern gemacht wird."

„Dein Vater war ein einzigartiger Mann, Paul, und nicht jeder teilte seine Ansichten."

„Gleichzeitig aber zeigen deine Leistungen doch, dass du dich nie von deiner Herkunft hast zurückhalten lassen. Warum würdest du es jetzt? Wenn du meinen Rat willst, vergiss den ganzen Unsinn und mach deine Gemahlin glücklich."

„Ich weiß nicht, ob ich das kann."

Paul blickte gen Himmel. „Auf eurer Hochzeitsfeier hatte das Mädchen Sterne im Blick. Ich hatte noch nie eine strahlendere Braut gesehen. Was im Grunde nur beweist, dass Liebe *tatsächlich* blind ist. Aus unerfindlichen Gründen genügt ein mürrisches, halbherziges Lächeln von dir und das arme, verirrte Ding schmilzt nur so dahin." Er goss sich den Rest des Whiskey herunter, stellte das Glas ab und griff nach seinem Mantel „Leider, mein Freund, kann ich mehr eheliche Ratschläge im Moment nicht vertragen. Ich höre den wehmütigen Ruf der Sirene bei Boodle's, und dem muss ich folgen."

„Boodle's?" Nicholas runzelte die Stirn. „Es ist noch nicht einmal drei Uhr am Nachmittag."

„Wer bin ich denn, dass ich dem Ruf der Sirene zu irgendeiner beliebigen Stunde widerstehen könnte?", sagte Paul geschwollen.

Nicholas schwieg, während Paul seine Erscheinung mit einer Sorgfalt richtete, als wäre er Beau Brummell höchstpersönlich.

Er geleitete Paul hinaus und als sie die Straße erreichten, zögerte er, ehe er sagte: „Die Spielerei wächst einem in den Clubs schnell über den Kopf. Ich gehe davon aus, dass du auch vorsichtig bist?"

Paul schnaubte und sein Haar schimmerte golden in der Sonne. „Ja, Papa. Und ich sage auch hübsch brav meine Nachtgebete auf, wie ein braver Junge. Noch weitere Perlen der Weisheit?"

„Ich glaube, die Weisheit liegt heute bei dir." Nicholas streckte die Hand aus. „Danke, Fines."

Nachdem Pauls Kutsche weggefahren war, drehte sich Nicholas um, um ins Lagerhaus zurückzukehren. Dabei stieß er beinahe mit einem Straßenkind zusammen.

„Pass doch auf, Junge", sagte er, und hielt den Knaben bei den Schultern.

Unter einer schmutzigen alten Mütze lugten ein Paar Augen zu ihm hinauf. „Sinse der Lord Harteford?"

Nicholas fuhr ein Schauder über den Rücken. „Der bin ich."

Sein Entsetzen wuchs, als der Knabe ihm mit schmutzigen Händen ein Stück Papier reichte. „Na, denn hab ick ne Botschaft für se."

18

S ie war zuletzt als Frischvermählte hier gewesen, verängstigt und unsicher, sich nach der Liebe ihres Gemahls verzehrend. Wie hatte sich alles doch in den letzten zwei Monaten verändert. Diesmal ging Helena an den obszönen Statuen und unzüchtigem Treiben vorbei, ohne mit der Wimper zu zucken. Sie folgte dem Lakaien zum ersten Stock hinauf in eine scharlachrot und golden verzierte Kammer, deren augenfälligstes Stück ein breites Himmelbett war.

Helena grüßte die Äbtissin, die an einem kleinen Tisch saß. Sie lehnte die ihr angebotene Limonade ab. Stattdessen fragte sie eilig: „Wären Sie so nett und lassen durch Ihre Männer sicherstellen, dass draußen keine zwielichtigen Gestalten herumschleichen?"

Der schmale Mund der Äbtissin verzog sich amüsiert. „Milady, dies ist ein Bordell. Es schleichen sich immer zwielichtige Gestalten herum. Sollen wir nach jemand Bestimmtem Ausschau halten?"

Zum Stillsitzen zu unruhig wanderte Helena hinüber zu einem Spiegel in der Nähe. Eine vertraute Nymphe mit rauchigen Augen blickte auf sie zurück. Ihr schauderte und sie richtete den Sitz ihrer Halbmaske und sagte: „Heute Nachmittag, als ich auf der Bond Street einkaufen war, fielen mir zwei Männer in dunklen Mänteln auf. Sie schienen überall hinzugehen, wo ich hinging. Erst dachte ich, es war Zufall, doch dann später am Abend sah ich dieselben beiden Schurken aus dem Fenster der Residenz von Lady Draven."

„Räuber, meinen Sie?", fragte die Äbtissin. „Seit dem Übergriff auf Lady de Lacey letzten Monat sind die in Scharen unterwegs. Diese neue Sorte–die haben keinerlei Skrupel, einer Dame ein Messer an die Kehle zu halten und ihr den Schmuck abzunehmen... und auch andere persönliche Dinge."

Helena krümmte sich innerlich, als die Äbtissin derlei Schrecken so nüchtern beschrieb. „Ich bin mir nicht sicher. Doch wenn ich sie noch einmal sehe, melde ich es dem Gericht." Ihre Hände waren fahrig, als sie über die kupferfarbenen Locken ihrer Perücke strich. „Lady Draven hat ihre Kutsche hinter ihrer Residenz auf mich warten lassen, sodass ich zumindest heute Abend unerkannt gehen konnte." Sie fügte trocken hinzu: „Hat wohl auch nicht geschadet, dass ich dabei verkleidet war."

„Und was für eine Verkleidung, Milady–oder sollte ich eher *Mademoiselle* sagen?" Die Äbtissin kicherte wissend. „Machen Sie sich um diese Unholde keine Sorgen. Ich werde meine Männer das Gelände von jeglichem Gesindel säubern lassen."

„Danke", sagte Helena erleichtert.

Die Äbtissin grinste. „Ich habe zu danken. Ich dachte, ich hätte Sie zum letzten Mal gesehen. Aber als Lady Draven mich bat, Ihrem Herrn im Namen der *Mademoiselle Nymphe* eine Botschaft zu schicken, da war mein Interesse geweckt. Für so ein schüchternes Ding haben Sie ganz schön Schneid, äh? Ich habe mich lange nicht mehr so gut amüsiert."

„Ich hoffe nur, er kommt auch."

„Oh, dessen bin ich mir ganz sicher. Dass er kommt, meine ich." Die andere Frau grunzte vor Lachen. „Welcher heißblütige Mann könnte denn so einer Einladung widerstehen?"

Gedemütigte Wut flammte in Helenas Brust auf. Warum würde ihr Gemahl eine Hure ihr vorziehen? Warum würde er kommen, sobald eine Hure nach ihm rief, doch die eigene Gemahlin meiden, wo er nur konnte? „Als ich eine gefügige Gemahlin war, suchte er sich eine Hure. Als ich versuchte, ihn zu verführen, nannte er mich eine *Dirne*", sagte sie mit angespanntem Kiefer. „Ich habe nicht den blassesten Schimmer, welchen Dingen mein Gemahl widerstehen kann und welchen nicht, doch ich beabsichtige, ihm heute Abend zu zeigen, wie falsch er sich verhält."

„Einen ganz schönen Schneid, wie ich schon sagte", kicherte die Äbtissin.

Helena atmete tief durch und fuhr ruhiger fort: „Mein Gemahl wird erfahren, dass eine Gemahlin sich nicht so leicht beiseiteschieben lässt. Ich werde ihn verführen—und dann werde ich mich ihm zu erkennen geben." Sie fühlte eine Art grimmiger Befriedigung. „Dann hat er keine andere Wahl, als zuzugeben, dass er mich doch will."

„*Die Hölle kennt keine Wut wie die einer verschmähten Frau*", zitierte die Äbtissin, immer noch amüsiert. „Doch worauf sind Sie eigentlich aus, Milady, Rache, oder etwas... Süßeres?"

Helenas Herz zuckte verräterisch. Ehe sie jedoch antworten konnte, klopfte es an der Tür. Ein Lakai trat mit der Nachricht ein, dass Seine Lordschaft angekommen war.

„Gib uns zehn Minuten, Jim", sagte die Äbtissin. „Und dann führ ihn herein."

Nachdem der Diener gegangen war, musterte die Madame Helena eindringlich von Kopf bis Fuß. „Bereiten wir Sie ein wenig vor, Schätzchen. Decken wir sozusagen die Tafel für das bevorstehende Festmahl."

Mit diesen Worten wies sie Helena an, sich auf dem Bett auf die Seite zu legen. Helena erschauderte, als die Äbtissin die Ärmel ihrer Tunika weiter nach unten zog und damit ihren Busen fast bis zu den Brustwarzen entblößte. Die Madame legte eine lange rote Locke auf die bebende Wölbung und machte sich dann an Helenas Rock zu schaffen, drapierte die weißen Falten so, dass ein nacktes Bein bis zum Schenkel zu sehen war. Sie nickte zufrieden und löschte alle Lichter bis auf eine einzelne Kerze auf dem Tisch. Die Kammer lag in dämmeriger Finsternis.

„Dann viel Glück, Milady." Aus der Dunkelheit klang die Stimme der Äbtissin plötzlich grimmig. „Mögen Sie Ihrem Gemahl eine Lektion erteilen, die er nie wieder vergisst." Mit einem letzten Kichern verschwand sie.

Mit feuchten Handflächen wartete Helena. Die Schatten ringsum tanzten. Sie hörte Schritte näherkommen und verspürte auf einmal den Drang, wegzurennen. Diese kühne, waghalsige und völlig wahnsinnige Strategie aufzugeben... und dann, was würde sie dann tun? Auf dem Land versauern? Zu ihren Eltern zurückrennen, die sie ja gar nicht wollten? Sich mit eingezogenem Schwanz vor ihrem Gemahl verstecken, der sie ebenso wenig wollte?

Mariannes Worte beim Abschied klangen ihr noch in den Ohren. *Mein Plan wird Harteford zu dir bringen, doch den Rest musst du selbst machen. Wenn du willst, dass er seinen Wahnsinn eingesteht, musst du ihm erst beweisen, wie Unrecht er wirklich hat. Wie sehr er dich will—denn ich habe keinen Zweifel, das tut er, all seinen Launen zum Trotz.*

Die Tür ging auf. Das plötzlich einfallende Licht und die große, wohlvertraute Silhouette ließ Helenas Herz in ihre Kehle fahren. Doch sie stählte ihr Rückgrat. *Du kannst das. Zeig ihm, dass er dich nicht ablegen kann wie...wie ein ausgedientes Spielzeug. Wie wertlosen Tand.*

Die Tür schloss sich wieder, der Raum lag in Dunkelheit. Mit ein paar langen Schritten war er da, stand beim Bett. Trotz allem empfand Helena beim Anblick der hageren Gesichtszüge ihres Gemahls einen Strudel der Sehnsucht. Dunkle Schatten lagen unter seinen Augen, als ob er nicht geschlafen hätte, seit sie ihn zuletzt gesehen hatte. Sein Kinn war stoppelig und sein zu langes

Haar ragte ihm in den Hemdkragen. Auf seiner Schläfe glänzte die Narbe, rot und schmerzlich.

„*Monsieur*", sagte sie, gewissenhaft die rauchige Dirnenstimme aufsetzend, „*Merci d'être venu. Je voudrais–*"

Zu ihrem Schrecken legte sich ein großer Finger auf ihre Lippen und verbat ihr die Worte.

„*Mademoiselle*", sagte er leise und heiser. „Ich bin der Einladung gefolgt, doch heute Nacht habe ich eine Bitte."

„*Qu'est-ce que vous voulez, monsieur?*"

Er sah ihr fest in die Augen. „Ich wünsche, dass du heute Abend nicht sprichst. Dass du schweigst. Kannst du das für mich tun?"

Ihr Magen flatterte. Helena erinnerte sich daran, dass sie ja angeblich nicht gut Englisch sprach. Also runzelte sie die Stirn. „*Je ne comprends pas.*"

„Umso besser", murmelte Nicholas.

Ehe sie verarbeiten konnte, was er damit meinte, kniff er ihre Lippen fest zusammen, als wolle er sie versiegeln. „Nicht sprechen", sagte er. „Keine Worte heute Nacht, was auch immer ich sage oder tue. Bitte."

Sie nickte, während ihr Herz wild hämmerte. „*Ah. Bien. Maintenant, je comprends.*"

„Gut." Die finstere Befriedigung in seiner Stimme kräuselte ihr die Sinne. Bevor sie noch wusste, was sie darauf erwidern sollte, hatte er bereits ein Knie auf dem Bett. Sie zitterte, als seine Hand ihren Kiefer fasste, sein Daumen gegen ihre Lippen rieb, einen Kuss nachahmend. Wie beim letzten Mal versuchte er nicht, seine Lippen auf ihre zu bringen. Stattdessen wanderte sein Blick weiter nach unten, zu ihrem Busen, und sie konnte sehen, wie ersticktes Feuer in seinen Augen aufflammte.

Als er seinen langen Finger über die bebenden Hügel von schneeweißem Fleisch gleiten ließ, musste sie sich auf die Lippen beißen, um nicht zu stöhnen. Ihre Haut kribbelte empfindlich.

Nimm dich zusammen, schalt sie sich selbst. *Du hast ihn fast. Warte, bis er vor Begierde ganz kopflos ist und dann... dann...*

Ein Keuchen entkam ihr dennoch, denn er hatte ihr die Tunika bis unter ihren Busen heruntergerissen. Ihre Brüste waren nun völlig entblößt, ihre Arme steckten in den kleinen Ärmeln fest. Er schubste sie auf ihren Rücken. Sie erhaschte noch einen Blick auf das silbrig-hungrige Schimmern in seinem Blick, ehe er den Kopf neigte. Beim heißen, nassen Strich seiner Zunge auf ihr krümmte sie sich auf der Satinbettwäsche. Gott im Himmel, das fühlte sich so *gut* an. Seine Kehle machte leise Geräusche, als er fester an ihr saugte und ihre harte Knospe in den Mund nahm. Die ganze Zeit über spielte er mit der anderen Brust, neckte die Zitze mit seinen hornhäutigen Fingerspitzen. Als seine Zähne sie streiften, stöhnte sie laut auf.

„Bitte, *Monsieur*", hörte sie sich in einer Stimme betteln, die ihr selbst fremd war. „Weiter."

Er legte ihr zwar seinen Finger auf die Lippen, sie zum Schweigen ermahnend, doch er saugte fester, und als seine Hand auf ihrer nackten Hüfte landete, keuchte sie bereits. Unter ihrem Nymphenkostüm trug sie nichts. Ihr Rückgrat bäumte sich vom Bett auf, als er ihren verletzlichsten Ort fand und darin eindrang. Sein Finger glitt vollends hinein, als gehörte er dahin. Als er anfing, in ihr herumzufahren, und mit seiner Handfläche dabei leicht gegen ihre nasse Scheide klatschte, schloss sie die Augen und vergaß sich erneut.

„Mon Dieu", rief sie aus. *„Oh, Monsieur, s'il vous plaît—"*

Seine Hand erstickte den Rest ihrer Worte. Obwohl die Lust ihr den Verstand benebelte, bemerkte sie den fiebrigen Glanz in seinen Augen. Er atmete schwer, starrte sie an. Er sah sie an—oder sah er durch sie hindurch? Plötzlich begriff sie, dass seine Aufmerksamkeit etwas Anderem galt, etwas Tieferem... und ihr Puls begann zu hämmern, als sie sich ihres Plans entsann. *Erkennt er mich? Ist nun der Augenblick gekommen, mich ihm zu offenbaren?*

Doch gab es keinerlei Anzeichen, dass er erkannt hatte, wer

sie wirklich war. Ein paar Herzschläge später hob er seine Hand von ihrem Mund und lockerte seine Krawatte. Ihre Augen weiteten sich, als ihr bewusst wurde, was er vorhatte.

„Ich tu dir nicht weh. Ich geb dir mein Wort, *Mademoiselle*.“ Die Schatten untermalten ahnungsvoll sein karges Gesicht. „Den Gefallen zahl ich dir extra, doch musst du ruhig bleiben, damit ich tun kann, was mir beliebt. Bitte.“

Sie konnte kaum atmen. Warum war ihm so viel daran gelegen, dass sie schwieg? Worauf war er aus? Schlagartig wurde ihr bewusst, dass Nicholas sie noch nie zuvor um etwas gebeten hatte. Was brauchte er, was ersehnte er? Wenn der verfluchte Kerl nur versucht hätte, mit ihr zu reden, statt immer wieder davonzurennen. Dennoch, dachte sie mit wachsendem Unbehagen und voller Vorahnung, rannte er vor ihr davon... oder vor etwas anderem? Welche Geheimnisse verbarg ihr Gemahl?

Und was würde sie tun, um sie zu entdecken?

„Darf ich?“, fragte er ruhig.

Sie blickte auf den Streifen Stoff in seiner Hand und dann wieder in sein hartes Gesicht. Plötzlich wichen ihre Wut und ihr Schmerz einer unbändigen Neugier. Sie ahnte, dass dies vielleicht ihre einzige Gelegenheit war, einen Blick in das Seelenleben ihres Gemahls zu werfen. *Ihn* wirklich zu verstehen, nur einmal, wie sie es immer ersehnt hatte. Sie schluckte und nickte.

Er half ihr, sich aufzusetzen und nach kurzem Zögern legte er ihr die Krawatte über den Mund. Der würzige, männliche Duft des Stoffes stieg ihr in die Nase, ihre Sinne kribbelten vor verstörter Erregung.

„Ist das zu fest?“, fragte er heiser.

Sie schüttelte den Kopf.

Sein Blick kehrte zu ihren Brüsten zurück. Statt sie jedoch zu berühren, drehte er Helena auf ihre Hände und Knie. Unter ihrer Hautoberfläche wallte es heiß, während er ihr das dünne Kostüm auszog. Sie war nun völlig nackt, und in einer höchst aufreizenden Pose. Sie hörte wie Kleider zu Boden fielen und im nächsten

Moment war er nackt in all seiner kernigen Pracht neben ihr im Bett. Ihr Blut wurde zähflüssig wie Honig, als ihr Blick über ihn wanderte: seine mächtige, breite Brust mit dem dunklen Flaum, die markigen Konturen seines Bauches, und darunter... oh, ja.

Er war genauso herrlich wie in ihrer Erinnerung.

In ihrem Bauch floss die Begierde zusammen, und sie stellte fest, dass es ihr immer noch möglich war, Scham zu empfinden, als nämlich etwas Feuchtes auf ihre Schenkel heraussickerte. Instinktiv setzte sie sich auf ihre Knie, versuchte die Beine zusammenzukneifen, um das peinliche Rinnsal zu verbergen.

„Nein, Liebste", flüsterte er, während er hinter sie rückte. „Verbirg dein Verlangen nicht vor mir. Es gefällt mir, dass du mich willst. Ich habe mir immer gewünscht, dich so zu sehen."

Er hegte Fantasien über eine Hure? Helenas Herz zog sich schmerzvoll zusammen, während zugleich verwirrende Lust durch ihr ganzes Wesen schoss. Denn während er so schmeichelnd mit ihr sprach, berührte er sie auch.

„Du hast ein hübsches Kätzchen", sagte er heiser. „Weich und nass und süß, genau, wie ich es mir vorgestellt habe. Wie ich es mir ausgemalt hatte, vom ersten Moment an, da ich dich so alleine im Ballsaal sitzen sah."

Helenas Augen weiteten sich, während sie die Worte verarbeitete. Sie drehte ihren Kopf, um ihn anzusehen, doch ihr Rückgrat zerschmolz, als er ihren Knoten fand. Ihr Kopf fiel auf die Matratze, ihr Atem keuchte in die Krawatte hinein, während sein Daumen sie in berückenden Kreisen bearbeitete.

„Schön", fauchte er, „du gefällst mir so mit dem Arsch nach oben. Lüstern und lieblich, beides zugleich. So ist es recht, meine Liebste, reib nur dein schönes Kätzchen an mich–"

Helena drehte sich der Kopf, sie konnte nicht anders, als ihm zu gehorchen. Schamlos ritt sie auf seiner Hand. Er befingerte ihre Perle, fuhr gleichzeitig in ihren Schacht hinein. Sein Verlangen nach ihr kam ihm in Satzfetzen über die Lippen. Trümmer einer leidvollen Fantasie.

„Es ist mir einerlei, dass ich deiner nicht wert bin... ich will dich ficken... in der Kutsche... auf dem verdammten neuen Sofa im Salon... zur Hölle, auf deinem verfluchten Flügel... das gefiele dir doch auch, nicht wahr?"

Ihre Wange war an die Matratze gepresst. Ihr war, als ertränke sie in einem Meer wundersamer Verwirrung. Empfindungen brachen krachend über sie ein, zu viele, zu heftig, um damit fertig zu werden. Ein wildes Schluchzen steckte ihr in der Kehle. Dann kam eine Flut von Freudenfunken über sie, ließ sie von innen her aufleuchten. Es schüttelte sie, und ehe das Beben nachließ, fühlte sie seine dicke, heiße Härte in sie stoßen. Sein Schwanz dehnte sie weit; er drang nach vorne, ließ ihren Atem in den Stoffknebel hecheln.

„Heute Nacht gehörst du mir." Sie fühlte, wie seine Hände wie ein Schraubstock ihre Hüften festhielten, während er immer wieder in sie hineinstieß. Der Rausch der Wucht entlockte ihr ein Wimmern. „Ich lass nicht zu, dass er zwischen uns steht... nicht er, nicht die Vergangenheit, nichts..." Er ächzte qualvoll. „Gott, du bist so eng. So vollkommen..."

Sie war sich vage bewusst, dass sich ihr eigentlich Fragen stellen sollten, doch der Schwanz ihres Gemahls meißelte jeden Gedanken hinfort. Er hämmerte in sie hinein, fester, tiefer, ihre Brüste wippten mit der Wucht jedes Stoßes. Mit einem Mal stupste er eine tiefe, kostbare Stelle. Die Welt verschwamm vor ihren Augen und in ihr brach ein Damm. Sie hörte ihren eigenen gedämpften Schrei, als sie sich wieder ergoss, ihre Scheide seinen Schaft fest umklammerte, und die Lust sie schier überwältigte.

„Helena, meine Liebste."

Sein kehliger Schrei hallte in ihren Ohren. Sie fühlte, wie er sich aus ihr wand, spürte den warmen, zerschmolzenen Spritzer gegen die Krümmung ihrer Wirbelsäure. Einige Momente lang lag sie still, horchte auf seinen schroffen Atem, nahm die Wärme in sich auf, die von seinem auf ihr erschlafften Körper ausging. Etwas zupfte sanft an ihrer Wange; die Krawatte löste sich und fiel herunter. Große Hände drehten sie sanft auf den Rücken und zogen eine Decke über ihre zitternde Nacktheit.

„Ich hab dir doch nicht wehgetan, oder?", fragte Nicholas schroff.

Im flackernden Dunkel sah sie mit Entsetzen den wunden Schimmer in seinen Augen, die verräterische Nässe, die auf seinen dunklen Wimpern glänzte. Bei keinem der vielen Male, wenn sie sich diese Szene in ihren Träumen ausgemalt hatte—ihren Triumph, seine Niederlage—hatte sie sich ihn so vorgestellt. Sie hatte überhaupt nicht gewusst, dass es diese Seite von Nicholas überhaupt gab. In diesem Augenblick war er weder überheblich, noch übermächtig, noch gleichgültig.

Er war getroffen... bloßgestellt.

Verletzlich.

Als ob er ihren Gedanken erraten hatte, richtete er sich auf und drehte sich weg, setzte sich an die Bettkante. Sie musste sich ein Japsen verkneifen. Sein *Rücken*... er war von alten Narben übersät. Selbst im Halbdunkel konnte sie die unregelmäßigen Striemen ausmachen, die sich regten, als er sich mit den Händen übers Gesicht fuhr. Spannung lag in der Luft, so dick und greifbar, dass sie ihr schier die Lunge verstopfte. Das Entsetzen, die hilflose Wut erstickten sie. Was war mit ihm geschehen? Wer hatte ihm das angetan?

Immer noch ihr abgewendet, sagte er: „Welch ein Hohn, nicht wahr? Dass ich mir vormache, eine Hure sei meine Frau." Er lachte derb, und selbst in ihrer Verstörung konnte sie die Schuld und die Selbstverachtung in seiner Stimme ausmachen. „Doch das ist noch die bessere Wahl. Lieber würde ich bei lebendigem Leibe gehäutet, als dass ich sie wissen ließe, zu was ich fähig bin. Was für ein Scheusal ich in Wirklichkeit bin."

Ihr Puls trommelte. Sie sah, dass er seine Unterarme auf seine Oberschenkel gestützt hatte. Voller Abscheu starrte er auf seine Hände. Was sah er da? Was hatte er getan?

Sie atmete zitternd aus. „*Monsieur?*"

„Es ist das Beste für sie", sagte er, und seine Stimme war seltsam und weit weg. „Ich kann es ihr nicht erklären, aber was ich tue, ist das Beste für sie. So hilf mir Gott, was ich nun tun muss, nun, da er mich gefunden hat."

Wer war *er*? Der Unmensch, der ihm diese Narben verpasst hatte?

Sie feuchtete sich die Lippen an, versuchte, ihren Mut zu sammeln, um Nicholas zu verraten, wer sie war. Um zu verlangen, dass er sich ihr erklärte. Doch da sah sie, wie sich seine Hände zu Fäusten ballten, und sie wusste, dass er sich mit den Dämonen in seiner Seele ein Gefecht lieferte. Seine Brust hob und senkte sich unregelmäßig. Der schiere Druck des Augenblicks lastete auf ihr. Quälende, zerrüttende Reue erfüllte sie.

Was hatte sie sich dabei gedacht, ihn so an der Nase herumzuführen? Ihn so zu täuschen, dass er ihr die vernarbte Haut seiner Geheimnisse offenbarte? Wie würde er reagieren, wenn sie sich ihm nun zu erkennen gab?

Vergib mir, Nicholas. Ich wusste es nicht. Wie hätte ich es auch wissen sollen, wenn du es mir nie erzählt hast?

Er drehte sich um und sah sie an. Sein Mund verzog sich, als er sie dabei ertappte, wie sie seinen Rücken anstarrte. „Grässlich, nicht wahr? Das kommt davon, wenn ein Knabe sich wie eine Promenadenmischung prügeln lässt. Und schlimmer noch." Die Demütigung in seinem Blick brachte sie an den Rand der Tränen. „Noch etwas, das ich eher mit ins Grab nehme, als dass meine Gemahlin es sieht." Er hielt inne, seine Stimme wurde plötzlich scharf vor Sorge.

„Du verstehst doch kein Wort von dem, was ich sage, oder?"

Ihr schwirrte der Kopf, sie wusste nicht, was sie sagen sollte. Wie konnte sie nun noch beichten, wer sie war? Also stieß sie stattdessen aus: „*Monsieur?*"

Erleichterung glättete die Falten um seinen Mund. „Wie ich schon sagte, umso besser."

Er erhob sich, sammelte seine abgestreiften Kleider ein und

begann sich mit der Zielstrebigkeit eines Mannes anzukleiden, der sich so schnell wie möglich davonmachen wollte. Als er fertig war, war er wieder ganz der Alte, empfindungslos, ohne eine Spur von Gemütsregung in seinen dunklen Augen. Er hatte sich abgesperrt, wie ein Kammerdiener einen Reisekoffer packte. Zuschnappen lassen und verriegeln.

Zumindest bestätigte es ihr, dass sie für den Augenblick die richtige Entscheidung getroffen hatte. Denn wenn sie ihn nun zur Rede stellte, würde er sie nur wieder abweisen, wie er es immer tat. Und sie würde es ihm angesichts ihres doppelten Spiels gar nicht übel nehmen können. Ihre Enttäuschung vorhin, ihr selbstgerechter Ärger wich einem noch viel herberen Gefühl.

„Danke, *Mademoiselle*." Er legte eine Banknote auf den Tisch. Er verbeugte sich und sagte schroff: „Das war unser letztes Treffen. Komm nicht wieder auf mich zu."

Als seine breiten Schultern durch die Tür verschwunden waren, ließ sie dem heißen Strom der Tränen freien Lauf. Sie war alles völlig falsch angegangen, wurde ihr klar. Sie dachte, er wollte sie nicht, fand sie nicht anziehend genug. Doch nun begann sie zu verstehen, was sie und ihren Gemahl trennte. Es war nicht mangelnde Begierde... sondern Vertrauen.

Es war kein Problem, das eine Hure lösen konnte.

Vertrauen in einer Ehe musste verdient werden.

Von Mann... und von Frau.

19

Drei Tage später stand Helena vor einer Zeile gepflegter Reihenhäuser in Bloomsbury. Lange nicht so prächtig wie Mayfair, war dieses Stadtviertel dennoch hübsch gepflegt, mit frisch gestrichenen Fassaden und charmanten kleinen Gärten. Kinderlachen hallte durch die Straße. Der Geruch nach Waschtag und frisch gebackenem Brot wehte in der frischen Brise mit. Hier war die immer wohlhabendere Mittelschicht zu Hause. Die Gegend hatte einen angenehmen Charme. Während sie die Stufen zu dem großen Eckhaus erklomm, hielt eine Kutsche.

Gerade noch rechtzeitig, dachte sie mit einem nervösen Flattern.

Ein paar hastige Schritte später stand ihr erzürnt aussehender Gemahl vor ihr.

„Was zur Hölle machen Sie hier?", fragte er.

„Guten Tag, Harteford", sagte sie freundlich. „Wie ich sehe, hast du meine Nachricht erhalten. Wie schön, dass wir zusammen Mrs. Fines einen Besuch abstatten können."

„Wir machen gar nichts zusammen. Wir gehen jetzt sofort–"

Mit einem süßen Lächeln läutete sie.

Die Tür wurde fast unmittelbar von einer schrumpeligen Dienstmagd mit Haube geöffnet. Zu Helenas Erstaunen warf die winzige Frau einen Blick auf Nicholas und begann sofort, ihn zu schelten.

„Na, ist aber höchste Zeit, dass Sie sich mal sehen lassen, junger Mann." Die Dienstmagd kreuzte die Arme vor ihrem kaum vorhandenen Busen. „Wo haben Sie sich denn die ganze Zeit herumgetrieben?"

Mit sichtlicher Mühe, seinen Unmut zu zügeln, sagte Nicholas kurz: „Ich war beschäftigt, Lisbett. Es tut mir leid. Leider ist uns gerade etwas dazwischen gekommen, und meine Gemahlin und ich können doch nicht–"

„Guten Tag, Lisbett. Ich bin Lady Harteford." Sie lugte um ihren Gemahlen herum und schenkte der Magd ein helles Lächeln. „Ich bin entzückt, Sie kennenzulernen, und selbstverständlich bleiben wir. Ich freue mich schon seit geraumer Zeit auf diesen Besuch."

Lisbetts Knie wippten in einen Knicks. „Wie schön, Sie kennenzulernen, Ihre Ladyschaft." Sie ermahnte Nicholas: „Nun lassen Sie Ihre Dame mal nicht in der Schwelle stehen, Sie Lump. Sie brauchen doch nicht etwa noch eine Lektion in Sachen Manieren von Lisbett, oder? Die erteile ich gern–Marquis oder nicht, für mich bleiben Sie immer ein junger Spund."

Auf Nicholas' Kiefer zuckte ein Muskel, was kein gutes Omen war. Dennoch trat er zu Helenas Erleichterung beiseite und sie verlor keine Sekunde, schlüpfte an ihm vorbei und ins Haus. Das Foyer drinnen war geräumig. Ein polierter Walnussholztisch mit einer Vase voller Rosen dominierte den Raum.

„Ich gebe Mrs. Fines Bescheid, dass Sie hier sind", sagte Lisbett. „Und dann hol' ich die Brötchen aus dem Ofen–erinnern Sie sich an meine Brötchen, mein Junge? Ich hab' extra Ihre Lieblingssorte gemacht."

Nicholas sah die alte Frau an und sein Gesichtsausdruck wurde weicher. „Aprikose natürlich. Danke, Lisbett." Zu Helenas Überraschung beugte er sich zu ihr nieder und küsste ihr die Wange.

„Ach, gehen Sie schon, Sie alter Charmeur", sagte Lisbett errötend.

Eine sanfte Stimme säuselte ins Zimmer. „Nicholas, bist du es?"

Anna Fines erschien vom Flur aus, ihr Blick hinter der kleinen runden Brille war eindringlich. Sie war eine Dame gesetzten Alters, mit einer mütterlichen Aura, von den rosigen runden Wangen zu den flaumigen fahlen Locken, die unter einer Spitzenhaube hervorlugten. Als ihr Blick auf Helena fiel, hielt sie inne und machte einen linkischen Knicks. „M-milady."

„Mrs. Fines, wie schön, Sie wiederzusehen", sagte Helena herzlich. „Bitte, nennen Sie mich Helena."

Hinter Mrs. Fines' Brille flackerte kurz Unsicherheit auf. „Danke, dass Sie uns beehren. Ich war hoch erfreut, Ihre Mitteilung zu erhalten." Sie sah Nicholas an, und ihr Blick wurde wärmer. „Wir haben Nic—ich meine, Lord Harteford eine ganze Weile nicht gesehen."

Nicholas nahm Annas Hand in einer Geste unverkennbarer Zuneigung. „In diesem Hause werde ich immer Nicholas Morgan sein", murmelte er. „Es tut mir leid, dass ich so lange weg geblieben bin. Wie geht es dir, Anna?"

„So gut es einer Frau meines fortgeschrittenen Alters gehen kann", erwiderte ihre Gastgeberin mit einem zittrigen Lächeln. Ihre Hände ergriffen die von Nicholas. „Ich tue mein Bestes, mich um Heim und Herd und natürlich die Kinder zu kümmern."

„Ihr Heim ist bezaubernd. Danke, dass Sie uns Ihre Gastfreundschaft erweisen", sagte Helena. „Und ich freue mich auch darauf, Miss Percy und Mr. Fines wiederzusehen."

Annas Blick wanderte zu Helena, dann zurück zu Nicholas. Ihr Lächeln wurde breiter. „Sie sind hier herzlich willkommen, meine Liebe. Die Kinder sind gerade auf einer Besorgung und kommen gleich wieder. In der Zwischenzeit, kommen Sie doch bitte herein und stärken Sie sich."

Sie gingen in ein gemütliches Wohnzimmer, wo Lisbett eine

Platte mit Aufschnitt, Käse und ihren berühmten Aprikosenbrötchen angerichtet hatte. Mit einem griesgrämig dreinschauenden Mops auf dem Schoß erklärte Anna ihre Pläne für ihren kleinen Garten hinterm Haus. Helena nickte und knabberte an einem der goldenen Brötchen. Sie bemerkte, dass die Knopfaugen des Hundes jede ihrer Bewegungen verfolgten.

„Es war ein Versäumnis von mir, nicht eher zu kommen", sagte Nicholas.

Anna antwortete darauf mit einem charmanten Lachen. „Vergeben und vergessen, mein Junge. Du bist ja frisch vermählt und hast Wichtigeres zu tun."

Sie warf Helena einen kleinen Seitenblick zu. Die schlug die Augen nieder und blickte auf die Fransen an der Kante des Sitzpolsters.

„Als ich etwa in Helenas Alter war, wurde uns Paul geschenkt, und Percy folgte nicht lange darauf", fuhr Anna in derselben neckischen Art fort. „Die Kinderstube ist der Grundstein einer glücklichen Ehe, sage ich immer."

Helena stellte sich ein schwarzhaariges Kindchen mit den Augen seines Vaters vor und ihr stockte der Atem. Ein langsamer Schmerz breitete sich in ihrer Brust aus. Wenn das, was ihrer Ehe im Wege stand, sich nur überwinden ließe... wie himmlisch wäre es doch, einen Teil von Nicholas in den Armen zu wiegen.

Neben ihr auf dem Kanapee räusperte sich Nicholas. „Und Percy, wie geht es ihr?"

„Es geht ihr gut, obwohl sie sich seit neulich in den Kopf gesetzt hat, sie müsse Schriftstellerin werden. Können Sie es glauben? Eine Schriftsteller*in*, ausgerechnet." Anna schüttelte sich sichtbar, während ihre Hand immer noch den Kopf des Mopses festhielt. „Das liegt an all den schrecklichen Romanen, die sie liest. Sie geht mindestens einmal wöchentlich zur Leihbücherei."

„Percy ist ein schlaues Köpfchen", sagte Nicholas. „Die albernen Flausen vergehen ihr gewiss bald."

Die Türklingel läutete, und der Mops gab ein schrilles Kläffen von sich. Kurz darauf erschienen die anderen beiden Fines, ihre Gesichter von draußen erhitzt.

„Nick!" Mit einem wilden Schrei rannte die jüngere Fines auf stürmischen Beinen auf Nicholas zu, der sie mit einer brüderlichen Umarmung empfing.

„Persephone Fines, wo sind nur deine Manieren geblieben?", schimpfte Anna. „Ihre Ladyschaft ist hier."

„Oh." Percy tat einen Schritt zurück. Ihr herzförmiges Gesicht wirkte verlegen. Helena fand, dass sie genauso aussah, wie sie sich Anna in jüngeren Jahren vorstellte: mit widerspenstigen blonden Locken und lebhaften blauen Augen. Percy sank in einen hübschen Knicks. „Wie geht es Ihnen, Milady?"

„Es ist schön, Sie wiederzusehen, Percy. Und lassen wir doch die Förmlichkeit—ich bin Helena."

„Was für eine Freude, von Ihrer bezaubernden Gegenwart beehrt zu werden, Lady Helena", sagte Paul Fines geschwollen, während er herüber schlenderte. Er fuhr mit geübter Eleganz über Helenas Handrücken. „Die Farbe Ihres Kleides ist köstlich. Wie ein reifer Pfirsich. Macht mich eigentlich sogar ganz heißhungrig."

„Danke, Mr. Fines", sagte Helena, während ihre Wangen warm kribbelten.

„Paul. Wir sind ja so gut wie Familie und brauchen doch das ganze Zeremoniell nicht." Seine Stimme hatte etwas Liebkosendes an sich.

„Fines", knurrte Nicholas.

„Ja, Morgan?", fragte Paul unschuldig.

„Hast du nichts Besseres zu tun, als mit meiner Frau zu tändeln?"

„Natürlich nicht", sagte Paul. „Was könnte besser sein als Tändeln?"

„Vielleicht alle seine Zähne im Mund zu behalten?"

„Ach, hört doch auf, ihr zwei." Percy verdrehte die Augen und plumpste auf einen Stuhl neben Helena. „Im Ring sind sie noch schlimmer", vertraute sie Helena in schwesterlichem Spott an.

Helena glühte noch über den Beschützerinstinkt, den Nicholas soeben an den Tag gelegt hatte. „Im Ring?"

„Sie wissen schon, raufen." Zur Demonstration boxte Percy mit ihrer Faust ein Sitzkissen. „Nick und Paul sind ganz verrückt nach Boxen. Einmal sind sie von Gentleman Jackson's mit Augen wie Kohlebrocken nach Hause gekommen, alle beide. Papa war außer sich. Er sagte, sie sähen aus wie zwei verfluchte—"

„Percy, fällt dir kein besseres Gesprächsthema ein?", fragte Nicholas mit einem Stirnrunzeln.

„Nicht wirklich", sagte Percy. „Mein Leben ist ausgesprochen langweilig."

„Oh Gott, Vorhang auf für das Trauerspiel", gähnte Paul. „Kann jemand die Minerva Press rufen?"

Percy hatte einen gehässigen Blick für ihren Bruder übrig. „Ich bin nicht dramatisch. Es ist die reine Wahrheit. Hier passiert nie etwas Interessantes."

„Wirklich, meine Liebe, ich weiß gar nicht, wo dein vulgäres Verlangen nach Aufregung herrührt", sagte Anna tadelnd. „Du solltest dich für die Annehmlichkeiten, die Papa uns ermöglicht hat, dankbar zeigen. So viele Menschen haben es schlechter als du."

Percy verschränkte bockig die Arme vor ihrer Brust.

„Ja, Percy, zeig dich gefälligst ein wenig dankbar", sagte Paul.

„Und was dich angeht, junger Mann", fuhr Anna fort, und wandte sich mit stählernem Blick an ihren Ältesten, „täte es dir gut, deinen Lebenswandel ein wenig zu zügeln. Dieses ausschweifende Dasein kann nicht gut ausgehen."

„Mama, lass uns doch nicht schon wieder *davon* sprechen", stöhnte Paul.

„Du kannst nicht bestreiten, dass du in den letzten Wochen geradezu bei Boodle's gewohnt hast. Ich weiß fürwahr nicht, woher du diesen Hang zum Kartenspiel hast—der Himmel weiß, dass dein Vater das Spielen nie gutgeheißen hat."

„Nun, Papa war ja auch ein Heiliger."

„Dein Ton gefällt mir nicht, junger Mann." Unter Annas sanft gesprochenen Worten lag ein eiserner Kern. „Wenn die Einstellung der Anfang aller Taten ist, dann fängst du am besten damit an, deine Geisteshaltung zu ändern. Du brauchst etwas Nützliches, womit du deine Zeit zubringen kannst. Vielleicht solltest du Nicholas um eine Stellung in der Kompagnie bitten."

„Können wir darüber nicht später sprechen?" Pauls Stimme hatte nun einen flehentlichen Einschlag.

„Nun, Nicholas sitzt ja jetzt gerade hier, da kann ich mir keinen besseren Zeitpunkt vorstellen", sagte Anna bestimmt. „Nicholas, was hältst du davon, dass Paul in die Kompagnie eintritt?"

„Für Paul gibt es immer eine Stellung, wenn er sie denn will", sagte Nicholas.

„Ausgezeichnet. Dann ist es also beschlossene Sache. Paul beginnt nächste Woche." Anna streichelte den Mops, der sich vor Vergnügen auf den Rücken drehte. „Nun, Percy, vielleicht möchtest du unsere Gäste am Klavier unterhalten."

Während Percy mit offensichtlichem Widerwillen aufstand, wich Pauls mürrischer Gesichtsausdruck der Schadenfreude. „Bitte nicht das Klavier", sagte er in gespieltem Entsetzen.

Helena sah, dass Paul mit seiner Bemerkung ins Schwarze getroffen hatte.

„Das ist nicht lustig!", sagte Percy, ihre Hände in die Hüften gestemmt. „Ich habe das Concerto ganz fleißig geübt. Es ist nicht meine Schuld, dass das Klavier verstimmt ist."

„Dein Ohr ist verstimmt, nicht das Instrument", sagte Paul und bediente sich gemächlich von der Imbissplatte.

Ein Kissen flog mit flatternden Fransen durch die Luft wie eine aufflammende Sonne. Es verfehlte sein Ziel um ein paar Meter. Das Ziel grinste und biss genüsslich in ein Stück Käse.

„Und dein Wurf ist ebenso daneben wie dein Gehör", sagte er.

Ein zweites Kissen kam gesegelt und stieß die Platte mit den Brötchen vom Tisch.

Mit einem beglückten Quieken hüpfte der Mops von Annas Schoß.

„Fitzwell, aus!", rief Anna. „Paul, halt ihn auf! Brötchen verträgt er nicht."

Paul streckte sich zaghaft nach dem schlemmenden Hund. „Komm her, du geistloses Biest..."

Fitzwell knurrte; die Nackenhaare stellten sich ihm auf. Mit einem resignierten Seufzer stellte Paul seinen Teller ab und griff nach dem Tier. Gleichzeitig stellte sich Fitzwell auf die kurzen Hinterbeine, verzweifelt seine Freiheit verteidigend. Anna schrie auf. Vor Helenas entsetzten Augen krachten Mann und Hund in die Anrichte, Essen regnete durchs Zimmer. Eine Symphonie von Geschirr und Besteck klirrte auf den Boden.

In der allgemeinen Aufregung, die darauf folgte, watete Nicholas durch die Bescherung und packte den sich windenden Hund beim Halsband.

Fitzwell schnaubte empört.

„Stopp", befahl Nicholas.

Der Hund leistete Folge und wurde in Annas Schoß zurückgesetzt.

Helena hatte alles still verfolgt. Verdrossen hielt Anna mit einer Hand den Hund fest, mit der anderen fasste sie sich an die Brust. „Was müssen Sie nur von uns denken, meine Liebe!"

„Oh, nein... ich..." Helena schüttelte den Kopf, ihre Schultern zitterten.

„Seht doch, wie ihr die arme Dame mit eurem schändlichen Benehmen verstört habt." Annas maßregelnder Blick galt ihren beiden Kindern sowie Fitzwell, der sie unschuldig anblinzelte.

Helena fühlte, wie ihr Gesicht rot wurde.

„Tief durchatmen, Helena", sagte Nicholas.

„Ich hol das Riechsalz!", erbot sich Percy.

„Bring mir auch gleich welches, bist du so gut?" Voll Ekel putzte sich Paul ein Stück Schinken von seiner zuvor makellosen Weste.

„Was müssen Sie nur von uns denken!", wiederholte Anna händeringend.

Es war wirklich alles zu viel.

„Ich finde", japste Helena, „Sie alle einfach wundervoll!"

Und sie zerfloss in Gelächter.

❧ 20 ❧

Was zum Teufel führte Helena im Schilde?

Anna hatte sie zu einer Besichtigung ihres Gartens hinausgeschickt, also war Nicholas allein mit seiner Frau im Freien. Der liebliche Anblick der Blumenbeete und wohl geschnittener Hecken kümmerte ihn allerdings wenig: Er wollte wissen, was Helena vorhatte. Sie bückte sich und schnupperte unbekümmert an einer gelben Blüte, als hätte sie keine Sorge auf der Welt. Als hätte sie die letzte Stunde nicht damit zugebracht, die Fines zu umgarnen. Als hätte sie ihnen nicht charmant Geschichten aus seiner Jugend entlockt–Einzelheiten, die Anna, Percy und Paul höchst unterhaltsam dargeboten hatten.

Zum Beispiel, als Nicholas versucht hatte, Percy beim Kleben ihrer zerbrochenen Puppe zu helfen und sich dabei selbst die Daumen zusammengeklebt hatte. Oder als er und Paul aus Jux Jeremiahs Whiskeyflasche mit gefärbtem Malzwasser gefüllt hatten. Oder das eine Mal, als sie beim Boxen zu sehr über die Stränge geschlagen und anschließend versucht hatten, Pauls blaues Auge mit Annas Puder zu vertuschen.

Nicholas war dagesessen und hatte zugehört, wie die anderen in rührseligen Erinnerungen schwelgten. Innerlich hatte er dabei

Gott gedankt, dass Anna, Paul und Percy die grässlichen Wahrheiten nicht kannten, die Geschichten, die man nicht beim Tee erzählen konnte. Aus der Zeit, bevor er sie getroffen hatte. Seine Verbrechen, seine Brutalität und seine Feigheit—diejenige Vergangenheit, die ihn zu dem gemacht hatte, der er war.

Als Helena sich aufrichtete, fiel die Sonne auf ihr nussbraunes Haar und legte einen goldenen Schimmer auf ihre dicken Locken und die nackte Haut über ihrem Ausschnitt. Viel zu viel Haut, dachte er erbost. Hitze wallte in seinen Lenden auf, während ihn zugleich Schuldgefühle anfielen: Was war er nur für ein geiler Bastard, dass die Nacht mit der Hure sein Verlangen nach Helena nicht einmal gelindert hatte?

„Sie quellen ja schier auf diesem Kleid heraus", sagte er, ehe er sich beherrschen konnte.

Sie blickte zu ihm auf. Ihre Mundwinkel hoben sich. „Danke, dass du es bemerkt hast, Milord."

„Ich bin nicht der Einzige, der es bemerkt hat", sagte er schroff. „Fines konnte beim Teetrinken seine Augen die ganze verfluchte Zeit kaum von Ihnen abwenden."

„Mr. Fines war lediglich aufmerksam." Sie neigte den Kopf. „Du bist doch nicht etwa eifersüchtig?"

„Natürlich nicht", presste er zwischen zusammengebissenen Zähnen hervor. „Was Sie tun, ist Ihre Angelegenheit. Was mich zur Sache bringt—was fällt Ihnen eigentlich ein, sich in die meinen zu mischen?"

Zu seinem Entsetzen hakte sie sich bei ihm unter. Ihr Lächeln höhlte seinen Widerstand wie ein Rammbock. Bis in die Knochen bebte er vor Begierde. „Geh ein Stück mit mir, Harteford. Wir haben ein paar private Angelegenheiten zu bereden. Über unsere Ehe."

„Ich glaubte, mich das letzte Mal deutlich ausgedrückt zu haben", brachte er heraus, während er mit ihr auf dem Kiesweg Schritt hielt. „Die Ehe wird annulliert. Das ist das Beste für uns beide."

„Das sehe ich anders. Ich habe entschlossen, dass wir verheiratet bleiben. Einer Annullierung stimme ich nicht zu–sollte es so weit kommen, werde ich die Sache äußert schwierig machen.“

„Was?“, bellte er, ehe er sich daran erinnerte, wo er war.

„Du hast mich schon verstanden“, sagte sie.

Er ließ ihren Arm fallen und starrte sie an. „Warum tun Sie das?“

Sie erwiderte standhaft seinen Blick. Ihre Haselnussaugen spien Feuer und ihre Wangen waren rosiger als all die Blumen ringsum zusammen. Sie war schöner, als es irgendeiner Frau auf der Welt zustand. Er verfluchte sie innerlich dafür.

Ihr Kinn hob sich. „Weil ich dich liebe, du Narr. Warum denn sonst?“

Diese Worte landeten auf seinem Herzen wie ein Hammer auf einem Amboss. Hiebe von Schmerz und Glück erschwerten ihm das Atmen. „Was?“, sagte er erstickt.

„Oh, Nicholas“, sagte sie mit einem traurigen Lächeln. „Du hast doch nicht etwa einen Gehörschaden, oder? Vielleicht willst du es nicht wahrhaben, doch wahr ist es trotzdem. Ich liebe dich, und ich gebe dich nicht kampflos auf.“

Da war es: alles, was er jemals von ihr hören wollte.

Gib der Versuchung nicht nach, du eigensüchtiger Bastard. Es steht dir nicht zu. Du musst sie beschützen.

Panik überkam ihn und er schüttelte den Kopf. „Sie wissen ja gar nicht, was Sie da sagen. Sie kennen mich ja nicht einmal–“

„Ach, tue ich das nicht?“ Sie marschierte mit beherzten kleinen Schritten voraus, die ihn zwangen, seinen Gang zu beschleunigen. „Ich weiß mehr, als du denkst, Nicholas. Ich weiß beispielsweise, dass deine Mutter eine Opernsängerin war und dass du erst kürzlich zum rechtmäßigen Erben erklärt wurdest. Ich kann nur annehmen, dass du in der Zwischenzeit als Bastard lebtest, und das kann nicht einfach gewesen sein.“

Nicht einfach? Was für eine Untertreibung. Ihm drehte sich alles–zu viele Gefühle drängelten sich in seinem Kopf. „Sie haben überhaupt keine verfluchte Ahnung, wie mein Leben war. Sie könnten es nicht ansatzweise verstehen", sagte er verbissen.

„Dann stell mich doch auf die Probe." Sie sah ihn herausfordernd an. „Statt dich zu verstecken oder wegzurennen, teile etwas mit mir, nur dieses eine Mal."

Tu es nicht. Gib nicht nach—

„Oder bist vielleicht du derjenige, der Angst hat?"

Sein Temperament ging mit ihm durch. „Sie wollen eine Geschichte? Na gut. Aber seien Sie gewarnt, diese hat nichts mit dem zu tun, was eben beim Tee erzählt wurde." Sie sah ihn weiterhin ganz ruhig an. Er sagte angespannt: „Es war der Tag, an dem ich Jeremiah an den Docks traf."

„Nur zu", sagte sie.

„Es ist eine entzückende Geschichte. Eines Nachts war Jeremiah spät auf dem Weg nach Hause, als ich mich ihm näherte."

„Um ihn um Arbeit zu bitten?", nahm sie vorweg, ganz, wie er angenommen hatte.

„Mit einem Totschläger." Beim Anblick der Falte zwischen ihren anmutigen Augenbrauen lächelte er mit bitterer Befriedigung. „Sie wissen gar nicht, was das ist, nicht wahr? Es ist in der Gosse eine recht gängige Waffe. Man nimmt ein Stück Stoff, wissen Sie, und wickelt es um irgendeinen Gegenstand, mit dem man jemanden verletzen kann—Steine, Holz. Alte Hufeisen sind besonders geeignet. Was auch immer man zur Hand hat; man bindet das Ganze zusammen und an einen Stecken. Damit man es so schwingen kann, sehen Sie?"

Ihr Blick folgte der bedrohlichen Bewegung seiner Hände. Er sah, wie sich ihr zarter Kehlkopf regte. „J-ja. Ich glaube, ich verstehe jetzt."

„Ich kam in jener Nacht in dem Glauben auf Jeremiah zu, er sei auch nur so ein weiches Schwein von den Docks. Leichte Beute. Ich dachte, ich heimse mir eine schöne Taschenuhr oder einen Geldbeutel voller Münzen ein. War mir eigentlich egal, auf welche Weise ich es bekam—mit Blutvergießen oder ohne", sagte er nüchtern.

„Und was ist geschehen?"

Nicholas lächelte trocken. „In jener Nacht *wurde* Blut vergossen—nur nicht Jeremiahs. Zäher alter Hund. Hatte mich am Dock auf dem Boden, das vermaledeite Ende seines Gehstocks auf meiner Kehle." Er konnte den kalten Stahl noch fühlen, die Taubheit, die über ihn gekommen war, als er glaubte, es wäre vorbei mit ihm. Nachdem er wochenlang vor seiner Schandtat auf der Flucht gewesen war, in ständiger Angst, Straßenbanden und anderen Verbrechern in die Quere zu kommen, war ihm der Tod fast wie eine Erlösung erschienen.

„Hat er dir weh getan?", keuchte sie.

„Nein."

„Was ist dann geschehen? Was hat Jeremiah getan?"

Nicholas atmete aus. „Er hat einfach... mit mir gesprochen. Er sagte, *Ein Mann ist, was er aus sich macht. Ich kenne dich nicht, aber ich bin mir verdammt sicher, dass du etwas Besseres zustande bringst als das hier.*"

Unerwartet begannen seine Augenlider heiß zu prickeln: all die Jahre, und die Dankbarkeit, nein, die *Liebe*, die er für seinen Mentor empfand, war kein bisschen geschwunden. In jener Nacht hatte er nicht den Tod gefunden sondern ein Wunder: einen Neuanfang.

„Jeremiah sagte mir, ich solle zu seinem Lagerhaus kommen, wenn ich für ein besseres Leben bereit war. Ich hatte wenig zu verlieren, also ging ich tags drauf dorthin. Er fand eine Unterkunft für mich, sah zu, dass ich saubere Kleider und vernünftige Mahlzeiten hatte. Er gab mir eine Stellung mit seinen Dockarbeitern, und ich verrichtete dort lange und schwere Stunden der Arbeit, doch sie waren redlich. Ich brauchte fünf Jahre, um mich vom Hafenbecken ins Kontor hinaufzuarbeiten. Nach mehreren Beförderungen verbrachte ich letztlich zwei Jahre als Aufseher unseres Betriebs in den West Indies. Ich kehrte zurück, als Jeremiah krank wurde, und da schlug er mir die Partnerschaft vor."

„Wie ich dich bewundere." Die sanfte Stimme seiner Frau weckte ihn aus seinen Gedanken. Erschrocken bemerkte er, wie viel er preisgegeben hatte, und war noch viel erschrockener darüber, was seine Frau darauf erwiderte. Ihre behandschuhte Hand lag sanft auf seinem Arm. „Du bist aus den misslichsten Umständen gekommen und hast etwas aus dir gemacht. Du hast große Erfolge errungen, und sie dir alle selbst verdient. Wenig andere können das von sich behaupten."

„Sie verblüffen mich", musste er zugeben.

„Tue ich das?"

„Ihnen ist bewusst, dass mein *Erfolg*, wie Sie es nennen, darin liegt, dass ich einen Beruf ausübe. Ich lebe von meiner Arbeit." Er sprach seine Worte überdeutlich aus, als verstünde sie deren Bedeutung nicht. „In den Augen der feinen Gesellschaft ist das eher eine Schande als eine Leistung."

Seine Frau sah ihn mit undurchdringlichem Blick an. „Und du glaubst, es schert mich, was die feine Gesellschaft denkt?"

„Sie sind eine Dame", sagte er. „Freilich tut es das."

„Dann kennst *du mich* vielleicht nicht so gut, wie du glaubst", sagte sie.

Es *funktioniert*. Helena musste angesichts des verdatterten Gesichtsausdrucks ihres Lords ein freudiges Lächeln unterdrücken. *Ich lerne ihn endlich kennen—wer er wirklich ist. Damit aber Vertrauen und die Ehrlichkeit zwischen uns gedeihen können, muss er auch das eine oder andere über mich erfahren.*

Sie holte tief Atem, fasste Mut und sagte: „Es wird dich vielleicht erstaunen zu erfahren, dass ich meinerseits auch Dinge getan habe, die die feine Gesellschaft entsetzen würden", sagte sie.

Das entlockte ihrem Gemahl ein seltenes Lächeln. Seine weißen Zähne blitzten gegen seine dunkle Haut auf. „Nun wirklich?"

Helena nickte ein wenig benommen, weil sie so nahe bei ihm stand. So nahe, dass sie die dezenten Streifen auf seiner grauen Weste ausmachen konnte. Sie konnte seinen ureigenen Duft riechen, nach Sandelbaum, Zitronenseife und... potentem Mann. Sie sog seinen Geruch ein, bevor sie fortfuhr.

„Meine Eltern verzweifelten an mir, dachten, aus mir würde niemals eine echte Dame", sagte sie, weil sie glaubte, es wäre besser, ihn sachte heranzuführen. „Als ich ein kleines Mädchen war, schickten sie mich immer ohne Abendessen zu Bett, wenn ich mir mal wieder die Knie aufgeschlagen hatte."

„Ihre Maßnahmen haben gewirkt. Sie sind ja immerhin der Inbegriff der damenhaften Tugend."

„Das bin ich *nicht*!" Helena errötete, als Nicholas die Brauen hob. Was würde er von ihr halten, wenn er sie so sähe, wie sie wirklich war? Und zwar nicht vollkommen. Weit davon entfernt. Sie dachte an Mariannes Worte, dass Männer nicht mit Tugendbildern ins Bett gehen wollten, und sagte bange: „Was ich sagen will, ist, dass ich nicht nur der reine Anstand bin. *Ganz und gar nicht.*"

„Fürwahr."

Nicholas duldsam-abfälliger Ton sträubte Helena die Haare vor Ärger.

„Wenn ich mit meinem Bruder Thomas ausritt, ritt ich breitbeinig, sobald das Haus außer Sichtweite war."

Als Nicholas unbeeindruckt blieb, fügte sie hinzu:

„Wenn ich Hosen anhatte, konnte ich schneller auf einen Baum klettern als Thomas."

Weiterhin keine Antwort.

„Einmal habe ich den Sohn des Bäckers zu Boden geworfen, weil er sich über meine Sommersprossen lustig gemacht hat", sagte sie verzweifelnd. „Ihm blutete die Nase. Ich habe ihm wohl auch den einen oder anderen blauen Flecken verpasst."

„Ich sehe keine Sommersprossen", merkte ihr Gemahl an.

„Die sind verblichen, nachdem meine Mutter mir Milch und Essig ins tägliche Waschwasser gegeben hat." Missmutig zupfte Helena an einer Frühlingsblume. Die Blütenblätter fielen in ihre Handfläche. Nicholas zog es offensichtlich vor, sie in einem bestimmten Licht zu sehen, und nichts, was sie sagte, konnte ihn davon abbringen. Wenn er schon ihre albernen Kindergeschichten nicht mit seinem Bild von ihr vereinbaren konnte, was würde er dann tun, wenn sie ihm viel ernstere Vergehen aus der jüngeren Vergangenheit beichtete?

Nebenbei bemerkt, mein Schatz, habe ich mich auch als Hure verkleidet und dich im Bordell verführt.

Oder vielleicht sollte sie es unmittelbarer angehen: *Wusstest du eigentlich, dass ich fließend Französisch spreche, Nicholas? „J'adore le cock", etwa—erinnert dich das an irgendetwas?*

Als sie sich all die möglichen Auswirkungen solch eines Geständnisses vorstellte, erschauderte sie. Das mit dem Vertrauen war schon eine heikle Sache. Am besten ging sie umsichtig und mit kleinen Schritten vor.

Sehr kleinen Schritten.

„Ist Ihnen etwa kalt?"

Warme Finger hoben ihr Kinn hoch. Nicholas musterte sie und seine grauen Augen waren vor Besorgnis mild.

„Nein", flüsterte sie.

Sie wollte seine Berührung nicht verlieren, schloss die Augen und wagte es, ihre Wange an seine Hand zu lehnen. Sie spürte, wie er zögerte. Dann fuhr er mit den Fingerknöcheln ihre Wange entlang.

„Hältst du... hältst du mich immer noch für ein Ebenbild der Tugend?", fragte sie mit stockendem Atem.

Eine steife Stille folgte. Als er sprach, war seine Stimme tief und rau, wie ausgefranst. „Ah, Helena, Gott steh mir bei, aber ich finde Sie zuckersüß.“

Ihre Wimpern flatterten, als er sie weiter sanft streichelte, und ihre Haut erhitzte sich. Sie sah seine Lippen an, erinnerte sich an die Hitze, und wie diese Lippen sich auf ihren Brüsten angefühlt hatten. Wie dieser Mund vor drei Nächten von herrlich verschrobenen Gelüsten erzählt hatte—Fantasien, die sie vor Wollust heiß und feucht hatten werden lassen. Ihr Blick wanderte nach oben, und sie versank in zwei leidenschaftlichen finsteren Gewässern.

„Nicholas.“ Ihr Kopf neigte sich einladend nach hinten.

Als sein Name erklang, machte Nicholas tief in der Kehle ein Geräusch. Er legte seinen Mund auf ihren. Der Kuss begann sanft, zart, wie das leise Summen von Libellenflügeln. Sie nahm seine Wärme auf wie eine nach Sonne darbende Blume. Doch selbst als seine Berührung ihr so die Sinne raubte, wusste sie doch, dass er sich zurückhielt. Er beherrschte sich... seiner Vergangenheit wegen? Weil er unter der abwegigen Vorstellung litt, dass er ihrer nicht wert war? Wusste er denn nicht, dass er alles war, was sie sich ersehnte? Wenn Worte ihn von ihrer leidenschaftlichen Liebe nicht überzeugen konnten, dann vielleicht Taten.

Sie flüsterte seinen Namen, öffnete die Lippen, und der Kuss wandelte ich völlig. Sie hörte ein kehliges Geräusch und er fiel in sie ein. Sie fühlte die männliche Essenz seiner in ihrem Mund. Seine Zunge schlug sich ihrer entgegen und tauchte ein—fordernd, verlangend, keinen Zweifel daran lassend, dass er hierhin gehörte. Nicht, dass sie daran je einen Zweifel gehabt hätte. Sie stöhnte und schlang ihre Zunge um seine. Sie fuhr mit den Fingern in sein Haar, wollte ihn noch näher bei sich haben. Wollte die harte, längliche Stelle an sich gedrückt haben, wollte sie tief in sich haben...

„Nick, Mama möchte wissen, ob ihr zum Abendessen—“

Die frohgemute Stimme fiel in den frühlingshaften Garten wie das Beil einer Guillotine. Helena wurde so hastig beiseite gestoßen, dass sich ihr ganz schwindlig wurde. Sie hielt sich an einer

Hecke fest. Als sie wieder genügend zu sich gekommen war, sah sie Percy mit tellergroßen blauen Augen dastehen, die entgeistert zwischen ihr und Nicholas hin und her zwinkerten. Er sah wesentlich gefasster aus, als sie sich fühlte.

„Danke, Percy", sagte Nicholas höflich, „aber nein, wir bleiben nicht."

Zumindest war er leicht außer Atem.

„Ich wollte nicht stören... es tut mir so... ach, verflucht." Percys Gesicht war röter als die Rosen. Sie stupste mit ihrem Schuh einen Kieselstein und murmelte: „Ich, äh, sage Mama Bescheid." Sie flitzte davon.

Helena wandte sich an Nicholas. Die witzige Bemerkung, die ihr auf der Zunge lag, verging ihr, als sie die Anspannung auf seinem rauen Gesicht sah. Sie seufzte tief und verschränkte die Arme vor ihrer Brust. „Um Himmels Willen, müssen wir das wieder durchspielen? Ich weiß, was du denkst, und die Antwort heißt nein."

„Was wieder durchspielen?" Seine Augenbrauen kniffen sich zusammen. „Und was meinen Sie mit *nein*?"

„Du willst mich doch schon wieder aus deinem Leben verbannen, oder nicht?" Als er mit einem vielsagenden Blick antwortete, sagte sie süßlich: „Das sehe ich an deinem Kiefer. Der sieht nämlich immer steinhart aus, wenn du im Begriff bist, etwas Unangenehmes zu sagen. Nun, was auch immer du diesmal für einen Ausweg vorschlagen willst–getrennte Wege gehen, eine Annullierung beantragen, oder im Eilverfahren eine Scheidung erwirken–die Antwort ist *nein*."

Er starrte sie nur an. Gut. Er sollte ruhig wissen, dass es ihr ernst war. Sie hob ihr Kinn und hielt seinem Blick stand.

Nach einer Weile zuckten seine Lippen. „Vielleicht kennen Sie mich doch besser, als ich dachte."

Sie ergriff die Gelegenheit und sagte mit fester Stimme: „Ich liebe dich, Nicholas. Und du kannst nicht verleugnen, dass du wenigstens etwas für mich empfindest, nach unserem letzten Maich meine, nach unserem Kuss eben." Gütiger Himmel, da wäre es ihr beinahe herausgerutscht! Heiser, hastig sagte sie: „Kannst du mir nicht genug vertrauen, um mir zu sagen, was los ist?"

Von der Sehnsucht, die sie in seinen Augen sah, bekam sie eine Gänsehaut.

„Ich–Ich will dich, Helena. Es war die Hölle, das Gegenteil vorzuschützen." Dieses Geständnis klang rostig, als ob er es aus einem tiefen und selten begangenen Winkel in seinem Innersten hervorholte.

„Doch gibt es in meiner Vergangenheit Dinge, die dich in Gefahr bringen würden, und das kann ich nicht zulassen." Er räusperte sich. „Und im Übrigen lautet die Antwort nein."

„Nein zu was?", fragte sie verwirrt.

„Du wirst mich über meine Vergangenheit ausfragen wollen, und nein, ich werde dir nichts davon erzählen." Als sie so schachmatt gesetzt die Stirn runzelte, krümmten sich Nicholas' Mundwinkel leicht. „Ehemänner sind nicht ganz so dumm, wie du denkst. Du, Milady, bekommst eine entzückende kleine Falte zwischen den Augenbrauen, bevor *du* ein schwieriges Thema ansprichst."

Sein Eingeständnis, dass er sie wollte, und sein liebevolles Necken ließen ihr Herz vor Hoffnung hopsen. Da musste es doch einen Weg geben. „Was auch immer es ist, ist es mir einerlei", sagte sie eifrig. „Um bei dir zu sein, ginge ich mit Vergnügen jegliche Gefahr ein. Außerdem lauern im Leben ja ohnehin ständig Gefahren, oder nicht? Stell dir vor", fuhr sie fort, weil ihr gerade ein Einfall gekommen war, „vor ein paar Tagen erst waren mir zwei Verbrecher auf den Fersen–"

„Waren dir *was*?" Nicholas erblich.

„Oh, mach dir keine Sorgen, Milord", sagte sie hastig. „Nichts ist geschehen. Ich bemerkte nur, wie mir zwei Männer in dunklen Mänteln folgten, als ich in der Bond Street einkaufen war. Ich ging zu Lady Draven und die, äh, half mir, Kutschen zu tauschen, und so bin ich den beiden entkommen."

„Wie sahen diese beiden Männer aus?"

Helena rümpfte die Nase. „So genau habe ich sie ja nicht gesehen. Immer, wenn ich sie anschauen wollte, drehten sie sich weg oder verschwanden in der Menschenmenge. Aber ich habe ihr Spiegelbild kurz gesehen, indem ich so tat, als blickte ich in ein Schaufenster."

Was äußerst gerissen von ihr gewesen war, dachte sie.

„Und?", fragte Nicholas.

„Hmm. Für Verbrecher sahen sie eigentlich recht gepflegt aus. Gut rasiert, anständige Hüte. Ihre Mäntel waren keineswegs vornehm, aber auch nicht schäbig." Helena runzelte die Stirn, wunderte sich nachträglich darüber. „Wenn ich so darüber nachdenke, erinnert mich ihre Erscheinung an jemanden, ich komme nur gerade nicht darauf."

„An Mr. Kent vielleicht?"

Sie sah ihren Mann überrascht an. „Aber freilich! Woher wusstest du das?"

„Weil, meine liebe furchtlose Gemahlin, ich selbst diese verdammten Ermittler bestellt habe."

„Um mir nachzustellen?", fragte sie entsetzt.

„Um dich zu beschützen", berichtigte er sie.

Ihre Hände flogen zu ihrer Brust. „In was für einer Gefahr befinde ich mich denn bitte genau? Was zum Teufel geht denn vor? Hat es etwas damit zu tun, dass du angeschossen wurdest?"

„Nichts ist sicher, Helena. Ich weiß nur, dass ein Schurke umgeht, der mir und den mir am nächsten Stehenden Übles will. Hör zu", sagte er bestimmt, ehe sie ihn unterbrechen konnte. „Was deine Sicherheit angeht, gehe ich keinerlei Wagnis ein. Du bist mir zu wichtig. Ich will, dass du London verlässt, je eher, desto besser."

Freude und Furcht vermengten sich in ihr, als sie dies hörte „Und du bist mir wichtig. Wer passt auf *dich* auf, Nicholas, wer beschützt dich?"

Er fuhr fort, als hätte sie nichts gesagt. „Wenn deine Eltern dich nicht aufnehmen, finde ich einen anderen Ort, an den ich dich schicken kann–"

Ihr Herz klopfte widerborstig. Nicht jetzt. Nicht jetzt, wo sie endlich Fortschritte machten. „Ich will nicht von dir weg. Ich gehe nicht weg. Nicht, wenn du mir nicht sagst, warum."

„Großer Gott, Weib, hörst du denn nicht zu? Dein Leben schwebt vielleicht in Gefahr, mehr brauchst du doch nicht zu wissen!"

„Und noch ist nichts passiert, oder?" Helena war recht stolz darauf, wie besonnen sie klang. „Ich meine, die Männer, die ich für Schurken hielt, waren in Wirklichkeit Leibwächter, die zu meinem Schutz angeheuert waren. Also war ich in Wahrheit nicht nur *nicht* in Gefahr–ich war sogar sicherer, als ich dachte."

Nicholas öffnete den Mund und schloss ihn wieder. Er fuhr sich mit der Hand durchs Haar und sah sie erbost an: „Wo zum Teufel hast du denn gelernt, so zu streiten?"

„Bei den Debatten im literarischen Salon", sagte sie. „Wie dem auch sei, ich möchte eine Lösung zu unserem Dilemma vorschlagen. Eine Art Kompromiss."

„Kompromiss?" Er schnaubte. „Was veranlasst dich denn zu der Annahme, dass ich dich nicht einfach in die nächste Kutsche in Richtung Unbekannt stecke?"

„Und was veranlasst dich zu der Annahme, dass ich nicht wieder heimfinde?" Sie erwiderte seinen donnernden Ton mit einem besänftigenden Lächeln. „Wäre ich denn wirklich alleine in der Fremde sicherer?" Er runzelte die Stirn. Sie wusste, dass sie die Oberhand hatte, also drängte sie weiter. „Wäre es nicht besser für mich, ich bliebe in London, unter dem Schutz der Leibwächter und deiner selbst? Wenn es dir um mein Wohlergehen geht, so lass mich dir versichern, ich passe bestmöglich auf mich auf. Ich schränke meine Unternehmungen ein und gehe nirgendwo ohne Begleitung hin."

Er verschränkte mit verkniffenem Blick die Arme. „Und im Gegenzug?"

„Erstens, sofern du es nicht schon getan hast, wirst du Mr. Kent bitten, deine Sicherheit zu gewährleisten. Wenn ich Schutz brauche, dann auch du."

Er grunzte etwas, das sie als Zustimmung auffasste.

„Und zweitens lässt du mich hierbleiben... und versprichst, diese lächerliche Annullierung sein zu lassen." Sie schloss die Lücke zwischen ihnen beiden, legte ihre behandschuhte Hand auf seinen verkrampften Kiefer. „Du stimmst zu, unserer Ehe noch eine Chance zu geben, so wie sie Jeremiah einst dir gab."

Er bebte unter ihrer Berührung, ein wilder Hengst, der jeden Augenblick losstürmen konnte. Sie fürchtete, sie hatte ihn vielleicht zu sehr bedrängt. Ihr wurde noch banger, als er ihre Hand ergriff und zurück an ihre Seite führte.

„Du legst mir täglich einen Plan deiner Unternehmungen zur Genehmigung vor. Wenn du das Haus verlassen musst, dann nur unter Schutz. Kurz gesagt, du hältst dir Ärger vom Leib oder, so wahr mir Gott helfe, sperre ich dich weg. Irgendwo in den Äußeren Hebriden", sagte er ruhig.

Sie erzitterte vor Erleichterung. „Natürlich. Ich gebe dir mein Wort, Milord."

„Was unsere Ehe anbetrifft, werde ich mir die nächsten Schritte überlegen. Und du wirst mich das ohne Einmischung tun lassen."

„Aber–"

„Das ist unsere Abmachung. Nimm sie an oder lass es sein", sagte er.

Sie verkniff sich ein Widerwort. Eine kluge Frau wusste, wann sie den Rückzug antreten musste. „Ja, einverstanden." Sie konnte nicht anders und murmelte: „Du bist ein harter Verhandlungspartner, Milord."

„In dieser einen Sache kommt mir das Kaufmannstum zugute", entgegnete er spöttisch.

*E*rpresst? Warum zum Teufel haben Sie mir das nicht eher gesagt?"

Über die Stapel von Kontobüchern und Papieren hinweg blickte Nicholas dem erzürnten Ermittler fest in die Augen. „Weil ich mir nicht sicher war, ob ich Ihnen vertrauen kann, Kent. Das bin ich mir immer noch nicht. Aber ich habe mich entschlossen, das Risiko einzugehen, denn diese Sache muss ein Ende haben."

Ambrose Kent stand von seinen Stuhl auf und begann wütend vor dem Schreibtisch Kreise zu ziehen. „Damit ändert sich *alles*, Milord. Wir müssen jetzt eine ganz neue Liste Verdächtiger erstellen. Wer sind Ihre Feinde? Was wissen Sie, das gegen sie verwendet werden könnte?"

„Zunächst muss ich Sie etwas fragen." Nicholas sprach mit gefasster Stimme. Unter dem Schreibtisch aber gruben sich ihm die Fingernägel in die Handflächen. „Angenommen, jemand hatte... in der Vergangenheit gewisse Schwierigkeiten. Leichen, die er gerne im sprichwörtlichen Keller ließe. Würden Sie diesem Wunsch in Ihrer Ermittlung entsprechen?"

Dünne Brauen hoben sich über bernsteinfarbenen Augen. „Nur rein angenommen, versteht sich?"

„Selbstverständlich."

„Ich kann für nichts bürgen. Um die Wahrheit zu finden, muss ich jeden Stein umdrehen." Kent zuckte mit den Schultern. „Manchmal stoße ich dabei auf Beweise, die mein Klient lieber vergraben gelassen hätte."

„Und was würden Sie tun, wenn Dinge ans Licht kämen, die den Ruf Ihres Klienten möglicherweise beschädigen könnten... oder schlimmer noch?"

Kent sah ihn mit festem Blick an. „Von was für einer Art Schwierigkeiten sprechen wir denn hier, Milord?"

Vorsicht. Gib ihm nur genug preis, dass er seine Ermittlungen fortführen kann. Du musst es tun, um Helenas Willen... und um deiner Ehe Willen.

Hoffnung war in ihm aufgeflammt und warf ein wenig Licht in die Schatten seiner Seele. Seit dem Gespräch mit Helena vor zwei Tagen tobte ein gieriger Hunger in ihm—sie hatte ihm gestanden, dass sie ihn *liebte*. Sie wollte ihn zum Gemahl. Sie würde für ihn kämpfen. Wie konnte er ihr widerstehen; wie konnte er nicht das Gleiche erwidern, wenn er sie doch mit seiner ganzen erbärmlichen Seele liebte?

Sein Kampf begann hier und jetzt.

Es war ihm, als schritte er über eine Klippe. Nicholas atmete aus und antwortete dem Polizisten.

„Einige Jahre arbeitete ich als Kletterbursche für einen Mann namens Ben Grimes. Er bezeichnete sich selbst als Schornsteinfeger, doch war hauptsächlich ein Dieb. Er betrieb ein ganzes Verbrechernest. Eines Nachts brannte es nieder, und nahm ihn in den Flammen mit." Wie Nicholas so die Einzelheiten vertuschte—den Mord, die sogar noch schändlichere Tat, die er in jener Nacht begangen hatte—brannte in seinen Lungen die Panik. Doch es gelang ihm, gefasst weiterzusprechen: „Wer auch immer hinter den Erpresserbriefen steht, hat mich mit Grimes in Verbindung gebracht. Er droht, diesen Teil meiner Vergangenheit öffentlich zu machen."

Kent ging nun nicht mehr im Zimmer umher. Sein Gesicht war ausdrucklos–ein nützliches Talent für einen Ermittler, und besonders löblich angesichts der Tatsache, dass der Marquis von Harteford soeben zugegeben hatte, dass er einst nichts weiter war als ein Schornsteinfeger, geknechtet von einem Unhold der verbrecherischen Unterschicht.

„Und was will er für sein Schweigen?" Die Stimme von Kent war überraschend sanft.

„Er sagte nichts. In jener Nacht in St. Giles, als er auf mich schoss, sagte er mir, ich solle seine Anweisungen abwarten."

„Abwarten, na wunderbar", murmelte Kent. Er begann wieder zu gehen und sein Mantel flatterte ihm um die langen Beine. „Wir haben so schon genug Zeit verloren. Ich muss mit dem Verhör meiner Kontaktpersonen beginnen, und zwar unverzüglich, um zu sehen, ob irgendjemand etwas von einem Verbrecher mit einer Verbindung zu diesem Grimes weiß."

Obwohl ihm das Herz kurz stockte, nickte Nicholas in hektischer Zustimmung.

„In der Zwischenzeit, Milord, rate ich Ihnen dringend, dass Sie einen meiner Männer zum Schutz nehmen. Für meinen Geschmack sind das hier zu viele Zufälle–das Plündern des Lagerhauses, der Übergriff auf Sie, und jetzt dies." In Kents schmalem Gesicht brannten die Augen so hell wie Laternen in der Nacht. „Mein Instinkt sagt mir, dass dies alles zusammen gehört. Aber wie?"

Nicholas hatte keine Antwort. Er wusste nur, dass er bis zur Aufklärung der ganzen Angelegenheit keine weiteren Entscheidungen über seine Ehe treffen würde. Sein Gewissen verbat ihm, Helena zu sehen, ehe er nicht von seinen Dämonen befreit war. Und obwohl er warten musste, hatte er zumindest jetzt ein wenig

Gesellschaft dabei: die Hoffnung. Und das war ein edlerer Gefährte, als er verdiente.

Später in jener Woche betrat Helena den Buchladen von Hatchard auf dem Piccadilly Circus. Diesen Besuch hatte sie auf der Liste vermerkt, die sie Nicholas gegeben hatte—oder genauer gesagt, die sie seinem Boten gegeben hatte, der täglich zur Abholung ihres Tagesplans vorbeikam. Wie sie so zwischen den Bücherregalen umherwanderte, sich nur allzu bewusst der Leibwächter, die diskret Aufstellung genommen hatten (einer am Eingang und einer beim Kamin vor ihr), kochte sie vor Unmut.

Fast eine Woche war vergangen, und sie hatte nicht einmal den Schatten ihres Gemahls gesehen.

Zunächst war sie zufrieden gewesen, dass er sie überhaupt in London verweilen ließ. Ihre Aussprache bei den Fines war ihr wie ein Wendepunkt in ihrer Beziehung erschienen. Doch mit jeder Stunde, die sie allein in der Stadtresidenz verbrachte, fühlte sie ihren Optimismus schwinden. Rastlosigkeit, verschlimmert noch von der Allgegenwart der Leibwächter und ihren eigenen Sorgen, plagte sie.

Warum hielt Nicholas weiterhin Abstand zu ihr? Hatte sich denn in Wirklichkeit nichts verändert? Gütiger Himmel, was war mit den geheimnisvollen Gefahren, die ihn bedrohten? War ihm vielleicht etwas zugestoßen?

Aber nein, jeden Morgen schickte er ihr durch seinen Boten eine höfliche Nachricht. Ein paar Zeilen, die nach ihrer Gesundheit und ihren Unternehmungen fragten, gefolgt von einem knappen Satz darüber, wie hoch beschäftigt er bei der Arbeit war. Das war alles.

Ihre ungestüme Seite wollte nach ihm suchen; ihre besonnene Seite verbat es ihr. Sie hatte ihm versprochen, ihn allein zu einer

Entscheidung über ihre Ehe gelangen zu lassen, also durfte sie ihn nach nur einer Woche nicht wie eine Xanthippe bedrängen. Seufzend machte sie sich an einen der Bücherstapel. Lieber machte sie das Beste aus ihrem Besuch bei Hatchard's, als dass sie sich nur im Kreise drehte. Der Geruch nach Pergament und getrockneter Tinte besänftigte ihre gereizten Sinne. Sie schlängelte sich durch den gut sortierten Laden; sie suchte nach einem Buch, das ihr die Havershams empfohlen hatten.

Sie blätterte gerade durch einen Band, als sie ihren Namen hörte.

„Lady Harteford, Sie hier zu sehen!"

Sie drehte sich um und lächelte überrascht. „Miss Fines, was für eine Freude, Sie wieder zu sehen."

Percy grinste. Ihre Locken leuchteten sonnig unter einer himmelblauen Haube. „Ganz meinerseits. Kommen Sie oft zu Hatchard's, Milady?"

„Hatchard's ist einer meiner Lieblingsorte in ganz London", erwiderte Helena.

„Meiner auch", stimmte Percy zu. Sie beugte ihren Kopf, um das Buch in Helenas Händen besser sehen zu können. „*Hypatia von Alexandria*. Nie gehört. Ist es gut?"

„Ich habe nur ein paar Seiten überflogen", sagte Helena. „Ich wählte es auf Empfehlung von ein paar Freundinnen, die in der Philosophie außerordentlich belesen sind. Darf ich fragen, was Sie heute hierher führt, Miss Fines?"

„Dies hier", sagte Percy und wedelte mit einem schwarzen kleinen Buch. „Das Neueste von Regina Maria Roche. Haben Sie etwas von ihr gelesen, Lady Harteford?" Als Helena den Kopf schüttelte, schaute Percy recht entsetzt drein. „Sie haben *Clermont* nicht gelesen? Oder die *Kinder der Abtei*?"

„Meine Mutter hat schärfstens darauf geachtet, was ich lese", erklärte Helena. „Schauderhafte Romane gehörten nicht zu der gestatteten Auswahl."

„Ich bin mir sicher, meine eigene Mutter wünschte, sie wäre strenger mit mir gewesen." Percys blaue Augen funkelten unverbesserlich. „Leider ist es nun viel zu spät dafür. Ich bin von übermäßiger Empfindsamkeit schon völlig verdorben worden. Ich wage zu behaupten, dass ich jede einzelne Veröffentlichung der Minerva Press gelesen habe."

„Mit hoher Empfindsamkeit gehen gewisse Stärken einher", sagte Helena, sich an eine Lektüre über das Thema neulich erinnernd. „Zum Beispiel eine natürliche Einfühlsamkeit in das Leid anderer."

Percy grinste wieder. „Ja, ich fühle mich so sehr in die Leiden der Heldinnen ein. Ei, in einem Roman verfolgt die Dame ihre wahre Liebe, einen stattlichen Stalljungen, dem fälschlich Mord vorgeworfen wird, und der zufällig auch ein lange verschollener, verkleideter Graf ist. Gleichzeitig sucht sie der umherirrende gequälte Sumpfgeist heim—der mutmaßlich der Halbbruder des Helden ist. Wenn das echte Leben nur halb so aufregend wäre!"

Helena konnte sich angesichts des spritzigen Charmes des jüngeren Mädchens ein Lächeln nicht verkneifen. Gleichzeitig spürte sie ein paar kritische Blicke aus der Richtung der Herren, die Zeitung lesend beim Kamin saßen.

„Miss Fines", sagte Helena impulsiv, „wollen Sie vielleicht mit mir Eis essen? Ich hatte vor, im Anschluss zu Gunter's zu gehen."

„Es wäre mir eine Freude", sagte Percy sofort. „Lassen Sie mich meine Zofe holen."

Die Fahrt zu Berkeley Square war kurz, und der Kutscher fand unter den Ästen eines Ahornbaumes ein schattiges Plätzchen für die Droschke. Es war ein warmer Tag, also waren viele andere Kutschen auf dem Platz abgestellt. Helena schickte ihren Stallburschen Will in den Süßwarenladen, und dieser kam alsbald mit einem Erdbeereis für Percy und einem Traubeneis für sie selbst zurück. Sie blieben im Freien in der offenen Kutsche sitzen, schlemmten und plauderten, und diese beiden Dinge zusammen waren so köstlich, dass Helena beinahe die lauernden Leibwächter vergaß.

„Ich bin so froh, dass ich Ihnen heute begegnet bin." Percy lutschte mit einem schwärmerischen Geräusch den letzten Löffel Eis ab. „Wir waren nach Ihrem Besuch alle so von Ihnen eingenommen, und ich kann kaum bis Freitag warten, Sie wiederzusehen. Wissen Sie schon, was Sie anziehen werden? Sie haben die herrlichsten Kleider. Und ich brauche dringend ein wenig Rat von Frau zu Frau."

Helena blinzelte zwischen Verwunderung und Belustigung darüber, dass das Mädchen bei ihr Rat in Sachen Mode suchte. „Wie bitte? Am Freitag ist eine Veranstaltung?"

„Oh nein, bitte sagen Sie mir nicht, dass Nick vergessen hat, Ihnen Bescheid zu geben!", jammerte Percy.

„Mir über was genau Bescheid zu geben?"

„Ich bringe ihn um", sagte Percy finster zu sich selbst. Ihr Blick flog plötzlich auf Helena. „Das meinte ich natürlich nicht so, Lady Harteford."

„Wenn Sie mich schon zur Witwe machen wollen, dann können wir ja auch gleich etwas ungezwungener werden", sagte Helena trocken. „Seien wir doch Helena und Percy füreinander, wenn das Ihnen recht ist. Nun, was ist am Freitag?"

„Oh, nur das *allerwichtigste* Ereignis meines ganzen Lebens", erklärte Percy.

Helena verbarg ein Lächeln. Der Hang des Mädchens zum Theatralischen hätte für die Drury Lane gereicht.

„Seit *Ewigkeiten* plane ich das. Sie und Nick sind nach dem Tee letzte Woche so, äh, überstürzt gegangen, dass ich Sie beide gar nicht daran erinnern konnte. Also sagte ich Paul, er solle Nick erinnern, als er gestern mit ihm zum Mittagessen verabredet war. Aber er hat es vergessen, oder vielleicht hat Nick Ihnen die Nachricht nie übermittelt. Jedenfalls werde ich sie beide kaltblütig ermorden."

Helena schwirrte der Kopf. „Percy, Sie haben mir immer noch nicht gesagt, von welchem Ereignis Sie überhaupt sprechen."

„Von meinem Geburtstag natürlich. Siebzehn Jahre des Dahindarbens werden endlich in einer Feier gipfeln, die alle anderen in den Schatten stellen wird. Meine Feier soll in Vauxhall stattfinden, Helena, *Vauxhall*, können Sie sich das vorstellen...?" Die langen Wimpern des Mädchens flatterten verträumt. „Da wollte ich schon immer einmal hin, und jetzt wird es wahr. Paul hat alles arrangiert. Er hat für die Gelegenheit zwei Lauben angemietet und meinen Freundinnen von Mrs. Southbridges Benimmschule Einladungen geschickt. Und Ihnen und Nick natürlich auch. Meine Mutter und ihre Freundinnen werden uns als Anstandsdamen begleiten, und es gibt Spiele und Essen und... oh, ich kann es kaum erwarten!"

Helena zwang sich zu einem Lächeln. Innerlich kochte sie über vor Ärger. Gewiss, Nicholas wollte sie schützen, aber doch nicht auf eine dermaßen armselige Art! Sie von einem Ereignis auszuschließen, das von den Menschen veranstaltet wurde, die ihm wie eine Familie waren... wie unannehmbar! *Er* ging ja schließlich hin, oder nicht? Wenn er das Risiko auf sich nehmen konnte, war ihr dann nicht wenigstens dieselbe Entscheidung zu überlassen? Oder, flüsterte eine boshafte Stimme in ihrem Kopf, hatte er vielleicht andere Gründe, warum er an diesem Abend nicht in Begleitung seiner Gemahlin sein wollte?

Ihre Hände ballten sich in ihrem Schoß zu Fäusten. Er hätte die Sache wenigstens mit ihr besprechen müssen. Dann wiederum wäre ein Meinungsaustausch unmöglich gewesen, da er es ja vorgezogen hatte, die ganze letzte Woche mit Abwesenheit zu glänzen.

„Sie kommen doch trotz des Missverständnisses, nicht wahr, Helena?" Percy sah sie mit bittenden, nervösen Augen an. „Ich werde es einfach nicht genießen können, wenn Sie nicht da sind. Mein Geburtstag würde ganz und gar verdorben."

Nicholas war vielleicht ein Esel, doch Percy war ein Schatz.

Helena fasste ihren Beschluss. Sie würde die Gefühle des Mädchens nicht verletzen, nur weil ihr Lord es für angemessen gehalten hatte, ohne ihr Wissen eine einseitige Entscheidung zu treffen.

„Selbstredend komme ich", sagte sie heiter. „Ihren Geburtstag würde ich um nichts in der Welt verpassen wollen. Also, erzählen Sie mir doch nun, was Sie anziehen wollen..."

22

Helena spürte seine Gegenwart, sobald er angekommen war. Sie saß am Ende des langen Tisches in der Laube und plauderte mit einem Freund von Paul Fines. Sie hatte dem Laubeneingang den Rücken zugewandt. In einen Moment schwirrte die Luft noch vor lebhaftem Geplauder und den Klängen des Orchesters, das in der Nähe spielte—und im nächsten füllte eine klopfende Stille ihre Ohren, als hätte man gerade Watte hineingestopft. Ein kribbelndes Gefühl lief ihr den Nacken hinunter, und es kostete sie ihre ganze Kraft, ihre Aufmerksamkeit weiter ihrem Tischnachbarn zu widmen.

Sie konnte Nicholas' stechenden Blick auf ihrem Rücken fühlen, wusste, dass er sie sofort erkannt hatte. Ihr Herz flatterte wie ein gefangener Spatz im Käfig. Doch sie würde sich nicht umwenden und ihren Gemahl grüßen, als wäre sie eine liebestolle Braut. Sollte er ruhig zu ihr kommen, wenn er wollte. Sie lachte also stattdessen heiter über den Witz von Mr. Henderson Reed—oder besser gesagt, sie ging davon aus, dass seine Anmerkungen witzig waren, denn sie hatte völlig den Faden des Gesprächs verloren.

Zum Glück schien er das nicht zu bemerken. „Ich muss schon

sagen, Lady Harteford, in diesem Licht hier sehen Sie ganz reizend aus“, sagte Mr. Reed. „Wie eine Prinzessin aus dem Märchenland unter einem Regenbogen aus Sternen.“

„Wie sehr poetisch von Ihnen“, sagte Helena, „Sie stehen ja Lord Byron in romantischer Empfindsamkeit in nichts nach.“

„Das ist liebenswürdig von Ihnen“, erwiderte Mr. Reed, offensichtlich geschmeichelt. „Er ist mir ein großes Vorbild.“

Helena war der Meinung, dass es dazu keiner Erklärung bedurfte. Die kunstvoll windverwehten braunen Locken und der zerraufte Stil sprachen Bände. Als Mr. Reed sie dann mit einem schmachtenden Blick bedachte, verkniff sie sich ein Lächeln. Er hatte diesen Blick schon mehrmals an diesem Abend an ihr ausprobiert, und dies war bislang einer der gelungensten Versuche. Mr. Reed war ungefähr im selben Alter wie sie, höchstens dreiundzwanzig, und besaß die Eindringlichkeit eines jungen Hündchens. Seine gutmütigen braunen Augen schwelten eigentlich nicht wirklich, sondern flackerten eher hoffnungsvoll. Er erinnerte sie sogar ein wenig an Thomas.

„Ich wollte Sie fragen, Lady Harteford, ob Sie mit mir nach dem Essen vielleicht einen Spaziergang machen wollen?“, fragte Mr. Reed, während er sich ein Stück Brot abriss. „Vauxhall ist ja bekannt für seine Spazierwege. Der *Grand Walk* ist besonders schön und in der Nähe ist die Rotunda, wo ständig Unterhaltungen dargeboten werden.“

„Das klingt höchst angenehm“, stimmte Helena zu. Sie spießte ein winziges Stückchen dünn geschnittenen Schinken auf. Das würzige Fleisch war eine der Spezialitäten von Vauxhall, aber wären es Sägespäne gewesen, hätte sie es auch kaum bemerkt. Sie hatte Nicholas immer noch nicht direkt angeschaut, doch sie spürte, wie er näherkam. Sie hörte Stuhlbeine über den Boden krächzen; andere Gäste verrückten ihre Stühle, um ihn vorbeizulassen. Sie nahm ihr Weinglas und trank einen stärkenden Schluck Arrakpunsch. Und noch einen.

„Guten Abend, Milady.“

Beim Klang der tiefen Stimme ihres Gemahls brach der Spatz in ihrer Brust in wildes Flattern aus. Sie zählte bis zehn, ehe sie sich zu ihm drehte. Gütiger Himmel, wenn jemand mit den Augen schmachten konnte, dann Nicholas. Sein Blick versengte schier den ihren. Die bunten Lichtergirlanden betonten die harten Kanten seines Gesichts und ließen den Rest von ihm im Dunkeln liegen. Er wirkte hagerer denn je. Sein Kiefer sah aus, als hätte man ihn soeben aus einem Felsen gemeißelt.

Es gelang ihr, ihren nüchternen, höflichen Ausdruck zu wahren, als sie sich erhob, um ihn zu begrüßen. Sie machte einen leichten Knicks. Dabei stießen ihre Röcke an die griechischen Säulen, die die engen Lauben voneinander trennten. „Milord, was für eine Überraschung."

„Für mich oder für dich?", sagte Nicholas.

Sie sah ihn verwundert an. „Warum wärst du überrascht, mich zu sehen, wenn du doch wusstest, dass ich eingeladen werden sollte?"

„Ich entsinne mich nicht, dass diese Veranstaltung hier auf der Liste deiner heutigen Unternehmungen stand", schoss er zurück.

Dann musterte er sie von Kopf bis Fuß und sein Gesicht verfinsterte sich noch mehr. Er beugte sich näher an sie, und sein dezentes, teures Rassierwasser stieg ihr in die Nase. Irgendwie fachte sein Duft ihren Ärger an—warum musste er wie die Essenz der Männlichkeit riechen? Hatte er heute Abend vor, Frauen zu verführen, und war *das* der Grund, weshalb er absichtlich seine eigene Frau ausgeladen hatte?

„Was ist mit deinem Versprechen, dir Ärger vom Leib zu halten?"

„Ich weiß nicht ganz, was du meinst", sagte sie.

Sie zuckte unschuldig mit den Schultern, sich dessen voll bewusst, wie diese Bewegung ihre Brüste tanzen ließ und die Spalte dazwischen betonte. Sie hatte das vor dem Spiegel geübt. Ihre Mühe lohnte sich, denn Nicholas kniff die Augen zusammen.

„Dieses Kleid ist unanständig", sagte er immer noch leise.

„Ich weiß. Ist es nicht großartig?" Helena lachte leicht und drehte sich kokett, um das Kleid vorzuführen. Nicht, dass es da viel zu sehen gab. Aus elfenbeinfarbener Spitze gewirkt hatte das Kleid winzige drapierte Ärmel und einen tiefen Ausschnitt, der den Ansatz ihres Busens zeigte. Der zarte Stoff schmiegte sich an ihre Rundungen und öffnete sich unter ihrem Busen, sodass man einen schlichten Seidenunterrock sehen konnte. Madame Rousseau hatte geschickt die Seide ihrem Teint angepasst; von weitem erschien es, als ob sie in nichts weiter als sinnliche Seide gehüllt war. Passend zum Kleid hatte Bessie Helenas Haar in Locken gelegt und mit ein paar losen Strähnen, die ihr Gesicht umrahmten, hoch auf ihrem Kopf aufgetürmt. Diamantbesetzter Haarschmuck in der Form von Bienchen glänzte in ihren dunklen Locken, und eine goldene Straußenfeder wippte keck nach vorne. Die Aufmachung lenkte die Aufmerksamkeit des Betrachters auf Helenas Augen: Für die Gelegenheit hatte sie Bessie ihr die Wimpern färben und die Lider mit goldenem Puder schminken lassen. Sie wusste, dass ihre Augen fast so strahlend wie das Kropfband mit Diamanten und Perlen, das sie um den Hals trug, leuchteten. Das passende Armkettchen hing von ihrem behandschuhten Handgelenk.

Sie wusste, dass sie besser aussah als je zuvor. Sie hatte den ganzen Abend auf die Reaktion ihres Mannes gewartet. Und nun musste sie nicht länger warten.

Nicholas schien mit den Zähnen zu knirschen, vermutlich, um sich Worte zu verbeißen, die sich in der anwesenden Gesellschaft nicht geschickt hätten. Nach einem Moment der gespannten Stille fiel sein Blick auf die Stola, die über ihrem Stuhl hing. Er griff danach und warf sie ihr um die Schultern. Sie hob lediglich eine Augenbraue und lächelte, wohl wissend, dass die Stola nicht viel bedeckte—der goldene Mull war völlig durchsichtig.

Mit dünnen Lippen begann Nicholas, sich das Jackett aufzuknöpfen.

„Das ist nicht nötig", sagte sie.

„So angezogen wirst du dich erkälten", sagte er, während er die Ärmel abschüttelte.

„Es ist eine ungewöhnlich milde Nacht", sagte sie leichthin, „und ein Spaziergang hält den Kreislauf schon in Schwung. Ich bin nämlich zu einem Spaziergang verabredet—nicht wahr, Mr. Reed?"

Sie richtete letzteren Halbsatz an ihren Tischgenossen, der offensichtlich genau zugehört hatte. In seinem Eifer warf er beim Aufstehen beinahe seinen Stuhl um. Die beiden Männer nahmen Maß voneinander. Den Kontrast zwischen den beiden konnte Helena nicht übersehen. Mr. Reed mit seinen schlaksigen Gliedmaßen und immerwährendem Lächeln, hatte das Temperament eines gutmütigen Spaniels. Nicholas hingegen sah so feindselig und unnahbar wie eine Raubkatze aus.

„Dies ist ein Freund von Mr. Fines", sagte sie zur Vorstellung. „Mr. Reed, dies ist mein Gemahl, Lord Harteford."

Der jüngere Mann reichte ihm die Hand. „Fines schwärmt immer von Ihrem Können im Ring, Milord, und sagt, Ihre Haken seien recht übel. Ich würde mich gerne einmal mit Ihnen messen. Doch seien Sie gewarnt: Ich selbst habe auch einen gewissen Ruf als Wagehals. Ich habe beim großen Gentleman Jackson selbst trainiert, und meine Linke ist so vollendet, dass sie jedermann den Wind aus den Segeln nimmt."

Nicholas Ausdruck war leer, während er die Hand des anderen Mannes schüttelte. Mr. Reeds Augen weiteten sich und sein fröhliches Lächeln verging ihm. Von den gestärkten Kragenspitzen aus stieg ihm die Röte ins Gesicht. Er zerrte an seiner Hand, als wäre sie ein kleines Tier, das in eine Falle geraten war.

„Ich freue mich darauf, Sie im Ring wiederzusehen", sagte Nicholas und ließ ihn los.

„Nun, da müssen wir einmal einen Tag vereinbaren", murmelte Mr. Reed und rieb sich die Hand. „Lady Harteford, sind Sie bereit?"

„Natürlich", sagte Helena. Sie ergriff den Arm, den Mr. Reed ihr bot, und lächelte ihren Mann süßlich an. „Genieß den Abend, Harteford."

Sie versuchte, am Arm von Mr. Reed vorwärts zu gleiten. Doch leider war der Platz zwischen dem Tisch und der Säulenwand sehr eng, und Nicholas machte keinerlei Anstalten, sie vorbeizulassen. Sie musste Mr. Reeds Führung folgen und sich seitlich an ihrem Gemahl vorbeizwängen. Der stand imponierend wie eine Statue einer griechischen Gottheit da. Ihr Bein strich versehentlich an seinen Schenkel; er war härter als Marmor und heißer als ein Blitzeinschlag. Sie erwartete fast, dass er sie aufhalten würde–und zu ihrer Schande empfand sie ein erwartungsvolles Schaudern. Doch er hielt sie nicht auf. Sie ging an ihm vorbei und es kostete sie ihre ganze Willenskraft, ihren Blick nach vorne auf ihren Gefährten gerichtet zu lassen. Sie würde sich nicht selbst erniedrigen, indem sie wie ein Jämmerling zurückblickte.

Helena atmete schneller als gewöhnlich. Irgendwie steuerte sie um das halbe Dutzend Stühle herum. Am Kopf der Tafel blieb sie stehen und wechselte ein paar Gefälligkeiten mit Anna Fines und ihren altbackenen Busenfreundinnen. Dann plauschte sie noch mit Percy. An ihrem Ehrentag sah das Mädchen in einem weißen Musselinkleid mit einem klatschmohnfarbenen Saum ausgesprochen hübsch aus. Passend dazu blühte eine Hibiskusblüte exotisch in ihren blonden Ringellocken, die jedes Mal fröhlich wippten, wenn ihr Kopf zwischen den beiderseits von ihr platzierten Verehrern hin und her ging.

Percy sah auf und sagte heiter: „Na, wo wollen Sie beide denn hin?"

„Ich dachte, ich zeige Lady Harteford mal das Gelände um die Rotunda", entgegnete Mr. Reed.

„Wie schön!", rief Percy aus. „Kann ich mitkommen? Ich habe gehört, dass da heute Abend ein Seiltänzer auftritt."

„Aber natürlich", sagte Helena.

„Wir wollen Sie aber nicht beim Essen stören", sagte Mr. Reed gleichzeitig.

Ein peinlicher Moment folgte.

„Ich bin fertig mit dem Essen", sagte Percy, „es ist also überhaupt keine Störung."

Die ungestümen jungen Männer beiderseits standen mit ihr auf und boten sich beide als Begleitung an. Percy biss sich auf die Lippe und blickte unentschlossen zwischen den beiden Herren hin und her.

„Nun, Percy, es scheint mir, du bist in einer Verlegenheit." Dies kam von Paul Fines, der ein paar Stühle weiter hinten saß. „Um Sands und Bellinger die Enttäuschung zu ersparen, musst du es mir erlauben, dich zu begleiten. Auf diese Weise bevorzugst du keinen, außer natürlich deinen Lieblingsbruder."

„Du bist mein einziger Bruder", erwiderte Percy.

„Dann stehen meine Chancen ja gut." Er stand träge auf und beugte sich über die Hand eines jungen Fräuleins, das neben ihm saß. Helena bemerkte den mondsüchtigen Ausdruck auf ihrem Gesicht. Percy hatte sie als Miss Sparkler vorgestellt, eine liebe Schulfreundin von der Benimmschule von Mrs. Southbrigde. Miss Sparkler, mager, mit fahlem Haar und einem ganz unglücklichen Ausbruch von Pusteln, litt wohl unter einem recht ernsten Fall von Vernarrtheit in den älteren Bruder ihrer besten Freundin. Als Paul ihr die Hand küsste, leuchtete das Mädchen auf wie die berühmten Feuerwerke von Vauxhall. Paul ging zu seiner Schwester und bot ihr seinen Arm.

„Hier bin ich, um meine gute Tat für heute zu verbringen", sagte er.

„Versuch nur nicht, dich bei mir einzuschmeicheln", sagte Percy, doch ihre Augen glühten wohlgemut. „Ich habe dir deine Bemerkungen über mein Können am Klavier noch nicht verziehen."

„Ich spiele ja auch nicht den barmherzigen Samariter für

dich." Paul nickte vielsagend in Richtung des hinteren Teils der Laube, wo ein verdrießlicher Nicholas stand.

„Ah", sagte Percy.

Helena errötete. Ihr ehelicher Zwist hing offenbar allen sichtbar wie schmutzige Wäsche vor Augen. Vielleicht hätte sie doch nicht kommen sollen. Oder vielleicht hätte eher Nicholas daran denken sollen, seine eigene Frau einzuladen.

Ihr Kinn hob sich. „Ich wollte lediglich die Zerstreuungen bestaunen und Mr. Reed hat sich mir als Begleitung angeboten."

„Lady Harteford gebührt es, von einem Edelmann begleitet zu werden", sagte Mr. Reed galant und recht spitz. „Vauxhall ist für Damen von edler Geburt kein sicherer Ort. In den Gärten treibt sich allerlei Gesindel um, vor allem nach Einbruch der Dunkelheit."

Angesichts der Tatsache, dass die Leibwächter wahrscheinlich irgendwo in der Nähe waren, sorgte Helena sich nicht weiter. Zumindest hatten die beiden es gelernt, sich besser unters Volk zu mischen.

„Man sollte immer auf sich aufpassen, Reed, egal in wessen Begleitung man ist", sagte Paul. „Aber komm schon, zeig uns den Weg, und wir tun unser Bestes, unsere bezaubernden hilflosen Mündel zu beschützen."

„Wen nennst du da hilflos?", wollte Percy wissen.

Ihr Bruder verdrehte die Augen und führte sie aus der Laube.

Die vier gingen jeweils in Pärchen den betriebsamen Kiesweg entlang. Abends wimmelten die Gärten nur so von Menschen aller Gesellschaftsklassen. Wer auch immer sich die zwei Schilling Eintritt leisten konnte, durfte sich auf dem zauberhaften Spielplatz ergötzen. Tausende Lichter blinkten über ihren Köpfen in mächtigen Ulmen und in der Brise wehten Musik und Jasminduft.

Mr. Reed deutete mit seinem Gehstock auf die verschiedenen Sehenswürdigkeiten und spielte auf liebenswürdige Art den Wegweiser. Helena zwang sich, sich zu entspannen. Sie würde es nicht zulassen, dass der Austausch mit Nicholas ihr den Abend verdarb. Sie würde ihm zeigen, dass auch die große Geduld seiner Marquise ein Ende hatte; sie würde den Rest ihres Lebens nicht damit zubringen, darauf zu warten, dass er sich endlich einmal entschied. Sie lächelte ihren Gefährten an, schritt selbstsicher den *South Walk* und eine ausgezeichnete Replika griechischer Ruinen ab. Sie lachte sogar, als Percy unbedingt eines der Panoramen berühren wollte, um sich davon zu überzeugen, dass es wirklich ein Gemälde war und nicht echt.

Sie gelangten an die Rotunda und, wie etliche andere in der Menschenmenge auch, bestaunte Helena beeindruckt den großartigen zweistöckigen Bau. Aus weißem Marmor und mit orientalischen Motiven verziert schimmerte das Gebäude wie eine riesige, exotische Torte in der Mitte der finsteren Lichtung. Hunderte von kugelförmigen Lampen glühten von der Kante des kuppelförmigen Daches, beleuchteten das Orchester, das auf dem Balkon des ersten Stocks spielte. Die flinken, lebhaften Töne schwebten auf das Publikum hinunter. Gut gekleidete Damen und Herren betraten die Rotunda durch einen abgeseilten, von Lakaien bewachten Eingang; etliche mehr warteten auf dem roten Teppich auf Einlass. Hinter der Absperrung wimmelten Gäste der Mittelschicht und der Arbeiterklasse und warfen schaulustige Blicke auf die adlige Kundschaft.

Helena beachtete den Trubel um sich herum kaum. Sie sog den Zauber des Augenblicks in sich auf. Das Stück von Händel wusch über sie und ließ ihr Gemüt auf lebhaften Wellen treiben. Sie bewegte sich im Uhrzeigersinn mit der Menge und erlebte deren Begeisterung selbst, als sich vor ihr nach und nach noch bessere Blicke auf die Rotunda auftaten. Es schien, als ob rings um das Gebäude einfach immer neue Balkone auftauchten, und auf jedem einzelnen wurde eine andere Unterhaltung dargeboten. Auf der nächsten Plattform sah sie ein Schauspielerduo einen Akt von Shakespeare aufführen. Als nächstes kam ein Mann, der Einrad fahrend mit Teetassen jonglierte. Sie ertappte sich dabei, wie sie beim Anblick des nächsten Aktes nach Luft schnappte;

der Seiltänzer sprang und drehte sich vollendet hoch über der jubelnden Menge.

Helena wandte sich um, um Percy etwas zu sagen und bemerkte mit jähem Schrecken, dass ihre Gefährten nirgendwo zu sehen waren. Ein Meer unbekannter Gesichter umringte sie. Sie spürte, wie sie nach vorne gedrückt wurde, weil immer mehr Menschen sich drängten, um den Seiltänzer besser sehen zu können. So wie die Lautstärke der begeisterten Stimmen anschwoll, schwoll auch ein Gefühl der Beklemmung in ihrer Brust.

„Lady Harteford, hier drüben!"

Sie sah Mr. Reed, der sich zu ihr durchkämpfen wollte. Er hatte seinen Hut verloren, und von der Anstrengung, zu ihr zu gelangen, war sein Gesicht ganz feucht. Er kämpfte gegen die Menschenflut an wie ein stromauf schwimmender Fisch. Er streckte den Arm aus, hielt ihr seinem Gehstock entgegen. Sie griff danach, ihre behandschuhten Finger schlossen sich um das polierte Ebenholz.

„Folgen Sie mir!", schrie er und doch hörte sie ihn über den Lärm kaum.

Sie hielt sich am Gehstock fest und zwängte sich durch den engen Durchgang, den Mr. Reed durch das Feld von Körpern pflügte. Ringsum stiegen Ausdünstungen von Alkohol und ungewaschenen Körpern auf. Die Akzente in ihrem Ohr waren derb und ungewohnt. Sie spürte, wie jemand an ihrem Beutel zerrte, und sie klammerte sich wild um sich blickend daran fest. Keiner schien sie anzusehen, doch die gesichtslose Menge und das donnernde Gelächter hatten etwas Bedrohliches an sich. Eine Hand landete auf ihrem Gesäß und kniff zu. Sie schrie auf. Gleichzeitig lockerte sich ihr Griff um den Gehstock. Sie fühlte, wie sie rücklings in die Menge gesogen wurde.

Schiere Panik krallte sich in ihre Gedärme, während sie verzweifelt versuchte, sich frei zu kämpfen. Ein schmerzhafter Druck brannte kurz an ihrem Handgelenk; ohne hinzusehen wusste sie, dass ihr jemand das Armkettchen abgerissen hatte. Sie fühlte Finger an ihrer Frisur; die niedlichen Bienchen zogen nun gefährliche Habgier auf sich. Es war ihr einerlei; sie konnten ruhig alles haben, wenn sie nur hier *herauskam*. Sie spürte, wie der Mob sie immer mehr erstickte. Die erhitzten Körper und ohrenbetäubenden Stimmen nahmen ihr die Luft weg. Ein Arm umschlang ihre Taille. Sie hatte nicht genug Atem übrig, um erneut zu schreien.

„Ich hab' dich. Halt dich fest."

Sie fühlte, wie sie gegen einen starken Körper gezogen wurde. Kräftige Arme hoben sie hoch und sie war vor Erleichterung zu schwach, um sich darüber zu beschweren, dass sie wie ein Mehlsack über eine Schulter geworfen wurde. Die nächsten Augenblicke waren verschwommen. Ihr Retter watete unnachgiebig durch die Menge. Auf beiden Seiten hörte sie Schreie, als er sich mit seinen Fäusten und Ellbogen einen Weg bahnte wie eine Sense, doch offensichtlich wagte es niemand, sich zu wehren. Sie hob ihren Kopf, sah das Meer von Gesichtern, das sich hinter ihr schloss, doch hauptsächlich war sie darauf bedacht, nur nicht loszulassen.

Als sie die Lichtung in der Entfernung verschwinden sah, brachte Helena genug Mut auf, um zu sagen: „Du kannst mich jetzt absetzen."

„Aber ganz gewiss nicht", knurrte die Antwort.

„Milord!" Einer der Leibwächter kam keuchend angerannt. „Geht es Lady Harteford gut?"

„Es geht mir gut", antwortete Helena quäkend dem auf dem Kopf stehenden Gesicht.

„Ich war nur einen Schritt hinter ihr, Milord. Ich musste kurz stehenbleiben, um von einem Ganoven ihr Armkettchen zurückzuholen. Mein Partner ist gerade dabei, ihren Beutel wiederzuerlangen."

„Bewach den Eingang dieser Laube hier und lass niemand ein. Ich möchte mit meiner Frau dort ungestört sprechen."

„Ja, Milord."

Helena schluckte, als sie auf einen schmalen Pfad jenseits des Hauptweges getragen wurde. Der mangelnden Beleuchtung nach zu urteilen, war es einer der vielen Liebesnester, die Vauxhall seinen anrüchigen Ruf einbrachten. Nicht, dass sich ihr Retter auch nur im Entferntesten wie ein Liebhaber verhielt. Auf einer Holzbank zwischen dichten Hecken setzte er sie ab–oder genauer gesagt, lud er sie ab.

„Nun", sagte ihr Gemahl mit Augen dunkler als die Nacht, über ihr stehend, „hast du mir Einiges zu erklären."

23

Nicholas wartete ab, bis sich die Bestie in ihm beruhigt hatte. Beim Anblick Helenas, hilflos in der Menge, hatte der Bluthund in ihm die Zähne gefletscht und vor Wut gejault. Er hatte sein Lebtag noch nie so eine primitive Wut empfunden. Sie zerfleischten *seine Frau*. Er war hineingesprungen und ihm war nach Blutvergießen gewesen. Sollte ihr irgendetwas zustoßen... Fluchend beugte er sich über sie, um sie näher anzusehen. Im fahlen Mondschein sah er, dass sie nicht ganz unbeschadet davongekommen war. Leichte Kratzer störten die Vollkommenheit einer ihrer Wangen. Ihre zerzausten Locken fielen ihr über die Schultern. Ihr Mieder war zerrissen und entblößte eine Menge verletzlichen Fleisches.

Er riss sich das Jackett vom Leib und warf es ihr um die Schultern. Er keuchte zu sehr, um zu sprechen. Wut und Furcht raubten ihm die Beredsamkeit.

„Du verfluchte Närrin“, sagte er endlich. „Was zum Teufel dachtest du dir dabei?“

Helena sah ihn finster an, während sie die Samtaufschläge seines Jacketts enger zusammen zog. *Sie* hatte doch tatsächlich die Unverfrorenheit, *ihn* finster anzusehen. „Ich tat, was alle taten, Milord. Ich genoss den Trubel. Es war nicht meine Schuld, dass die Menschenmenge außer Rand und Band geriet."

„Es war *nicht* deine Schuld? Du spazierst auf eigene Faust im Dunklen umher, in diesem... diesem Aufzug–" Nicholas wedelte eine wütende Hand an ihr auf und ab. „Und da glaubst du, du gerätst nicht in Schwierigkeiten?"

Aus irgendeinem Grund schien dieses völlig vernünftige Argument Helena zu erzürnen. Sie schubste mit beiden Händen seine Schultern. Er rührte sich nicht.

„Also erstens einmal war ich nicht alleine", sagte sie mit funkelnden Augen. „Ich war in der Gesellschaft von drei anderen. Von den Leibwächtern gar nicht zu sprechen, und selbst du könntest wohl kaum erklären, was mein gänzlich adretter Aufzug mit dem, was da vorgefallen ist, zu tun haben könnte."

Er schnaubte nur. „Dein Kleid ist unanständig. Es lädt unanständiges Verhalten ein. Dieser Lümmel Reed–den ich im Übrigen umbringen werde–geiferte dir ja geradezu in den Ausschnitt."

„Dieses Thema haben wir doch schon zur Genüge besprochen, Milord", sagte seine Frau in einer süßlichen Stimme, die ihn sofort verärgerte. „Was ich trage, geht dich nichts an. Ebenso wenig, mit wem ich verkehre."

„*Verkehre?*" Nicholas schoss das Blut so schnell in den Kopf, dass er kurzzeitig davon benommen war. Er konnte sich selbst kaum sprechen hören, so sehr rauschte es ihm in den Ohren.

„Das ist doch nur eine Redewendung", sagte Helena hastig. „Du brauchst nicht zu schreien. Es sind ja nur wir zwei hier."

„Ich schreie nicht, ich versuche lediglich, dir etwas Vernunft einzureden!"

Er stieß sich von der Bank weg und begann vor ihr auf und ab zu gehen. *Ruhig*, beschwichtigte er sich selbst immer wieder. *Ganz ruhig.*

„Ich rede völlig vernünftig", sagte Helena. „Mit wem ich verkehre, war dir doch stets einerlei. Ich bezweifle sogar, dass du es überhaupt bemerkt hast. Wie denn auch, wenn du dich nie dazu herablässt, dich zu Hause zu zeigen?"

Das ließ ihn innehalten. „Ich war beschäftigt", schnappte er. „Das habe ich dir in meinen Botschaften auch so mitgeteilt–und zwar täglich, wenn ich das hinzufügen darf!"

„Ach ja, diese Mitteilungen." Sie verschränkte die Arme, und ihr vermaledeites Kinn hob sich trotzig. „Seit Tagen warte ich darauf, dich zu sehen, Nicholas–und was bekomme ich stattdessen? Drei jämmerliche Sätze. Ein schlechter Ersatz für einen Gemahl, möchte ich sagen. Kannst du es mir übelnehmen, dass mir nach etwas Zerstreuung ist?"

Oh ja, das kann ich wohl, wenn du dich dabei beinahe umbringen lässt!

Er wollte schreien. Aber er tat es nicht, weil es nicht seine Art war. Zumindest war das nicht seine Art gewesen, ehe seine Gemahlin begonnen hatte, sich so zu verhalten, als gehörte sie ins Irrenhaus. Er versuchte erneut, sich zu beruhigen, grübelte nach einer vernünftigen Erwiderung, die weder Fluchen noch unmäßige Lautstärke erforderte. Nach einer Minute gab er dieses hoffnungslose Unterfangen auf.

„Was willst du denn von mir, Helena? Ein wehmütiges Sonett?", sagte er bissig.

Seine Frau musterte ihn. Er wünschte, ihre Augen sähen im Mondlicht nicht so verdammt leuchtend aus–es lenkte ihn von seinem Ärger ab, und er wollte noch eine ganze Weile ärgerlich bleiben. Hatte er sich wirklich eingeredet, Helena sei ein unterwürfiges kleines Ding? Ungläubig schüttelte er den Kopf. Diese Frau konnte einen Mann in den Wahnsinn treiben. Als ob sie ihm dies bestätigen wollte, hatte das Luder nun auch noch die Dreistigkeit, zu lächeln. Ihre Lippen krümmten sich, und davon bekam sie doch tatsächlich auch noch Grübchen. Dann kullerte dieses Lächeln glucksend aus ihr heraus.

„Oh, ein Sonett... von *dir*... einem Mann solch vieler... Worte", keuchte sie zwischen Lachanfällen. Ihre Leichtigkeit hätte ihn empören, oder zumindest hätte ihr Mangel an Ehrfurcht vor ihrem Gemahl ihn beleidigen sollen. Stattdessen hatte der Klang unerwarteten Gelächters eine seltsame Wirkung—er besänftigte die Bestie in ihm. Es verwässerte den Blutrausch, der immer noch in seinen Adern strömte. Zum Teufel. Es fühlte sich so gut an, Helena lachen zu hören, sie quicklebendig und kerngesund und bezaubernd unter dem Sternenhimmel sitzen zu sehen. Trotz der Schwere der Lage fühlte Nicholas, wie sich seine eigenen Lippen erweichten.

Er spannte sie unverzüglich wieder an. „Du hast einen Kaufmann geheiratet und keinen Dichter", erinnerte er sie.

„Oh, Nicholas", sagte Helena und wischte sich die Augen. „Ich will doch gar kein Sonett hören oder eine Ode an meine Augen oder sonst irgendeinen solchen Blödsinn, das musst du doch wissen."

In der Tat wusste er das nicht. Abgesehen davon dass er, wenn er denn über die Körperteile seiner Frau ein Gedicht verfassen müsste, es sicherlich nicht ihre Augen wären. Aber *diesen* Gedanken behielt er wohl besser für sich.

„Was willst du dann, Helena?", sagte er.

„Dich. Nur dich, mein sturer, törichter Gemahl." Mächtig wie die Sonnenstrahlen erreichten ihre Worte die Eiseskälte in ihm und tauten sie auf. „Komm, setz dich neben mich, bevor du zusammenbrichst. Du siehst aus, als hättest du gerade Bonaparte im Alleingang bezwungen."

Er setzte sich und zuckte zusammen, als Helena mit einem Taschentuch seine Stirn berührte.

„Halt still", sagte sie. „Du blutest."

Das hatte er gar nicht bemerkt. Im Eifer des Gefechts war er einzig und allein auf ihre Sicherheit bedacht gewesen. Er blickte auf seine Hände hinab. Ein paar Fingerknöchel waren aufgeplatzt und geschwollen. Er machte sich keine Gedanken darüber. Man hatte ihm schon viel übler mitgespielt.

Helena jedoch atmete scharf ein. „Deine Hände."

Auf einmal nahm er seine Hände so wahr, wie Helena sie sehen musste: hornig von Arbeit und schwielig von Gewalt. Dies waren die Hände eines Rohlings, für die Augen einer Dame nicht bestimmt. In seinem Bauch furchte ein widerliches Gefühl, und die Narben auf seinem Rücken kribbelten. Erinnerten ihn daran, wer er war. Er drehte seine Hände um, um deren Unförmigkeit zumindest zu verbergen, doch Helena griff nach einer. Er sah zu, wie ihre schlanken Finger sanft über die wunde Haut strichen.

„Mach dir darum keine Sorgen, das verheilt schnell", sagte er und konnte ihr dabei immer noch nicht in die Augen sehen.

„Aber es ist meine Sch-schuld."

„Ich hoffe, daran denkst du das nächste Mal." Er runzelte die Stirn, als er seine eigenen Worte hörte. Hatte er gerade angedeutet, dass es möglicherweise ein nächstes Mal geben würde? Dass er zulassen würde, dass sie sich auf noch eine solche Eskapade einließ? Der Gedanke schien grotesk, aber bei seiner Frau und ihrer närrischen Logik konnte man sich nicht sicher sein. Er öffnete den Mund, um seine Aussage zu berichtigen.

Doch bevor er etwas sagen konnte, fiel etwas Warmes auf seinen Handrücken. Ein weiterer Tropfen folgte, landete zwischen seinen Fingerknöcheln und rann zwischen seinen Fingern hinab. Eine Reihe warmer Wassertropfen rieselte auf seine Haut.

Verwundert sah er auf und blickte in das tränenüberströmte Gesicht seiner Frau.

„Du... weinst doch nicht etwa?", sagte er.

Sie schüttelte den Kopf, wobei ihr die Tränen nun die Wangen hinunterflossen.

„Es ist die Belastung", sagte er ein wenig verzweifelt. „Es ist alles zu viel für deine Empfindsamkeiten."

„Ja, die Belastung, das muss es sein", sagte sie mit einem wackeligen Lächeln.

Dann begann sie richtig zu weinen.

Er suchte nach einem Taschentuch. Dann erinnerte er sich daran, dass er eines in der Tasche seines Jacketts hatte, das sie gerade trug und in dem sie so winzig aussah, während ihr ganzer Körper vor Schluchzen bebte. Gott, sie weinte wie ein Kind, nach Atem ringend, mit nassen Augen und triefender Nase. Er konnte nicht anders. Mit einem Seufzer nahm er sie in seine Arme. Er kuschelte sie an sich, flüsterte allen möglichen Unsinn in ihre Locken, während sie sich ausweinte.

Er wusste nicht genau, wann ihre Arme sich um seinen Hals gelegt hatten. Oder wie ihr Gesicht plötzlich direkt unter seinem war. Oder wessen Lippen sich zuerst auf die Suche nach den des anderen gemacht hatten. Doch ihr Mund schmeckte so süß, wie er sich erinnerte, war genauso weich, als er sich unter seinem öffnete. Nun konnte er ihre Tränen schmecken, salzig zwischen ihren beiden Mündern. So hatte er sie oder sonst irgendjemanden noch nie zuvor geküsst—nicht mit der Absicht, zu besitzen oder Lust zu empfinden, sondern rein zum Trost.

Unter dem dunklen Baldachin der Bäume hielt er sie so für eine lange Zeit.

Und dann änderte sich etwas. Zunächst waren seine Lippen wenig fordernd gewesen, wollten nur beruhigen und besänftigen. Sie seufzte, schien in seiner Umarmung zu schmelzen. Es war die Art von Weichheit, in der ein Mann ertrinken konnte, und er verlor sich in der Zuflucht ihres Honigmunds, im zarten Streicheln ihrer Finger auf seinem Nacken. Er trank von ihrer Süße, bis sie ein Geräusch machte, ein kleines Stöhnen, und ihre Hände unruhig zu seinen Schultern wanderten. Sie schmiegte sich an ihn, während ihr Mund entbrannte.

Gott, diese *Hitze*, die von ihr ausging. Ihre Zunge schlängelte sich in einem schmelzenden Tanz um seine. Ohne Worte wusste er, was sie empfand, was ihre atemlosen Seufzer und unbewussten Bewegungen bedeuteten. Er wusste, dass auf die Angst das Verlangen folgte. Sie schmiegte ihren Körper so an ihn, um die Anspannung in ihrem Inneren zu lindern. Er hatte dieses Nachbeben der Gewalt schon oft empfunden. Doch seine behütete Helena hatte so einen Schrecken noch nie zuvor erlebt, und es grämte ihn, dass sie es nun erlebte. Am nächsten Morgen würde er Mr. Reed den Kopf abreißen. Doch für den Augenblick verstand er nur zu gut, dass man das Leben bestätigen musste, wenn man gerade dem Tod entronnen war. Er wusste genau, was sie nun brauchte.

Bei Gott, nur dieses eine Mal wollte er derjenige sein, der es ihr gab.

Er ließ seinen Mund zu ihrem Hals hinunter wandern, leckte dabei knabbernd ihre Kehle hinab. Sie wand sich auf seinem Schoß, und er stöhnte, als ihre Pobacken sich an seinen Schwanz rieben. Es würde ihn jede Unze seiner Selbstbeherrschung kosten, diese Nacht zu überstehen, denn er wollte, dass dieser Liebesakt für sie bestimmt war. Für sie allein. Wenn er es konnte, wollte er ihr die wunderbare geistige Leere eines Höhepunkts schenken. Er lehnte sie zurück in seinen Arm und öffnete die Samtaufschläge des Jacketts. Ihre Haut schimmerte perlweiß in den Schatten. Während er ihr zerrissenes Mieder langsam abstreifte, ruhte ihr Kopf auf seinem Oberarm. Er sah, dass sie die Augen geschlossen und die Lippen geöffnet hatte.

Er nahm ihre Brüste und wiegte die üppige Last in seinen Händen. Ihr schauderte, als seine Finger ihre Brustwarzen fanden und damit spielten. Er rollte die verhärteten Spitzen zwischen Daumen und Zeigefinger und zupfte sanft. Als er sich hinabbeugte, um eine der reifen Beeren in seinen Mund zu nehmen, stieß sie einen willigen Schrei aus. Er saugte an ihr, umkreiste mit seiner Zunge die Frucht. Oh, wie köstlich. Ihre Hand klammerte sich um den Stoff seines Hemdsärmels. Er zog sie noch tiefer in seinen Mund, während er ihr unter die Röcke griff.

Sein Atem ging scharf, als seine Hand ihr in Seide gekleidetes Bein liebkoste. Auch hier war sie fraulich rund, und er musste es sich verbieten, sich selbst zwischen ihren Beinen vorzustellen. Sich vorzustellen, dass seine Schenkel ihre niederdrücken könnten, dass seine Rute lang und dick in ihre Hitze vorstoßen könnte. Nein, es ging einzig und allein darum, sie zu befriedigen. Nicht, dass er Grund zu klagen hatte. Es machte ihn vor Freude trunken, sie so zu berühren, unter ihrem Leibchen, jenseits der Rüschen ihres Strumpfbands. Er strich über die bebenden Innenseiten ihrer Schenkel und hielt inne, als seine Fingerknöchel auf seidige Locken stießen.

„Keine Angst, mein Schatz", flüsterte er, und sah ihr dabei in die Augen. „Ich tue dir nicht weh. Das weißt du, nicht wahr?"

Sie nickte vertrauensvoll mit schweren Lidern.

„Dann lass mich machen", sagte er und seine Finger fanden sie. „Lass mich ein."

Helena machte ein ersticktes Geräusch, als er ihr Kätzchen sanft streichelte. Seine Nasenflügel weiteten sich, als er schlüpfrige Nässe fand, die er in ihrer Hochzeitsnacht nicht gefunden hatte. Wenn man ihrem atemlosen Wimmern Glauben schenken mochte, dann wollte sie es, wollte sie ihn. Seine Brust schwoll in diesem Wissen. Er nutzte ihre Feuchtigkeit, um einen seidigen Rhythmus zu finden, glitt ihre weiblichen Falten auf und ab. Nun keuchte sie, ihr Kopf war in den Nacken gefallen und ihre Augen waren geschlossen. Er fand das Herzstück ihrer Empfindungen und rieb sie dort sanft mit dem Daumen.

Helena stieß einen Schrei aus, den er rasch mit seinem Mund erstickte. Er schluckte ihre Schreie, während er weiter ihre Perle streichelte, fester zudrückte, bald auf- und abstrich, bald kreiselte. Schweiß begann auf seiner Stirn zu glänzen, als er ihre Säfte auf seine Hand rinnen fühlte und seine Handflächen von ihr nass wurden. Erregung wütete in ihm. Bei Gott, sie hatte eine leidenschaftliche Seite. Sie war so köstlich nass, so überaus willig, und dabei wusste sie ja noch gar nicht, was für eine Ekstase sie erwartete. Die *er* ihr geben würde.

Seine Zunge fuhr in ihren Mund, während im gleichen Augenblick sein Mittelfinger in ihren Schacht eindrang. Ihre Schenkel erzitterten.

„Bleib für mich offen, Schatz", flüsterte er gegen ihre Lippen.

„Ich verspreche dir, dass es diesmal nicht schmerzen wird. Dein Körper will, was ich geben kann.“

Seine Finger glitten tiefer hinein, und sie erschauderte.

„Kannst du fühlen, wie dein Körper dies hier will?“, fragte er.

„Ich kann es. Ich kann jedes Schaudern, jedes Zucken von dir auf meinem Finger fühlen. Fühl nur, wie du mich immer tiefer hineinziehst, wie bereit du bist für meine Berührung. Kannst du es fühlen, meine Liebste?“

„Ja.“ Die Lust verschlug ihr die Stimme. Ihre Schenkel gaben nach.

„Und das hier?“ Er drückte noch tiefer in sie hinein, bis ihr Nest weich an seinen Fingerknöchel rührte.

„Oh mein Gott, Nicholas–“

Er zog seinen Finger zurück und stieß ihn dann ganz hinein. Helenas Keuchen erfüllte seine Ohren, als er sie weiter mit dem Finger bearbeitete. Sein Glied pochte im Gleichklang mit den Stößen seiner Hand und erlebte aus der Ferne die Enge, die wilde Hitze in seiner Frau. Er ächzte, als sie begann, sich auf seinem Schoß zu winden, als ihr Becken sich seinen Bewegungen entgegen neigte. Sie hatte keine Vorstellung, was sie ihm damit antat. Wenn es so weiter ginge, würde er in seinen Hosen kommen.

Er konnte sich Schlimmeres vorstellen.

Er beschleunigte sein Tempo, um mit ihrem schnellen Atem Schritt zu halten. Ihre Brüste verlockten ihn mit jedem Hopser und er konnte nicht anders, er musste eine pralle Unterseite lecken. Er arbeitete sich nach oben. Der üppige Duft nach Orangenblüten und die Fülle von sanftem weichem Fleisch an seinen Wangen ließen ihn aufseufzen. Hier, zwischen ihre Titten gebettet, könnte er für alle Ewigkeit bleiben. Doch seine Finger wurden immer schlüpfriger und sie musste sich auf die Unterlippe beißen, um sich ihre Schreie zu verkneifen. Also wusste er, dass sie kurz davor stand. So kurz davor. Er wollte, dass ihr Höhepunkt vollkommen war.

Er liebkoste ihr Ohr.

„Öffne die Augen, meine Liebste", sagte er.

Ihre Augenlider flatterten auf, und ihr Blick dahinter war tief, diesig, vage.

„Ja", sagte er. „Bleib bei mir. Ich will dich bersten sehen."

Er drang in ihren Kern ein, zupfte zugleich ihren kleinen Knoten. Lange dauerte es nicht. Die Muskeln in ihrem Inneren krampften sich um seinen Finger, und dann war er umgeben von einem Schwirren von Zuckungen und ihrem Körper, der sich versteifte.

„Ja, Liebste, komm nun für mich", drängte er sie.

Im nächsten Augenblick schrie Helena auf. Mit der Hand griff sie nach seinem Ärmel und ihr Rücken bäumte sich über seinem Arm auf. Der Klang zügelloser Lust, ihres *ersten* Höhepunkts, schwoll in seiner Brust. Die Befriedigung, die er dabei fühlte, überwältigte ihn schier. Gleichzeitig drohte die quälende Lust aus seinem Schwanz zu sprudeln, doch es war ihm einerlei. Er hatte seine Dame zum Kommen gebracht, und das allein zählte.

Sanft befreite er seine Hand aus ihren Röcken und kuschelte sie eng an sich. Er strich ihr übers Haar, während er darauf wartete, dass ihrer beider Erregung verebbte.

„Wunderschön", sagte er berückt, während er ihre Wange streichelte. Seine Finger glänzten, und er konnte den süßen würzigen Duft ihres Ergusses riechen. „Jeder Zoll von dir, so unglaublich schön."

„Mmh." Ihre Augen waren wieder zugefallen.

Aus der Ferne hallten Stimmen den Weg entlang. Er versuchte ihr die Kleidung zu ordnen, richtete ihr das Mieder, so gut er konnte, und knüpfte darüber sein Jackett zu. Helena machte keinerlei Anstalten, ihm dabei zu helfen. Aus ihrem gleichmäßigen Atem schloss er, dass sie vielleicht eingeschlafen war. Er strich ihr die verschwitzten Locken aus dem Gesicht und drückte ihr einen Kuss auf die Stirn.

„Das war kein Traum, oder?“ Ihre Stimme war schläfrig, benebelt.

Ihm war es so. Ein wunderlicher Traum, für den er sein Leben geben würde.

„Schlaf nur, meine Liebste“, sagte er. „Wir reden morgen früh.“

❧ 24 ❧

Helena öffnete die Augen. Im trüben Licht musste sie erst einige Augenblicke lang auf die Bettvorhänge aus Brokat blinzeln, ehe sie ihr eigenes Schlagemach erkannte. Sie hatte keine Ahnung, wie spät es war. Sie musste tief und fest geschlafen haben, denn es fiel ihr schwer, richtig wach zu werden. Sie rieb sich die Augen und gähnte. Oh, was sie nur geträumt hatte–so quälend lebhafte Träume... Sie drehte ihren Kopf auf dem Kissen.

Auf ihrem Nachttisch neben ihr lag eine einzelne rote Rose. Darunter lag ein Brief, an sie adressiert, in der krakeligen Schrift ihres Gemahls. Ihr Herz pochte. Sie setzte sich auf und griff danach. Ihre Hände zitterten, als sie das Siegel brach. Dieses Mal waren es sechs Zeilen statt der üblichen drei. Der erste Satz begann mit: „Ode an meiner Gemahlin Ti–"

Helenas Augen weiteten sich, als sie die unanständigen Verse las; ihre Wangen wurden heiß, während ihr die Wärme anderswo verlosch. Sie lachte erstickt. Der Mann gewann sicher keine Literaturpreise, so viel stand fest. Aber heiliger Strohsack, hatte er einen verruchten Sinn für Humor und ein bemerkenswertes Geschick mit den Händen...

Sie plumpste rücklings in die Kissen zurück und starrte verträumt auf den Baldachin mit zwirbelnden goldenen Blumen.

Gestern Abend in Vauxhall war Nicholas' Liebe unsäglich selbstlos und zärtlich gewesen. Er hatte ihr Lust aus jedem Winkel entlockt und keine Gegenleistung gewollt. Sie war derart im Strudel ihrer eigenen Empfindungen gefangen gewesen, dass sie gar nicht darüber nachgedacht hatte, wie sie es ihm vergelten konnte. Eigentlich hatte sie überhaupt keine Gedanken gehabt—nur die reine Verzückung, die ihre Knochen schmelzen ließ wie Butter auf ofenfrischem Brot.

Ihr Liebesspiel war recht einseitig gewesen, doch sie würde dafür sorgen, dass dieses Übersehen alsbald aus dem Weg geräumt würde. Sie fragte sich ohnehin, wo Nicholas gerade sein mochte. Sie gähnte. Wie viel Uhr war es eigentlich? Sie setzte sich erneut auf und griff nach der Kordel der Glocke.

Die Zofe erschien unverzüglich, als hätte sie darauf gewartet, gerufen zu werden. Sie knickste kurz und setzte ein Tablett beim Bett ab. „Eenen schönen Nachmittag, Milady."

„Nachmittag?", fragte Helena. „Wie spät ist es denn, Mary?"

„Halb drei isses, Milady. Recht jut habense jeschlafen." Mary öffnete die Vorhänge und ließ ein farbloses Nachmittagslicht in das Zimmer. „Seene Lordschaft sagte, man solle Se bloß nich stören."

„Wo ist denn mein Gemahl?"

„In aller Herjottsfrühe iser jegangen. Jeschäft, hat er jesagt. Ick hab jehört, wie Mr. Crikstaff ihn an den Ball heute Abend erinnert hat. Seene Lordschaft hat jesagt, er würde Se dort treffen."

Helena erinnerte sich: Lord und Lady Hayfield's Ball. Sie war nicht erpicht darauf gewesen, doch in Nicholas' Begleitung klang die Veranstaltung auf einmal himmlisch. Ein vollkommener Auftakt zum Rest ihrer Ehe. Lächelnd nippte sie an ihrer Kakaotasse und knabberte an dem Gebäck, während Mary das Feuer anschürte. Bessie kam mit Wäsche und Kleidern herein.

„Guten Tag, Milady", sagte Bessie. „Sind Sie bereit für Ihr Bad?

Bald darauf entspannte Helena sich in heißem, nach Vanille und Zitrone duftendem Badewasser. Während Bessie ihr das Haar wusch, lehnte Helena ihren Kopf an das Handtuch, das über der Zuberkante lag. Sie hatte kühlende Gurkenscheiben auf den Augen und das Wasser plätscherte einschläfernd um ihre Schultern. Sie driftete in eine andere Welt hinüber. Eine Welt voll bunter, wirbelnder Tänzer. Sie stand am Rande des Tanzbodens und sah zu. Als die Musik aufhörte, teilten sich die Tänzer links und rechts von ihr in zwei Reihen.

Nicholas stand am anderen Ende.

Er sah makellos und herrlich aus; seine bloße Gegenwart stellte den Rest des Tanzbodens in den Schatten. Er schritt zwischen den Reihen der Tänzer hindurch zu ihr, die Sohlen seiner polierten hohen Stiefel klopften gegen den Boden. Als er vor ihr zum Stehen kann, konnte sie kaum atmen, so wild besitzergreifend war sein Blick.

„Darf ich bitten?"

Es war nicht wirklich eine Frage. In dem Augenblick, als sie seinen Armen entgegen ging, verschwand der Saal. Sie wusste nicht, wie lange sie tanzten, fünf Minuten oder eine Ewigkeit, denn sie verlor jegliches Zeitgefühl. Allein ihre Herzen schlugen, während sie sich so in vollständiger Harmonie zusammen bewegten. Sie sprachen nicht. Der Augenblick war so vollkommen, dass er keiner Worte bedurfte. Dieses eine Mal konnte sie seine Gedanken lesen, und er ihre.

Sie tanzten durch eine offene Tür. Er wirbelte sie herum und der Saal wurde ein Wirrsal aus Rot und Gold. Sie kamen gegen einen Tisch zum Stehen; ihre Schenkel stießen an die hölzerne Kante. In furchtloser Freude zog sie seinen Kopf zu sich hinab und küsste ihn mit offenem Mund; ihre Zunge paarte sich mit seiner. Sie spürte, wie er sie begehrte, und das fachte ihr eigenes Verlangen an. Sie zerrte ihm das Hemd aus der Hose, fuhr mit ihren Handflächen unter den Stoff, über seine markante Brust und die sehnigen Rillen seiner Bauchmuskeln entlang. Wie stark er war, wie berückend der Kontrast zwischen seinen stahlharten Muskeln und dem kräuselndem Brusthaar.

Mit schwerem Atem und heiseren Geräuschen tief aus seiner Kehle ermutigte er sie, ihn weiter zu erforschen. Sie fasste Mut, sank auf ihre Knie, sodass sein Hosenschlitz auf ihrer Augenhöhe war. Nach und nach legte sie die Knöpfe frei und ließ sein Gesicht dabei nicht aus den Augen. Seine Augenlider waren schwer und sein Mund vor Erwartung angespannt, während sie so seine Männlichkeit freilegte. Er war gebaut wie die Statue des Satyrs; lang, dick, hart wie Marmor.

Stöhnend stieß er sich in ihren Griff. Sie begann, ihn zu pumpen. Die herrliche Reibung wärmte ihr die Hände. Seine Hüften bewegten sich immer schneller und unter ihren Röcken erlebte ihre Fraulichkeit die Erregung mit und verkrampfte sich.

So liebte sie ihn, während er sich unbändiger Lust hingab. Als er heftig aufbrauste, aufschrie, erfüllte sie unendliche Befriedigung.

Sie stand da, Worte der Liebe zitterten ihr auf den Lippen.

Sein Gesicht entspannte sich; seine Augen sahen sie suchend an. Er streckte einen Finger nach ihrer Wange aus. Zu ihrem Entsetzen streifte ihre Haut nicht die Wärme seiner Berührung, sondern kühlen Samt.

Er blickte sie an, doch sah nur die Maske.

„Wer bist du, *Mademoiselle*?"

Helena kam erschrocken zu sich. Ihr Herz klopfte. Wasser plätscherte in der Wanne um sie herum. Das Badezimmer war diesig vor Dampf. Bessie summte leise vor sich hin, während sie einen Bademantel auf einen Kleiderbügel hängte. Sie drehte sich um, als sie hörte, dass Helena sich aufsetzte.

„Sie sind eingeschlafen, Milady", sagte Bessie. „Das muss ja gestern Abend eine ganz schöne Veranstaltung gewesen sein."

Die Zofe schnalzte mit der Zunge, während sie ein Handtuch brachte.

„Und in ein paar Stunden nur ist ein großer Ball. Sie sammeln am besten Ihre Kräfte, Milady. Wer weiß, was für Aufregungen der heutige Abend bringt?"

Der Tod war Nicholas kein Fremder. Man wuchs nicht in der Gosse auf, ohne Bekanntschaft mit der Sterblichkeit zu machen. Doch all die anderen Male, die er dem Tod begegnet war, war dieser seltsam lebhaft gewesen. Das Sterben war stets frisch gewesen, scharlachrot triefendes Fleisch, das sich eben noch geregt hatte. Doch die Schrecken eines jähen Todes waren nichts im Vergleich zu diesem hier, dem Tod der Fäulnis. Dieser Tod war alt, in aufgedunsener, bläulicher Haut, schwarz und veilchenblau verkrustet. Das einst wohlbekannte Gesicht bestand nur noch aus Fetzen verwester Haut und geplünderten Augenhöhlen, was die Ratten eben übrig gelassen hatten. Die über dem Strohbett surrenden Fliegen waren ihm das einzige Leichentuch.

Das Zimmer tief im Innern des Verbrechernests war schlecht belüftet und nicht größer als ein Wäscheschrank. Sowie er Kents Nachricht am Morgen erhalten hatte, war Nicholas sofort zu dem zerfallenden Holzbau tief im Herzen des Armenviertels geeilt. Kents Gehilfe Caster hatte ihn hineingeführt, hinab in den schmalen, gewundenen Flur unter dem Erdgeschoss. Die Decke war hier unten niedrig und die Wände waren rissig und gelb verfärbt. Es roch nach einer Metzgerei, die schon lange nicht mehr geputzt worden war. Nicholas kämpfte gegen die Übelkeit an.

Kent, der neben der Leiche hockte, sah auf. „Sind Sie sicher, dass Sie zugegen sein wollen, Milord? Vielleicht warten Sie doch lieber draußen in der Kutsche."

„Wie lange liegt er schon so da?", wollte Nicholas wissen.

„Zwei Tage, vielleicht drei", sagte Kent. „Die Leichenstarre hat sich schon längst wieder gelöst."

„Und die Todesursache?"

„Bei jedem der beiden Opfer anders. Wenn man sie denn als solche bezeichnen kann. Bragg hier scheint von der Stechwunde im Bauch verblutet zu sein. Er hat nicht viel Blut in diesem Zimmer verloren, daher vermute ich, er hat sich die Verletzung bei einem Streit in einer Kneipe oder etwas Ähnlichem zugezogen und sich zum Sterben hierher geschleppt. Meine Männer suchen gerade oben nach Spuren einer Auseinandersetzung."

„Da könnten sie gleich Fliegen in einem Müllhaufen suchen", bemerkte Nicholas trocken. Er deutete auf die zweite Leiche weiter hinten im Zimmer. „Und der da?"

„Ach ja, unser zweites Opfer." Kent stand auf und ging die paar Schritte hinüber. Der Tote lag abseits auf dem gestampften Boden auf dem Rücken. Es war schwierig, außer geschwärztem Fleisch irgendetwas an ihm auszumachen. Das Gesicht war vollständig verbrannt, die Gesichtszüge vom Feuer vernichtet. Der einzige Farbfleck waren die Haarsträhnen, am Ansatz versengt, doch an den Spitzen rot leuchtend.

„Nun, das geschah mit Sicherheit hier", sagte der Polizist. Mit dem Stiefel stieß er die Leiche in die Seite. Nicholas sah einen großen, dunklen, in den Boden versickerten Fleck. „Weil die Leiche so verkohlt war, habe ich sie von Dr. Farraday ansehen lassen. Der gute Arzt ist der Meinung, dass dieser Mann schon einige Tage vor Bragg tot war, und dass er erst getötet und dann verbrannt wurde. Sehen Sie die Wunde am Hals? Die stammt von der Klinge, die wir in Braggs Stiefel gefunden haben."

Nicholas wurde vor Mitleid übel. „Gordon?"

„Allem Anschein nach, der Haarfarbe nach zu urteilen, sowie der Tatsache, dass er ungefähr zur gleichen Zeit verschwand. Dem armen Kerl wurde die Kehle durchgeschnitten, und dann wurde er angezündet. Kein schöner Tod, vermute ich. Ein brutales Ende eines brutalen Lebens."

„Warum aber nach seinem Tode noch die Leiche verbrennen?“

„Warum töten manche Mörder mit Gift, andere mit einer Klinge und wieder andere mit einer Pistole?“ Kent zuckte mit den Schultern. „Dem Töten wohnt eine Bedeutung inne, die unsereins nicht versteht. Aus Leidenschaft oder Hass tun Menschen Dinge, die wir nicht nachvollziehen können.“

„Und das Tatmotiv?“, fragte Nicholas leise.

„Liebe oder Geld in der Regel. In diesem Fall, da die Stiefbrüder sich ja nicht gerade geliebt haben, würde ich Einiges darauf wetten, das Geld der Übeltäter war. Aber davon können Sie sich mit eigenen Augen überzeugen, Milord. Kommen Sie bitte hier entlang.“

Nicholas ging Kent hinterher, folgte dem Beispiel des größeren Mannes und duckte sich beim Hinausgehen unter den Türrahmen. Er war erleichtert, den engen Raum hinter sich zu lassen, obwohl der Flur schmal war und nach Erbrochenem roch. Kent bog nach rechts ab und blieb vor einer mit Vorhängeschloss und Kette versiegelten Tür stehen. Er holte einen schweren Schlüssel aus der Tasche.

„Den habe ich an Bragg gefunden“, erklärte er.

Nachdem die Kette zu Boden gerasselt war, stieß Kent die Tür auf.

„Ah“, sagte Nicholas.

Dieses Zimmer war größer als das andere und dennoch genauso beengt. Kisten und Säcke waren bis zur Decke aufeinander getürmt. Nicholas besah das nächstbeste Fass; sein Finger glitt über den ihm wohlvertrauten schwarzen Stempel von Fines und Co.

„Der hier ist ein edles Tröpfchen“, sagte er.

„Spirituosen, Tabak, Zucker, Tee–dieses Zimmer hier ist geradezu eine Schatzkammer. Freilich ist es nur ein Bruchteil dessen, was geplündert wurde, doch es wird uns als Beweismittel dienen. Dem Inventar nach zu schließen hat Bragg alle gleichermaßen bestohlen. Ihre Firma ist nicht die einzige Leidtragende–die Ware hier stammt auch von Milligan, Hottswald und Pendergrast, um nur ein paar zu nennen."

„Also glauben Sie, dass Bragg hinter dem ganzen Komplott steckt?" Nicholas fand das immer noch schwer zu glauben, obwohl der Beweis unumstößlich vor ihm aufgestapelt war.

„Er war nicht allein. Er trug eine Aufstellung bei sich mit den Namen von Männern, die er wöchentlich auszahlte. Meine Männer ermitteln gerade diese Namen. Offenbar schleuste Bragg seine Männer in alle Firmen an den Docks ein. Und wenn sie erst einmal drinnen waren, war der Rest denkbar einfach."

„Nun gut, es brauchte nur einen Geistesblitz Braggs", murmelte Nicholas. „Ich denke, das ist sogar ihm zuzutrauen. Aber was ist mit Gordon? Warum hat Bragg ihn getötet?"

„Gordon steht auch auf der Liste. Bragg hat ihn bei Ihrer Firma eingeschleust. Es ging wohl eine Weile gut, doch dann hat Gordon die Nerven verloren. Ich habe seine Geliebte im Bordell noch einmal verhört. Sie behauptet, dass Gordon im Vorfeld der Plünderung Ihres Lagerhauses immer wieder davon sprach, dass er genug hatte und fort wollte."

„Also ging er zu seinem Stiefbruder und bat ihn, von seinen Pflichten entbunden zu werden", sagte Nicholas langsam.

„Ja, und entbunden wurde er noch von viel mehr." Kents Lippen zuckten. „Einmal hat er auf sein Gewissen gehört und dafür mit dem Leben bezahlt."

Sie standen einen Moment lang still da.

„Ich habe da noch etwas, Milord." Kent vergewisserte sich mit schnellem Blick, dass sie auch allein waren, dann holte er einen verknitterten Zettel hervor. „Das habe ich auch an Bragg gefunden. Ich denke, er stand kurz davor, Geld zu verlangen.

Nicholas blickte hinab auf die vertraute Handschrift. *Fünftausend Pfund, oder dein Geheimnis wird gelüftet.* Er zerknüllte den Zettel mit der Faust.

„In jener Nacht, als Sie angeschossen wurden, sahen Sie nur Bragg. Vielleicht hat er doch die Stimme verstellt. Vielleicht hat die Verletzung Ihre Wahrnehmung beeinträchtigt", sagte Kent. „Wir haben im anderen Zimmer eine Pistole gefunden. Es scheint, dass damit erst kürzlich geschossen worden ist."

Nicholas atmete scharf aus. „Also war es die ganze Zeit Bragg. Aber woher hat er von meiner Verbindung zu Grimes gewusst?"

„Wenn Sie wünschen, kann ich der Sache weiter nachgehen. Ich hatte eben mit dem Verhör meiner Kontaktpersonen begonnen, als meine Männer Bragg hier gefunden haben. Ich kann weiter–"

„Nein, das ist nicht nötig." Nicholas war klug genug, einem geschenkten Gaul nicht weiter ins Maul zu schauen. Die Beweise lagen ja eindeutig vor ihm: das Diebesgut, der Erpresserbrief, und ein Toter, der gegen ihn einen Groll gehegt hatte. Obwohl es sich ihm nicht erschloss, wie Bragg von Grimes' Mord erfahren hatte, riet Nicholas sich selbst, die Sache ruhen zu lassen. Eine schlafende Bestie zu stören war gefährlich, er wollte die lechzenden Ungeheuer seiner Vergangenheit nicht wecken.

Kent nickte verständnisvoll. „Nun, damit hat es sich dann also. Die geheimnisvollen Diebstähle wären aufgeklärt und ihr Möchtegernerpresser ist tot. Eine traurige Angelegenheit, doch am Ende hat die Gerechtigkeit gesiegt."

Nicholas wollte ihm so gerne glauben. Einen Moment lang sah er einen jungen Mann mit rotem Haar und schüchternem Blick vor sich. Ein Knabe noch, mit zwei linken Füßen und dem ganzen Leben vor sich. Nun nicht mehr. Eine Zukunft war wie eine Kerze ausgelöscht worden. War das Gerechtigkeit? Da war er sich nicht so sicher, doch Kents Worte von eben klangen ihm noch in den Ohren:

Ein brutales Ende eines brutalen Lebens.

Gott, das Leben war kurz. Man sollte es nicht vergeuden. Die Vergangenheit hatte ihn die ganzen Jahre über gefangen gehalten; nun winkte ihm die Freiheit. Und die Zukunft.

Nicholas ergriff beherzt Kents Hand. „Danke, Mr. Kent, für all Ihre Mühen. Die Thames River Police kann sich darauf einstellen, dass Fines und Co. ihr am Montagmorgen seine Dankbarkeit ausdrückt."

„Danke, Milord." Kent blickte auf das Diebesgut. „Sollen meine Männer Ihre Ware jetzt aufladen?"

„Nicht jetzt", sagte Nicholas. Ihm fiel plötzlich etwas ein und es prickelte ihm in den Knochen. Seine Brust weitete sich erleichtert. „Im Augenblick habe ich mich um eine dringendere Angelegenheit zu kümmern."

„Kann ich irgendwie dabei behilflich sein?"

Nicholas war schon auf dem Weg die Treppe hinauf. Er hielt inne und drehte sich grinsend um. „Nein, es sei denn, Sie können Walzer tanzen, Kent. Und selbst dann ließe ich Sie ihr nicht auf zehn Schritte nahekommen."

„Ah." Zum ersten Mal, seit sie sich kannten, sah Nicholas Kent wirklich lächeln. Der Ausdruck ließ das dünne, abgezehrte Gesicht des Polizisten rätselhaft wehmütig wirken. „Dann wünsche ich einen guten Abend, Milord. Und richten Sie der Lady Harteford bitte meine Grüße aus."

25

Auf der Fahrt zum Ball der Hayfields erschien es Nicholas, als ob sich seine neuen Pferde wie Schnecken fortbewegten. Er hatte die beiden passenden Grauen letzten Monat bei Tattersall's erstanden, und der Auktionator hatte ihm versichert, dass die Tiere schneller wären als der Wind. Nun, es schien, als könnten sie es kaum mit einer halbherzigen Brise aufnehmen. Nicholas klopfte an die Decke der Kutsche, um den Kutscher zur Eile zu mahnen. Er hörte die Pfeife und das Schnalzen der Zügel. Seine gestiefelten Füße klopften ungeduldig auf den Boden, während er auf die vorbeiziehenden Schatten von St. Giles blickte.

Als Knabe hatte er einmal ein Boot aus Treibholz gebastelt und in den Fluss gesetzt. Er hatte zugesehen, wie es stromabwärts trieb, bis es nur noch ein Fleckchen war und schließlich ganz verschwand. Jetzt sah er die Gosse vorbeitreiben und empfand das gleiche Gefühl von Befreiung und Endgültigkeit. Der geheimnisvolle Erpresser war tot und mit der Dieberei hatte es ein Ende. Die Stimme, die er in jener Nacht gehört hatte, war die von Bragg gewesen, nicht die eines aus der Vergangenheit heraufbeschworenen Gespenstes. Ja, nun konnte er die Ähnlichkeit durchaus hören.

Er sagte sich selbst, dass die Vergangenheit nun zur Ruhe gekommen war. Tot und begraben konnte sie ihm nicht mehr wehtun. Das Leben ging weiter.

Als er an der großen klassizistischen Residenz angelangte, leuchtete sie bereits mit den hellsten Sternen der feinen Gesellschaft. Nicholas reichte seinen Hut und Mantel einem der livrierten Diener. Oben auf der Marmorbalustrade blieb er stehen. Er blickte hinab auf die Menge unter ihm und ihm wurde bewusst, dass dies seine Zukunft war. Er war nicht mehr der Knabe, der verängstigt durch die Straßen huschte, war kein Lastenträger mit Schmutz unter den Fingernägeln.

Er war ein Mann, ein Lord des Königreichs mit einer Gemahlin, die er mehr begehrte, als er in Worte fassen konnte. Eine Gemahlin, die vor einigen Stunden erst vor Ekstase in seinen Armen erbebt hatte. Wenn alles so ablief, wie er es sich vorstellte, würde sie seinen Namen stöhnen, ehe die Sonne aufging. Wenn er nur endlich an diesem verfluchten Empfangsdefilee vorbeikäme, dann könnte er sie finden und ihr sein Herz offenbaren.

Ungeduldig lauschte er auf die leiernde Stimme des Butlers. Ein Gast nach dem anderen vor ihm wurde angekündigt und schritt die Treppe zum Tanzsaal hinab. Nicholas blickte auf den vollen Tanzboden. Die glitzernde bunte Masse wirkte zunächst verwirrend. Doch dann sah er sie, und die Welt drehte sich wieder richtig. Sie stand unter einer Blumenlaube und hielt Hof wie eine exotische Prinzessin.

Ihr dickes sandbraunes Haar glänzte in Ringellocken um ihr lachendes Gesicht herum, und der grüne Stoff ihres Kleides liebkoste ihre prallen Kurven. Ihr Busen spitzte aus einem lächerlich knappen Mieder heraus: zwei süß gerundete Kugeln Fleisch, die dafür geschaffen waren, die Lust eines Mannes zu erwecken. Nicholas runzelte die Stirn, denn er bemerkte, dass er nicht der Einzige war, der ihren Busen bewunderte. Die

Verehrer, die sie umringten, erlaubten sich auch verstohlene Blicke.

Sie geiferten schier vor Lust über den Busen *seiner Frau*.

Nicholas stieß mehrere Gäste und den erschrockenen Butler beiseite und marschierte die Stufen hinunter. Er hörte, wie hastig sein Titel angekündigt wurde und fühlte die Hitze der neugierigen Blicke, als er sich einen direkten Weg zum Ort des Anstoßes bahnte. Es war ihm einerlei, und er blieb nicht stehen, bis er Helena erreichte. Er legte einen besitzergreifenden Arm um ihre Taille und sandte den lüsternen jungen Böcken einen warnenden Blick. Er drehte Helena lässig zu sich und führte ihre Hand an seine Lippen.

„Ich hoffe, ich habe dich nicht warten lassen, meine Liebe", sagte er, und erlaubte sich dabei, das Wörtchen ‚meine' zu betonen.

Helenas Augen schimmerten wie ein Teich im Sonnenschein. In den klaren Tiefen von Grün und Braun leuchtete Wärme. Sie lächelte und in ihrem Ausdruck waren die Freude und Treue so unverkennbar, dass es seine Seele besänftigte. Die anderen Männer mussten es auch gesehen haben, denn einer nach dem anderen machte sich auf den Weg in aussichtsreichere Gefilde. Wortlos bot Nicholas seiner Gemahlin den Arm und führte in Richtung Tanzboden.

„Guten Abend, Milord", sagte Helena, und ihre Stimme klang dabei, als hätte sie sich eben erst körperlich angestrengt.

Wie seltsam, ihm war selbst, als bekäme er kaum Luft. „Du siehst heute Abend sehr bezaubernd aus", brachte er heraus.

„Danke." Sie sah bescheiden auf den Boden, als sie um die Kurve gingen. „Für das Kompliment... und auch für das bezaubernde Gedicht."

Ehe er darauf antworten konnte, hielt ein weibliches Kichern sie auf. Er musste sich albernen Unsinn über Handtaschen und Schuhe anhören, ehe er und seine Frau weitergehen konnten.

„Meine Ode hat dir gefallen, ja?", sagte er leise und vertraulich, doch dann hörte er, wie jemand seinen Namen rief. Er musste sich ein Lächeln aufsetzen und irgendeinem verfluchten Landgrafen zunicken, an dessen Namen er sich nicht einmal erinnern konnte. Warum konnten diese elenden Leute sich nicht um ihre eigenen Angelegenheiten kümmern und ihn in Frieden mit seiner Frau liebäugeln lassen? Er beugte sich näher zu ihr und sagte: „Meine Dichtergabe wurde eben recht beflügelt von deiner–"

„Ah, da sind Sie ja, Lady Harteford! Ist es nicht ein wunderbarer Abend?"

Nicholas blickte finster drein, während Helena höflich antwortete.

„Vielleicht könnten wir dieses Gespräch ein anderes Mal fortsetzen", flüsterte seine Frau ihm mit reizend rosigen Wangen zu, als sie ihren Spaziergang fortsetzten. „Man sieht uns zu."

„Die feine Gesellschaft kann sich von mir aus zur Hölle scheren. Ich will jetzt reden", sagte er. „Ich will dir so vieles sagen, meine Liebste, und danach gibt es noch so vieles mehr, was ich mit dir tun möchte. Und zwar die ganze Nacht lang."

Hochrot und mit glühendem Blick sah sie keinesfalls aus wie eine sittsame, gefügige Matrone. Kein bisschen, gottlob. Ihm war gar nicht bewusst gewesen, wie sehr er sich das gewünscht hatte–dass ihn unter der vornehmen Fassade eine leidenschaftliche Frau erwartete. Vielleicht hatte er ihr brennendes Wesen schon immer vermutet, sogar während der staubtrockenen Monate ihrer Brautwerbung. Da war etwas in ihren Augen, an der unartigen Fülle ihrer Unterlippe...

„Du bist verändert, Nicholas", murmelte sie. „Was ist geschehen?"

Er wollte ihr alles erzählen. Dass er frei war und dass er sie liebte. Er musste sie um Verzeihung anflehen, um eine zweite Chance, ihr der Gemahl zu sein, den sie verdiente. Aber in eben diesem Moment spielte das Orchester einen Auftakt, und er sah noch eine andere

Gelegenheit. Ehe Helena auch nur ein Wort sagen konnte, zerrte Nicholas sie auf den Tanzboden. Andere Paare folgten um sie herum. Die Musik spielte auf... es war ein Walzer. Konnte das Leben denn besser sein? Er grinste hinab in das erstaunte Gesicht seiner Frau, zog sie bei der Taille an sich, und begann sie zu führen.

Nicholas tanzte nicht oft; er hatte es erst gelernt, nachdem er seinen Titel erlangt hatte. Und er war bestenfalls ein leidlich guter Tanzpartner. Doch als die süße weiche Melodie sich um ihn hüllte, achtete er nicht mehr auf die richtigen Schritte und die richtige Haltung. Er hatte seine Gemahlin im Arm, und das war das einzige, was zählte. Er drehte sie, zog sie dabei noch enger an sich, so nah, dass ihre Röcke um seine Schenkel flatterten und ihr Mieder an sein Jackett rieb.

Sie bewegten sich in vollkommenem Gleichklang. Gegen seine Handfläche war ihr Rücken weich und geschmeidig. Seine Hand glitt tiefer die aufreizende, elegante Krümmung ihrer Wirbelsäule hinab in Richtung der üppigen Hügel, die genau darunterlagen. Er musste sich zwingen, auf die Schritte achtzugeben. Die Musik näherte sich einem Crescendo und er wirbelte sie schwindelerregend schnell. Sie hielt sich an ihm fest. Als ihre Blicke sich trafen, konnte er das Lachen darin sehen, die geteilte Freude am Leben, daran, einfach zusammen zu sein...

Verliebt.

Er fing sie in einer weiteren Drehung. Und diesmal hielt er sie gegen seine anschwellende Hitze, drückte sie einen Moment lang an seine dicke, unendliche Lust nach ihr.

Seine Lippen fanden ihr Ohr.

„Ich will dich, meine Liebste", flüsterte er. „Immer."

Als sie sich trennten, waren ihre Augen groß. Die anderen Paare, die Musik, der ganze Ball schwand aus seinem Bewusstsein. Es blieb allein die Frau in seinen Armen. Die Frau, nach der er sich mehr sehnte als nach seinem nächsten Atemzug.

„Harteford", sagte sie.

„Ja?" Er fühlte das unbändige Verlangen, sie zu küssen, und zwar jetzt und hier.

„Die Musik spielt nicht mehr."

Nicholas kam etwas verspätet zum Stehen. Er sah, wie die anderen Männer sich verneigten und die Damen knicksend erwiderten. Seine Wangen waren heiß, doch es war nichts im Vergleich zu dem Feuer, das weiter unten loderte. Er spähte nach unten und wusste, dass er sich beruhigen musste, wenn er sich nicht in aller Öffentlichkeit blamieren wollte.

„Meine Liebste, ich hole dir etwas Ratafia", murmelte er. „Treffen wir uns draußen auf der Terrasse wieder? Ich würde unser Gespräch gerne fortführen, wenn es dir recht ist."

„Ja, Milord."" Der Blick seiner Frau glühte. „Danke für den Walzer. Du tanzt offenbar ebenso gut, wie du dichtest."

Wenn sie nicht sofort aufhörte, ihn so anzulächeln, würde er auf der Stelle zerspringen. „Draußen, in zehn Minuten", murmelte er und führte sie vom Tanzboden.

Nicholas brauchte mehrere Minuten in der kühlen Nacht, um sich zu sammeln. Das, und ein paar Handgriffe, um seine Hosen zu richten. Als er sich wieder gefasst hatte, ging er auf die Suche nach Erfrischungen. Die Blicke und spöttischen Stimmen kümmerten ihn gar nicht; seine Gedanken galten ganz allein seiner Gemahlin.

Während des Tanzes hatte sie sich mit ihm in vollendeter Harmonie bewegt. Sie hatten sich auf eine Art und Weise verbunden, die über körperliche Leidenschaft hinausging. Das Glücksgefühl beschleunigte seinen Atem. Nun, da seine Vergangenheit hinter ihm lag, wo sie hingehörte, hatte er Gelegenheit, neu anzufangen. Zuerst würde er es ihr wieder gutmachen müssen—denn wie er sich verhalten hatte, wie er sie... er schluckte, als sich die ihm nur allzu vertraute Schuld in die Eingeweide bohrte. Würde sie ihm seine Untreue verzeihen können? Wie hatte er so heillos dumm sein können, sich eine Hure zu suchen, wenn doch die einzige Frau, die er je begehrte, seine eigene Gemahlin war?

Es kam ihm der Gedanke, dass er diesen Fehltritt ja für sich behalten könnte. Doch ihn zu verschweigen kam ihm wie noch ein weiterer Betrug vor, und er wollte, dass von diesem Moment an nur noch die Ehrlichkeit in ihrer Ehe herrschte. Irgendwie musste er sich Helena erklären. Sie um Verzeihung bitten, und geloben, dass er sie nie wieder hintergehen würde. Dass er sie in Wahrheit, in seinem Herzen, nie hintergangen hatte.

Er hatte solches Vertrauen in ihre Liebe, dass er alles für möglich hielt.

Nicholas kehrte mit heißem Punsch in der Hand zurück auf die Terrasse. Es war schon nach zwei Uhr früh und die Gäste gingen langsam nach Hause. Er überblickte die breite Steinveranda, aber er sah Helena nicht. Er bemerkte, dass die Westseite der Balustrade von dichten Hecken gesäumt war, gewiss dafür gedacht, verliebtem Treiben den nötigen Sichtschutz zu bieten. Er lächelte leicht beim Gedanken, dass er hinter so günstig angelegter Begrünung vielleicht seine Frau finden könnte.

Diesmal, ganz anders als in ihrer Hochzeitsnacht, würde er nicht nach ihr krallen wie eine liebestolle Bestie. Nein, diesmal würde er ihre kleine behandschuhte Hand nehmen und Zärtlichkeiten flüstern. Er würde ihre Augen beobachten, würde darauf warten, dass sie golden und einladend glänzten, und dann würde er ihr den Handschuh aufknöpfen. Er würde den Satin ihre weiche Haut entlangstreifen und ihr zartes Handgelenk freilegen. Er würde ihre Hand zu seinen Lippen führen und auf ihre sanfte Handfläche einen Kuss drücken, nur ganz sachte mit den Lippen ihren flackernden Aderschlag streifen, nicht mehr. Ein Vorspiel zur Werbung um seine Gemahlin.

Sein Herz pochte erwartungsvoll, als er hinüber zu dem grünen Hindernis schritt.

Helena war leicht außer Atem und eilte zurück in den Tanzsaal. Die Schlange vor den Wasserklosetts war qualvoll lang gewesen. Sie hoffte, dass sie Nicholas nicht zu lange hatte warten lassen. Etwas war heute Abend an ihm anders, das fühlte sie. Sein Verhalten war weniger zurückhaltend und voller Verlangen. Während ihres Tanzes war er so inbrünstig auf sie bedacht gewesen, wie ein Pirat, der seine Beute beanspruchte. Alles andere um sie herum war zerflossen; es hatte nicht mehr gegeben außer dem Gefühl ihrer Körper, die sich zusammen bewegten.

Als sie sich der Doppeltür auf die Terrasse näherte, rempelte sie gegen ein türkisfarbenes Aufblitzen, das sich in die entgegengesetzte Richtung bewegte.

„Uff." Sie richtete sich auf. „Ich bitte um sehr um—oh, Marianne, du bist es. Ich wusste gar nicht, dass du heute Abend hier bist..."

Ihr Satz verebbte, als sie wahrnahm, wie bleich das Gesicht ihrer Freundin war, wie heimgesucht ihre normalerweise lebhaften grünen Augen flackerten. „Marianne, was ist los?"

„Nichts. Es geht mir gut." Mariannes Lächeln war eindeutig gezwungen. „Ich fürchte, dass ich mir eine Migräne eingehandelt habe. Ich muss nach Hause."

„Eine Migräne? Sollen Harteford und ich dich nach Hause bringen?", fragte Helena besorgt.

„Nein, nein. Ich muss mich lediglich ausruhen."

„Wirklich, Marianne, du solltest—"

Doch es war zu spät. Marianne war wortlos davongeschlüpft.

Verdutzt sah Helena zu, wie ihre Freundin in der Menge verschwand. Was war mit Marianne los? Sie musste ihr morgen einen Besuch abstatten. Doch jetzt hatte sie sich um ihre eigenen Angelegenheiten zu kümmern. Als sie draußen war, erspähte sie erleichtert Nicholas' breiten Rücken. Er stand abseits von den anderen Gästen auf der anderen Seite der Veranda neben einer Heckenreihe. Helena eilte auf ihn zu und wollte ihm zurufen. Die

Worte erstarben ihr auf den Lippen, als sie von der anderen Seite einer hohen Hecke Stimmen hörte.

„Ein unverfrorener Kerl, nicht wahr? Er denkt, nur weil er mit der Göre von Northgate verheiratet ist, kann er in der feinen Gesellschaft herumtrampeln." Die Stimme des Mannes war dröhnend, trunken und empört. „Nun, ich sag immer noch, die Herkunft merkt man einem eben an–seine Mutter war schließlich eine Hure und sein Vermögen stammt aus dem *Handel*. Er riecht ja geradezu nach Laden."

„Und deswegen, lieber Sir Jacoby, nennen wir ihn ja auch unseren *Krämermarquis*", antwortete eine Frau mit einem klirrenden Lachen.

„Verdamm mich, wenn der Bastard nicht auch noch ein Auge auf meine Ställe geworfen hat, nun ja, was davon übrig ist", fuhr die männliche Stimme erbost fort. „Er lauert wie ein Raubvogel, das tut er wirklich. Letzten Monat hat er mir meine edelsten grauen Gäule bei Tattersall's weggeschnappt–und zahlte kaum die Hälfte dessen, was sie wert waren, der verfluchte Geizkragen. Ich wette, er hat über seine Kaufmannskumpane von meinem Pech am Spieltisch gehört. Glauben Sie mir, er ist nicht besser als die Hausierer, die an die Tür klopfen. Was für ein bejammernswerter Zustand, meine Liebe, wenn die Unterschicht nicht mehr weiß, wo sie hingehört."

Helena hörte ein scharfes, knackendes Geräusch, dann sah sie Nicholas herumwirbeln. Sie hatte noch nie solch nackte Wut gesehen, von der geschmolzenen Lava in seinem Blick bis hin zu den erhobenen Fäusten, die zum Kampf bereit, nein, auf den Kampf *erpicht* waren. Punsch tropfte blutrot von einer seiner Hände, Splitter feinsten Kristallglases rieselten zu Boden. Seine große, mächtige Gestalt bebte wie ein Jagdhund, der die Beute im Blick hatte. Zunächst schien er sie nicht zu erkennen. Doch als er es tat, entbrannte sein Gesicht.

„Nicholas...", sagte sie und streckte ihre Hand nach ihm aus.

„Äh, wer da?" Einen Augenblick später stolperte ein schmerbäuchiger Mann mittleren Alters hinter der Hecke hervor. Seine roten, dick geäderten Hängebacken wurden noch dunkler, als er Nicholas sah.

„Kommen Sie zurück, Jacoby. Es ist gewiss niemand..." Es erschien eine stockdürre Frau, die an ihrem verrutschten Mieder zupfte. Ihre kleinen Augen stachen geradezu komisch aus ihrem hageren Gesicht hervor.

In der verhängnisvollen Stille, die folgte, hörte Helena ihren eigenen Herzschlag immer lauter in ihren Ohren. Aus dem Augenwinkel sah sie andere Gäste näher kommen, schaulustig und blutdürstig. Gemurmel und spöttisches Gelächter umzingelte sie.

„Was soll das denn, Harteford? Sich da herumzuschleichen wie ein gemeiner Dieb", sagte Jacoby.

Die Frau, die das Ansinnen ihres Liebhabers erriet, schloss sich dem Angriff an. „Ein Einbrechen in die Privatsphäre, so würde ich das nennen. Was für ein höchst schändliches Benehmen!"

Nicholas' Blick schwenkte zu Jacoby. Sein Gesicht war ausdruckslos, doch Helena konnte sehen, wie er sich krampfhaft zu beherrschen versuchte. Nicholas ballte die Fäuste. Trotz seiner eleganten Abendgarderobe ging von ihm eine brodelnde Körperlichkeit aus, die nur ein Narr übersehen konnte. Jacoby wich instinktiv zurück; sein Kehlkopf zuckte. Nicholas' Fingerknöchel schwollen an und wurden weiß. Die Stille schien vor Spannung zu knistern.

Dann, langsam, quälend langsam, entspannte Nicholas seine Fäuste.

Er wandte sich an die Frau, die ihre Hände an ihre flache Brust drückte. Eine Straußenfeder hing ihr schlaff über ein Auge. Er verneigte sich spöttisch vor ihr. Seine farblose Stimme ließ Helena bis ins Mark erschaudern. „Bitte, machen Sie sich keine Sorgen, Madam. Wie Sie selbst eben sagten, ich bin niemand, um den man sich Sorgen machen müsste."

Als er sich zum Gehen wandte, wurde das hämische Geflüster lauter. *Feigling. Bastard. Was erwartet man denn auch anderes von der Unterschicht?* Er sah seine Frau nicht an, als er vorbeiging.

Gleißend und rein schwappte die Wut über Helena. Ihr Blick flimmerte rot, als sie Jacoby und seine kichernde Gefährtin so sah. Ohne einen weiteren Gedanken ging sie zu ihnen hinüber.

„Nun, was gibt es denn noch?", wollte Jacoby wissen. Die Situation war ihm sichtlich unangenehm. „Es ist unhöflich zu starren, junge Dame. Das kommt davon, wenn man sich mit der Unterschicht abgibt. Man wollte meinen, Northgate hätte Sie anders erzogen..."

Den Satz konnte er nicht zu Ende bringen. Mit einem schallenden Krachen schleuderte Helena ihren Beutel an seinen Kiefer. Jaulend stolperte Jacoby rücklinks. Helena hörte vage die Menge schnaufen, doch es war ihr egal. *Wie wagte er es, Nicholas so zu erniedrigen? Der aufgeblasene Schnösel.* Sie schwang ihren Beutel erneut. Die perlenbesetzte Seide klatschte auf Fleisch und Knochen, und sie merkte, wie lebendig sie sich dabei fühlte: Jeder Zoll ihres breitbeinig reitenden, auf Bäume kletternden, Bäckersöhne verprügelnden Wesens frohlockte.

Das Gefühl war so befriedigend, so äußerst lohnend, dass sich ihr Arm ganz von selbst wieder aufzog, nur um von einem eisernen Griff zurückgehalten zu werden.

„Genug, Helena", sagte Nicholas leise.

Helena warf Jacoby und seiner Geliebten einen vernichtenden Blick zu. Beide wichen vor ihr zurück, ihre Gesichter vor Entsetzen starr. Wutschnaubend spie sie aus: „Schämen Sie sich. Schämen Sie sich beide."

Sie wandte sich Nicholas zu und ließ ihre Hand in die seine gleiten. Ohne ein weiteres Wort führte er sie weg.

26

Nicholas half Helena in die Kutsche, doch statt ihr zu folgen, schloss er die Tür hinter ihr und sagte dem Kutscher: „Bring Lady Harteford nach Hause. Und halt nicht an, egal was sie sagt. Ich komme gleich nach."

Der Kutscher tappte sich an die Mütze und ließ die Zügel schnalzen.

Die Pferde trabten los, das Fenster öffnete sich und Helenas Kopf erschien. „Nicholas?", rief sie bange. „Wo gehst du hin? Warum kommst du nicht mit–"

Er würgte sie ab, konnte es nicht ertragen, ihr ins Gesicht zu sehen, in diese mitleidigen Augen. Die Droschke bog um die Ecke und verschwand. Er lief ziellos herum. Das erschien ihm das Klügste zu sein, denn die andere Möglichkeit war, zum Ball zurückzukehren und Jacoby bewusstlos zu prügeln. Ein Edelmann hätte den Unhold vermutlich zur Rede gestellt–doch er war ja schließlich kein Edelmann, oder? Er hatte zuvor schon einmal getötet, und ihm war nicht danach, noch jemanden umzubringen, egal aus welchem noch so triftigen Grund. Seine Ehre–soweit er denn so etwas überhaupt hatte–war sicherlich nicht Anlass genug.

Verdammter Narr, wie konntest du nur glauben, du wärst gut genug für sie?

Mit stürmischem Schritt preschte er voran. In seiner Brust wütete die Erniedrigung beim Gedanken daran, dass Helena ihn auf solche Art und Weise verteidigen musste. Spätestens am nächsten Tag wäre sie das Gespött ihrer Welt, verlacht und gemieden. Beim Frühstück würden sie bei jedem vornehmen Tee und in jedem Club der Stadt über sie lästern. Und alles seinetwegen. Weil jedes Wort, das Jacoby gesagt hatte, die reine Wahrheit war. Nicholas war ein Bastard, ein Feigling... und ein Narr, der sich eingeredet hatte, er könnte seine Vergangenheit hinter sich lassen. Manchmal wünschte er, sein verfluchter Erzeuger hätte ihn nie anerkannt.

Da lebte er lieber noch als Bastard, als dass er einem Traum hinterherlief, der quälend vor ihm schwebte und doch unerreichbar blieb. Er wusste gar nicht, wie lange er so lief. Es schien, als ginge er schon sein ganzes Leben die Straßen entlang–St. Giles, Mayfair, die Docks, wo auch immer, es war einerlei. Frieden fand er nirgendwo. Als er endlich mehrere Stunden später die Stufen seiner Residenz erklomm, war er zumindest körperlich erschöpft. Er wollte nichts weiter, als in sein Bett fallen und alles vergessen. Ehe er jedoch läuten konnte, öffnete sich schon die Tür. Helena stand da, immer noch in ihre Abendgarderobe gekleidet.

„Wo bist du gewesen?" Sie packte ihn hastig beim Ärmel. Er ließ sich von ihr hineinzerren. „Weißt du denn, was für Sorgen ich mir gemacht habe? Gütiger Himmel, du hattest ja nicht einmal deinen Mantel oder Hut–du musst am Erfrieren sein!"

Ihm war gar nicht kalt gewesen. Er hatte gar nichts gefühlt, bis er sie erblickte, und seine Hoffnungen von eben ritzten ihn wie ein Skalpell von Dr. Farraday, hauchdünne Schnitte, die keine Narbe hinterließen und einen dennoch verbluten lassen konnten.

„Gehen wir in dein Arbeitszimmer", sagte sie bestimmt. „Ich

schenke dir einen Brandy ein und wir lassen Crikstaff ein paar warme Decken bringen–"

„Das will ich nicht." Seine Worte hallten im Foyer wider. Sie klangen so flach und leer, wie er sich fühlte.

„Dann eben in den Salon–"

Er schüttelte den Kopf. „Was ich meine ist, ich kann das hier nicht. Mit dir. Nicht heute Nacht." Er hatte weder die Kraft noch die Geistesgegenwart, zu wissen, was nun zu tun war. Im Augenblick wollte er einfach in sein Schlafgemach gehen und die Tür verriegeln. „Morgen vielleicht."

„*Verdammt nochmal*, wir sprechen jetzt."

Helenas heftiger Ton verdutzte ihn. Ihr Blick sprühte Funken. Hatte sie die Vorfälle des Abends also nun verarbeitet, hatte sie endlich begriffen, was es sie kostete, mit jemandem verheiratet zu sein, der von der feinen Gesellschaft geächtet war?

Seine Gedärme loderten in ärgerlicher Erwiderung auf. Er hatte sie ja warnen wollen, oder nicht? Hatte versucht ihr zu sagen, dass dies alles ein Fehler war–aber sie wollte ja nicht hören.

„Du willst reden? Nun denn", sagte er und ging in Richtung Arbeitszimmer. Er hielt ihr mit einer spöttischen Verbeugung die Tür auf.

Erhobenen Hauptes, mehr Marquise als je zuvor, marschierte Helena an ihm vorbei in das Zimmer. Crikstaff hatte die Lichter gedämpft, und die kräuselnden Flammen im Kamin und der Tabakgeruch, der noch in der Luft hing, machten das Arbeitszimmer noch behaglicher. Helena bewegte sich durch Nicholas' Privatbereich, als ob sie dahin gehörte. Sie studierte die Bücherwand, die vom Boden bis zur Decke reichte, und ließ ihren Finger über die Buchrücken gleiten.

Nicholas ging in die entgegengesetzte Richtung, direkt zu dem Tablett mit den Spirituosen. Er goss sich selbst ein Glas aus einer Kristallkaraffe ein, dann hielt er inne und wandte sich ihr zu.

„Du musst verzeihen", sagte er knapp. „Ich habe keinen Sherry hier. Soll ich Tee oder heiße Milch bringen lassen?"

„Ich bin kein kleines Kind, Nicholas, das vor dem Zubettgehen Milch braucht. Ich trinke, was du trinkst", sagte Helena.

Er runzelte die Stirn. „Ich trinke Whiskey."

„Gut."

Helena setzte sich in einen der Ohrensessel beim Kamin. Er bemerkte, wie klein sie in dem männlichen Möbelstück wirkte, wie winzig und weiblich sie gegen das mit Nieten besetzte karminrote Leder aussah. Als er ihr das Glas reichte, trafen sich kurz ihre Finger und die Berührung ging ihm durch und durch. Er verfluchte sie dafür, dass sie so auf ihn wirkte. Er lümmelte sich in den Sessel nebenan.

Er hielt seinen Blick fest auf die züngelnden Flammen gerichtet und trank still seinen Whiskey.

Er hörte ein leichtes Röcheln. „Ist alles in Ordnung?", fragte er.

„J-ja." Sie hüstelte wieder, dann murmelte sie: „Wie zum Teufel kannst du nur dieses Zeug trinken?"

Hätte sie jemals den billigen Fusel gekostet, den man auch die Milch der Gosse nannte, dann müsste sie diese Frage nicht stellen. Das sanfte Prickeln des Whiskeys war nichts im Vergleich zu dem Gin, der einem die Eingeweide versengte. „Daran gewöhnt man sich", sagte er und schüttete sich den Rest des Whiskeys hinunter. „Doch sind wir ja nicht hier, um meine Vorlieben in Sachen Spirituosen zu besprechen, oder? Du bist diejenige, die darauf besteht, dass wir reden. Also sprich."

Sie stellte ihr Glas ab. Ihre Hände klammerten sich in die Falten ihrer smaragdgrünen Röcke. „Ich hoffte, dass wir ein Gespräch führen können, Milord. Darüber, was heute Abend vorgefallen ist. Ich weiß, du bist erzürnt–"

„Ich bin nicht erzürnt", sagte er kurz. „Du vergisst, dass es für mich nichts Neues ist, geschnitten zu werden. Ich habe damit fast jeden Tag zu tun, Milady, und ich kann dir versichern, dass es mir völlig gleichgültig ist."

„Warum bist du dann stundenlang alleine herumgelaufen? Warum schließt du mich schon wieder aus?" Irgendwie verärgerte ihn ihr sanfter, vernünftiger Ton nur noch mehr. Er musste von ihr wegschauen, von dem flehentlichen Glanz in ihren großen Augen. „Früher heute Abend erschienst du ganz verändert. D-du hast mir gesagt, dass du mich willst. Immer."

„Und das war falsch." Er konnte die Bitterkeit nicht aus seiner Stimme halten. „Dir ist doch gewiss bewusst, dass eine Beziehung zwischen uns einfach nicht möglich ist."

„Das ist mir *nicht* bewusst, begreifst du das denn nicht? Mir kann ja *überhaupt nichts* bewusst werden, wenn du mich im Dunkeln hältst. Ich kann deine ohnehin äußerst launenhaften Gedanken ja nicht lesen, und ich bin es auch müde!"

Er starrte sie an. Und das war sein erster Fehler. Ihre Wangen waren rot wie Rosen und ihre volle Unterlippe bebte. Ihr üppiger Busen wackelte mit jedem erregten Atemzug. Sie war die Verführung selbst und sah zugleich verletzt und wütend aus. Falls er geglaubt hatte, bereits zuvor an die Grenzen seines Selbsthasses gestoßen zu sein—nun, dann hatte er sich getäuscht. Er verfluchte sich selbst hundertfach, dass er sie derart verzweifeln ließ. Er wollte ihr doch die Wahrheit ersparen, die keine Dame je hören sollte—aber hatte er damit nur seine eigene Angst wegräsoniert? Wen schützte er denn eigentlich—sie oder sich selbst?

Wie er so ihren verwirrten Schmerz sah, wusste er, dass er nicht länger vor ihr davonrennen konnte.

„Freilich kannst du meine Gedanken nicht lesen—denn die Gedanken sind mir vergangen, von dem Moment an, da ich dich getroffen habe", sagte er mit schwachem Humor. Als sie ihn einfach nur weiter ansah, seufzte er. „Ich war dir nicht der Gemahl, den du verdienst, Helena. Und dafür entschuldige ich mich."

Ihre nächsten Worte zerrissen ihm schier die Seele. „Ist es meinetwegen? Habe ich etwas getan oder versäumt–"

„*Nein*. Es geht hier und es ging nie um dich. Ich habe dir zuvor schon gesagt–das Problem liegt bei mir. Wer ich bin." Seine Kehle fühlte sich rau an, schmirgelte seine Worte. „Und was ich getan habe."

„Sag es mir, Nicholas. Um Gottes willen, sprich mit mir." Ihre Augen schimmerten. „Ich *bitte* dich."

Er fühlte sich schwächeln. Das war sein zweiter Fehler. „Du verlangst von mir, dass ich von Dingen spreche, über die ich noch nie mit keiner Menschenseele gesprochen habe –nicht mit den Fines, noch nicht einmal mit Jeremiah." Er versuchte verzweifelt, es ihr begreiflich zu machen. „Meine Vergangenheit, Helena... eignet sich nicht für die Ohren einer Dame."

„Ich bin nicht nur irgendeine Dame." Ihr Kinn hob sich. Und wie er schon wusste, war das kein gutes Zeichen. „Ich bin deine Gemahlin und ich liebe dich, und nichts, was du sagst, kann das ändern."

Er schluckte. „Ich... ich möchte dir so gerne glauben."

„Dann lass es darauf ankommen. Offenbar dich mir, mein Gemahl", flüsterte sie. „Fang mit deiner Kindheit an, wie du aufgewachsen bist, alles."

Die Aufrichtigkeit in ihren schönen Augen war wie ein Messer, das tief in seinem Magen wühlte. Die Schmach, die ihm früher am Abend widerfahren war, war nichts im Vergleich zu der Qual, die er in diesem Augenblick litt. Er würde nun zusehen müssen, wie Helenas Liebe sich in Abscheu verwandelte, wenn sie erst einmal erfuhr, wer er wirklich war. Er stand auf und ging zurück zu dem Tablett mit den Getränken, und sich Zeit zu kaufen. Und Mut. Während er noch einen Whiskey in sein Glas plätschern ließ, bemerkte er erstaunt, dass seine Hände zitterten. Er verschüttete ein wenig auf das Silber.

„Du hast keine Vorstellung, was du da von mir zu wissen

verlangst", sagte er. „Die Grässlichkeit, Helena–du wirst dir wünschen, du hättest mich nie gefragt."

„Das entscheide ich."

„Wie du wünschst." Er goss sich noch ein Glas hinter die Binde und ließ sich von dem brennenden Gefühl in seine Vergangenheit hinüberleiten. „Ich war nicht als Bastard geboren, doch ich lebte bis letztes Jahr wie einer. Die erbärmliche Affäre zwischen meinem Vater und meiner Mutter, einer schönen Opernsängerin, die nur halb so alt war wie er, ist ja hinlänglich von bösen Zungen erörtert worden. Wie er gegen zwei seiner Freunde als Rivalen um ihre Gunst buhlte. Wie täglich im Wettbüro White Wetten darauf abgeschlossen wurden, welcher von ihnen letztlich bei Sylvie–so hieß sie–triumphieren würde. Und am Ende setzte der Marquis sich durch."

„Es war allgemein bekannt, dass er sie in einer gemütlichen Landhütte unterbrachte. Was die feine Gesellschaft jedoch nicht wusste, war, dass er Sylvie in einem Anfall von Leidenschaft geheiratet hat. Heimlich mit Sondergenehmigung. Die ersten paar Monate besuchte er sie regelmäßig. Es war also keine Überraschung, dass ihr bald die Kleider spannten. Sie dachte, dass ihre Umstände ihre Stellung im Leben des Marquis festigen würden, doch da irrte sie sich. Als sie ihre schlanke Gestalt verlor, verlor er das Interesse. Wochen vor der Niederkunft fand sie heraus, dass der Marquis eine neue Geliebte hatte, die jünger und schöner als sie selbst war. In ihrer Wut stellte sie ihn zur Rede. Und er warf sie dafür hinaus."

„Er ließ seine schwangere Frau im Stich?", sagte Helena ungläubig.

Nicholas zuckte mit den Schultern. „Meine Mutter hatte keine Heiratsurkunde vorzuweisen und mein Vater war ein mächtiger Mann. Er drohte ihr an, dass er sie ins Gefängnis von Newgate werfen ließe, wenn sie auch nur ein Wörtchen über ihre Beziehung verlöre. Sie hatte keine Wahl, also ging sie mit nichts weiter als den Kleidern am Leib fort."

„Was tat sie dann?", sagte Helena schwach.

„Sie trug das Kind aus, ein Knabe, und ließ ihn bei ihrer Schwester. Ihre Furcht vor ihrem Gemahl war so groß, dass sie nie ein Wort über die wahre Abstammung ihres Jungen sagte. Eine Weile lang fand sie wieder Beschäftigung als Sängerin." Nicholas hob die Schultern und ließ sie dann wieder fallen. „Ich glaube, dass sie vielleicht den Schutz anderer wohlhabender Gönner suchte, denn sie schickte hin und wieder Geld, meistens in der Form von Schmuck."

„Hast du sie je wiedergesehen?"

„Nein. Sie starb, als ich neun Jahre alt war. Man sagte mir, es war die Schwindsucht." Nicholas erinnerte sich gut an das rote Gesicht seiner Tante, als sie die Nachricht mit ihm teilte.

Sylvie ist tot und hat nicht einen Schilling hinterlassen. Ich muss so schon sechs Mäuler stopfen, also glaub ja nicht, du kannst von unserer Wohlfahrt leben. Du kommst ins Arbeitshaus, Bursche. Da kommen alle Bastarde früher oder später hin.

„Was geschah dann?"

Nicholas' Hand schloss sich reflexartig um sein Glas. „Meine Tante konnte mich nicht länger aufziehen, also wurde ich ins Arbeitshaus geschickt." Und wie er dort erfuhr, gab es sogar für Waisenkinder eine soziale Hierarchie. Die oben auf der Leiter hatten ehrbare Eltern—Kaufleute und Ladenbesitzer, manchmal war sogar ein verarmter Gutsherr darunter—die unter irgendwelchen seltsamen, unglücklichen Umständen zu Grunde gegangen waren. Bastarde, besonders die von Huren, befanden sich ganz unten, eine Lektion, die er durch blutige Nasen und aufgeplatzte Fäuste lernte. „Letztlich rannte ich fort und fand den Weg zurück zum Haus meiner Tante."

„Und sie nahm dich wieder auf", sagte Helena sichtlich erleichtert.

„Nein." Nicholas fragte sich, wie er so naiv und dumm hatte sein können. Er hatte geglaubt, wenn seine Tante erst einmal erführe, wie es im Arbeitshaus zuging, würde sie ihn wieder zu sich nehmen. Wenn er einfach erklären konnte, dass er gern seinen Beitrag leisten, zum Haushalt beisteuern wollte—was war er nur für ein Narr gewesen. „Nein, sie hat mich nicht wieder aufgenommen."

„Was passierte denn?" Seine Frau sah ihn mit großen Augen an.

Er atmete hörbar aus „Sie hat mich verkauft."

Diese Worte knallten in die Stille wie ein Korken. Nun endlich schien Helena entsetzt und der Worte beraubt. Doch er war ohnehin schon zu weit gegangen. Wie die schändliche Geschichte so aus ihm heraussprudelte, bemerkte er, dass er den Fluss der Worte nicht aufhalten konnte. Seine Lippen bewegten sich wie von selbst.

„Zufällig suchte gerade ein Schornsteinfeger mit dem Namen Grimes nach Lehrlingen. Er wollte junge Knaben, nicht älter als sieben. Weißt du warum, Helena?"

Sie schüttelte kaum merklich den Kopf.

„Weil die Schlote eng sind. So eng, dass nur ein Kind hineinpasst. Manchmal nicht mehr als drei Handbreit."

Er ging auf sie zu und zeigte mit den Händen den Umfang des stickigen Schachtes. Unvergessliche Panik griff unversehens nach seiner Kehle. Selbst wenn er hundert Jahre alt würde, würde er nie die Male vergessen, die er in dieser verrußten Finsternis in der festen Gewissheit feststeckte, dort sterben zu müssen. Denn Kletterjungen waren eine im Überfluss vorhandene Ware—Kinder waren billig und leicht zu haben. Ein Schornsteinfegermeister würde sich eher ein neues Kind suchen, als ein unnützes zu retten.

„Du hast also als Kletterjunge gearbeitet?"

Er blinzelte. Ließ die Hände fallen. Helena sah ihn fest an und er musste die Welle der Abscheu erst hinunterschlucken, ehe er wieder sprechen konnte.

„Ich war damals zehn Jahre alt, aber so mickrig, dass ich als jünger durchging. Grimes nahm mich also auf. Die drei Jahre, die ich als Kletterjunge gearbeitet habe, waren eine Hölle, die du dir nicht vorstellen kannst. Ich lebte im Ruß, so dick, dass er dir die Lungen füllt und in jede Spalte deiner Haut kriecht." Während er so sprach, erfüllte der verkohlte Geruch noch heute seine Nasenlöcher, ging ihm der Dreck noch immer durch jede Faser seines Wesens. „Und du gewöhnst dich irgendwie daran. Von Sonnenaufgang bis zur Dämmerung bin ich in die Schächte gestiegen, Öffnungen hochgeklettert, die so eng waren, dass ein einziger falscher Atemzug dich in ein steinernes Grab einzwängen konnte."

„Wie hast du es geschafft, nicht steckenzubleiben?", sagte sie mit zitternder Stimme.

Seine Finger umklammerten den Stuhlrücken. „Das habe ich nicht immer. Wenn es passierte, hatte Grimes überzeugende Anreize, einen Knaben wieder frei zu bekommen. Einen Strohhalm anzünden, zum Beispiel."

„Er hat dich *versengt*?", keuchte Helena.

„Nun, so bin ich zumindest wieder freigekommen."

Ehe ihm bewusst wurde, was sie wollte, kam Helena zu ihm. Ihm schauderte, als ihre Arme sich um seine Taille schlossen, ihre Wange sich gegen seine steifen Rückenmuskeln presste. Ihre Stimme klang erstickt und undeutlich. „Kein Kind, kein *Mensch* sollte solche Schrecken jemals erleben. Wie stark du bist, dass du das überlebt hat, mein Schatz."

Er lachte humorlos. Er wand sich aus ihrer Umarmung und drehte sich zu ihr um. „Die Stunden in den engen Schächten, das war die Erleichterung. An den meisten Tagen arbeitete ich besonders gewissenhaft, polierte die Abzugshaube, bis sie nur so glänzte, weil ich nicht wieder nach oben gezogen werden wollte."

„Aber warum?"

„Wegen der Zerstreuungen, die sich des Nachts abspielten. Weil nach 'nem harten Arbeitstag der jute Meister Grimes nämlich erwartete, dass ihn de Jungens beim Entspannen helfen."

Helena starrte ihn an. Er bemerkte, wie fest sie ihre Fäuste ballte; wusste, dass ihre Fingernägel rote Striemen auf ihrer glatten vollkommenen Haut hinterlassen mussten. Er sah an ihr vorbei, dankbar für die Taubheit, die sich nun in ihm ausbreitete. Die Wahrheit purzelte ihm mit einer ihr eigenen Wucht aus dem Mund.

„An manchen Abenden, wollte er, det eener von uns ihn… dienlich is, während de anderen zukieken. Andere Male wollte er, det wir miteenander spielen. Ick hab' ihm nie davon abjehalten. Ick war eener von de juten Jungen, hab' immer jemacht, wat er mir jeheißen hat…"

Die kleinen hageren Gesichter erschienen vor seinem inneren Auge. Wie ein Außenstehender sah er sich selbst in dem verlotterten Haufen stehen. Alle mit matten, toten Augen, denen nichts mehr etwas bedeutete. Fast nichts mehr, außer am Leben zu bleiben.

„Du hast getan, was du tun musstest, um zu überleben." Helenas inständige Worte brachten ihn in die Gegenwart zurück.

„Das musst du doch sehen."

Selbstverachtung zermalmte seine Innereien. „Hunger hatt ick. Wie ne Promenadenmischung auf de Straße jab es nüscht, det ick nüscht fürn Brocken Essen jetan hätte."

„Nicholas…"

„Jedet Mal hab' ick mir selbst jesagt, det is nu det letzte Mal. Hab mir jeschworen, wenn er mir noch mal anfasst, bring ick ihm um." Eine tierische Befriedigung zog ihm die Lippen zurück. „Und dann, eenes Nachts, hab ick's jetan."

„Hast du was?", flüsterte Helena.

„Ihm umjebracht. Hab seen verfluchtet schwarzet Herz durchbohrt und ihm verrecken lassen."

❅   27   ❅

Einen Augenblick lang verschwamm Helena die Sicht. *Nicholas hatte einen Menschen getötet.* Obwohl es ihr durchaus bewusst war, dass der Tod für viele auf den Straßen Londons jäh und grässlich kam, war es eine ganz andere Sache, herauszufinden, dass ihr Gemahl ein Leben auf dem Gewissen hatte. Sie sah, wie Nicholas seine Hände anstarrte. Er krümmte die Finger. Ein Blick der Abscheu huschte über sein Gesicht; er betrachtete Flecken, die nur er sehen konnte.

Wenn seine Hände befleckt waren, dann mit dem Blut eines Mannes, der den Tod verdient hatte. Wie viele Kinder außer Nicholas waren von diesem Unhold besudelt worden? Der bloße Gedanke, die Schwachen und Verletzlichen derart grausam zu missbrauchen, schnürte Helena die Kehle zu. Sie war nicht so arglos, dass sie nicht eine höhere Gerechtigkeit darin sah, wie Grimes sein Ende gefunden hatte. Das Herz blutete ihr für den Schmerz, den Nicholas als Knabe erlitten hatte, und für den Selbsthass und die Schuldgefühle, die ihn nun als Mann plagten. Er stand immer noch gefangen von seinen unsichtbaren Sünden da.

„Nicholas! Hör auf. Komm zurück, jetzt!" Helena packte ihren

Gemahl bei den Unterarmen und rüttelte ihn. Als er nicht antwortete, schüttelte sie ihn erneut. Fest.

Nicholas blinzelte. Sie sah, wie er ins Bewusstsein zurückkehrte, wie gequälte Scham in seinen ausdrucklosen Blick stieg. Nie hätte sie geglaubt, dass sein Schmerz sie erleichtern könnte, doch nun war es so. Schmerz bedeutete, dass er wieder bei ihr war, am Leben, dass er nicht mehr blind im Treibsand seiner Vergangenheit versank.

Nach einer Pause fuhr er hölzern fort: „Es geht noch weiter. Nachdem ich Grimes erstochen hatte, geriet ich in Panik. Es... es gab da noch einen Knaben im Zimmer. Ich weiß gar nicht mehr, wie er hieß." Ihm stockte die Stimme. Nicholas rieb sich die Augen mit den Fingerknöcheln. „Er war ein neuer Knabe, jünger als ich. Er hatte gesehen, was ich getan hatte. Ich ging zu ihm hinüber, das Messer noch in der Hand, Blut tropfte überall hin, und ich... ich..."

Obwohl Angst ihr Herz packte, sagte Helena: „Was hast du getan, mein Liebster?"

Er hob seinen gequälten Blick zu ihr auf. „Ich drohte ihm. Ich sagte ihm, wenn er auch nur ein Sterbenswörtchen darüber verlöre, was heute Nacht geschehen war, würde ich ihm seine verfluchte Kehle aufschlitzen. Und er sah mich einfach nur an. Sein Gesicht war weißer als das eines Gespenstes und er sagte..."

Helena wartete mit angehaltenem Atem.

„Nimm mich mit. Lass mich nicht hier." Nicholas schloss bei der Erinnerung daran die Augen. „Er bettelte mich an, packte meinen Arm. Mein Gott, er war nicht älter als sieben oder acht; er war vor Angst außer sich. Doch ich wollte nur weg, und als er mich nicht losließ, schlug ich ihn. Ich erinnere mich noch an sein Weinen, als ich durch eines der Fenster entkam." Seine Stimme bebte vor Selbsthass. „Ich bin nicht nur ein Mörder, ich bin auch ein verdammter Feigling."

Sie konnte ihre Tränen nicht zurückhalten–für den unbekannten Knaben, für Nicholas, das Leid, das keiner von beiden verdient hatte. „Dich trifft keine Schuld, hörst du mich, Nicholas? Für nichts von alledem." Sie streckte sich und nahm sein Kinn in ihre Hände, zwang ihn, sie anzusehen. „Du warst *dreizehn Jahre alt*, Nicholas. Ein Kind, ein tapferes Kind, das sich gewehrt hat. Doch du konntest kaum dich selbst schützen, geschweige denn, noch einen anderen Knaben. Ich kann mir kaum vorstellen, wie verängstigt du gewesen sein musstest, nachdem..." Er erzitterte unter ihrer Berührung. „Du musst dir vergeben–Grimes allein hat Schuld an all diesem Leid. Zumindest hast du diesen anderen Jungen und die anderen Kinder aus seinen Klauen befreit."

„Habe ich das? Oder habe ich ihn und die anderen nur zu einem noch schlimmeren Ende verdammt?" Nicholas umklammerte ihre Arme, bis sie es fast schmerzte, und sah sie wüst an. „Ich erfuhr später, dass das Haus in derselben Nacht noch niederbrannte. Ich weiß nicht, wie der Brand ausgebrochen ist, und zunächst war ich erleichtert, denn das Feuer wurde zu Grimes' Todesursache erklärt. Seine Leiche wurde im Schutt gefunden, weißt du. Dann hörte ich, dass in dem Feuer auch mehrere Kinder verendet waren und"–seine Stimme bröckelte–„Ich habe mich immer gefragt... wenn dieser Knabe... wenn ich doch nur..."

Helena wusste nicht, was sie erwidern sollte. Stattdessen schloss sie ihre Arme um ihren Gemahl und drückte ihn, so fest sie konnte. Sie fühlte, wie sein breites Kreuz erschauderte, während er sich an sie klammerte wie ein Ertrinkender an Treibholz. Sie konnte seinen heißen, unsteten Atem über ihrem Ohr fühlen.

„Jahrelang habe ich die Stimme des Jungen in meinen Träumen gehört. Und ich fühlte den Atem des Richters in meinem Nacken, konnte den Gestank der Gefängnisschergen riechen, die mich erwarteten. Tief drinnen wusste ich, dass die Gerechtigkeit mich früher oder später einholen würde."

Sie legte ihren Kopf in den Nacken, um zu ihm aufzusehen. „Jeder Richter hätte erkannt, dass du aus Notwehr gehandelt hast", sagte sie bestimmt. „Grimes war der Verbrecher, nicht du!"

„Ich habe jemanden getötet, Helena. Und indirekt habe ich womöglich den Tod eines unschuldigen Kindes verschuldet." Matt, entmutigt schüttelte er den Kopf. „Ich bin ein Mörder, und nichts kann das ändern."

„Die Vergehen von Grimes waren weitaus schlimmer als deine. Am Ende hat die Gerechtigkeit gesiegt. Bitte sag mir, dass du das erkennst." Sein Gesichtsausdruck zerfraß ihr das Herz. So viele Jahre lang hatte er seinen Schmerz in sich eingesperrt, hatte ihn in sich eitern lassen. Sie musste nicht fragen, warum. Die Schuld, die Selbstverachtung—er übte noch immer Buße für sein Vergehen. „Du hast genug gelitten. Du hast lediglich überlebt, und nun musst du dir vergeben, damit du weiterleben kannst. Damit *wir* zusammen weiterleben können."

Nicholas ließ sie los und tat einen Schritt zurück. Unter seiner dunklen Haut war er fahl, sein Blick heimgesucht. „Das kann nicht dein Ernst sein. Nach allem, was ich dir erzählt habe—Helena, da musst du doch einsehen, dass ich dich nicht verdiene."

„Ich sehe nur, dass du mehr Manns bist als jeder andere, den ich je gekannt habe", sagte sie ungestüm. „Und ich bin stolz darauf, dich zum Gemahl zu haben."

Und immer noch konnte er sich nicht dazu bringen, ihr zu glauben. Er fuhr sich durch die Haare, ging zum Kamin und begann, davor auf und ab zu gehen. „Es gibt noch mehr, weißt du. Bevor ich Jeremiah traf, bin ich ein Jahr lang mit einer der Banden auf den Docks umhergezogen. Ich war ein Dieb, ein Bösewicht, ein Taugenichts—"

„Der sein Leben geändert hat", beendete sie seinen Satz. „Der aller Widrigkeit zum Trotz etwas aus sich gemacht hat."

Nicholas hielt inne und sah sie erneut an. „Wie seltsam", sagte er heiser. „Das war fast wortgetreu, was er gesagt hat. Mein Vater, meine ich."

„Du hast deinen Vater gekannt? Ich dachte, du hast von deinem Erbe erst nach seinem Tod erfahren."

„Das stimmt. Der Advokat meines Vaters kam einen Monat

nach seinem Tod auf mich zu. Als er erkannte, dass er im Sterben lag, ließ mein Vater mich durch einen Ermittler ausfindig machen. Aus seiner zweiten Ehe waren keine Kinder hervorgegangen, weißt du. Mein Werdegang gereichte ihm offenbar zur Zufriedenheit–also setzte er mich in seinem Testament als gesetzmäßigen Erben seiner Ländereien und seiner Titel ein. Dazu legte er eine Ausfertigung seiner Heiratsurkunde, um meine Rechtmäßigkeit zu belegen. Er hinterließ mir auch eine Nachricht–zwei Zeilen, um genau zu sein. *Aller Widrigkeit zum Trotz hast du mich überrascht und etwas aus dir gemacht. Ich vertraue darauf, dass du deine Pflichten mit derselben Sorgfalt erfüllst.*"

Daher also hatte Nicholas seinen Hang zu lakonischen Kurzbotschaften. Wahrlich, hatte sein Vater denn kein Quäntchen väterlicher Zuneigung aufbringen können? „Es muss ein Schock gewesen sein, die wahren Umstände deiner Geburt zu erfahren", sagte sie sachte.

„Gelinde gesagt. Zunächst wollte ich mit meinem Vater nichts zu tun haben. Nicht mit seinem Vermögen, nicht mit seinem verfluchten Titel–am liebsten hätte ich alles mit ihm begraben und verwesen lassen."

„Was hat deine Meinung geändert?"

„Jeremiah." Nicholas' Kiefer verspannte sich. „Er lag ebenfalls im Sterben. Er sagte mir, ich sei ein Narr, wenn ich mein Geburtsrecht so wegwürfe, wenn ich ein Geschenk ausschlüge, von dem er nur träumen konnte. Weißt du, so wohlhabend Jeremiah auch war, er konnte seiner Herkunft nie entrinnen. Er hatte sein Vermögen als Kaufmann gemacht, und so blieben die Türen der feinen Gesellschaft für ihn und seine Kinder auf ewig verschlossen. Weißt du, was sein größter Traum war?"

Helena schüttelte den Kopf.

„Dass Percy bei Hofe vorgestellt wird. So albern, nicht wahr? Und doch so unerreichbar, so unmöglich, die Grenzen zwischen diesen Welten zu überschreiten." Die Trostlosigkeit in seinem Blick schnürte ihr die Kehle zu. „Das Fiasko heute Abend war nur eine Erinnerung daran, wie unüberbrückbar verschieden wir sind. Du, meine Liebste, stehst für alles, was gut und unschuldig ist. Wohingegen ich…" Seine Schultern regten sich mit einer Schwere, als trüge er die ganze Welt darauf. „Ich bin, was das Leben aus mir gemacht hat."

Sie ging zu ihm hin, stellte sich ihm gegenüber. „Was dir geschehen ist, bist nicht du. *Du*", sagte sie und legte eine Hand auf sein wüst pochendes Herz, „bist der edelste Mann, der mir je begegnet ist. Der einzige Mann, den ich je lieben könnte."

„Wie kannst du das nur wirklich meinen?" Nicholas machte einen abgehackten Atemzug. „Nach allem, was ich getan habe–"

„Du warst ein schuldloses Kind, um Gottes Willen!", rief Helena aus.

„Ich hätte eher fortgehen können. Ich hätte lieber woanders hingehen sollen, als die Hölle von Grimes zu erdulden."

„Und wo wärst du denn hin? Zurück ins Arbeitshaus, oder vielleicht in die Gosse, die Kinder schluckt und abgebrühte Verbrecher ausspuckt?" Verzweifelt packte Helena seinen Arm und wartete darauf, dass er sie ansah.

„Was weißt du schon von der Gosse?", fragte Nicholas schließlich.

„Die beiden Fräulein Berry laden bei ihren Gesellschaften zum politischen Gespräch ein. Ich weiß, dass Kinder jeden Tag sterben, an Krankheit, verhungert. Und die, die überleben, tun dies im Dreck und in unsagbarem Schrecken." Der bodenlose Blick ihres Gemahls trieb ihr die Tränen die Wangen hinunter. „Oh, Nicholas, halt dir doch nicht die Übel vor, die dir angetan worden sind!"

„Wein nicht", flüsterte er. „Ich bin deiner Tränen nicht wert."

„Ich weine, wenn es mir beliebt", sagte Helena erregt. „Und du bist jede einzelne Träne wert. Hörst du mir denn nicht zu? *Ich liebe dich.*"

Nicholas schloss die Augen. „Wie könntest du?"

Die Worte hingen in der Luft, die mit einem Mal so dick war

wie der Nebel über der Themse. Zum ersten Mal jedoch konnte sie klar durch die Schwaden sehen, die sie trennten. Seine Scham und Selbstzweifel waberten zwischen gespenstischen, grausamen Bildern seiner Vergangenheit umher. Welten entfernt von ihrem behüteten Aufwachsen, so viel stand fest. Und dennoch... waren er und sie wirklich so verschieden? Denn trug nicht auch sie Scham, Selbstzweifel und bitter gehütete Geheimnisse in sich?

Vertrauen in einer Ehe musste verdient werden, von Mann... und von Frau.

„Warte kurz hier", sagte sie. „Ich bin gleich wieder da."

Ihr Gang dauerte weniger als fünf Minuten, doch als sie ins Arbeitszimmer und zu ihrem Gemahl zurückkehrte, wurde ihr bewusst, dass sie schon ihr ganzes Leben so unterwegs war. Nicholas saß in einem der Ohrensessel, den Kopf in die Hände gestützt. Er stand auf, als sie sich näherte. Sein Blick fiel auf den Beutel, den sie hielt.

„Was ist das hier, Helena?"

Sie befeuchtete sich die trockenen Lippen. „I-ich habe mein eigenes Geheimnis zu beichten, Nicholas. Etwas recht Erschreckendes."

Nicholas lächelte wehmütig. „Im Vergleich zu meinen Sünden, was kannst du denn Schlimmes getan haben?"

Seine Gewissheit, seine feste Überzeugung, dass sie in einer moralischen Sphäre über der seinen schwebte, gab Helena den Rest.

Sie hielt den Beutel hoch. Verziert mit Orangenblüten und einer Fülle von Naturperlen wirkte der pralle Satinbeutel ganz unschuldig. Wie hieß es doch, man sollte ein Buch nicht nach seinem Deckel beurteilen? Und eine Gemahlin nicht nach ihrem sittsamen Gehabe. Sie zögerte unter seinem inständigen Blick. Ihre Finger zitterten an den Kordeln.

„Was ist es denn nun?", fragte Nicholas und seine Brauen zogen sich zusammen.

„Ich habe mich... unwürdig verhalten, wie du es so gerne

nennst. Was ich getan habe, war in der Tat höchst liederlich. Und im Gegensatz zu dir habe ich meine Untat nicht aus einer misslichen Lage heraus begangen. Ich", zögerte Helena, um sich mit einem tiefen Atemzug zu wappnen, „habe mich *absichtlich* so verhalten."

„Liederliche Tat? Was hast du denn getan?" Nicholas neckte sie amüsiert: „Hast du vor dem Abendessen vom Koch ein Stück Kuchen stibitzt, Helena? Saß bei deinem Morgenausritt deine Haube schief?"

Jede Faser ihres Körpers pulsierte vor befangenem Grausen. „Nein, Milord", brachte sie gefasst heraus: „Ich bin in ein Bordell gegangen und habe einen Fremden verführt."

Nicholas antwortete nicht sofort. Dann: „Du hast *was* getan?"

Sie war erleichtert, wieder einen Funken Leben in seinem Blick zu sehen, jedoch war sie auch klug genug, die rasch aufflammende Glut zu fürchten, also lockerte Helena die Kordeln und kippte ihren Beutel aus. Messingfarben schimmernde Locken glitten heraus. Bei dem Anblick erstarrte Nicholas.

„*Oui, monsieur.*" Der heisere Akzent fiel ihr nicht schwer, weil ihr die Kehle vor Liebe und Furcht ohnehin wie zugeschnürt war. „Die beiden Abende im Kloster, das war ich."

„Du warst... im Kloster?" Wäre die Lage nicht so unangenehm gewesen, hätte Helena über den geradezu komisch verdutzten Gesichtsausdruck ihres Gemahls lachen können. Er sah aus, als hätte er in einen Apfel gebissen und eine Zitrone geschmeckt. Sie konnte ihm dabei zusehen, wie er diese Offenbarung mit seinem Bild von ihr zu vereinbaren versuchte—ein tiefer Fall war es von so einem hohen Sockel.

„Ja, ich war da." Helena biss sich auf die Lippe, als er nichts erwiderte. „Beim Maskenball. Und vor zwei Wochen."

„Du warst das. Beide Male. Du warst die Nymphe." Nicholas sah benommen aus. „Aber ich... du... *wir*..."

„Ich weiß. Ich war ein Luder." Es war ihr sogar eine Erleichterung, es zu gestehen, es nicht länger verbergen zu müssen. Helena kniff dennoch die Augen zusammen, als sie den letzten, geheimsten Teil ihrer Täuschung beichtete: „Und, Milord, ich fand die Erfahrung herrlich. Ich kann noch nicht einmal sagen, dass es mir leid tut."

Auf ihre Worte folgte Stille. Helena konnte die Spannung nicht ertragen und blinzelte mit einem Auge auf Nicholas, der sie anstarrte, als hätte er sie noch nie zuvor gesehen.

„So sag doch etwas", bettelte sie, und die Verzweiflung verbrühte ihr die Stimme. „Lies mir die Leviten, oder schimpf mich, oder...", schluckte sie, das Schlimmste befürchtend, „sag mir, wie enttäuscht du von mir bist, dass ich nicht die tugendhafte Gemahlin bin, die du wolltest."

„Du hast so getan, als wärst du eine Nymphe." Nicholas wollte sich diesen Umstand offenbar durch Wiederholung glaubhaft machen.

„Eine *französische* Nymphe. Und du hast mich verführt."

Nun, eigentlich war die Verführung gegenseitig gewesen, doch sie hielt es für klüger, seine Aussage durchgehen zu lassen. Also nickte sie.

Ihr Gemahl sah sie weiterhin so an, als wäre er vom Blitz getroffen worden.

„Vergib mir, dass ich so langsam von Begriff bin", sagte er schließlich. „Doch ich verstehe noch immer nicht, was du überhaupt in einem Bordell zu suchen hattest."

„Nun, das erste Mal war ich auf der Suche nach dir." Plötzlich war es ihr peinlich, dass sie ihm wie ein eifersüchtiges Fischweib nachgestellt hatte. Sie blickte auf ihren Beutel hinab. Die rote Perücke sah nun nicht mehr so verlockend und verführerisch aus. Im Lampenschein wirkten die starren Locken geschmacklos und falsch. „Ich sah zufällig, dass du ein Billet für den Maskenball im Kloster hattest, und daraus leitete ich natürlich ab, dass du hinzugehen beabsichtigtest. Wenn du dich erinnerst, hast du mich zu der Zeit vermieden, also hatte ich keine Gelegenheit, meine Gefühle diesbezüglich mit dir zu besprechen."

„Also bist du mir dahin gefolgt." Nicholas heftete einen erstaunten Blick auf sie. „Um deine *Gefühle* zu besprechen?"

„So war mein ursprünglicher Plan, ja. Doch alles geriet... außer Kontrolle", murmelte Helena. Sie errötete heftig. „Das andere hatte ich nicht geplant, Milord. Das geschah einfach."

Nicholas zog eine Augenbraue hoch. „Tat es das, *Mademoiselle?*"

„Oh. Der Akzent", sagte Helena kleinlaut. „Es war wirklich keine geplante Täuschung, Milord. Diese Maßnahme habe ich eher... aus dem Stegreif ergriffen."

„Aber warum diese List?"

„Ich hatte Angst", gab Helena zu. „Da mein Verhalten ja so liederlich war, fürchtete ich, dass du es abscheulich finden würdest, dass ich nicht die Gemahlin war, die du zu haben glaubtest. Weißt du, ich wusste ja, wie hoch du meine Tugend und meine Sittsamkeit schätztest."

„Und das zweite Mal? Warum hast du mich noch einmal eingeladen?", fragte er ruhig.

Sie biss sich auf die Lippe. Das mit der Ehrlichkeit war nicht einfach. „Ich war... erzürnt und verletzt, dass du mich abgewiesen hattest. Ich dachte mir, ich erteile dir eine Lektion, ich verführe dich als Dirne verkleidet und gebe mich dann als die Gemahlin zu erkennen, die du angeblich nicht wolltest."

„Und warum hast du es dann nicht getan? Warum hast du dich mir in jener Nacht nicht zu erkennen gegeben? Es war wegen... meines Verhaltens, nicht wahr? Zur Hölle, ich muss dich ja völlig verstört haben." Ein tiefes Rot breitete sich auf seinen Wangen aus. Er schlug die Augen nieder, starrte auf den Boden. „Helena, was ich da getan... gesagt habe... hätte ich gewusst, dass du es warst, hätte ich doch niemals–"

„Aber nicht doch", versicherte sie ihm. Ihr Gesicht stand geradezu in Flammen. „Das... äh, hat mir sehr gut gefallen. Du hast ein wenig von deiner Vergangenheit mit mir geteilt, und mir wurde bewusst, dass ich gar keine Rache wollte. Was ich wirklich wollte, war Ehrlichkeit zwischen uns–und da brachte ich es nicht fertig, meine Täuschung einzugestehen. Aber in diesem Moment schwor ich mir, dass ich dich nie wieder belügen würde. Dass ich versuchen würde, deine Zuneigung mit lauteren Mitteln zu gewinnen."

Als er nichts entgegnete, senkte sie den Kopf. „Widere ich dich mit meinem lüsternen und unmoralischen Benehmen an, Nicholas? Bist du enttäuscht, dass ich nicht die tugendhafte Frau bin, die du dir erhofft hast?"

Ein Finger hob ihr Kinn wieder an. Der Blick inbrünstiger Zärtlichkeit in Nicholas' dunklen Augen raubte ihr den Atem. „Du bist so viel mehr, als ich mir je erhofft habe. Mehr, als ich verdiene. Die Frau, die ich mit meinem ganzen Wesen liebe."

Tränen quollen ihr aus den Augen.

„Helena, glaubst du, du kannst mir je... verzeihen?" Jetzt war es an ihm, zu zögern. Schmerzliche Ungewissheit schwang in seiner Stimme mit. „Für meine Untreue gibt es keine Entschuldigung. Ich kann nur sagen, dass ich wie ein Narr geglaubt hatte, ich müsste dich vor meinen Bedürfnissen schützen. Nach unserer Hochzeitsnacht konnte ich den Gedanken nicht ertragen, dir wieder weh zu tun. Die Wahrheit ist... in meiner Fantasie liebte ich dich."

Er ergriff ihre Hand und legte sie auf seine Brust. Sein Herz schlug stark und gleichmäßig unter ihrer Hand. „Kannst du mir das glauben? Mir verzeihen? Hier in meinem Herzen gab es nie eine andere als dich."

Sie erinnerte sich daran, wie er in seiner tiefsten Lust ihren Namen gerufen hatte. Sie nickte und sagte: „Und kannst du mich lieben, jetzt wo du weißt, dass ich eine ... Dirne bin?"

Zur Antwort schloss Nicholas sie in seine Arme. Sie schwelgte in der vertrauten Wärme seiner Umarmung und dem Flüstern seiner Stimme in ihrem Haar. „Helena, weißt du denn nicht, dass ich *dich* liebe? Jeden Teil von dir–meine sittsame Marquise, meine süße, tapfere Frau, die mich mit Leib und Seele verführt."

Freude blühte in ihr auf. „Ich liebe dich so sehr, Nicholas. Ich–"

Doch die Zeit für Worte war vorüber. Seine Lippen nahmen ihre in einem Kuss, der leidenschaftlicher, begieriger war, als sie sich je hatte vorstellen können, in Beschlag. Sie erwiderte ihn mit ihrem ganzen Herzen. Mit all dem liebenden Verlangen, das sie nun nicht mehr verbergen musste.

28

Nicholas setzte seine Frau auf dem Teppich vor dem Kaminfeuer ab. Er fuhr mit den Fingern durch ihre seidigen Ringellocken und weidete sich am Anblick ihres geliebten Gesichts. Keine Masken standen zwischen ihnen. Keine Gespenster. Ihre Augen schimmerten feucht. Er wischte mit dem Daumen sachte die Tropfen weg, wollte etwas sagen, auf wortgewandte Art die tiefe Freude beschreiben, die er empfand, doch seine Kehle verengte sich und kein Wort kam heraus.

Und da er ohnehin ein Mann der Tat war, zeigte er ihr es eben. Er küsste huldigend ihre Lippen, genoss, wie ganz natürlich diese sogar beim Kuss nach oben geneigt waren. Er küsste das Grübchen ihrer Oberlippe, dann die volle Unterlippe, erforschte ehrfürchtig die Landschaft, ehe er die Süße drinnen suchte. Er fuhr mit der Zunge den Saum ihrer Lippen entlang.

Mit einem kleinen Seufzer gab Helena nach, und Nicholas drang wie ein Verhungernder, nach ihrem Geschmack, nach ihrem Honig darbend, in sie ein. Als ihre Zunge seine traf, klammerten sich seine Hände in ihr Haar. Er drang tiefer in sie ein, stieß sich in ihren Mund. Er hörte sie erregt schnurren und er erwiderte knurrend ihren Namen. Er plünderte ihren Mund, gewährte ihr keine Rast, kein Entrinnen. *Sie war sein.* Er eroberte so mit jäher Inbrunst ihren Mund und erschauderte, als ihre Hände seine Schultern packten und ihn noch näher an sie zogen.

Bald war ihm das Küssen nicht mehr genug. Er brauchte mehr von ihr. Er betrachtete bewundernd ihre vom Kuss geschwollenen Lippen und das heißblütig goldene Wirbeln in ihren Augen. Ehrfurchtsvoll führte er seine Finger an ihre Wange.

„Helena, meine Liebste", sagte er wackelig, „Du sollst wissen, dass von nun an zwischen uns alles anders wird. Ich würde dich um nichts in der Welt verletzen."

„Mich verletzen?" Helenas Blick war vor Leidenschaft weich und dämmrig.

„Ich weiß, unsere Hochzeitsnacht war keine angenehme Erfahrung für dich. Und im Kloster—da habe ich dich nicht geliebt, wie es sich gebührt." Nicholas fuhr mit einer hornhäutigen Fingerspitze über ihre weiche Haut, wie gebannt von dem Gegensatz zwischen Bronze und Weiß, zwischen hart und weich. „Das ist keine Entschuldigung, aber ich hatte vor dir noch nie eine Dame geliebt."

Seine Frau blinzelte ihn an. „*Du* warst selbst auch noch unberührt?"

Er brüllte vor Lachen. Er konnte nicht aufhören, selbst als seine Frau ihn etwas unmutig fragte: „Was ist daran so lustig?"

Sie begann, seine Schultern zu schubsen. Nicholas fing ihre Arme und blickte zärtlich in ihr erhitztes, erbostes Gesicht.

„Man hat mich schon vieles genannt, Helena, aber unberührt?", grinste er. Er drückte ihr einen Kuss auf die Stirn. „Was ich meinte, ist, dass ich noch nie mit einer wohlgeborenen Dame verkehrt war. Die andere Sorte ist mir durchaus bekannt."

„Oh."

Ihre Nase rümpfte sich und das kleine Brummen weiblicher Eifersucht erfüllte ihn mit unsäglichem Stolz. „Das missfällt dir wohl, meine Frau Gemahlin?"

„Gefiele es *dir*, von meinen Liebeleien mit anderen Männern zu hören?"

„Ich würde jeden sofort umbringen, der dich auch nur anrührt." Die Worte kamen inbrünstig aus seinem tiefsten Innersten heraus. „Du gehörst jetzt mir, Helena, und ich dir. Ich werde dir nie wieder Anlass geben, an mir zu zweifeln."

Er neigte seinen Mund zu ihrem, um dieses Gelöbnis zu besiegeln. Heute Abend war er fest dazu entschlossen, eine Dame zu befriedigen. *Seine* Dame. Als er die Süße ihres Kusses weiter erkundete, fuhr Nicholas über die Schultern seiner Gemahlin und die bekleidete Seite ihres Busens entlang. Er fühlte, wie sie erzitterte, und nahm vorsichtig einen der vollen Hügel in die Hand. Seine Lenden zogen sich zusammen, als das üppige Fleisch seine Hand mehr als füllte. Er drückte sanft zu und als Lohn trieb unter dem dünnen Stoff eine Knospe aus. Er neigte den Kopf und nahm die geschwollene Brustwarze zwischen seine Lippen. Er schnalzte mit der Zunge hin und her. Der Stoff wurde immer feuchter, bis ihre Brustwarze deutlich hindurchschimmerte.

Helenas Stöhnen wurde lauter und beharrlicher. Er deutete das als gutes Omen und zog ihr Mieder hinab. Ihre Brüste schnellten heraus, so herrlich üppig, an der Spitze so köstlich rosa gekrönt, dass er keine Zeit verlor und die ihm dargebotene Beute sofort kostete. Er hinterließ eine heiße, glitzernde Spur von einer Brustwarze zur anderen. Freude schoss ihm durch den Körper, als Helena seinen Namen keuchte und ihre Finger in sein Haar fuhr, um ihn näher an sich zu ziehen und noch mehr zu fordern. Er leistete Folge und ihre lüsternen Laute ließen seinen Schwanz innerhalb seiner Hosen zucken.

Er legte sie auf die Seite, bedeckte ihren Hals mit Küssen, während seine Finger sich die Reihe von Knöpfen auf ihrem Rücken hinabarbeiteten. Verflucht, mussten denn gar so viele höllisch kleine Perlen den Weg zu seiner Ekstase versperren? Mit einem unterdrückten Fluch riss Nicholas die letzten paar Knöpfe auf, achtete nicht auf das dumpfe Prasseln von Kügelchen über den Teppich. Er würde ihr ein neues Kleid kaufen—ach was, einen Schrank voller neuer Kleider—nur, um sie aus diesem hier herauszubekommen. Als er ihr Kleid und Unterkleid endlich entfernt hatte, verschlug es ihm völlig die Sprache. Er starrte seine erglühte Frau an, wie sie so dalag, ihre ausschweifenden weißen Kurven gegen den dunklen Teppich, während das Licht der Flammen einen heidnischen Tanz auf ihrer Haut aufführte.

„Mein Gott, du raubst mir den Atem." Er fuhr besitzergreifend über ihre Hüfte, folgte mit den Augen dem prickelnden Umriss ihrer Beine bis zu den sanften Löckchen ganz oben. „Dieses Anblicks werde ich mein Lebtag nicht müde werden, meine Liebste."

Hingerissen sah er zu, wie sich die Röte von ihrem Gesicht aus auf ihren ganzen Körper ausbreitete. Seine Frau legte ihren Kopf in seine Schulterbeuge und einen Augenblick lang fürchtete er, sie mit seinen allzu flammenden Worten verstört zu haben.

Stattdessen aber flüsterte sie ihm ins Ohr: „Nicholas, ich möchte dich auch gerne sehen. Ich hatte bei den anderen Malen noch nicht wirklich Gelegenheit dazu."

Ihre Bitte ließ ihn erzittern. Er stand auf und streifte sich die Kleidung ab. Er wollte sich nicht länger vor ihr verstecken. Er stand nackt da, die Hände an den Seiten baumelnd. Er sah, wie sich ihre Augen weiteten, als sie seine Erregung sah. Sie war so heftig, dass sein Schwanz nach oben deutete. Die schwelende Eichel stieß ihm gegen den Bauch. Sein Hodensack pochte zu seinem eigenen Herzschlag. Mit angehaltenem Atem erwartete er ihre Erwiderung.

„Oh, Nicholas", keuchte sie. „Du bist so schön."

Mit einem Ächzen kam er zu ihr, beglückt von dem perfekten Gegensatz zwischen ihrer samtenen Fülle und seiner eigenen strotzenden Kraft. Während er sie küsste, lernte er die zarten Kurven ihrer Beine kennen, die niedlichen Grübchen ihrer Knie. Seine Hände tasteten sich empor, ergötzten sich an dem Gefühl, völlig ungehindert zu sein, Haut auf bloßer Haut. Allmächtiger, wie lange hatte er sich danach gesehnt, so bei ihr zu sein, ganz nah.

Im Siegesrausch kämmte er durch die seidigen Locken ihres Schamhügels. Er benetzte seine Finger mit dem Tau, rieb ihn in kleinen, glänzenden Kreisen über ihr geschwollenes Fleisch. Seine Gemahlin griff nach seinen Schultern, während ihre Hüften sich willig und flehentlich aufbäumten. Er folgte ihrer stummen Aufforderung, öffnete sie sachte und ließ einen Finger halbwegs in ihre Scheide gleiten.

„Oh!", keuchte Helena.

Nicholas knirschte mit den Zähnen, als ihre Muskeln an seinem Finger zupften und ihn weiter hineinzogen. Er wollte langsam machen, doch er merkte, wie ihr ungestümes Pochen ihm langsam die Beherrschung nahm. Als ihr Kätzchen wieder an ihm zerrte, führte er seinen Finger etwas weiter in sie hinein und dann noch weiter, bis er bis zum Fingerknöchel in ihrer nassen Hitze steckte. Er betrachtete ihr erhitztes Gesicht, ihre halb geschlossenen Augen, vor Lust fast wie von Sinnen. Er begann, seinen Finger zu bewegen.

Helena antwortete unverzüglich darauf. „Oh, mein Gott", seufzte sie. Ihre Augen schlossen sich und ihre Hüften rieben sich hilflos an seine Berührung. „Das fühlt sich *so gut* an..."

Ihm verging Hören und Sehen, als seine ach so sittsame Gemahlin sich auf seinen Finger aufpfählte und ihre Säfte ihm in die Handfläche rannen. Er erwiderte das feste, verzweifelte Rutschen ihrer Scheide, indem er noch einen zweiten Finger einführte. Ihre wimmernden Schreie erfüllten ihn mit Befriedigung. Er fuhr in ihre köstlichen Falten, fand die kleine Noppe und umkreiste sie mit dem Daumen. Helena wurde steif, ihre Augen verdrehten sich nach hinten, sie quietschte. Es überwältigte ihn schier. Die Lust, die durch seine Adern pumpte, drängte seinen Kopf abwärts.

Ihr anfängliches Hecheln schmolz in ein langes Stöhnen, als er sie sanft mit der Zunge bearbeitete. Ihr salzig-süßer Geschmack erfüllte ihm die Sinne. Die Vorstellung, sich so an ihr gütlich zu tun, hatte er lange in seiner Fantasie gehegt, und nun wurde sie Wirklichkeit. Gieriger Hunger überkam ihn. Er leckte und saugte an ihrem Geschlecht und sein Atem begann zu raspeln, als sie seinen Namen rief. Er konnte nicht genug von der fraulichen Sahne bekommen, die ihm über Lippen und Zunge schäumte. Er legte das Herzstück ihrer Lust frei, leckte an der empfindlichen Knospe, sein Kreisen entlockte seiner Frau lustvolle Laute. Von der plötzlichen Anspannung ihrer Beine ermutigt säugte er an ihr, zog sanft an.

Helenas Höhepunkt kam und er dröhnte nur so vor namenloser Freude und schwirrender Lust. Sie erschauderte stöhnend. Zuckungen schüttelten ihren Körper. Er kam über sie und glitt mächtig, atemlos in sie ein. Er hielt sich verbissen zurück, denn er wollte, dass sie sich erst an die Dicke gewöhnte, die da in sie eindrang. Ihr enger Saum dehnte sich über seine Erektion und er schloss die Augen, versuchte der Versuchung der seidig zuckenden Muskeln zu widerstehen, die nach ihrem Höhepunkt noch immer um seinen Schaft kribbelten.

Etwas kraulte seinen angespannten Unterarm. Er öffnete die Augen ein wenig und sah, wie Helena ihn schmachtend anblickte. Er ergoss fast seinen Samen, so erotisch war der Anblick ihrer Zunge, die ihre vom Kuss noch geschwollenen Lippen befeuchtete.

„Eine Dame lässt man nicht warten, das schickt sich nicht", belehrte sie ihn in einem schwelenden Ton.

Nicholas machte ein Geräusch halbwegs zwischen einem Lachen und einem Ächzen.

„Dann will ich natürlich den Benimmregeln gerecht werden", sagte er, und machte sich an die quälend lustvolle Aufgabe, sich aus ihrem engen Schacht zurückzuziehen. Er war fest entschlossen, langsam vorzugehen, sachte, und ihre Befriedigung vor die seine zu stellen.

Als er wieder in sie hineindrückte, krümmte sich Helena ihm

entgegen und ihre Augen fielen zu. Ihr Freudenschrei zerrte an seiner Selbstbeherrschung. „Ach du lieber Gott. Nicholas, du machst mich so… *oh*…"

„Ja, meine Liebste?" Schweiß stand ihm auf der Stirn, während er die Bewegung langsam wiederholte. Er biss die Zähne zusammen, zog sich zurück und fuhr wieder mit verbissener Beherrschung hinein in dieses berauschende Kätzchen. „Gefällt dir das?"

Ihre Wimpern flatterten auf, und der lüsterne, liebevolle Glanz in ihren Augen überwältigte ihn. „Mir gefällt Ihr großer Schwanz, *Monsieur*", flüsterte sie. „Ich habe davon geträumt, dass du mich nimmst, dass du dich nicht zurückhältst, dass du mir alles gibst, was du hast—"

Die Welt wurde zum Tollhaus. Mit einem unmenschlichen Brüllen bohrte er sich bis ans Ende. Ganz und gar, von nichts zurückgehalten. Es bot sich ihm kein Widerstand—nur süße, behagliche Wärme. Glückseligkeit sprudelte seinen Schwanz entlang, kribbelte ihm bis zum Steißbein.

„Mein Schwanz gefällt Ihr, Luder?", knurrte er.

Sie lächelte ihn so strahlend an, dass sein Herzschlag aussetzte. „*Je vous aime*. Deinen Schwanz und alles andere an dir, mein Gemahl. Nun, wenn du mich bitte lieben würdest?"

Mit einem stöhnenden Lachen gab er ihr nach. Die bestimmten, festen Stöße brachten sie zum Seufzen und ihn in tierischer Lust zum Schaudern. Nichts hatte sich je zuvor so angefühlt, nicht *annähernd*. Der Zwang fiel von ihm ab und in dieser neuen Haut erfuhr er eine überraschende neue Lebendigkeit. Er war vor Freude trunken. Er badete darin und sie quoll ihm aus jeder Faser seines Wesens. Mit jedem Stoß sank er tiefer in ihre liebende Hitze, und er musste ihr noch näher kommen. Konnte nicht genug bekommen. Er packte ihre Knie, drückte sie nach vorne, fand einen neuen Winkel, sodass ihre Scheide ihm noch weiter nachgab und jede hämmernde Bewegung seines Schafts gegen ihren empfindlichen Baldachin stieß.

Sie hechelte nun seinen Namen. Ihre Augen waren vor Verzückung diesig.

Er biss sich auf die Lippen, drang so tief in sie ein, dass seine Hoden gegen ihre Schamlippen klatschten. „Fühl meinen Schwanz." Ihm schwirrte der Kopf beim Anblick ihrer hübschen Titten, die mit jedem Stoß mithüpften, und vom wunderbaren Druck ihres sahnigen Kätzchens. Er schloss die Augen und zischte: „Fühl mich in dir, wie ich dich liebe, wie ich ein Teil von dir bin."

„Lieb mich", keuchte sie. „Bitte hör nicht auf..."

„Noch einmal." Noch ein Stoßen und Ziehen, und er zitterte vor Anstrengung, nicht zu kommen. „Komm noch einmal, Liebste, und nimm mich mit."

Wie auf Befehl begann ihre Weiblichkeit um ihn herum zu flackern. Die Krämpfe wurden immer stärker, melkten ihn, wrangen ihm einen Schrei aus der Kehle. Während ihre gipfelnden Schreie in seinen Ohren hallten, stieß er immer wieder in sie hinein. Feuer schmorte seine Wirbelsäule entlang und schmolz die letzten Überbleibsel seiner Beherrschung. Er barst in unendlicher Lust, sein Samen, ja sein innerstes Wesen brausten in sie.

29

Helena vergrub sich in ihre Laken, sträubte sich gegen das erste Aufwachen. Sie wollte ihren Traum ewig weiter träumen. Sie wollte, dass Nicholas sie weiter küsste, dass er ihr süße Worte ins Ohr flüsterte, während er sich in ihr bewegte. Oh, wie wunderbar er sich anfühlte, der Druck seines hin und her gleitenden Gliedes. Sie kuschelte sich in die Laken. Sie rochen nach Nicholas, ein würzig-männliches Aroma, das ihr die Sinne belebte. Sie fand sogar, dass die Laken sich wie er anfühlten, warm und fest, kratzig behaart...

Ihre Augen sprangen auf. Sie zwinkerte in das fahle Morgenlicht, doch das änderte nichts daran, was sie sah. Ein schwaches Feuer glomm noch im Kamin. Ihr Sichtfeld war teils von einer behaarten Brust verdeckt. Blitzartig kam ihr der Vorabend wieder und Freude loderte so hell in ihr auf, dass sie sich nicht zu regen wagte. Sie wollte es genießen, in den Armen ihres Mannes aufzuwachen–buchstäblich, denn sie lag auf seinem muskulösen, splitternackten Körper. Irgendwann in der Nacht musste er seine Jacke um sie gehüllt haben, denn Samt war das einzige, das sie bedeckte.

„Guten Morgen, meine Liebste", rumpelte Nicholas' Stimme unter ihrem Ohr.

Sie hob erschrocken den Kopf und sah ihn an. Sein Haar war vom Schlaf zerzaust wie das eines Knaben. Die Falten auf seinem Gesicht waren geglättet, seine Augen lächelten. Er hatte nie besser ausgesehen. Auf einmal regte sich wieder die Lust und dickflüssige Wärme tröpfelte in ihr. Sie wurde rot. Sie war erst ein paar Minuten wach und schon verlangte es sie wieder nach der Liebe ihres Mannes. Was war sie nur für ein Luder.

„Du bist wach?", brach es aus ihr heraus.

„Ganz gewiss." Ein Lächeln breitete sich auf Nicholas' Lippen aus, während er seine Hüfte bewegte. Stahlhartes Fleisch drückte gegen ihren Schenkel. „Ich bin schon eine Weile wach und sehe dir beim Schlafen zu."

„Du hast mir beim Schlafen zugesehen?"

Er nickte und griff nach einer Locke, die ihr in die Stirn gefallen war. „Im Schlaf siehst du wie ein Engel aus." Seine Finger tanzten ihre empfindliche Ohrmuschel entlang. Sie zitterte, als seine Finger über ihre Augenlider und Wangen strichen. „Deine Lider flattern wie kleine Flügel. Deine Haut ist so glatt wie Sahne aus Devonshire." Seine Stimme wurde tiefer, als er seine Bildersprache weiterspann: „Ich will dich auffressen."

Ihr Herz trommelte wild, als er so sprach und sie dabei mit den Augen verschlang.

„Ich muss sagen, ich habe auch Hunger", wagte sie zu sagen.

Sein raues Lachen rollte über sie, und dann er selbst. Unter ihm gefangen, bewunderte sie seine männliche Kraft. Sie ließ ihre Hände seine Schultern und Arme entlang gleiten. Er hatte sie in der Nacht drei Mal geliebt, und jedes Mal hatte er sie mit seinen geschickten Fingern und seinem teuflischen Mund schier in den Wahn getrieben. Wie sehr sie ihm es vergelten wollte.

„Nicholas", murmelte sie. „Würdest du mich lehren, dich zu befriedigen?"

„Du befriedigst mich bereits, Helena", sagte er, und sein Atem war heiß auf ihrem Hals, den er nun ableckte, bis sie seufzte. „Du weißt ja gar nicht, wie sehr."

„Du würdest in mir eine gelehrige Schülerin finden", brachte sie heraus. „Eine, die ihre Lektionen höchst gewissenhaft übt."

Er hob den Kopf. Das Glitzern in seinen sonst düsteren Augen gefiel ihr.

„Ein Lektion willst du also?", sagte er streng wie ein Schulmeister.

Helena verschluckte ein Kichern.

„Jawohl, Herr Lehrer", sagte sie folgsam wie ein Schulmädchen.

„Nun gut", sagte er. Es fiel ihm schwer, nicht zu lächeln. Er rollte auf den Rücken. „Die erste Lektion also: Berühre mich."

Helena ging auf die Knie und das Jackett glitt zu Boden. Sie betrachtete das drahtige männliche Fleisch vor ihr. Ihre Hände zuckten unruhig auf ihrem Schoß. Es gab so viel zu berühren, so viele berückende Kontraste–das glatte, harte Gefälle seiner Schultern, sein weiches und zugleich raues Brusthaar. Ihr Blick wanderte nach unten und weitete sich etwas, als sie seine Männlichkeit im Morgenlicht begutachtete.

Ach du liebe Zeit. Der Satyr konnte ihm ja gar nicht das Wasser reichen.

Und zwar um mehrere Zoll.

„Vielleicht ist diese Lektion ein wenig zu fortgeschritten, hmm?" Nicholas hatte sie die ganze Zeit halbwegs lächelnd beobachtet. Nun machte er eine Bewegung, sich aufzusetzen. Seine Stimme klang entschuldigend.

Sie legte ihm beide Hände auf die Brust und schubste ihn zurück.

Er fiel flach auf den Rücken und sah erstaunt zu ihr auf.

Sie fuhr mit den Fingern über seine Brust. Er atmete scharf ein, als sie seine flachen Brustwarzen streifte. Davon nahm sie aufmerksam Notiz. Sie streichelte ihn noch einmal, lächelte über die Erkenntnis, dass ihre Körper trotz der Unterschiede auch

Gemeinsamkeiten hatten. Sein Fleisch verhärtete sich unter ihrer Berührung.

„Wie fühlt sich das an, Milord?", erkundigte sie sich.

„Du machst das ganz hervorragend", gab er zu.

Ihr gefiel, wie verstockt seine Stimme klang, als fiele ihm das Atmen schwer. Sie fühlte sich mächtig, wagemutig. Sie erkundete die flachen Rillen seines Bauches, glitt sachte über seine Muskeln, die unter ihrer Berührung zuckten. Für den Augenblick machte sie noch einen Bogen um seinen mächtigen Mast, streichelte hinab über seine starken Schenkel und Unterschenkel bis zu seinen großen, männlichen Füßen. Sogar seine Zehen waren leicht behaart, wie sie feststellte.

„Du bist haarig", sagte sie.

„Und du bist ein Plagegeist", sagte er heiser.

Sie lachte; das gefiel ihr.

Langsam machte sie sich auf den Weg zurück über seine Schenkel nach oben und weidete sich am Anblick seiner Männlichkeit. Dieser Teil seines Körpers war so *aufrichtig*. Der stramme Pfahl konnte seine tierische Natur nicht verhehlen. Unter ihrem Blick schwoll er sogar noch mehr an. Sie berührte die Wurzel des dunkelrot geäderten Schaftes vorsichtig mit einem Finger. Instinktiv schlossen sich die anderen Finger an und ergriffen die dicke Latte. Sie konnte ihn kaum in ihre Faust fassen. Sie bewunderte den Kontrast der Oberflächen, als hätte man ein Schüreisen in Satin gehüllt. An der gewölbten Spitze entdeckte sie einen Schlitz. Sie sah hingerissen zu, wie ein Tropfen Feuchtigkeit daraus hervorquoll.

Sie tupfte ihren Finger in den Tau und verschmierte ihn.

Nicholas, der die ganze Zeit schwer geatmet hatte, stieß nun ein Stöhnen aus. Sein Schwanz brodelte erneut. Sie machte es also richtig. Sie rieb die rosige Eichel etwas fester.

„So ist es recht", krächzte Nicholas, packte ihre Hand und schloss ihre Finger um ihn.

Er machte die Augen zu, während er ihre Hand in der seinen

bewegte und ihr beibrachte, seinen Schwanz zu bearbeiten. Sie fand heraus, wie fest es ihm behagte und welcher Rhythmus ihm tiefe, gurrende Laute entlockte. Ihr eigener Atem ging schneller, als sie so ihre und seine Finger betrachtete, ineinander verschlungen, im Gleichklang über sein glänzendes Fleisch gleitend. Verträumt griff sie mit der anderen Hand nach dem pflaumenförmigen Sack darunter und fand ihn schwer und überraschend geschmeidig.

Seine Hand über ihrer hielt inne.

„Genug." Mit einem Mal hatte er sie unter sich, kein Zoll Abstand zwischen ihnen. Seine Eichel senkte sich in ihren Schacht.

„Habe ich die erste Lektion bestanden, Milord?" Ihr Ton war ein wenig selbstgefällig. Sie konnte nicht anders. Es geschah schließlich nicht aller Tage, dass man seinen Gemahl vor Leidenschaft in den Wahnsinn trieb.

„Mit Bravour", sagte er.

Er stieß ein wenig tiefer. Sie japste bei dem heißen, straffen Druck.

„Und nun zur zweiten Lektion", sagte er.

„W-was für eine zweite Lektion?" Sie konnte kaum klar denken, wie die feuchte Hitze so zwischen ihren Beinen brauste. Er schnellte tiefer in sie hinein und sie stöhnte erneut.

„Die Lektion", flüsterte er in ihr Ohr, „dass unartige Schulmädchen bekommen, was sie verdient haben."

Und damit verstummte ihr Gespräch.

***

Die Zeit für ernste Worte war danach, als sich Helena und Nicholas in ihr Schlafgemach zurückzogen. Sie aßen gemeinsam Frühstück, serviert von einer strahlenden Bessie. Helena kuschelte sich in die Umarmung ihres Mannes und hörte zu, wie er den Rest seiner Geschichte erzählte. Stockend berichtete er ihr von den geheimnisvollen Erpresserbriefen. Von den Drohungen des Mannes, der ihn in St. Giles angeschossen hatte. Von der Entdeckung, dass ein Dockarbeiter namens Isaac Bragg hinter allem gesteckt hatte, und dass der nun tot war.

„Ein Teil von mir kann es immer noch nicht glauben, dass Bragg hinter all diesen Verbrechen stand", sagte Nicholas. „Die Kraft dazu hatte er ja, aber den Verstand? Der Mann erschien mir ein wenig simpel, wenn du mich fragst. Und doch waren alle Beweise in dem Verbrechernest vorzufinden."

Helena fragte mit gerunzelter Stirn: „Aber wie hat Bragg von deiner Vergangenheit erfahren? Nach dem, was du mir sagst, starb Grimes vor über sechzehn Jahren. Dein Geheimnis muss er doch mit ins Grab genommen haben."

„Dasselbe habe ich mich auch gefragt", gab Nicholas zu. „Ehrlich gesagt fällt mir nur eine mögliche Antwort ein. Außer mir und Grimes wurde nur eine weitere Person Zeuge dessen, was in jener Nacht geschah."

Es dämmerte ihr. „Der Junge", hauchte sie. „Er lebt noch."

Nicholas atmete schnaubend aus. „Das wissen wir nicht. Er hat möglicherweise jene Nacht überlebt, gerade lange genug, um jemandem zu erzählen, was er gesehen hatte. So ist es vielleicht zum Gerücht geworden. Gerede, das Jahre später vielleicht Bragg erreicht hat. Was den Jungen angeht... Ihm kann alles Mögliche zugestoßen sein. Für ein Waisenkind allein in der Gosse stehen die Sterne nicht gut", endete er bitter.

„Doch *falls* er noch lebt, was würdest du tun?", fragte Helena.

Sie fühlte, wie seine Muskeln sich unter seinem Morgenmantel verkrampften. „Ich würde ihn aufspüren", sagte Nicholas ruhig. „Und ich würde alles Erdenkliche tun, um wiedergutzumachen, was ich ihm angetan habe."

Sie wollte ihm wieder sagen, dass es nicht seine Schuld war, doch sie wusste, dass Worte alleine wenig ausrichten konnten, um lebenslange Schuldgefühle zu vertreiben. Vielleicht hälfe es, wenn sie die Tat ergriffen. „Warum veranlassen wir dann nicht eine

Untersuchung, um ihn zu finden, oder zumindest sein Schicksal zu erfahren?"

„Ich habe darüber nachgedacht." Nicholas' dunkle Augen waren kummervoll. „So lange hat mich die Furcht getrieben und ich wollte vor der Vergangenheit davonrennen. Ich habe nie zurückgeblickt. Und nun innezuhalten und in die andere Richtung zu gehen... das ist ein großes Wagnis, Helena. Ich weiß gar nicht, wem ich das anvertrauen könnte."

„Vielleicht Mr. Kent? Er scheint ein aufrichtiger Mann zu sein", sagte Helena nachdenklich. „Und du müsstest ihm ja auch nicht alles sagen, oder? Lediglich, dass du nach einem Knaben suchst, der einst wie du für Grimes arbeitete. Du könntest ihm sagen, dass die Angelegenheit mit Bragg dich an ihn erinnert hat, und du dich fragst, was ihn zugestoßen ist. Und das ist ja die Wahrheit."

„Ich denke darüber nach." Seine Arme schlossen sich fester um sie und nach einer Pause sagte er forsch: „Und du würdest hinter mir stehen, egal was dabei herauskommt?"

„Ich werde dich lieben und unterstützen, was auch immer kommen mag", gelobte sie und neigte sich zu ihm, um ihn zu küssen.

Die nächsten paar Tage vergingen in einem Traum der Glückseligkeit, wie sie Helena noch nie erlebt hatte. Des Nachts führte Nicholas sie weiter in der Kunst der Leidenschaft ein. Er war ein eifriger Lehrmeister und lehrte sie die Geheimnisse ihres wie auch seines Körpers. Sie hatte nicht gewusst, dass es in der Kunst der Liebe derlei Vielfalt gab. Es war, als ob Nicholas ihr eine Festtafel voller Köstlichkeiten bot. Sie wusste gar nicht, was sie wählen sollte.

Manche Nächte liebte er sie sanft, langsam, zögerte die Lust hinaus, bis ihr Körper bei der sanftesten Berührung explodierte.

Andere Nächte wiederum zeigte er ihr eine derbere Art der Liebe. Seine Bedürfnisse waren so roh, dass er damit ihre eigene Wildheit entfachte. Anfangs versuchte sie, ihre Leidenschaft zu verbergen, doch er sah durch ihre Schamesröte hindurch und strafte sie mit solcher Verruchtheit, dass sie bald in seinen Armen nicht mehr verleugnete, was für ein eingefleischtes Luder sie war. Er hatte es wirklich gemeint, als er ihr sagte, sie sei vollkommen, wie sie war. Das wusste sie nun.

Während sie die Nächte damit zubrachten, die Mysterien der Liebeskunst zu entdecken, brachten auch die Tage neue Offenbarungen. Helena hatte nicht erwartet, dass sich ihr Alltag verändern würde, da ja Nicholas seinen beruflichen Verpflichtungen nachzukommen hatte. Nun, da sie über seine Vergangenheit Bescheid wusste, sah sie ihm voller Stolz nach, wenn er sich auf den Weg ins Lagerhaus machte, zu seinem Reich, das er sich durch bloße Willenskraft und Entschlossenheit erschaffen hatte. Sie sagte sich selbst, dass sie sich mit ihren gemeinsamen Abenden begnügen würde, den Mahlzeiten und dem Plaudern bis in die frühen Morgenstunden. Und sogar so würden sie mehr Zeit miteinander verbringen als die meisten vornehmen Paare, die sich vielleicht einmal in der Woche bei einer gesellschaftlichen Verpflichtung sahen.

Und wieder überraschte Nicholas sie. An den meisten Tagen kehrte er unerwartet früh nach Hause zurück und mehrmals ließ er die Arbeit ganz liegen, um den ganzen Tag mit ihr zu verbringen. Er zeigte ihr die Stadt, fuhr mit ihr durch den Hyde Park, wo sie am Ufer der Serpentine ein Picknick hielten; sie besuchten das British Museum und die Royal Academy, bewunderten fremdländische Ausstellungsstücke und die Werke begabter junger Maler. Sie schwelgte in der Aufmerksamkeit, die Nicholas ihr zuteilwerden ließ, und sog seine Gegenwart in sich auf wie eine Blume das Sonnenlicht.

Und mehr noch entdeckte sie bislang verborgene Seiten ihres Gemahls: den durchtriebenen Humor hinter seinem verschlossenen Gesichtsausdruck, die rohe Leidenschaft hinter seiner beherrschten Fassade. Es gefiel ihr, dass er in ihrer Gegenwart mehr zu lachen schien. Sie genoss es, dass der mächtige Mann, der tagsüber die Docks beherrschte, abends in ihren Armen zitterte, ihren Namen brüllte, während er sich in ihr ergoss...

So sehr sie sich auch nach seiner Gesellschaft sehnte, ließ sie es dennoch nicht zu, dass ihre Liebe eine ungebührliche Ablenkung wurde. Sie wollte nicht, dass Nicholas seiner ehelichen Pflichten wegen seine beruflichen Aufgaben vernachlässigte. Eines Morgens machte sie sich auf in sein Schlafgemach, um ihm das zu sagen.

„Nun", sagte sie und setzte sich auf das Bett, während der Kammerdiener Nicholas die Krawatte band, „du musst dir keine Sorgen machen, dass mir ohne deine Gesellschaft langweilig wird. Ich habe etliches zu tun, womit ich meine Zeit verbringen kann."

Nicholas nickte, und der Kammerdiener zog sich mit einer Verneigung zurück.

Ihr Gemahl ging herüber zum Bett. Beim Anblick seiner schönen Gestalt machte ihr Herz einen Sprung. Frisch rasiert, nach Sandelholz und Seife duftend, war er der köstlichste Mann auf der ganzen Welt.

Und er gehört mir.

Manchmal konnte sie das kaum glauben.

„Willst du damit sagen, dass ich deinen vielen Pflichten ins Gehege komme, meine Liebste?"

Der warme, neckende Blick in seinen Augen bannte sie und es fiel ihr schwer, ihre Aufmerksamkeit auf ihrem Anliegen zu halten.

„Nein. Das heißt, ja, ich muss mich in der Tat um den Haushalt kümmern, aber mehr noch bist du ein vielbeschäftigter Mann, Nicholas. Du musst dich nicht dazu verpflichtet fühlen, mich auf meinen Erledigungen zu begleiten, ich komme sehr gut alleine zurecht."

„Ah. Aber vielleicht komme *ich* nur halb so gut alleine

zurecht." Er stand zwischen ihren Knien und seine Schenkel drückten ihre Beine auseinander wie ein Keil. Ihre Handfläche auf der Bettdecke begann zu schwitzen.

„Du machst Spaß", sagte sie. Sie versuchte rücklings auf das Bett zu rutschen und stellte dabei fest, dass er ihre Röcke eingeklemmt hatte. „Nicholas, es ist mir ernst. Ich weiß, wie viel die Kompagnie dir bedeutet. Ich möchte nicht, dass dein Lebenswerk davon Schaden trägt, dass du dich irrtümlich anderweitig verpflichtet fühlst."

„Verpflichtet, wie?"

Er hörte ihr gar nicht zu, da war sie sich ganz sicher. Er war zu sehr damit beschäftigt, eine Stelle unter ihrem rechten Ohr zu knabbern.

„J-ja", brachte sie heraus.

Er leckte ihr Ohrläppchen.

Seufzend kippte sie ihren Kopf nach hinten, um ihm besseren Zugang zu gewähren, und auf der Stelle hatte er sie in seinen Bann gezogen. Seine Hand ergriff ihre und brachte sie zu der Stelle seiner Erregung. Sie atmete scharf ein. Er war so stürmisch.

„Das ist also Verpflichtung, meine Liebste?" Er drückte sich in ihre Hand und sie fühlte, wie ihre Schenkel mitpochten. „Ist das Pflicht? Fühle ich mich dir etwa irrtümlich als Ehemann verpflichtet?"

„Das meinte ich nicht", sagte sie, an dem Versuch verzweifelnd, mit ihm vernünftig zu reden, ehe ihr selbst die Sinne vergingen.

„Ich weiß nur, dass du viele Verpflichtungen haben musst, viele Leute, die auf dich zählen."

„Mmh", sagte er. Er hatte schon seine Hosen aufgeknöpft und die glänzend-stählerne Länge verbrannte nun ihre Finger und ließ ihr letztes Quäntchen Vernunft in Rauch aufgehen. Reine, pure Gier trat an ihre Stelle. Sie war im Begriff, rückwärts auf die Matratze zu sinken, doch er hielt sie auf. Er ließ sie an der Bettkante sitzen, während er ihre Röcke und ihr Leibchen nach oben warf. Anstatt sie zu besteigen, fasste er ihre Hüften und brachte sie näher an sich. Ihre Beine baumelten, reichten nicht ganz bis zum Boden. So saß sie da, offen und verletzlich. Ihr Geschlecht bebte und wurde feucht.

Sie sah ihm dabei zu, wie er mit einem langen Finger die Spalte ihres Geschlechts entlangfuhr. Er teilte ihre Locken und sein Blick verdüsterte sich, als er so ihre weiblichen Geheimnisse in sich aufnahm. Sie wimmerte unter seiner dekadenten Berührung, stöhnte, als er sich langsam, bewusst, einen schlüpfrigen Weg zu ihrer Knospe bahnte.

„Glaubst du", sagte er leise und rau, „dass mir irgendetwas wichtiger ist als du?"

Sie konnte nicht sprechen. Ihre Hüften krümmten sich stumm fordernd nach oben. Ihre Augen schmachteten rauchig und flammend, während er sie befriedigte und die Eichel seines Gliedes ihrer willigen Öffnung entgegenstupste. Mit einem raschen Stoß eroberte er die Leere. Ihre Beine umklammerten seine Schenkel. Ihr Kopf fiel nach hinten. Für Gedanken, für Worte gab es keinen Platz mehr, nur noch für die verheerende Lust, die zwischen ihnen brodelte.

„Glaubst du allen Ernstes, dass irgendetwas wichtiger sein könnte als du?" Er zog sich zurück, stieß wieder im Takt mit ihren Schreien voran. „Wichtiger als mein Verlangen nach dir, mein Wunsch, dir nah zu sein, zu jeder wachenden Stunde in dir zu sein?"

Sie konnte noch immer nicht sprechen, so erfüllt war sie von seiner Liebe.

Er hob ihre Hüften an und ließ sie nach unten fallen, während er nach oben stieß. Ihre Körper stießen zusammen, der Klang von Hecheln, von Haut auf Haut erfüllte das Zimmer. Immer wieder drang er in ihr tiefstes Inneres ein. Sie war völlig auf seinem Schwanz aufgespießt, zwischen Bett und Boden schwebend, allein von seinem dicken Glied gehalten. Er war ihre Stütze, der Mittelpunkt aller Empfindungen. Helena stemmte ihre Fäuste in die Laken, sie mahlte sich gegen ihn, jede Faser von ihr sehnte sich nach ihm. Sie begann zu schluchzen, denn die Gefühle waren zu heftig, zu köstlich, als dass sie noch mehr ertragen konnte.

„Ja, meine Liebe." Seine Stimme war bröcklig, vor seinem eigenen Begehren barsch, während er sie weiter drängte. „Greif danach. Nimm es, Helena, es ist dein."

„Ich liebe dich", schrie sie auf, ehe sie barst.

Er folgte ihr nach und sein Schrei der Befriedigung vermischte sich mit ihrem.

Ein wenig später blinzelte sie ermattet. Sie lag auf dem Bett, Nicholas neben ihr. Er war noch vollständig bekleidet, doch seine Augen waren geschlossen. Es sah aus, als schliefe er. Und das war gut so, denn der Mann ruhte zu wenig. Vielleicht tat es ihm doch gut, ein wenig von der Arbeit fernzubleiben.

Mit einem zärtlichen Lächeln strich sie ihm eine störrische schwarze Haarsträhne aus dem Gesicht.

Seine Lippen zuckten. „Zerbrichst du dir immer noch den Kopf über meine wichtigen Verpflichtungen?"

Was mach' ich nur mit diesem Gemahl?

„Ach, sei doch still und küss mich", sagte sie.

Er lachte, rollte herum, und tat es.

❦ 30 ❦

Am folgenden Nachmittag kam Marianne zu Besuch. Helena grüßte sie mit einer innigen Umarmung. Mit Erleichterung stellte sie fest, dass ihre Freundin, die bezaubernd in einem Gehkleid *à la militaire* aussah, wieder die Alte war,.

„Nun, das beantwortet ja wohl meine Frage danach, wie es dir geht“, sagte Marianne trocken, während sie ihre Schulterstücke wieder richtete. „Ich bin nämlich hier, um nach dir zu sehen, nachdem ich den neuesten Tratsch gehört habe.“

Helena hob das Kinn. „Es kümmert mich nicht, was sie sagen.“ Das war die Wahrheit—nachdem sie eine Woche in einem märchenhaften Kokon aus Liebe und Leidenschaft verbracht hatte, kümmerte es sie nicht einen Deut, was die Welt davon hielt. Sie hatte alles, was sie wollte. „Jacoby hat seine Prügel verdient.“

„Das weiß ich wohl, meine Liebe.“ Ein seltenes Lächeln erreichte Mariannes Augen. „Und das weiß der Rest der feinen Gesellschaft ebenso. Der Klatsch hat dich zur Heldin gekürt.“

„Mich? Eine Heldin?“, fragte Helena verdattert.

„Eine der romantischsten Sorte“, bestätigte Marianne, während sie sich setzte und ihre Handschuhe abstreifte. „Die unschuldige junge Gemahlin, die ihren Lord mit der dunklen Vergangenheit verteidigt, *et cetera, et cetera*. Sie nennen auch Harteford einen Helden, und zwar für die selbstbeherrschte Würde, mit der er die Häme von Hundesöhnen wie Jacoby ertragen hat. Mrs. Radcliffe schreibt vielleicht noch einen Roman über euch beide."

Helena plumpste in den Stuhl neben ihr. „Ich kann es nicht glauben."

„So ist die feine Gesellschaft eben", sagte Marianne mit einem philosophischen Schulterzucken. „Wenn es dir erst einmal einerlei ist, was sie von dir denken, dann nehmen sie dich mit offenen Armen auf. Harteford ist nun nicht mehr der Möchtegernmarquis. Aber sag mir, meine Liebste, du bist glücklich, nicht wahr?"

„Es ging mir nie besser", lächelte Helena und schüttelte den Kopf. „Ich hatte nie zu hoffen gewagt, jemals so glücklich zu sein."

„Ich gehe davon aus, dass die Sache mit Hartford sich gelöst hat?"

„Ja."

„Und du hast ihm alles gesagt?"

„Alles", sagte Helena stolz. „Du hattest recht–es ist ihm gleichgültig, dass ich kein Ebenbild der Tugend bin. Er liebt mich, wie ich bin."

Marianne lächelte langsam. „Dein Gemahl ist ein weiser Mann, meine Liebe."

„Allenfalls ein Glückspilz."

Beim Erklingen der tiefen Männerstimme wirbelte Helena in ihrem Stuhl herum. Nicholas musste gerade erst heimgekommen sein, denn sein dunkles Haar war noch vom Hut zerdrückt und seine Krawatte vom Wind verweht. Wer ihn nicht kannte, hätte ihn als nüchtern, sogar karg beschrieben. Doch sie kannte ihn, und die silberne Wärme in seinem Blick raubte ihr fast den Atem.

„Du bist früh zu Hause", sagte Helena.

Er ging durch das Zimmer, neigte sich herab, um sie auf die

Wange zu küssen. Seine Lippen blieben ganz kurz bei ihr schweben.

„Störe ich?"

„Ganz und gar nicht." Sie unterdrückte das Verlangen, ihn angemessen willkommen zu heißen, was ja in der anwesenden Gesellschaft eindeutig *un*angemessen gewesen wäre. Helena murmelte: „Marianne und ich haben nur gerade ein wenig geplaudert."

„Wie schön, Sie wiederzusehen, Harteford", sagte Marianne.

Nicholas beugte sich über ihre ausgestreckte Hand. „Die Freude ist ganz meinerseits, Lady Draven." Er warf seiner Frau einen verschmitzten Seitenblick zu. „Und wie ich erfahren habe, hatten Sie damit auch etwas zu tun. Ich bin Ihnen zu tiefstem Dank verpflichtet."

„Nicht der Rede wert, Milord", sagte Marianne billigend, „das Glück meiner Freundin ist mir Lohn genug. Und wenn wir schon von Belohnung sprechen, Helena, ich habe heute Morgen Madame Rousseau gesehen und sie lässt ausrichten, dass deine neuen Kleider bereit sind. Ich habe einen kurzen Blick darauf werfen können‒sie sind göttlich."

„Ich denke, ich könnte Madame nach dem Tee besuchen." Helena neigte den Kopf in Richtung ihres Gemahls. „Wenn es dir nichts ausmacht?"

„Ganz und gar nicht. Ich gehe sogar mit", sagte Nicholas.

***

„Bist du dir sicher, dass das keine Zeitverschwendung für dich ist?", sagte Helena, während die Modistin ihr auf ein mit Spiegeln umgebenes Podium half.

„Nicht im Entferntesten", erwiderte Nicholas. Er nahm ihre Hand und küsste sie, ehe er sich setzte. „Ich könnte mir keinen besseren Zeitvertreib vorstellen."

Helena lächelte aufgrund seiner Höflichkeit.

Einige Minuten später, als sie sich des Zwecks seines Besuchs bewusst wurde, lächelte sie nicht mehr. Nicholas brachte gerade noch einen Vorschlag zu ihrem neuen seidenen Kattunkleid vor.

„Sechs Zoll?" Mit der Hand zeigte sie den Ausschnitt, der ihm vorschwebte. Er ging ihr bis zur Kehle. „Du könntest mich ja gleich in... eine Nonnenkluft kleiden! Das würde dieses herrliche Kleid völlig verderben. Madame, sagen Sie ihm das auch."

Madame Rousseau sah skeptisch Helenas Spiegelbild an. „Es wäre ein wenig, wie sagt man noch, *topfisch?* Ich bin mir sicher, dass Milord seine liebliche Gemahlin nicht wie eine Landpomeranze gekleidet sehen will."

„Ich will meine Ehefrau gekleidet sehen. Punktum", sagte Nicholas

„Ah." Madame Rousseau sah Helena beschwichtigend an. „Das ist das Vorrecht des Gemahls, nicht wahr?"

Helena biss die Zähne zusammen. Die Modistin fand es offenbar klug, demjenigen, der die Rechnungen zahlte, nicht ins Gehege zu kommen. Sie hingegen hatte derlei Bedenken nicht.

„Und es ist *mein* Vorrecht, nicht wie ein Kürbis auszusehen", sagte sie. „Sie lassen das Kleid bitte so, wie es ist, Madame."

„Um Gottes willen, dein Busen fällt ja regelrecht aus dem Ausschnitt heraus", schnappte Nicholas.

Sie wirbelte zu ihm herum. „Darüber hast du dich aber im Salon letzte Woche nicht beschwert!"

„Ich lass es nicht zu, dass du deine Reize mit der ganzen Welt teilst." Nicholas' Stirn verfinsterte sich. Die Zeichen standen auf Sturm.

Madame Rousseau meldete sich mit einem Hüsteln. *„Alors,* ich glaube, ich verstehe das Problem. Milady, Sie wünschen, Ihre Schönheit vorteilhaft zur Schau zu stellen. Milord, Sie schätzen die Schönheit Ihrer Frau, möchten sie aber eher Ihrem eigenen privaten Genuss vorbehalten. Liege ich richtig, ja?"

„So ist es", sagte Nicholas. „Ich lasse nicht zu, dass meine Gemahlin, die Marquise von Harteford, wie eine gewöhnliche—"

„Ja, ja, Milord, ich glaube, ich verstehe", warf Madame Rousseau ein, doch der Blick von Nicholas war fest auf Helena geheftet. „Du bist mein, und ich erlaube nicht, dass das Meine feilgehalten wird wie billiger Ramsch."

Helena kippte die Kinnlade herunter. Einen Augenblick lang tanzten rote Flecken vor ihrem inneren Auge.

„Von all den anmaßenden, überheblichen, *beleidigenden*..."

„Sag, was du willst, aber du gehörst mir", sagte ihr Gemahl. „Vergiss das nicht."

„Ich bin doch kein... Ramsch, weder deiner noch sonst jemands!"

„Bitte, Milady, Milord, darf ich einen Kompromiss vorschlagen?"

Helena atmete so hastig, dass ihr das Mieder spannte. Sie sah die Modistin an. Sie hatte beinahe vergessen, dass die Frau überhaupt da war. Sie zwang sich, bis zehn zu zählen. „Ja, Madame, und zwar?"

„Vielleicht wäre eine kleine *Verhandlung* angebracht?"

Dem Vorschlag der Schneiderin begegnete eine steife Stille. Nicholas saß mürrisch auf seinem Stuhl. Helena hob die Augenbrauen und Madame Rousseau seufzte. Ihr Blick huschte zwischen ihren Kunden hin und her. Sie drehte Helena wieder zum Spiegel.

„Man könnte den Ausschnitt leicht um, sagen wir, drei Zoll heraufsetzen?"

„Das reicht lange nicht", sagte Nicholas.

„Viel zu viel", sagte Helena gleichzeitig.

Madame Rousseau seufzte wieder. „Das Kleid bleibt im Großen und Ganzen noch das Gleiche, Lady Harteford, Sie werden sehr *à la mode* aussehen. Das sage ich Ihnen mit der höchsten Autorität—nämlich meiner eigenen. Jetzt schauen Sie bitte noch einmal."

Helena sah in den Spiegel. Die Finger der Modistin wanderten ein wenig nach oben. Widerwillig musste sie zugeben, dass Madame Rousseau Recht hatte. Die Änderung war nicht so erheblich. Ehrlich gesagt, war ihr Busen *tatsächlich* ein wenig bloßgestellt und diese paar Zoll zusätzlichen Schutzes würden ihr die Sorge ersparen, dass ihr Mieder womöglich versagte. Es würde ihre Prinzipien nicht allzu sehr beschädigen, dieser Änderung zuzustimmen. Vielleicht würde es ihren störrischen Gemahl sogar ein wenig Kompromissbereitschaft lehren. Sie nickte steif.

„Es reicht nicht", wiederholte Nicholas.

Helena verschränkte die Arme.

„Ah, Milord, so stellt dieses Kleid nun aber die Reize Ihrer Dame in höchst bescheidener Weise zur Schau", sagte Madame so sämig wie Kakao am Morgen. „Besonders, wenn man es damit vergleicht, was sie für Ihre privaten Stelldicheins tragen wird."

„Wie bitte?", sagte Helena stirnrunzelnd.

Madame Rousseau ging zu einem Arbeitstisch, der mit Stoffbahnen überladen war. Sie kam mit einer Rolle schwarzen Stoffs zurück. Sorgfältig wickelte sie ihn ab und hielt ihn Nicholas zur Begutachtung vor.

Helena blinzelte. Das Material war überhaupt kein Stoff, es war Spitze. Schwarze Spitze, so durchsichtig, dass sie einen erwägenden Ausdruck über das Gesicht ihres Gemahls ziehen sah.

„Das ist feinste Spitze aus Belgien, Milord", murmelte Madame Rousseau. „Es braucht eine geschickte Nadel, um daraus etwas zu zaubern, aber die habe ich. Mir schwebt da ein Negligé vor. Etwas Schlichtes, verstehen Sie, nichts Überladenes, was Ihre Gemahlin an beschaulichen Abenden zu Hause tragen kann. Und dazu natürlich passende Strümpfe."

Nicholas räusperte sich. „Strümpfe, sagen Sie?"

„Aus der reinsten schwarzen Seide", entgegnete Madame. „Und wenn ich dazu vorschlagen darf, ebenfalls schwarze Strumpfbänder aus Satin, verziert mit, sagen wir, scharlachroten Bändern?"

„Das ist unerhört", nuschelte Helena.

Nicholas blickte zu ihr hinüber. Der silberne Glanz in seinem Blick ließ ihren Magen aufflackern.

„Nur zu, dann lassen Sie uns verhandeln", sagte er.

Nicholas nickte einer Bekanntschaft zu und ging weiter durch den Raum, um seine Frau zu suchen. Als er sie in einem der kleinen Kreise stehen sah, lächelte er zufrieden. Sie trug eines ihrer neuen Kleider, eine elegante Robe in Rot mit sittsamen Rüschen am Ausschnitt. Er fand immer noch, dass ihre Brüste zu verlockend aussahen, denn er bemerkte, dass die umstehenden Herren mehr auf ihren Busen achteten als auf ihre Worte. Doch im Vergleich zu den anderen anwesenden Damen machte sie eine bescheidene Figur, das musste er zugeben. Zumindest an der Oberfläche.

Er allein wusste, was sie darunter trug.

Diese köstlichen Unterkleider, die Madame Rousseau geschaffen hatte, hatten ihre Ankunft im Salon über eine Stunde verzögert.

Verhandeln, wie er nun erfuhr, hatte seine Vorzüge.

„Lord Harteford, Sie hier zu sehen! Wie geht es Ihrem Kopf?"

Er drehte sich um, als er den dicken schottischen Akzent vernahm.

„Dr. Farraday." Er schüttelte dem Arzt die Hand. „Ich erwartete nicht, Sie hier zu sehen."

„Das Gleiche könnte ich von Ihnen sagen. Ich dachte, Ihnen liegt nicht viel an gesellschaftlichen Anlässen."

„Tut es auch gewöhnlich nicht. Meiner Frau Gemahlin liegt besonders an diesem Salon hier", sagte Nicholas.

„Da brauchen Sie nichts weiter zu sagen, mein Junge. Ein weiser Mann weiß, wann er sich zu fügen hat." Dr. Farraday warf ihm einen mitleidsvollen Blick zu. „Ich selbst komme hin und wieder her, um mir die Vorträge anzuhören. Die Fräulein Berry laden immer die gelehrtesten Köpfe ein. Es werden so viele verschiedene Themen besprochen, und die meisten sind recht spannend. Was sagen Sie zur Diskussion des heutigen Abends über das Verhalten einheimischer Vögel?"

„Die ist uns entgangen, fürchte ich."

Der Doktor runzelte die Stirn. „Das tut mir leid für Sie, mein Junge. Es ist schade, dass Sie so ein faszinierendes Thema versäumt haben."

Ehrlich gesagt tat es Nicholas überhaupt nicht leid. Er würde sein Vermögen darauf verwetten, dass es ihm besser ergangen war als den armen Teufeln, die hier festsaßen und sich den Balzruf der Fasane anhören mussten. Denn schließlich war er mit seinem eigenen Balzverhalten beschäftigt gewesen. Bei der bloßen Erinnerung an ein gewisses kirschrotes Korsett und daran, wie es seine Frau umschmeichelte, flammte es heiß in ihm auf...

„Ich bin zwar nur ein Laie, was Naturkunde betrifft", sagte Dr. Farraday, „doch erlauben Sie mir, kurz zusammenzufassen."

Nicholas machte einen unverbindlichen Laut, doch es war zu spät; Dr. Farraday hatte bereits zu einer Wiedergabe der Vorlesung angehoben. Nicholas nickte höflich und ließ seine Gedanken über die letzten paar Wochen mit Helena streifen. Zum ersten Mal, soweit seine Erinnerung reichte, fühlte er sich leicht und schwebend. Als ob die Steine, die er sein ganzes Leben mit sich herumgeschleppt hatte, ihm wie durch Zauberhand von den Schultern gefallen wären. Ja, Freude. Nicht nur die der körperlichen Liebe. Die Gespräche, das Lachen. Gefährten zu sein, im Körper und im Geiste—er hatte nie gedacht, dass er einem anderen Menschen so nah sein konnte. Manchmal kam es ihm vor, als teilten er und Helena eine gemeinsame Seele.

„... unterscheidet sich allerdings vom Kragenhuhn, das ja weiße Flecken hat und keine Streifen..."

Dann gab es wieder Momente, wo sich die Furcht in ihn einschlich. Diese vernunftwidrigen Sorgen, die er nicht aufhalten konnte, und die ihm plötzlich den Verstand bewölkten. Was, wenn Helena etwas zustieße? Was, wenn sie es sich anders überlegte, ihn doch als das sah, was er war? Noch nie zuvor hatte er einen anderen Menschen gebraucht, wie er sie brauchte—als ob sein Glück, sein Leben schlechthin von ihrer Liebe und ihrer Zuneigung abhingen. Er wurde verzehrt von seiner eigenen besitzergreifenden Art, von seinem primitiven Verlangen, sie auf jede erdenkliche Art an sich zu binden. Daher verhielt er sich wie ein herrischer Ehemann, prüfte streng ihre Kleidung und mit wem sie verkehrte, kreiste über ihr wie ein Raubvogel. Er seufzte. Er konnte sich nur ausmalen, wie sie sein Verhalten empfand.

„Ich verstehe ja Ihr Mitleid mit den Jungvögeln", fuhr Dr. Farraday fort. „Doch die Naturgesetze muss man ja auch bedenken, denn des einen Nachwuchs ist ja des anderen Nahrung..."

Insgesamt fand Nicholas, dass Helena ihn mit bewundernswerter Geduld ertrug. Am besten trieb er es heute Abend mit seinen Bemerkungen zu ihrem Ausschnitt nicht zu weit.

„Harteford, da bist du ja." Helena stand auf einmal neben ihm. Mit den Fingern streifte sie seinen Oberarm. Unter dem Jackett erwiderten seine Muskeln zuckend ihre Berührung, die ihn anregte wie nichts anderes auf der Welt.

„Meine Liebe", sagte er. „Du erinnerst dich doch an Dr. Farraday."

„Ja, natürlich. Guten Abend, Milord."

„Es ist mir eine Freude, Milady." Der Arzt verneigte sich steif und militärisch.

„Wie nett von Ihnen, das zu sagen", sagte Helena. „Ich befürchte, bei unserer letzten Begegnung war ich recht überreizt."

„Sie müssen sich nicht erklären, Milady", sagte Dr. Farraday. „Unter den Umständen."

„Unter den Umständen", pflichtete Helena ihm bei. „Dennoch, ich entschuldige mich für jegliches unziemliche Verhalten meinerseits. Mein Gemahl hätte in keinen besseren Händen sein können."

Die Haltung von Dr. Farraday entspannte sich. „Danke,

Milady. Ich bin ebenfalls froh zu sehen, dass Harteford sich vollständig erholt hat."

„Und nun erlauben Sie mir, dass ich Sie beide meinen lieben Freundinnen vorstelle, den Fräulein Haversham", sagte Helena.

Während seine Gemahlin sie einander vorstellte, wanderte Nicholas' Blick unauffällig zu ihrem Ausschnitt. Er fühlte, wie sein Blut schon wieder zu köcheln begann. Er würde seine Frau sehr bald wieder alleine für sich haben müssen. Alleine und nackt.

„Harteford, Sie müssen mich verteidigen. Die sind in der Überzahl."

Die verzweifelte Stimme des Arztes zerrte seine Aufmerksamkeit wieder zu dem Gespräch. Dr. Farraday stand zwischen den Fräulein Haversham und sah aus wie ein Tiger, der von zwei Kätzchen in die Enge getrieben wurde.

„Für Ihre Aussage gibt es keine Rechtfertigung", sagte Miss Lavinia Haversham. Sie klopfte dem Arzt mit ihrem Fächer auf die Fingerknöchel. Ihre Augen funkelten in ihrem verbrauchten Gesicht. „Eine Ringelhalsfasanenhenne kann ihre Küken genauso gut verteidigen wie der Hahn, ich möchte sogar behaupten, noch besser. Hab' ich nicht recht, Schwesterlein?"

Die andere Miss Haversham nickte eifrig.

„Ich wollte nur sagen, dass der Hahn größer ist und daher..."

„Was hat denn die Größe mit irgendetwas zu tun?", wollte Miss Lavinia wissen.

Dr. Farraday entkam ein erstickter Laut.

Nicholas unterdrückte ein Lachen. *Und das aus dem Munde alter Jungfern...*

Er fühlte einen Ellbogen in seine Seite stupsen.

„Sie haben absolut recht, Miss Haversham", sagte Helena und blickte ihn dabei finster an. „Die Größe des Verstandes zählt, nicht die rohe Kraft."

„Das ist genau, was ich sagen wollte, Lady Harteford", sagte Miss Lavinia.

Wenn Miss Haversham sich noch mehr empörte, würde der

Rauch, der von ihren steifen Locken aufstieg, ihr noch das Spitzenhäubchen vom Kopf reißen, dessen war Nicholas sich sicher. Farraday war offensichtlich derselben Meinung, denn der Arzt tat vorsorglich einen Schritt aus der Reichweite ihres wedelnden Fächers.

„Die Fasanenmutter nutzt ihren *Verstand*, um den Angreifer zu besiegen", drängte Miss Lavinia weiter. „Was könnte denn schlauer und wirkungsvoller sein, als einen gebrochenen Flügel vorzuschützen, um von der Brut abzulenken?"

In diesem Moment drangen ihre Worte zu seinem Bewusstsein vor, und jeglicher Humor schwand dahin.

Verdammte Hölle.

Die Wahrheit hatte ihm die ganze Zeit über ins Gesicht gestarrt.

Es war drei Nächte später. Nicholas rieb seinen Nacken und stand auf. Er streckte seine verkrampften Muskeln. Hinter dem Fenster war es stockfinster; man konnte noch nicht einmal die Schiffe sehen, obwohl er deren Allgegenwart zwischen den Schwaden aus Finsternis und Nebel fühlen konnte. Er nahm die Taschenuhr aus seiner Weste und fuhr mit dem Daumen über den filigranen Deckel. Auf diesen neuen Schmuck war er außerordentlich stolz. Es war ein feines Stück und durch die Gravur noch weiter veredelt.

Meinem Gemahl, in Liebe.

Die winzigen goldenen Zeiger blinkten im Lampenschein und zeigten ihm an, dass es halb acht war. Er war so in die Lektüre von Kents Aufzeichnungen versunken gewesen, dass er gar nicht bemerkt hatte, wie spät es war. Nachdem er Kent seine neuen Vermutungen über die Diebstähle im Lagerhaus mitgeteilt hatte, hatte Letzterer seinem Ruf als unnachgiebiger Verfolger der Gerechtigkeit alle Ehre gemacht.

In den vergangenen zwei Tagen hatte der Ermittler alle Kaufleute des West India Docks sowie auch eine Reihe von Arbeitern persönlich verhört. Er hatte ausführliche Notizen gemacht, weil ja auch nur ein einziges Detail zu dem Verdächtigen führen konnte. Nicholas selbst hatte den Großteil des Tages damit zugebracht, Kents wohlgeordnete Akten durchzusehen. Irgendwo zwischen diesen säuberlichem Reihen von Tinte steckte der Schlüssel zu einem Geheimnis—das fühlte er in den Knochen.

Draußen vor dem Kontor scharrte es und Nicholas verspannte sich. Er fuhr herum, als die Tür sich quietschend öffnete. Sein Blick ging blitzschnell zur Schublade unten an seinem Schreibtisch, wo er seine Pistole aufbewahrte. Seine Hand fuhr zu dem Kupfergriff.

„Lord Harteford! Ich bitte um Verzeihung, ich dachte nicht, dass Sie noch hier wären."

Nicholas atmete aus und richtete sich auf. Seine Hand fiel erschlafft an seine Seite. „Ist schon recht, Jibotts. Sie haben mich nur erschreckt. Warum sind Sie noch nicht zu Hause?"

„Ich hatte nur noch das Konto von Rigby fertiggemacht, Milord", sagte Jibotts und wischte sich mit seinem üblichen zerfledderten Taschentuch die Stirn. Sogar im goldenen Lampenschein glänzte das Gesicht des Verwalters. „Die Lieferung ist zum Versand bereit, sobald Rigbys Unterhändler uns die Bezahlung übermittelt."

„Ausgezeichnete Arbeit, wie immer, Jibotts."

„Danke. Gibt es sonst noch etwas, bevor ich gehe?"

„Schließen Sie einfach die Tür hinter sich. Ich sperre dann selbst hinter mir ab."

„Sehr wohl, Milord. Gute Nacht."

Nachdem Jibotts gegangen war, schüttelte Nicholas verdrossen den Kopf. Er war nervös, flatterhaft. Er sortierte die Papiere auf seinem Schreibtisch, unschlüssig, ob er sie in den Schrank sperren oder mit nach Hause nehmen wollte. Vielleicht konnte er die Einzelheiten des Falles heute Abend mit Helena besprechen. Er hatte ja bereits seinen Verdacht, dass Bragg nicht der einzige Übeltäter war, mit Helena geteilt. Es war in der Tat ungewöhnlich, so viel mit seiner Frau zu teilen, doch seine Ehe erwies sich ja auch nicht als eine gewöhnliche. Anders als die meisten Männer, die er kannte, genoss er die Gespräche mit seiner Frau. Helena, wie er feststellte, hatte einen scharfen Verstand–und auch eine scharfe Zunge, wenn ihr jemand in die Quere kam.

Er selbst hatte natürlich Mittel und Wege, ihr Organ zum Schweigen zu bringen, oder auf ganz andere Weise zu nutzen. Hitze wallte in seinem Bauch auf. Seine Frau hatte es nicht übertrieben, als sie sich mit ihrer eigenen Gelehrigkeit brüstete. In der Tat erwies sie sich bei ihren nächtlichen Lektionen als Ausnahmetalent. Er ging durch das Zimmer zum Schrank und sperrte die Unterlagen weg. Die Arbeit konnte bis morgen warten.

Hinter ihm ging die Tür erneut.

„Immer noch hier, Jibotts?"

Das Lachen, das darauf folgte, lief wie eine eisige Hand seinen Rücken hinab.

❧ 31 ❧

B eim Poltern der Männerstimme hielten Helenas Finger auf den Elfenbeintasten inne. Erleichterung schwappte durch sie. Die vergangene Stunde hatte sie sich Sorgen gemacht, dass Nicholas so ungewöhnlich spät von den Docks zurückkehrte. Dass sie die Nacht zuvor ungewisse Träume geplagt hatten, half dabei auch nicht. Das lag alles an ihrem Gespräch mit Nicholas über geheimnisvolle Unholde und mögliche Verdächtige. Sie hatte ihn angefleht, heute nicht zur Arbeit zu gehen, doch er hatte nur gefeixt und ihr versichert, dass es keinen Grund zur Sorge gab. Er und Mr. Kent waren wachsam. Und dennoch hatte die Anspannung heute jede ihrer Bewegungen, jeden ihrer Gedanken begleitet.

Es war nur ein Traum. Siehst du, Nicholas ist nun zu Hause. Alles ist gut.

„Sie ist meine Tochter, sag ich dir. Ich brauche nicht angemeldet zu werden!"

Die Tür zum Salon drehte sich in den Angeln und krachte donnernd gegen die Wand. Die Gemälde erzitterten in ihren vergoldeten Rahmen. Helena fand sich erschrocken ihrem vor Erregung zitternden Vater gegenüber.

„Papa! W-was machst du denn hier?"

„Sag doch bitte deinem Diener, dass der Graf von Northgate seiner eigenen Tochter nicht angekündigt werden muss!"

Helena nickte Crikstaff entschuldigend zu. Der hielt im Türrahmen Wache. Der Butler ging fort, aber nicht, ohne vorher noch einen misstrauischen Blick zurückgeworfen zu haben.

„Du musst dein Gesinde besser im Zaum halten", murmelte Northgate, während Helena auf ihn zuging und ihn küsste. „Heutzutage weiß keiner mehr, was ihm gebührt. Die verdammten Franzosen haben uns dieses Schlamassel beschert. Was für ein Ärger mit diesem revolutionären Gehabe. Jetzt rufen alle Pächter nach diesem und jenem und nennen es ihr *Recht*. Ehe wir es uns versehen, werden sie verlangen, dass wir ihre Häuser beheizen und ihre Gören erziehen."

Helena verbiss sich klugerweise ihre Antwort.

„Komm, Papa", sagte sie stattdessen. „Lass mich dir etwas Tee eingießen, und dann sagst du mir, was dich hierher geführt hat und..." Plötzlich dämmerte ihr etwas. Gütiger Himmel, er war doch nicht etwa hier, um sie abzuholen? „Papa, hast du meinen zweiten Brief erhalten, in dem steht, dass ich nicht länger beabsichtige, nach Hampshire zu kommen?"

„Freilich hab ich das." Schnaubend plumpste er auf das Kanapee, wobei sich die Knöpfe seiner scharlachrot und maisgelb karierten Weste spannten. „Und es ist mir auch verflucht noch einmal recht so. Deine Bitte kam zu einem verdammt ungünstigen Zeitpunkt, Mädchen. Steckte ja schließlich mitten in einer Jagdpartie, nicht wahr?"

„Nun, ich bin froh, dass sich das gelöst hat—"

„Dessen bin ich mir nicht so sicher, Mädchen, ehrlich gesagt." Northgate schluckte seinen Tee und verzog das Gesicht. „Hast du nichts Stärkeres?"

„Natürlich, Papa." Helena ging und holte ihm ein Glas Whiskey. Sie setzte sich neben ihren Vater, der sich das Getränk unverzüglich hinter die Binde goss. Er schmatzte wertschätzend.

„Der Hurensohn hat einen guten Keller, das muss man ihm lassen", sagte er.

„Bitte nenn Nicholas nicht so", sagte Helena finster.

„Warum nicht? Seine Mutter war nicht mehr als ein hübsches Ding. Du bist viel zu gut für ihn. Mir ist da übel mitgespielt worden, Helena, und denk nicht, dass ich es nicht bereue."

Helena fühlte, wie in ihr die Wut aufstieg. „Papa, bitte, ich kann dir nicht erlauben, meinen Gemahl in seinem eigenen Hause zu beleidigen. Nicholas ist der warmherzigste, großzügigste Gemahl, und er ist dein Schwiegersohn. Kannst du dich nicht dazu bringen, ihn zu mögen? Nicht wenigstens für mich?"

„Großzügig, dass ich nicht lachte!" Northgate setzte sein Glas scheppernd auf dem Rosenholztisch ab. Sein Gesicht wurde tiefrot und sein Schnurrbart bebte vor Wut. „Der Bastard ist ein elender Geizhals. Er zählt genau in diesem Moment wahrscheinlich sein Geld, und mich hat er im Stich gelassen. Nun, das lasse ich mir nicht bieten, das sage ich dir. Niemand schneidet den Grafen von Northgate ab, niemand!"

„Papa, wovon sprichst du? Bist... Steckst du in Schwierigkeiten...?"

„Verflucht, Mädchen, was ist denn das für eine Frage? Du bist ja ganz schön vorlaut." Finster dreinblickend griff Northgate nach der Keksschachtel. Der silberne Deckel ging quietschend auf. Der Graf wühlte durch den Inhalt und fischte den größten Keks heraus. „Hätte dich nie unter deiner Würde heiraten lassen sollen—seine schlechte Erziehung färbt schon auf dich ab."

Helena schloss die Augen und zählte von zehn rückwärts.

„Papa", sagte sie bestimmt. „Geht es hier um Geld?"

„Zum Teufel, Helena, wo ist denn dein Takt? Deine Mutter würde tot umfallen, wenn sie dich so gewöhnlich reden hören würde." Krümel rieselten auf seinen Bart, während er sprach. Seine Finger trommelten auf sein Knie. Helena bemerkte, dass ihr Vater seinen Lieblingssiegelring nicht trug. Es steckte keine juwelenbesetzte Nadel in seiner Krawatte. Und es fehlte auch all der andere goldene Krimskrams, der ihn sonst zierte.

Das waren ihr alles nur zu vertraute, vielsagende Zeichen. Wäre sie nicht über sein plötzliches Erscheinen so erstaunt gewesen, wäre ihr das gleich aufgefallen.

„Ich hätte das Thema nicht selbst angesprochen, verstehst du, doch nun, da du es getan hast…"

„Ja, Papa?" Doch die Antwort wusste sie ja schon.

„Es wurde in letzter Zeit immer etwas knapp. Es ist freilich nur ein vorübergehender Rückschlag", fügte ihr Vater rasch hinzu. „Die Pächter haben ihre Mieten verflucht langsam bezahlt. Und ich hatte ein wenig Pech mit Investitionen—Spekulationen, die anders ausgegangen sind, als ich erwartet hatte. Da kann man natürlich nichts machen."

„Ach so."

„Ich möchte nur ungern Haushaltseinsparungen machen—damit sich deine Mutter nicht umstellen muss."

„Wie viel?", sagte Helena ruhig.

„Nur ein paar hundert Pfund—um mich über Wasser zu halten, bis das nächste Schiff einfährt."

Ihr Vater lachte unbeholfen und grell. „Bildlich gesprochen. Mit dem Handel gebe ich mich selbst natürlich nicht ab."

„Ein paar hundert Pfund?", sagte Helena entsetzt. „Papa, derlei Mittel habe ich nicht."

„Hast du nicht gerade Harteford als den warmherzigsten, *großzügigsten* Gemahl bezeichnet? Frag ihn doch danach. Der Mann ist ja reicher als Krösus."

„Nicholas kommt jeden Augenblick nach Hause. Vielleicht können wir alle drei deine Lage zusammen besprechen", sagte Helena, obwohl sich ihr bei dem bloßen Gedanken der Magen umdrehte.

„Bist du von Sinnen, Göre? Hast du mir nicht zugehört?", brüllte Northgate. „Dein verdammter Gemahl ist der Grund für das ganze Übel. Ich kann ihn nicht um Geld bitten!"

„Warum sagst du, *Nicholas* sei der Grund…?"

„Der Geizhals hat mir den Unterhalt gestrichen! Keinen Schilling mehr, sagte er, wenn er mich noch einmal beim Spielen erwischt, und der verfluchte Bastard hat Wort gehalten." Ihr Vater atmete nun so schwer, dass Helena trotz ihres steigenden Verdrusses eine Hand auf seine Schulter legte. Er schüttelte sie ab. „Nun hat er dafür gesorgt, dass sich herumspricht, dass mein Wort nichts wert ist—keiner will mir aushelfen, nicht einmal für eine einzige verdammte Runde."

„Papa, Nicholas versucht, dir zu helfen", sagte Helena.

„Mir helfen? Der Bastard hat mich ruiniert!"

„Du hast dich selbst ruiniert." Als sie die Wahrheit so aussprach, fiel ihr ein Stein vom Herzen. „Du kannst Nicholas nicht deine eigenen Fehltritte vorwerfen."

„*Fehltritte*? Wie wagst du es!" Ihr Vater stand mit erhobener Faust auf. Einen Augenblick lang glaubte sie, dass er sie schlagen wollte. Das hatte er in der Vergangenheit nicht getan, aber sie hatte auch noch nie zuvor den Mut aufgebracht, ihm die Stirn zu bieten.

Sie saß sehr gerade da und hielt seinem Blick stand. „Nicholas hat das Recht dazu. Ich werde mich in die Wünsche meines Gemahls nicht einmischen."

Die Faust ihres Vaters fuhr klatschend in seine Handfläche. Haselnussbraune Augen, den ihren so ähnlich, funkelten sie an. „Gott, was für eine Tochter bist du? Thomas hätte es nie zugelassen, dass ich so behandelt werde. Wenn dein Bruder noch lebte, würde er deinen verfluchten Krämer zur Rede stellen und dich gründlich durchprügeln. Thomas würde—"

„Thomas ist tot, und das nun schon eine ganze Weile", sagte Helena. „Daran ändert sich nichts, ebenso wenig wie daran, dass du ein verkommener Spieler bist."

„Du unverschämtes—"

„Außerdem bin ich froh, dass Thomas nicht erleben musste, was aus seinem Vater geworden ist." Ihr entwischte eine Träne, aber ihre Stimme blieb fest. „Du brauchst Hilfe, Papa, und ich helfe gern, aber nicht mit Geld. Weder ich noch mein Gemahl geben dir auch nur einen Pfennig, der dazu dient, dir deinen Weg ins Verderben zu bahnen."

Ihr Vater starrte sie an, als hätte er sie noch nie gesehen.

Vielleicht hatte er das nie.

„Für mich bist du tot, hörst du? *Tot*!"

Als er die Tür zuschmetterte, vibrierten die Wände mit der Endgültigkeit seiner Worte.

Helena blieb lange sitzen.

Sie war so tief in ihre Gedanken versunken, dass Crikstaffs Stimme sie erschreckte. „Ist alles in Ordnung, Milady? Kann ich Ihnen etwas bringen—vielleicht eine warme Milch?"

„Nein, danke." Sie wischte sich die letzten Tränen weg. „Hast du etwas von Lord Harteford gehört?"

„Nein, Milady."

Unbehagen überschwemmte sie. Etwas stimmte nicht. Nicholas hätte schon vor zwei Stunden nach Hause kommen sollen, und wenn er verspätet war, schickte er immer Nachricht. „Lass die Kutsche bereit machen", sagte sie. „Ich breche unverzüglich auf."

„Selbstverständlich. Soll ich den Stallburschen über Ihr Ziel in Kenntnis setzen?"

„Ich möchte zu den Docks. Zum Kontor von Lord Harteford."

„Jetzt? Zu dieser Stunde? Aber Milady—"

„Veranlass es, Crikstaff. Das ist alles."

Sie raffte ihre Sachen zusammen und betete, dass ihr Bauchgefühl sie trog.

Als die Kutsche zum Stehen kam, schob Helena den Vorhang beiseite. In der Dunkelheit konnte sie den Umriss des Lagerhauses ausmachen. Das Gebäude war schlicht, ohne jegliche

Zierde. Die Tür zur Straße war aus solidem Holz, schmucklos bis auf einen Guckschlitz. Das rechteckige Gebäude stand drei Stockwerke hoch, ein schlummerndes Monster, das neben ähnlichen, eher zweckmäßigen als ästhetischen Kreaturen auf der Straße ruhte.

Die Tür der Kutsche öffnete sich und vor ihr stand angespannt der Stalljunge.

„Da wären wir, Milady, aber ick kann nur noch eenmal sagen, dat mich det hier jar nüscht jefällt. Seene Lordschaft wird mich wahrscheinlich bei lebendigem Leibe de Haut abziehen lassen, det ick Se überhaupt hierher jebracht hab."

„Mach dir keine Gedanken, Will. Im Augenblick hast du meinen Anweisungen zu folgen, und ich trage auch die ganze Verantwortung."

„Der Herr wird mir trotzdem häuten lassen", sagte der Stalljunge mit bitterer Gewissheit voraus. „Bei Nacht sin de Docks n jefährlicher Ort. Voller Halsabschneider und Diebe. Und et is ooch viel zu ruhig–ich schlotter schon."

Das ganze Gerede von Verbrechern steigerte nur ihr Unbehagen und beschwor die Furcht aus ihren Träumen wieder herauf.

„Du bist doch für jegliche Fälle gerüstet?"

„Wofür halten Se mir? Freilich bin ick det."

Er tätschelte seine Umhangtasche, ehe er das Treppchen hinunter ließ. „Ick bin stets jerüstet."

„Ausgezeichnet. Wobei ich mir sicher bin, dass dafür kein Bedarf besteht."

Doch nur sicherheitshalber fand es Helena ratsam, für ihre eigene Bewaffnung zu sorgen. Wenn sie nur früher daran gedacht hätte. Sie drehte die Kissen auf der Sitzbank gegenüber um, wo ihr Gemahl ihr einst ein Geheimfach gezeigt hatte. Sie öffnete den hölzernen Deckel und hoffte auf eine Pistole oder eine Klinge. Nichts. Mit einem Seufzer richtete sie die Kissen wieder. Und dabei trafen ihre Finger auf eine scharfe Kante.

Das Buch von Wollstonecraft. Sie wollte es eigentlich Miss

Lavinia beim Salon diese Woche zurückgeben, aber hatte es in der Kutsche vergessen. Plötzlich kamen ihr Nicholas' Worte. *Ein Totschläger.... Man nimmt ein Stück Stoff...und wickelt es um irgendeinen Gegenstand, mit dem man jemanden verletzen kann.* Sie nahm das Buch in die Hände—es war schwer. Sie stopfte es in ihren Beutel, stieg aus der Kutsche aus und folgte dem Stallburschen zur Eingangstür.

„Wahrscheinlich verschlossen", sagte Will. „Et brennt keen Licht."

Er drehte am Türknauf.

Die Tür ging auf.

„Det jefällt mich immer weniger", sagte der Stahlbursche, diesmal flüsternd. „Halten Se sich am besten janz dicht bei mir, Milady."

Helena hielt sich an die Anweisungen ihres Stallburschen und blieb dicht bei ihm, während er die scheinbar endlose Finsternis in Augenschein nahm. So wie sich ihre Augen an das Dunkel gewöhnten, machte sie bergige Umrisse aus, wie Riesen aus einem geheimnisvollen Land. Ihr Herzschlag raste.

Keine Panik. Das ist nur die Ware. Es sind nur Kisten voller Tee und Kaffee, wie du ihn jeden Tag trinkst. Stell ihn dir in einem hübschen gelben Kännchen vor, das mit den Kornblumen am Rande—

Bildete sie es sich nur ein, oder bewegte sich da etwas in den Schatten?

Sie fühlte Wills Hand auf ihrem Arm. Er drängte sie zu Boden. Sie hockte sich mit dem Rücken gegen eine Wand aus Kisten neben ihn.

„Ick gloob, ick kann die Treppe zum ersten Stock sehen, Milady. Da finden wir wahrscheinlich den Herrn, wenn er denn da is." Sie konnte den Ausdruck auf Wills Gesicht nicht sehen, doch sein Flüstern klang eindeutig düster. „Mich wär et lieber, wenn Se hier oof mir warten. Der Herr braucht vielleicht Hilfe, und wenn Se mich am Mantelzipfel hängen, bin ick nutzlos, mit Verlaub."

Ihr Herz zog sich zusammen bei dem Gedanken, dass Nicholas in Gefahr sein könnte.

„Ja, geh nur zu. Ich bleibe hier", flüsterte sie zurück.

„Rühren Se sich nüscht von de Stelle, bis ick Ihnen sag, dat de Luft rein is."

Helena sah zu, wie der Stallbursche verstohlen nach vorne kroch und in der Dunkelheit verschwand. Allein drängte sie sich gegen die Kisten. Die Zeit verging langsam und sie vermochte nicht zu sagen, ob es Minuten oder Stunden waren. Die Stille wurde erdrückend. Jedes Rascheln, jedes Knirschen erhöhte ihre Wachsamkeit, bis sie glaubte, aus der Haut fahren zu müssen. Ihre Augen rasten umher und ihre Muskeln zitterten vor Erwartung. Etwas huschte ihr über die Röcke, und sie zuckte zusammen, stopfte sich die Faust in den Mund, damit sie nicht aufschrie.

Und dann hörte sie es.

Zuerst glaubte sie, sie hätte sich das schwache Geräusch nur eingebildet. Aber nein, da war es wieder. Ein klopfendes Geräusch von oben.

Ein Schuss erklang grell und durchdringend.

Ehe sie noch wirklich begriff, was sie tat, rannte sie die Treppe hinauf.

$$\ast \quad 32 \quad \ast$$

„Hast du ihn erwischt?"

„Er blutet wie n aufjespießtet Ferkel." Mit einem verkrusteten Stiefel stupste der Mann die gefallene Gestalt. „Glauben Se, da jibt et noch mehr?"

„Wahrscheinlich, Bertie. Ich möchte wetten, dass dies hier einer von Kents Männern ist, da sind die anderen meist nicht weit. Am besten machen wir hier schnell fertig. Fessel den Kerl und bring ihn mit nach unten. Wir werfen ihn ins Wasser, bevor wir gehen."

„Jawohl."

In ohnmächtiger Wut sah Nicholas zu, wie der Mann namens Bertie die leblose Gestalt fesselte. William–denn er war sich sicher, das war sein Stallbursche William–stöhnte, als ihm Arme und Beine gebunden wurden. Nicholas strebte nach vorne. Stricke fraßen sich in seine Handgelenke und Knöchel und hielten ihn auf dem Stuhl gefangen. Er sah hilflos zu, wie Bertie seinen Stallburschen aus dem Zimmer zerrte. Eine scharlachrote Spur blieb zurück.

„Widerstand ist zwecklos, Lord Harteford", sagte James Gordon und kam mit behändem Schritt auf ihn zu. Seine blauen

Augen tanzten vor bedrohlicher Heiterkeit. „Für den armen Kerl kannst du nichts mehr tun."

„Lass ihn gehen, Gordon. Du willst doch mich und nicht ihn."

„Stimmt, aber wir können ihn ja schlecht laufen lassen." Gordon blieb einen Schritt von ihm entfernt stehen, so dicht, dass Nicholas die Sommersprossen auf der Haut des jüngeren Mannes sehen konnte. Doch nun war alle jugendliche Unschuld von dem aalglatten Gesicht verschwunden. Kein Stammeln mehr in seiner selbstbewussten, affektierten Stimme. Gordons rotes Haar schimmerte im Lampenschein ebenso wie die Pistole in seiner Hand. „Da hast du mir ja einigen Ärger bereitet, Milord."

„Und damit bin ich noch lange nicht fertig", knurrte Nicholas.

Gordon lachte hoch und knabenhaft. „Das glaube ich nicht. Doch ehe ich deiner lästigen Einmischung ein Ende setze, muss ich doch meine Neugier befriedigen: Woher wusstest du, dass ich hinter den Diebstählen steckte?"

Lass ihn nur reden. Kent wird ihm auf die Spur kommen und hier auftauchen.

„Das wusste ich zunächst nicht. Wie alle anderen dachte ich, es war Bragg." Nicholas sah die Selbstzufriedenheit in Gordons Miene und fügte hinzu: „Das hast du schlau eingefädelt."

„Ja", sagte Gordon. „Das war schlau. Ich dachte anfangs sogar, die List war zu augenscheinlich. Nun mal ehrlich, *Isaac Bragg*, ein Genie von einem Verbrecher? Mein Stiefbruder hatte ja noch nicht einmal genug Hirnschmalz, ein Gelage in der Taverne auszurichten, geschweige denn, systematisch jeden einzelnen Kaufmann auf den Docks zu bestehlen."

„Also hast du ihn als deinen Lockvogel missbraucht."

„Eine Sicherheitsmaßnahme, sollten meine Pläne auffliegen. Isaac war mir hörig. Und ein guter Unruhestifter war er. Hat immer Verdacht erregt, immer als Störenfried gegolten. Die kleine List ist in den anderen Lagerhäusern recht gut geglückt. Ich habe mich außer Isaac freilich auch noch anderer Männer bedient."

„Du hast verschiedene Namen und Verkleidungen angenommen", sagte Nicholas, „damit du von einer Kompagnie zur nächsten nicht wiedererkannt wirst. Wenn du erst einmal in ein Lagerhaus Eingang gefunden hattest, hast du deine eigenen Männer eingeschleust, sie zur Einstellung empfohlen. Und so begann das Stehlen, immer nur in so geringen Mengen, dass man die Verluste erst Monate später entdeckte. Bis dahin warst du längst zum nächsten Lagerhaus weitergezogen. Hast eine Krankheit vorgeschützt, oder in diesem Fall, deinen eigenen Tod."

„Beeindruckend", sagte Gordon. „Sag schon, woher wusstest du, dass ich es war?"

„Neben deiner angeblichen Leiche lag keine Krücke. Warum wäre ein lebenslanger Krüppel ohne seinen Gehstock unterwegs?" Nicholas hielt inne. Er glaubte, von der Tür aus eine Regung gesehen zu haben, einen zuckenden Schatten. Oder täuschte ihn nur das Licht? Er musste Gordon hinhalten. „Als mir das bewusst wurde, ließ ich die Leiche ausbetten und noch einmal vom Arzt untersuchen. Trotz der Verwesung war es offensichtlich, dass es zwei gesunde, beidseitig voll entwickelte Beine waren. Keinerlei Hinweise auf ein Hinken."

„Wirklich sehr gut." Gordons weiße Zähne blitzten anerkennend. „Darauf hast du Kent aufmerksam gemacht, und der fing an, alle Kaufleute der Docks über einen Arbeiter mit irgendeinem Leiden zu befragen."

„Genau. Und so ergab sich das Muster—es war immer ein schüchterner junger Mann mit einer Körperbehinderung: ein blindes Auge, ein gelähmter Arm, ein Hinkefuß. Jemand, mit dem man Mitleid hatte, den man niemals zu solch niederträchtigen Taten fähig halten würde."

„Und so hast du mich durchschaut", sagte Gordon. „Aber ehrlich gesagt, ich weiß auch Einiges über dich. Erinnerst du dich daran, was ich in jener Nacht in St. Giles zu dir sagte?"

Nicholas fühlte ein eisiges Zwirbeln im Magen. „Du hast mich damals angeschossen."

„Isaac, der alte Narr, hat dich geradewegs zu meinem Schlupfloch geführt. Allein schon deswegen hatte er den Tod verdient." Gordons Augen verengten sich. „Ich erwog in jener Nacht, dich zu töten, doch lebend warst du mir mehr wert. Schließlich findet man nicht jeden Tag jemanden, der in der Gosse geboren wird und es zum Marquis bringt, nicht wahr?" Gordon kippte den Kopf. „Wie viel sind deine Geheimnisse dir denn wert, Milord?"

Lenk ihn weiter ab. Lass ihn reden. „Woher hast du von Grimes erfahren?"

„Dass du ihn erstochen hast, mitten ins Herz, meinst du das?" Gordon bleckte wieder die Zähne. „Sagen wir einfach, von einer glaubhaften Quelle. Doch um sicher zu sein, habe ich diese kleinen Botschaften geschickt, um zu sehen, was du darauf erwiderst. Um zu sehen, ob man den Marquis von Harteford erschüttern kann, ob er wirklich etwas zu verbergen hat. Und ich muss sagen, Milord, diese Probe war äußerst ergiebig: für jemand der wusste, worauf er achten musste, trugst du die Schuld so offensichtlich wie ein Priester seinen Kragen. Da wusste ich, dass meine Auskünfte stimmten."

„Was willst du, Gordon?", verlangte Nicholas zu wissen. „Geld?"

Der andere Mann verdrehte die Augen. „Aber selbstverständlich. Es geht doch immer nur ums Geld. Die Frage ist, wie viel." Er wedelte mit seiner Pistole. „Wie viel wäre es einem Marquis denn wert, seine schändliche Vergangenheit geheimzuhalten?"

„Eher ginge ich für Mord ins Gefängnis, als dass ich dir auch nur einen Groschen gebe", schnappte Nicholas.

Irgendwie brachte das Gordon zum Lächeln. „Ah, es gibt jedoch Schlimmeres als Mord, nicht wahr, Milord? Lass mich erläutern. Wir sind ja alle mit Vorbildern aufgewachsen und Benjamin Grimes war zufällig meines. Er war in der Verbrecherwelt eine Legende. Hat halb London abgestaubt–und damit meine ich nicht die Schornsteine. Er war ein meisterhafter Dieb, bekannt für seinen Hang zur Gewalt, zum Gin, und, tja, zu einem misslichen Laster." Gordon schüttelte in gespielter Zerknirschung den Kopf. „Nun ja, sogar der große Achilles hatte ja eine Schwäche. Kann man es Grimes verübeln, dass seine Schwäche die kleinen Knaben waren?"

Nicholas fühlte, wie sein Magen sich schmierig stülpte.

Lass ihn nicht an dich heran. Bleib bei der Sache. Bleib ruhig.

„Besagtem Grimes gefiel das Spielchen ‚Vergrab den Knochen'." Gordon sah ihm eindringlich ins Gesicht; Nicholas verfluchte den Schweiß, der ihm verräterisch die Stirn hinabbrann. „Wie oft hat er denn mit dir gespielt, Milord? Oder dich mit den anderen Jungen spielen lassen?"

Es ist vorüber. Grimes kann dir nicht mehr wehtun.

„Hast du vielleicht sogar darum gebettelt wie ein Köter, der für ein paar Tischabfälle alles tun würde?"

„*Verfluchter Bastard!*" In irrer Wut warf Nicholas sich auf Gordon. Er kippte samt dem Stuhl an den er ja gefesselt war, auf den Boden. Sein Kopf krachte seitlich auf die Bodendielen. Ehe er seine Sinne wiederfand, trat ihn ein Stiefel in den Kiefer und drückte ihn zu Boden. Der Schmerz, das rostig-süße Aufwallen in seinem Mund war ihm willkommen, denn es rüttelte ihn wieder wach und brachte ihn zurück in den Augenblick.

„Unklug, Milord." Gordon zermalmte ihn mit dem Stiefel und schwarze Flecken tanzten vor Nicholas' Augen. „Ich warne vor weiteren Racheversuchen. Die bringen nichts."

Gordon hatte recht. Nicholas musste sich sammeln. Nachdenken.

Der Stiefel hob sich von ihm. „Nun, dieses kleine Aufbrausen zeigt mir ja, dass ich den Finger auf eine wunde Stelle gelegt habe. Mein Stillschweigen über deine Beziehung zu Ben Grimes müsste dir demnach einen ganz anständigen Preis wert sein. Es sei denn, du willst, dass in ganz London darüber getratscht wird, dass der Mann dich befingert hat?"

Du warst ein Kind, Nicholas. Ein schuldloses Kind. Helenas Worte blitzten in seinem Bewusstsein auf wie der Schein eines Leuchtturms. *Du bist der edelste Mann, den ich je kannte.* Er sah ihr liebliches Lächeln, das jeden Winkel seiner Seele erhellte. Er fühlte, wie die Dunkelheit davor zurückwich, verbannt vom goldenen Feuer ihrer Augen. *Der einzige Mann, den ich je lieben könnte.*

Sein Atem beruhigte sich. Seine Kraft kehrte zurück.

Gordons Stimme dröhnte über ihm. „Die Zeit drängt, also lassen wir die Förmlichkeiten. Du hast nun die Wahl, Milord, hör also gut zu. Entweder du lebst als Held weiter, oder du verreckst als Bastard, der für seinen Lebensunterhalt seinen Körper verkauft und seinen Meister ermordet hat."

„Und der Preis?", sagte Nicholas gefasst.

„Zehntausend Pfund, Milord. Im Vergleich zu deinem Vermögen ein Hungerlohn, aber ich bin ja nicht gierig. Wir gehen heute Nacht gemeinsam hier fort, auf das Boot, das ich in der Nähe vor Anker liegen habe. Am Morgen stellst du mir einen Schuldschein aus. Sobald das Geld in meiner Tasche ist, lasse ich dich frei. Du kannst dann Hinz und Kunz erzählen, dass du versucht hast, mich zu stellen, und dass du auf niederträchtige Weise überwältigt worden bist. Und für deinen tapferen Einsatz wirst du zum Helden hochgejubelt."

Verflucht unwahrscheinlich. Sobald du dein Geld hast, treibe ich bäuchlings in der Themse.

„Und wenn ich mich weigere?", fragte Nicholas.

Der Stiefel kam aus dem Nichts, schmetterte Nicholas' Kopf wieder auf den Boden. Seine Sicht zersplitterte in gleißende Scherben.

„Dann stirbst du noch heute Nacht und zwar unter großen Schmerzen. Morgen steht deine Geschichte in allen Zeitungen. Jahrzehntelang wird sie den feinen Salons zum Klatsch gereichen. Deine liebliche Marquise wird sich nirgendwo mehr blicken lassen können. Ach, die Schmach bringt sie vielleicht sogar auf der Stelle um. Wenn ihr nicht vorher noch etwas anderes zustößt."

Wut explodierte und klärte Nicholas den Kopf. Er schleuderte sich mit neuer Kraft herum. „Lass sie da raus, du Bastard! Sie hat nichts–"

Er würgte, als die Pistole sich ihm in den Rachen stieß. Der Lauf aus Metall bohrte sich tiefer; die Kante schnitt ihm in die Haut. Seine Lunge brannte und er rang nach Luft. Er keuchte, als der Druck plötzlich nachließ.

Gordon lächelte auf ihn herab.

„Nun, Milord, was soll es denn nun sein? Leben oder ein langsamer, schmerzhafter Tod?"

❧ 33 ❧

Helena sah ganz ruhig zu, wie der Mann namens Gordon die Stricke kappte. Nicholas stand ein wenig wackelig auf, da seine Hände noch hinter seinem Rücken gefesselt waren. Sie sah Blut auf der Schläfe ihres Gemahls rinnen und ihre Hände schlossen sich ein wenig fester um ihre Waffe. Sie stand im Schatten neben dem Durchgang. Ihr Herz schlug gleichmäßig, als sie sich bereitmachte. Als sie gesehen hatte, wie Will durch den Flur geschleift wurde, war ihr seltsamerweise die Furcht vergangen. Nachdem sie das erste Stockwerk erreicht hatte, hatte sie sich in einem der Kontore versteckt und sich flach an die Wand gedrückt, als sie Stimmen vernahm. Von ihrem Standpunkt aus hatte sie einen schrecklichen Hünen sowohl Will als auch ein Stück Strick hinter sich her schleifen sehen...

Sie konnte jetzt nicht schwächeln, um seinetwillen. Für Nicholas. Für sie alle. Gordons Scherge kam vielleicht jeden Augenblick zurück, also musste sie handeln, solange sie noch im Vorteil war. Schritte hallten im Kontor wider. Sie drückte sich noch fester an die Wand. Sollte Gordon Nicholas mit vorgehaltener Pistole voran gängeln, käme ihr Gemahl zuerst heraus. Die Schritte kamen näher und ließen die Dielenbretter unter ihren

Füßen erzittern. Sie hielt ihren Totschlägerbeutel über ihren Kopf.

Nicholas trat in den Flur. Sie hatte keine Zeit, seinen Gesichtsausdruck auszumachen, denn Gordon folgte ihm unmittelbar nach. Sie schwang mit aller Kraft die Arme. Ein Schrei erklang, als ihre Waffe aufprallte, allerdings nicht auf den Kopf, wie sie beabsichtigt hatte, sondern seinen Arm. Die Pistole fiel zu Boden und schlitterte in die Schatten. Gordon war erschrocken, doch unbeschadet. Einen Augenblick lang schien die Zeit langsamer zu vergehen. Sie versuchte, sich zu bewegen, doch ihre Füße waren wie aus Stein. Im nächsten Augenblick erwachte alles dröhnend wieder zum Leben. Gordon stürzte sich auf sie. Seine Hände schlossen sich um ihre Kehle.

„Du kleines Miststück!“, zischte er.

Sie krallte nach seinen Händen, doch er hielt sie fest, würgte ihr die Luft ab. Ihr schwand die Sicht. Ihre Arme wurden schwach. Sie fühlte, wie sie ins Leere fiel... doch als sie landete, war es ein schmerzhafter Aufprall auf den Boden. Sie keuchte nach Atem, kam auf die Knie, und sah Nicholas obwohl er immer noch gefesselt war wie ein rasender Stier auf Gordon losgehen. Die beiden Männer prallten an den Flurwänden ab und fielen krachend durch den Türrahmen ins Kontor. Beim Versuch, ihnen zu folgen, stolperte sie über etwas. Das Buch war aus ihrem Beutel geschlüpft. Sie rappelte sich vom Boden auf, ergriff das Buch und rannte ins Kontor.

Dort hielt sie inne. Zwischen umgeworfenen Stühlen und zerstreuten Papieren umkreisten sich die Männer. Nicholas hatte über dem rechten Auge eine Platzwunde, die veilchenblau anschwoll. Obwohl seine Arme gebunden waren, war seine Haltung angriffslustig, sogar wild. Gordon fuchtelte vor ihrem Gemahl mit den Fäusten. Das Grinsen auf seinem Gesicht war aufsässig.

Sie schluckte, als sie in der Hand des Schurken eine Klinge aufblitzen sah.

Was für eine unverschämte Vorteilnahme!

Sie schleuderte das Buch durch die Luft. Der schwere Band segelte durch die Luft, gerade als Gordon sich Nicholas näherte. Unwillkürlich drehte Gordon den Kopf. Überraschung blitzte über sein Gesicht, doch es war zu spät. Die lederne Ecke traf ihn auf die Stirn. Er verlor mit einem Grunzen das Gleichgewicht und stolperte rücklings. Nicholas sprang sofort auf ihn los und trat nach Gordons Arm. Das Messer flog in hohem Bogen und landete außer Sichtweite. Gordon wehrte sich fluchend gegen Nicholas, der mit den Füßen auf ihn eintrat und ihn mit seiner ganzen Wucht rammte. Helena biss sich auf die Lippe. Wie lange konnte Nicholas derart gehemmt durchhalten?

Sie musste ihm zu seiner ganzen Kraft verhelfen. Und dazu brauchte sie... das Messer.

Verzweifelt suchte sie das Zimmer mit ihren Augen ab.

„Im Schreibtisch, Helena, unterste Schublade!"

Diese gebrüllten Worte trieben Helena los.

Sie rannte zum Schreibtisch, öffnete rüttelnd die Schublade. Da, in einer Schachtel auf Samt gebettet, lag kein Messer, sondern eine Pistole. Die Waffe glänzte schwarz. Bedrohlich. Mit zitternden Händen nahm sie sie. Das Metall in ihren Händen war eiskalt. Sie griff die Pistole fester und hob die Arme, atmete tief ein und zielte.

„Das ist nicht nötig, Lady Harteford."

Die Stimme von der Tür hielt ihren Finger, der schon am Abzug zuckte, auf.

„Treten Sie bitte vom Verdächtigen zurück, Lord Harteford."

Mr. Kent durchquerte das Zimmer, seine Pistole auf Gordon gerichtet, der keuchend dastand. Auf einen Pfiff des Polizisten hin erschienen zwei seiner Männer. Einer zückte eine Klinge und kappte behände die Fesseln von Nicholas' Armen. Helena ließ die Pistole fallen und stolperte zu ihrem Gemahl. Seine Arme fingen sie in einer stürmischen Umarmung.

„Meine Leute haben dein Boot beschlagnahmt und deine

Männer verhaftet", sagte Mr. Kent, während sein anderer Gehilfe Gordon in Ketten legte. „Nun ist es vorbei mit deinen Schurkereien."

Gordon lächelte sogar dann noch, als das Schloss einrastete und damit sein Schicksal besiegelte. „Oh, aber das Böse endet ja nicht mit mir", sagte er. Obwohl sein jugendliches Gesicht entspannt war, funkelten seine blauen Augen niederträchtig. Sie hefteten sich auf Nicholas. „Wenn ich du wäre, würde ich mich vorsehen, Milord. Man weiß ja nie, wann die Vergangenheit an die Tür klopft."

Helena erschauderte in der sicheren Umarmung ihres Mannes.

Doch Nicholas erwiderte ruhig: „Soll sie kommen. Ich habe nichts mehr zu befürchten."

Der Schurke wurde abgeführt und seinem Schicksal entgegen gebracht. Gewiss war es der Strick. Helena konnte kein Mitleid empfinden.

„Das war eine aufreibende Nacht für Sie beide", sagte Mr. Kent. „Es tut mir leid, dass ich nicht eher hier angelangt bin."

„Ich bin froh, dass Sie überhaupt gewusst haben, dass Sie hierher kommen sollen", sagte Nicholas.

„Gordons Hure hat ihn verraten. Die haben wir nämlich beschattet, nachdem Sie ja vermutet hatten, dass Gordon vielleicht noch am Leben ist. Sie hatte ihre Koffer für eine lange Abwesenheit gepackt. Wir sind ihr zu den Docks gefolgt, wo sie an Bord eines ungemeldeten Schiffes ging. Offenbar hatte Gordon einen Beamten bestochen, denn er fuhr mit diesem Boot in den Docks ein und aus, wie es ihm beliebte. So schaffte er das Diebesgut weg."

„Wie geht es Will?", fragte Helena mit zittriger Stimme.

„Ihr Stallbursche ist ein wenig mitgenommen, aber er wird überleben. Dr. Farraday kümmert sich gerade um ihn."

Helena sackte vor Erleichterung gegen ihren Gemahl.

„Die Dame ist gewiss erschöpft", sagte Mr. Kent. „Wir

können alles später weiter erörtern. Sollen meine Männer Sie nach Hause bringen?"

„Ich muss erst noch etwas mit meiner Frau besprechen. Lassen Sie uns bitte allein und sichern das Kontor?"

„Selbstverständlich." Mr. Kent hielt inne. Er sah etwas auf dem Boden liegen und hob es auf. Er betrachtete das Buch und ein Lächeln huschte über seine hageren Gesichtszüge. „Gehört das Ihnen, Milady?"

„Von einer Freundin ausgeliehen", entgegnete Helena. Schaudernd entdeckte sie den braunen Flecken, der die Buchkante beschmutzte. „Aber ich glaube nicht, dass ich es jetzt noch zurückgebe."

Zu ihrer Überraschung verneigte sich Mr. Kent und küsste ihr die Hand. „Sie haben eine höchst bemerkenswerte Frau geheiratet, Lord Harteford."

Als er ging, hörte sie den Ermittler leise schmunzeln. „Buchstäblich eine *Verteidigung der Frau!*"

Dann schloss sich die Tür hinter ihm und die beiden waren allein.

Helena sah Nicholas an. Er hob mit grimmigem Ausdruck einen umgekippten Stuhl auf. Das Herz blutete ihr beim Anblick der Verletzungen, die er erlitten hatte: Sein Auge war sogar noch stärker angeschwollen. Trockenes Blut war auf seinem Kinn und Hals verkrustet. Er war bleicher als gewöhnlich und die sich bildenden Blutergüsse setzten sich dunkel gegen seine Haut ab.

„Dr. Farraday sollte nach deinen Verletzungen sehen", sagte sie und näherte sich ihm. Er räumte weiter die Möbel auf.

„Mach dir darum im Augenblick keine Sorgen, meine Liebe. Jetzt geht es erst einmal um dich."

Sie legte beschwichtigend ihre Hand auf seinen Arm. Zu ihrer Überraschung zuckte er unter ihrer Berührung zusammen und zog sich davon zurück. Er ging zum Kamin und stand mit dem Rücken zu ihr.

„Ist... ist dein Arm verletzt?", stammelte sie.

„Mein Arm ist in Ordnung."

Der giftige Einschlag seiner Stimme verwunderte sie, dass sie unsicher fragte: „Was ist dann das Problem?"

„Das Problem? Du musst mich noch fragen, was das *Problem* ist?"

Er wandte sich zu ihr um und sah sie an. Oder stierte sie eher an. Aufgestaute Gefühle goren in seinen Augen wie schwarz glänzende Lava.

„Nicholas, du bist verstört." Sie wollte besänftigend klingen, obwohl ihr selbst der Kopf zu schwirren begann. „Das sind zweifellos die Nachwirkungen der Gewalt heute Nacht. Warum setzt du dich nicht, mein Liebster, und ich will sehen, ob ich uns einen Tee kochen kann. Hast du vielleicht einen Teekessel oder—"

„Ich will keinen verfluchten Tee." Nicholas schritt forsch auf sie zu und sie wich unwillkürlich zurück. Er kam knapp vor ihr zum Stehen. Sie fühlte, wie mächtig er über ihr ragte: ein Meter achtzig rasender, sich nur schwer beherrschender Männlichkeit. Er rührte sie nicht an.

„Was ich gern wüsste, ist, was zur Hölle du dir dabei gedacht hast, mitten in der verdammten Nacht an die Docks zu kommen!"

„Nicholas, ich bitte dich, du musst doch nicht schreien—"

„Ich schreie, so viel ich will! Wenn meine Frau Kopf und Kragen aufs Spiel setzt, ganz allein hier auftaucht—"

„Aber ich war ja nicht alleine", sagte Helena hastig. „Will hat mich begleitet."

„Und wenn der Mann jetzt nicht verletzt wäre, würde ich ihn in Grund und Boden prügeln." Nicholas fuhr sich mit den Händen durchs Haar und zerzauste seine unbändigen Ebenholzsträhnen noch mehr. „Dafür muss er sich mir noch verantworten, wenn alles vorüber ist."

„Aber letztlich war es doch gut, dass ich gekommen bin, oder nicht? Wäre ich nicht gekommen..." Helena hielt inne, als sie die jähe Wut im Gesicht ihres Mannes sah. „Schließlich", fuhr sie vorsichtiger fort, „konnte ich ja ein wenig behilflich sein."

Ihr Mann hatte die Fäuste in die Hüften gestemmt.

„Nicht, dass du Hilfe gebraucht hättest", fügte sie hinzu.

Er erwiderte nichts und seine Lippen versteiften sich.

„Du hattest ja offensichtlich alles im Griff, als ich ankam. Ich konnte sehen, dass du die Lage völlig beherrschtest. Gewiss hattest du einen Plan, um dem Unhold das Handwerk zu legen—"

„Gottverflucht, Helena, ich hatte überhaupt keinen Plan!" Sein Bellen hallte durch die Kammer und ließ die Wände erzittern. „Weißt du überhaupt, in welche Gefahr du dich gebracht hattest, du waghalsige Närrin? Gott, dich Hals über Kopf in die Gefahr stürzen zu sehen, zusehen zu müssen, wie er dir die Hände um den Hals legt, ich bin fast—" Er verstummte erstickt und seine Brust bebte.

Im nächsten Augenblick war sie bei ihm und schlang ihre Arme um ihn. Seine starke, schlanke Gestalt bibberte von Kopf bis Fuß. Ihre Stimme erklang dumpf gegen seine Brust. „Es tut mir leid, dass ich dich verängstigt habe."

Er packte sie leidenschaftlich. „Tu das nie wieder." Er vergrub sein Gesicht in ihrem Haar und sagte krächzend: „Heute Abend habe ich erfahren, dass die Vergangenheit keine Macht mehr über mich hat. Sie kann mir nicht mehr wehtun. Das hast du mir gezeigt. Aber wenn ich dich verlöre—ich weiß nicht, was ich tun würde", sagte er zwischen abgehackten Atemzügen. „Du bedeutest mir alles, Helena. Du bist mein Herz und meine Seele."

„Ich liebe dich auch", schniefte sie.

So blieben sie eine lange Zeit stehen und hielten sich gegenseitig fest.

Dann lockerte Nicholas seine Umarmung. Er hob ihr Kinn an, und die hungrige Bewunderung in seinen dunklen Augen ließ ihren Puls vor Erregung hüpfen. Ihren Lippen entkam ein Quietschen, als er sie vom Boden aufhob.

Sie hatte gerade noch genug Verstand übrig, um zu wispern: „Was ist mit den Männern von Kent? Die stehen unmittelbar vor der Tür."

„Jetzt sorgt sie sich um Anstand." Er grinste in ihr schamrotes Gesicht. „Komm, mein prüdes Ding, ich will dir etwas zeigen."

Nicholas trug sie hinüber zu einer Tür, die zu einem Wandschrank zu gehören schien. Sie hob den Kopf. Er stieß die Tür auf. Zu ihrem Erstaunen blickte sie in einen Raum, eine Art Halle für Leibesübungen. In der Mitte war ein Rechteck mit vier Eckpfosten, eingefasst von zwei Reihen dicker Seile. Der Boden war mit Matten ausgelegt. Ein Kampfring. Percy hatte erwähnt, dass Nicholas diese Art der Ertüchtigung gefiel.

Doch ihrem Gemahl stand der Sinn eindeutig nach einer anderen Art der Ertüchtigung, als er sie innerhalb des Ringes absetzte und die Tür hinter ihnen schloss. Er fiel über sie her wie ein Verhungernder, knöpfte auf, löste Kordeln; sein Mund verschlang sie in einem gierigen Kuss. Während die Schichten von ihr abfielen, empfand sie ein Freiheitsgefühl wie noch nie zuvor, wie sie es nicht für möglich gehalten hätte. Ihr Lebtag würde sie diesen Moment nicht vergessen, in dem ihre Liebe so hell, so ungehemmt loderte, dass sie alle Schatten verjagte—seine Vergangenheit, ihre Befangenheit.

Ihr Hemdchen folgte dem Rest, und alsbald stand sie nackt vor ihrem Gemahl. Sie empfand dabei nichts anderes als reinen weiblichen Stolz. Sie straffte ihre Schultern, ließ ihren Busen freizügig wackeln, weidete sich daran, wie Nicholas' Nasenflügel in Erwiderung bebten. Sie zupfte an seinem Hemd, wollte nichts mehr zwischen ihnen haben, keinen einzigen Fetzen Stoff. Sie hörte ihn schelmisch lachen, als er sie in seine Arme schloss. Ihre Beine glitten um seine Hüften, während er sie nach hinten manövrierte. Nach ein paar Schritten spürte sie das Seil in ihren bloßen Rücken fressen. Sie zitterte, eingekeilt zwischen der eisernen Kraft ihres Gemahls und dem rauen Seil, vor Erregung.

„Sag mir, Milady", murmelte Nicholas und seine Zunge zauberte dabei mit ihrem Ohr, „bist du auch meine Hure?"

Helena seufzte, als er eine besonders erquickliche Stelle entdeckte. „Mmm, aber gewiss doch."

„Dann will ich, dass du mir sagst, was einer Hure gefällt", fuhr ihr Mann in der dunklen, verführerischen Stimme fort, die sie so liebte. „Ich will, dass deine lieblichen, ruchlosen Lippen danach verlangen, was du dir wünschst."

Er ließ sie los und tat einen Schritt zurück. Er stand ohne Hemd in seiner forschen Männlichkeit und ohne jegliche Scham vor ihr. Obwohl er seine Hosen noch anhatte, konnte sie die ausgebeulte Stelle sehen, wo seine Erektion war. Sein besitzergreifender Blick wanderte über ihre Nacktheit und brachte ihren Magen zum Kribbeln. Erregt, jedoch scheu murmelte sie: „Es gefällt mir, wenn du mich hier berührst." Ihre Hand schweifte vage über ihre Brust.

Nicholas schüttelte streng den Kopf. „Jede Dirne, die etwas auf sich hält, weiß, dass sie ihre Bitten deutlich und anständig vorzubringen hat. Ich glaube wohl, dir die rechten Worte beigebracht zu haben. Gelehrige Schülerin, die du bist, hast du das doch gewiss nicht schon vergessen. Also noch einmal, wo soll ich dich anfassen, Helena?"

„An meinen Titten", flüsterte sie und ihre eigene Kühnheit erregte sie. „Fass bitte meine Titten an."

„So etwa?" Nicholas griff fest ihre fülligen Brüste. Während er damit spielte, blieb sein Blick auf ihr Gesicht gerichtet. Er quetschte sanft ihre Brustwarze und ihre Lippen öffneten sich zu einem befriedigten Wimmern. „Ich habe dich etwas gefragt, Helena. Willst du das hier?"

„Deinen Mund", keuchte Helena. Als er ihr gehorchte, sank sie in die Seile. „Oh, süßer Himmel, Nicholas, dein Mund..."

Er rollte eine Brustwarze in seinen Mund und seine Zunge tanzte verspielt mit ihrer geschwollenen Knospe. „Wie fühlt sich das an, meine Süße?"

„Es fühlt sich so *gut* an", keuchte sie. „Deine Zunge, Nicholas, die macht mich ganz...ganz..."

„Ja? Was macht sie dich?", murmelte Nicholas gegen ihre andere Brustwarze.

„Prickelnd und heiß… zwischen den Beinen", gestand Helena mit einem atemlosen Seufzen, während er sie weiter mit der Zunge belohnte und ihre geschwollenen Titten noch weiter neckte.

Er klapste ihr scherzhaft auf die Pobacken und tat dann einen Schritt zurück. „Zeig es mir."

Helena blinzelte. „Was meinst du?"

Nicholas' Stimme war rauer Samt und dunkel wie die Nacht. „Fass dich an, Helena. Ich will, dass du mir genau zeigst, wo es schmerzt, wo du nach mir brennst."

Helena wurden bei dieser Bitte die Knie ein wenig weich. Konnte sie denn derart verwegen sein?

„Nun komm schon, ich dachte, du wärst eine Hure", schalt Nicholas sie. Verruchtes Lachen glänzte in seinen Augen. „Oder bist du vielleicht doch nicht so ruchlos, wie du behauptest?"

Die verspielte Herausforderung machte sie kühn. Langsam fuhr Helena mit den Händen ihre Taille hinab und über ihre runden Hüften. Nicholas' Schultern und Brust erzitterten kaum merklich, was ihre eigene Erregung anfachte. Anscheinend gefiel es ihrem Gemahl, ihr bei ihrer Selbsterkundung zuzusehen. Sie bewegte ihre Hände hin zu dem gelockten Hügel. Sie glitt mit dem Finger die feuchte Spalte entlang.

Nicholas schnappte nach Atem, und ihre Lippen krümmten sich zu einem sirenenhaften Lächeln.

„Hier schmerzt es, Milord", murmelte sie und scheitelte ihre Locken, zeigte seinem lechzenden Blick ihr zartes rosa Fleisch. Sie schmierte ihre Finger in der Nässe und streichelte sanft die geschwollenen Falten. Sie spielte mit der Öffnung ihrer Scheide, ließ ihre Finger zu dem harten Knöpfchen gleiten, das ihre Lust anheizte. Mit einem leisen Stöhnen rieb sie den Knoten ihrer Empfindsamkeit. Funken sprühten ihre Beine entlang. Ihr Blick traf den seinen.

„Ja, so ist es recht", ermunterte Nicholas sie heiser. „Reib deine süße Perle für mich."

Helena seufzte und lehnte sich in die Seile, damit sie ihre Beine weiter spreizen konnte. Die verbleibenden Nadeln konnten ihr Haar nicht mehr halten und es fiel offen hinab. Seidene Strähnen wallten über ihre Schultern und verfingen sich in den Seilen.

„Sag mir, meine Liebe, was geht dir durch den Kopf, wenn du so mit deinem köstlichen Kätzchen spielst?"

Helenas Kätzchen wurde unwillkürlich nasser.

„Ich denke daran, wie gut es sich anfühlt, wenn du das machst", gab sie gefügig zu. „Wenn du mein Kätzchen berührst."

„Und weiter, Liebste?" Seine Stimme war vor Leidenschaft tief und bröcklig. „Was lässt deine Fraulichkeit noch nach mir triefen und glänzen?"

Helena schloss die Augen. Ihr Atem ging schneller. Die Funken flossen nun in einem einzigen, flammenden Strom durch ihren ganzen Körper. Die Berührung fühlte sich gut an, doch sie brauchte mehr. „Ich denke daran, wie es ist, wenn du mich da küsst. Wenn du... deine Zunge benutzt, wenn du mich kostest..."

Seine starken Hände klammerten sich an ihre Schenkel, als er sich vor ihr hinkniete. Linderung und Lust vermengten sich, wie sie seinen dunklen Schopf zwischen ihre Beine stupsen sah. Er blickte dabei nach oben, beobachtete sie genau und begann, an ihr zu knabbern. Langsam. Hungrig.

„Oh, ja, oh, *bitte*..." Wild vor Verlangen fühlte Helena sich auf den Boden sinken.

„Halt dich an den Seilen fest, meine Süße", befahl Nicholas mit dicker Stimme. „Ich will, dass du breit und offen für mich dastehst, während ich mich an dir gütlich tue."

Wortlos griff Helena nach dem kratzigen Hanfseil. Es schürfte ihr die Handflächen, während Nicholas sie befriedigte. Seine Zunge fiel in ihre Falten ein und glitt immer wieder über ihre Perle, während seine Finger sie dabei mit festen Aufwärtsstößen pumpten. Sie konnte von der Reibung nicht genug bekommen und mahlte sich gegen ihn. Er grunzte Liebkosungen, heiße

Worte der Wollust und der Liebe, die sie von allem weltlichen Kummer losschnitten. Sie flog in einem berstenden, alle Gedanken hinwegfegenden Höhepunkt davon.

Als sie die Augen öffnete, lag sie auf den Matten. Nicholas lag neben ihr auf der Seite. Er grinste und drückte ihr einen sanften Kuss auf die Nase.

„Du bist bezaubernd, meine Frau", sagte er.

Helena seufzte, bis in die Knochen mit Glückseligkeit durchtränkt. Sie ließ ihre Finger müßig über die markanten Konturen seiner Brust wandern. Als seine flachen Brustwarzen sich unter ihrer Berührung verhärteten, lächelte sie. Nicholas fing ihre Hand ein, führte sie an seine Lippen und küsste sie.

„Du bist an der Reihe", sagte sie und rieb sich aufreizend an ihn.

Er rollte auf sie. Sein Gewicht drückte sie herrlich in die Matten. Sein steifes Geschlecht streifte ihre feuchten Locken und eine frische Welle der Lust wusch über sie hinweg. „Bist du dir sicher, dass du so schnell schon wieder bereit bist?"

Als Erwiderung schlang sie die Beine um seine Hüften und drückte sich gegen seinen Schwanz. Sie hörte Nicholas erstickt stöhnen, als seine Eichel sie nun so dehnte wie seine Finger zuvor, nur viel stärker. Dicker. Härter. Es machte ihr Lust auf mehr. Sie drückte sich näher an ihn und stellte verdrossen fest, dass das Gewicht seiner Hüften hinderlich war und er nicht tiefer in sie eindringen konnte.

„Nicholas, bitte", keuchte sie seinen Nacken kneifend. „Ich brauche mehr von dir."

Mit einem rauchigen Lachen rollte er auf den Rücken und brachte sie nach oben. Sein Geschlecht pochte schwer gegen die Rundung ihrer Pobacken.

„Es scheint mir, freches Fräulein, dass du dich an meinem Schwanz gern selbst bedienen möchtest." Seine pechschwarzen Augen blitzten und sein Lächeln gebührte einem Piraten. „Dann nur zu."

Helena neigte den Kopf und versuchte zu verstehen, was er wohl meinte. „Wie soll ich... du meinst, ich darf...“

„Solange ich es aushalte, meine Liebe.“

Als ihr dämmerte, was er meinte, verspürte Helena höchst undamenhafte Erregung. Ihr Gemahl stieß einen Fluch aus, als sie ihn in die Hand nahm und genau dahin platzierte, wo sie ihn haben wollte. Sie wand sich in dieser ungewohnten Position, versuchte, ihn in sich einzuführen. Das Umherrutschen erregte sie nur noch mehr und sie brummte vor Vergnügen, als sein Schwanz ihre Perle streifte. Sie wurden beide feucht und es glitschte hörbar, als sie saftig aneinander rieben.

„Viel länger halte ich es nicht aus.“ Nicholas’ Lider waren schwer, sein Kiefer verspannt. „Lass mich–oh, Gott, *ja*...“

Sein wollüstiges Zischen verschmolz mit ihrem, als sie auf seinen brandenden Schaft sank. Sie machte die Augen zu, füllte sich mit seiner männlichen Kraft. Sie stützte sich mit den Händen auf seiner Brust ab, rutschte sinnlich, gemächlich auf ihm herum, eine Königin, die ihm ihre Leidenschaft auferlegte. Ihr Untertan gehorchte gern. Mit lustverhangenem Blick nahm er ihre Freude in sich auf, stieß dabei die ganze Zeit über erdige, anspornende Worte aus.

„Wie heiß du bist.“ Er nahm eine Brust in seine Hand und zwickte die Burstwarze sachte zwischen seinen Fingern. „Breitbeinig zu reiten gefällt dir, nicht wahr, mein Luder?“

„Es ist himmlisch“, hauchte sie, während sie auf seinem Schwanz hüpfte. „Du bist so riesig, du füllst mich ganz und gar...“

Sie konnte sehen, dass ihm das gefiel. Seine Nasenflügel bebten. Mit einem Schlenker aus den Hüften stieß er nach oben, während sie nach unten drückte. Er drang so heftig in sie ein, dass sie hilflos aufschrie. Stöhnend wiederholte er die Bewegung. Er steckte tief in ihr, dass er gegen ihren Mutterleib und ihre Seele rieb. Sie begann zu zittern. Beben der Lust kamen tief aus ihrem Inneren und wallten über ihre Beine. Sie stürzte auf ihn hinunter, immer fester, begierig nach der Erleichterung, die nur er ihr geben konnte.

Seine Hände packten ihre Hüften. Zuerst dachte sie, er wollte sie von sich absetzen, und sie klammerte eisern ihre Schenkel um seine Hüften. Er konnte doch nicht wollen, dass sie aufhörte. Sie war so nahe dran...

Er lachte dunkel. „Keine Angst, meine Süße. Lehn dich ein wenig nach vorne. Ja, genauso."

Als sie sich wieder bewegte, durchfuhr sie ein Blitz. Sie stöhnte, die kleine Abwandlung gutheißend, und rieb sich in diesem neuen Winkel an ihn. Jeder Stoß rieb ihre Perle und ließ die Funken der Lust nur so fliegen. Sie bewegte sich immer schneller, bis sich die kleinen Funkenschläge zu einem größeren Feuer häuften. Dann plötzlich blendete sie eine einzige weiße Woge gleißender Freude. Im selben Augenblick schrie Nicholas auf, und sie genoss voller Verzückung, wie sein Höhepunkt in ihrem eigenen aufging.

Als alles vorüber war, setzte Nicholas sie neben sich ab und fiel ebenfalls schwer auf die Matten. Sein Atem ging noch schwer. „Du hast mich entmannt."

Völlig gesättigt und mit sich selbst zufrieden fragte Helena: „Bereust du es, eine Frau zu haben, die sich deine Männlichkeit zunutze macht?"

„Niemals. Das soll auch so bleiben." Mit einem hochzufriedenen Seufzer zog Nicholas sie in seine Arme. „Du bist die Gemahlin meiner Träume, mein Liebling, im Bett und auch außerhalb."

„Wir sind ja gar nicht in einem Bett", erinnerte seine Frau ihn neckisch.

„Gott steh mir bei", sagte er so inbrünstig, dass sie kicherte.

EPILOG

"Ich habe ein Geschenk für dich", sagte Helena, deren Stimme er über das Rattern der Kutschenräder kaum hören konnte.

Nicholas blickte hinab auf den elegant frisierten Kopf an seiner Schulter. Er hatte gedacht, seine Frau schliefe, weil ihr Körper schlaff mit dem Ruckeln der Kutsche mitschwankte. Sie kehrten gerade von ihrem ersten Ausgang seit der Geburt der Zwillinge vor zwei Monaten nach Hause zurück. Die Niederkunft war nicht leicht gewesen—ihm trat allein bei der Erinnerung daran noch der Schweiß auf die Stirn—also hatte er darauf bestanden, dass sie sich auf dem Landsitz vollständig davon erholte. Letzte Woche jedoch hatte Helena sich selbst reisefähig erklärt. Da er ihr nichts ausschlagen konnte, hatte er das Nötige veranlasst und sie waren rechtzeitig zum Beginn der Saison mit einer Schar von Ammen und Kindermädchen in ihre Londoner Stadtresidenz eingefallen.

Heute Abend hatte er sie in die Oper ausgeführt, und er lächelte bei der Erinnerung daran, wie überschäumend sie gewesen war. In ihrem saphirblauen Kleid war sie ganz die sittsame junge Marquise. Perlen blinkten an ihrem Hals und Ohren. Doch noch heller als ihr Schmuck glänzte die Freude auf ihrem

Gesicht, als sie in wenig vornehmer Selbstvergessenheit hingerissen der Musik lauschte.

„Wie willst du mir, der ich doch alles habe, noch etwas schenken, Liebste?", murmelte er gegen ihre süßlich riechenden Locken. „Wenig Schlaf, endloses Füttern, Sabber auf jeder Oberfläche... und das ist nur einer der Schlingel. Was kann ein Mann sich mehr wünschen?"

Seine Gemahlin kicherte. „Ich hoffe sehr, dass Thomas und Jeremiah heute Abend der Amme keinen Kummer gemacht haben. Wir waren noch nie so viele Stunden von ihnen getrennt."

„Ich bin mir sicher, wir werden zuhause mit Schelte begrüßt."

Nicholas lächelte bei der Vorstellung, wie sich pummelige kleine Fäuste voller Entschlossenheit an seinen Jackenaufschlag und in sein Haar krallten.

Wie sich doch sein Leben verändert hatte.

Am Tag nach der Verhaftung von James Gordon war er zu mit Helena an seiner Seite Kent gegangen. Sie hatte darauf bestanden, ihn zu begleiten, dabei zu sein, wenn er seine Vergangenheit offenbarte. Ohne ihre Hand in der seinen, ohne die Stütze ihres Mutes und ihrer Liebe, hätte er es, ehrlich gesagt, vielleicht gar nicht vermocht. Kent hatte mit seiner ausdruckslosen Polizistenmiene alles angehört. Er entgegnete nichts, als Nicholas davon erzählte, wie er Grimes erstochen hatte, und von dem namenlosen Knaben, der die Tat gesehen hatte und seither verschwunden war.

Am Ende hatte Kent ihn nachdenklich angesehen. Der klare Blick des Ermittlers schien ihm bis in die Tiefen seiner Seele zu schauen, doch hatte Nicholas dieses Mal keine Angst gehabt. Die Narben seiner Vergangenheit würde er immer tragen, doch die Dämonen hatte er verbannt. Sie konnten ihm nicht länger wehtun.

„Es scheint mir, Milord, dass eine viel höhere Instanz als ich Gerechtigkeit geübt hat", hatte Kent gesagt. „Flammen können einen Menschen genauso gut umbringen wie eine Klinge, woher wollen wir wissen, was in jener Nacht wirklich geschah?" Erleichterung überschwemmte Nicholas, während der Ermittler fortfuhr: „Was den Knaben anbetrifft, werde ich Ermittlungen anstellen. Ich kann jedoch nicht versprechen, dass ich ihn finde, weil so viele Jahre vergangen sind und wir noch nicht einmal seinen Namen kennen.“

„Danke, Mr. Kent.“

Das hatte Helena gesagt, denn Nicholas hatten die Worte gefehlt. Er konnte lediglich die Hand des Polizisten fester als gewöhnlich drücken. Mr. Kent hatte mit einem leichten Kopfnicken erwidert, und das war alles gewesen.

Ja, es hatte eine Zeit gegeben, da hätte er sich gar nicht vorstellen können, all das je sein Eigen zu nennen, was er nun hatte. Freiheit von seinem früheren Leben. Ein Heim voller Kinder und Lachen. Eine Gemahlin, die ihn jetzt gerade liebevoll anblickte.

Er fuhr ihr mit den Fingerknöcheln über die Wange.

„Hat es dir heute Abend gefallen, meine Liebe?“, fragte er.

„Ja, ein Tapetenwechsel war schön. Und unseren Gästen auf dem Landgut zu entkommen auch“, fügte Helena mit einem schiefen Lächeln hinzu. „Du hast die Gegenwart meiner Eltern mit bemerkenswerter Langmut erduldet, Nicholas.“

„Wer hätte gedacht, dass sich Northgate als so liebevoller Großvater entpuppt?“, fragte Nicholas.

Helena setzte sich auf. Ihre Augen waren groß und hell in der dunklen Kutsche. „Du warst so großzügig mit Papa, und endlich erkennt er es. Doch nun, mein Lieber, haben wir wirklich Wichtigeres zu tun. Ich freue mich so darauf, dir mein Geschenk zu geben. Es ist ja unser Jahrestag.“

„Meine Liebe, du irrst. Unser Hochzeitstag war letzten Monat.“ Nicholas wackelte mit den Augenbrauen. „Sag mir nicht, dass du unsere Feier schon vergessen hast, denn sonst glaube ich wirklich, mit mir stimmt etwas nicht.“

„Das ist ja auch nicht der Jahrestag, den ich meine.“

„Was für einen Jahrestag gibt es denn noch?“, fragte Nicholas verdutzt.

Zur Erwiderung fing seine Frau an, seinen Mantel aufzuknöpfen. Sprunghaft erwachte die Begierde und ebenso rasch die Besorgnis, die die Lust wieder in den Bann schlug.

„Liebling“, sagte er und schloss ihre Hände in seine. „Meinst du, das ist klug? Der Arzt sagte doch...“

„Nicolas“, sagte seine Gemahlin seufzend, „hör auf damit. Es gibt keinen Grund zur Sorge, das versichere ich dir.“ Sie zog ihre Hände aus seinen, und der wohlvertraute Glanz in ihren Augen ließ seinen Herzschlag davon galoppieren. „Ich kann allerdings nicht versprechen, dass es nicht Grund zur Sorge geben wird, wenn mir noch länger meine Rechte als Ehefrau verwehrt werden.“

„Deine Rechte als Ehefrau?“ Nicholas musste schmunzeln. Das Schmunzeln wurde zu einem erstickten Ächzen, als seine Frau seinen dicken Wollmantel beiseiteschob und sich geschickt an den Knöpfen seiner Weste zu schaffen machte.

Er schloss die Augen und spürte, wie sein Glied anschwoll. „Soll das eine Beschwerde über meine jüngsten Liebesmethoden sein?“

Sie glitt mit beunruhigender Leichtigkeit auf den Kutschenboden. Sie warf ihren Umhang weg und zeigte seinem gierigen Blick den blassen, runden Ansatz ihres Busens. Sie kam auf ihre Knie und machte sich daran, seine Hose zu öffnen.

„Ich beschwere mich durchaus nicht. Du bist ausnehmend zärtlich und geschickt, Milord.“

Er biss die Zähne zusammen, fühlte, wie er vom Druck ihrer beflissenen Finger härter und länger wurde. Ihre nächsten Worte beschädigten seine ohnehin schwindende Selbstbeherrschung schwer.

„Du weißt, wie sehr ich es mag, wenn du mein Kätzchen frisst. Oh, wenn deine Zunge in mich hineinschlüpft—du bringst mich jedes Mal zum Höhepunkt, Nicholas.“

Nicholas knurrte verzweifelt. „Wenn wir nach Hause kommen, befriedige ich dich bis zum Morgengrauen, wenn du willst."

Doch Helena schüttelte den Kopf und öffnete mit schwelendem Blick noch einen Hosenknopf. Er grunzte, als ihre Finger seine knollige Eichel berührten. Das verräterische Organ regte sich interessiert.

„Heute Nacht will ich mehr als nur deinen Mund, mein Schatz", flüsterte sie. Ein weiterer Knopf sprang auf. Ihr Atem hauchte liebkosend seinen steifen Mast entlang. „Diesen schönen, mächtigen Schwanz brauche ich tief in mir."

Nicholas' Kopf fiel nach hinten in die Sitzpolster, während die letzte Spur seiner Selbstbeherrschung mit dem Wind davonflog. Er hatte sich nie mächtiger *gefühlt*. „Helena, ich will dir nicht wehtun. Es ist noch zu früh..."

„Ich will... dich... *jetzt*." Helena unterstrich jedes Wort mit je einem weiteren befreiten Knopf, bis er endlich riesig, hart und brandend in ihre weichen Hände fiel. Er betrachtete sie berückt, seine Frau, die zwischen seinen Beinen kniete und seinen nackten Schwanz mit lüstern funkelndem Blick begutachtete. Sie neigte sich nach vorne, leckte die gedehnte Kuppel und seine Sinne gingen in wirbelnden Flammen auf. Die Begierde quoll ihm augenblicklich aus der Spitze heraus. Sie kostete sie und brummte billigend, ehe sie den dicken Schaft entlang küsste. Sanfte, neckende Küsse, die ihn nach mehr brennen ließen.

„Du Biest." Er ließ seine Hand in ihre makellose Frisur gleiten; Federn und Perlen rieselten auf den Boden der Kutsche. Er zog ihren Kopf fest zu seinem schwelenden Glied. „Wenn du meinen Schwanz saugen willst, dann mach es anständig, wie ich es dich gelehrt habe."

„Jawohl, Milord", sagte seine Gemahlin huldreich. „Dein Wunsch ist mir Befehl."

Nicholas grölte vor Lust, als sie seiner Weisung folgte und ihn tief in die züngelnden Tiefen ihres Mundes nahm. Ihr Kopf wippte auf und ab, lose Haarsträhnen streichelten seine Schenkel, während sie ihn schmeckte. Ihn genüsslich kostete. Ihn von der aufgedunsenen Eichel bis zu seinem zuckenden Sack leckte, ehe sie ihn wieder tief in sich einsaugte. Die Kutsche tat einen plötzlichen Ruck, und seine empfindliche Krone stieß in ihren Rachen.

Er stöhnte fieberhaft. „Ja, genauso. Nimm mich ganz und gar in deinen süßen Mund..."

„Mmm, mmm", entgegnete seine Frau und ihr Mund schloss sich wie heißes, feuchtes Feuer um ihn. Sie saugte etwas sanfter, und er glitt wieder tiefer hinein, stieß gegen die seidige Barriere. Ihr betörtes Quietschen wurde gedämpft von dem wuchtigen Knüppel, den sie mit unerträglicher Begeisterung verschlang.

Seine Hände griffen fester in ihr Haar. „Helena, meine Liebste, oh mein Gott... oh, *gottverdammt*", japste er.

Er fühlte sich ein wenig übersprudeln. Die Lust wütete zu früh, zu schnell über ihn. Heute Abend wollte er sich nicht auf diese Weise verausgaben, nicht, wenn ihn noch eine Fülle von Vergnügen erwartete. Er keuchte schroff und zog ihren Kopf von sich weg. Sie ließ ihn mit einem schmatzenden Geräusch los. Ihre Lippen glänzten von der Essenz, die sie ihm so leicht zu entlocken verstand.

„Du bist köstlich", sagte seine Frau pikiert. „Ich will mehr."

Nicholas war von der Lust dermaßen verzehrt, dass er kaum sprechen konnte. Stattdessen hievte er sie nach oben und drehte sie um, beugte sie nach vorne, sodass ihre Oberarme auf der Rückenlehne der gegenüberliegenden Sitzbank ruhten. Mit einer schroffen Bewegung warf er ihre Satinröcke und Unterröcke nach oben.

„Allmächtiger", stieß er aus, berückt von den weichen, üppigen und, was am bemerkenswertesten war, *nackenden* Kurven, die sich ihm darboten. Er griff nach ihrem Hintern. Ihr Fleisch wackelte unendlich befriedigend.

„Bist du schon den ganzen Abend so?"

„Ohne Unterwäsche, meinst du?" Helena drehte ihren Kopf

auf den Kissen um und lächelte ihn kokett an. „Selbstredend, Milord. Ich wollte unseren romantischen Erkundungen keinerlei Hindernisse in den Weg setzen. Und genauso war ich ja in jener Nacht im...“

„Im Kloster“, beendete Nicholas ihren Satz heiser. Es war unerträglich erotisch, dieses Bild der züchtigen Marquise, die höflich mit Besuchern ihrer Opernloge Konversation betrieb, während unter ihrer tugendhaften Hülle... verflucht, während darunter... Er streichelte ehrfürchtig die Rundung ihres Hinterns, ehe er mit dem Finger weiter hinab wanderte. Heiß, vor Verlangen durchnässt, war sie alles, was sich ein Mann je wünschen konnte. Alles, was *er* jemals brauchen würde. „Der Jahrestag, von dem du sprachst. Wie konnte ich nur unsere erste Nacht der Leidenschaft vergessen?“

„Ja, Milord“, schnurrte seine Frau, während sie sich an seine Hand rieb. „Die Nacht, in der du mich für eine Hure hieltest.“

„Nicht für irgendeine Hure. Für *meine* Hure.“ Nicholas beugte ein Knie, packte fest ihre Schenkel und fuhr mit der Zunge in ihren heißen Kern. Helenas Rufe erfüllten ihn mit Lust, die im Laufe der Zeit nur noch stärker geworden war. Er konnte nicht genug von ihr bekommen. Ihre Liebe hatte die Scham und Unsicherheit weggeschwemmt, nichts trennte sie mehr—es war, als ob ihre beiden Herzen, ihre beiden Körper eins wären. Er leckte weiter nach oben, fuhr die Spalte zwischen ihren Pobacken entlang, bis er ihr fein gekräuseltes Loch erreichte. Er hielt kurz inne, ehe er es langsam, bedächtig mit der Zunge umkreiste.

„Nicholas, was machst du...“, hob Helena an, doch ihre Worte verloren sich in einem hohen, begeisterten Schrei, während er sanft ihren Hintern erkundete. Er spreizte ihre üppigen Pobacken weiter auseinander und liebte sie, ihr Kätzchen, ihren Po, bis jeder Zoll von ihr ganz und gar vor Begierde bebte und glänzte. Er tunkte seinen Finger in ihre dichten Locken, verteilte ihren Honig nach oben, befeuchtete sie mit ihrem eigenen Saft.

„Nicholas, *bitte*“, bettelte sie mit den Händen die Sitzpolster umklammernd.

Er konnte sich weder ihr noch sich selbst länger verwehren. Er stand auf, stellte sich am Eingang ihrer Scheide auf. Die Kutsche holperte, und sein Schwanz stieß an ihr geschwollenes Fleisch. Helena stöhnte hilflos. Nicholas fand am Wandgurt Halt, fuhr mit den Hüften nach vorne und seine Nasenflügel erzitterten beim Anblick seines eigenen Schwanzes, der in sie glitt. Er bewegte sich zunächst sachte, denn er wollte ihr nicht wehtun. Es war Monate her, dass er sie so genommen hatte, und sie fühlte sich so behaglich an, so verflucht heiß und eng. Ihr Schacht griff nach ihm wie eine nasse, samtige Faust. Er knirschte mit den Zähnen, zwang sich, langsam zu machen. Zoll um Zoll glitt er in ihrem köstlichen Schlitz hin und her.

„Liebling“, sagte seine Frau, während sie frech zu ihm zurückblickte, „Wenn du mich ficken willst, dann tu es auch gescheit, bitte sehr.“

Mit einem angestrengten Lachen gehorchte er ihr. Als er sah, dass sie sich ohne jegliche Anzeichen von Schmerz oder Unbehagen in reiner Lust ringelte, fing er an, sie fester zu pumpen. Er fand einen Rhythmus, der mit dem Rattern der Kutsche harmonierte. Seine Hoden klatschten rhythmisch gegen die nasse Scheide seiner Frau. Er nahm sie wild, gänzlich in seinem Besitztum verloren. In diesem Augenblick gab es nichts außer Helena: die Weichheit ihrer Hüften in seinen Händen, der energische Sog ihrer Fraulichkeit, der ihn zum Höhepunkt brachte. Er fuhr in sie hinein, gab ihr, was sie brauchte, obwohl er ja eigentlich nach Herzenslust von ihr nahm. Ihre Schreie verfingen sich in den Polstern. Laute wurden von Gefühlen, von der schieren Lust am Dasein erstickt. Doch er verstand sie auch so, denn in seiner Brust schwelten die gleichen Gefühle und beschworen seine Ekstase herauf.

„Ich liebe dich, Helena. Jeden Teil von dir.“

Er griff nach unten und rollte ihren Knoten zwischen seinen

Fingern, ergötzte sich daran, wie sie keuchte und nach mehr verlangte. Er spielte mit ihr, bis er fühlte, wie sie sich um ihn verengte. Während er stetig in sie pumpte, sie immer höher trieb, fand sein benetzter Finger ihren Hintern. Er übertrat die Schwelle ihres jungfräulichen Loches mit seiner Fingerspitze. Helena wurde unverzüglich steif.

„Nicholas…"

Er stieß seinen Finger tiefer hinein. Ihre daran nicht gewöhnten Muskeln verkrampften sich um seinen Zeigefinger, und zugleich begann ihr Kätzchen, um seinen Schwanz herum zu zucken. Er spannte kräftig die Hüften an, fuhr so tief in sie hinein, dass sein Geschlecht ihrem Mutterleib begegnete. Seine Frau schrie auf, während ein erschütternder Höhepunkt ihren Körper zum Beben brachte.

„Du bist mein", stöhnte er, während wilde Lust ihn durchströmte. „Mein, und ich bin dein. Nimm mich, meine Liebste…"

Er barst in einem nicht enden wollenden Erguss, sein Wesen schlechthin vereinte sich mit dem ihren. Mit seiner allerletzten Kraft gelang es ihm, sie auf seinen Schoß zu nehmen. Einige Augenblicke lang war nichts außer ihrem keuchenden Atem und dem Klappern der Hufeisen zu hören.

„Warum fährt die Kutsche eigentlich noch?", murmelte Nicholas plötzlich wachsam. Nicht, dass es ihm in seinem Zustand wirklich etwas bedeutet hätte, doch sie hätten eigentlich bereits vor einer Viertelstunde zu Hause ankommen sollen.

„Ich habe dem Kutscher gesagt, er soll auf Umwegen nach Hause fahren", erwiderte seine Gemahlin und kuschelte ihre Wange zufrieden an seine Brust. „Damit ich dich mit unserem Jahrestagsgeschenk überraschen kann. Doch wie es scheint, hast du mir heute Abend etwas Neues gezeigt, Milord."

Nicholas grinste schelmisch, während er seinen Mantel um ihre Schultern festzog „Da gibt es noch viel mehr zu zeigen, meine Liebe. Ich möchte nicht, dass dir meine eheliche Zuneigung langweilig wird."

Helena schnaubte. „Das erscheint mir kaum möglich." Ein paar Herzschläge später neigte sie ihren Kopf und lächelte ihn schläfrig an. „Alles Gute zum Jahrestag, mein Liebster. Ich hoffe, dein Geschenk hat dir gefallen."

„Du bist alles, was ich mir je wünschte." Nicholas' Blick war befreit von den Geistern, als er seiner Geliebten so in die Augen sah. „Die Hure meiner Fantasien und die Gemahlin meiner Träume."

Ihre waghalsige Wette (Buch 2)

Was würde eine temperamentvolle junge Frau auf sich nehmen, um ihre Familie vor dem Ruin zu bewahren? Miss Persephone Fines lässt sich auf eine verführerische Wette mit dem berüchtigten Spieler Gavin Hunt ein und stellt fest, dass die Liebe das riskanteste Glücksspiel von allen ist.

Danke und viel Spaß beim Schmökern!

Grace Callaway

DANKSAGUNGEN

Dieses Buch wurde durch eine Gemeinschaft wundervoller Menschen erst möglich. In Dankbarkeit und Liebe widme ich ihnen dieses Buch.

Meinen Gegenleserinnen, Virna De Paul und Tina Folsom. Virna, dein Talent und deine Großzügigkeit inspirieren mich so sehr. Danke für deine Unterstützung und die Spaziergänge am Strand. Tina, ich weiß gar nicht, welche Fügung des Schicksals uns beide auf dieser Verteilerliste zusammengebracht hat, aber ich danke dem Universum dafür! Seit unseren ersten Manuskripten sind wir weit gekommen, nicht wahr? Du bist eine wahre Freundin, eine wunderbare Reisegefährtin und eine Schriftstellerin, deren Talent, Mut und Eifer mich jeden Tag dazu motivieren, mich selbst an die Tastatur zu setzen.

Meiner Mentorin Diane Pershing. Ohne dein aufmerksames Lesen und wertvolle Anmerkungen wäre meine Arbeit allenfalls ein ungeschliffener Edelstein. Danke für deine Großzügigkeit und dafür, dass du mir als eine der ersten gesagt hast, dass ich schreiben kann. Und meinem Agenten Ethan Ellenberg, dafür, dass er an die Geschichten geglaubt hat, die ich zu erzählen hatte.

An die Gemeinschaft kluger, warmherziger und begabter Romance-Autoren, die ich über die letzten Jahre kennenlernen durfte. An die Mitglieder des RWA-Ortsverbands der San Francisco Bay Area—ihr seid der Wahnsinn! Und der Herbst wäre einfach nicht das Gleiche ohne die Low Country RWA-Strandfreizeit und euch reizende Damen dort.

Meiner Familie, Mom und Dad, ihr habt mich stets gelehrt, nach meinen Träumen zu greifen—und schaut her, ich habe es getan! Danke, dass ihr mich ein Leben lang geliebt und unterstützt habt; ihr seid meine Inspiration. Candace, du bist die Schwester, die ich mir selbst ausgesucht hätte. Danke, Schwesterherz, dass du auf dieser Reise mit mir Lachen und Tränen geteilt hast. Und Stu und Renko, meinem zweiten Paar Eltern, das ich zu meinem Glück dazubekommen habe, euch danke ich dafür, dass ihr so liebevoll, offen, kreativ und wunderbar seid!

Schließlich, den beiden Männern in meinem Leben: Brendan, du bist zwar klein, aber ich kenne niemanden, der so mutig und zäh ist wie du. Dein Lächeln leuchtet mir den Weg. Meine Süßer, ich kann dir gar nicht sagen, wie sehr ich dich liebe. Und meinem Mann, Brian. Ich bin auf ewig dankbar, dass das Leben mich zu dir geführt hat, meinem aufrichtigem Partner, meinem Seelenverwandten. Du bist jeder Held, den ich je geschrieben habe. Ich liebe dich.

www.ingramcontent.com/pod-product-compliance
Lightning Source LLC
Chambersburg PA
CBHW030958190726
48285CB00004BB/1363